셜록홈즈

프리미엄 단편 콜렉션

2

vol.
2

셜록홈즈
프리미엄 단편 콜렉션

아서 코난 도일 지음

파주 Books

셜록 홈즈의 회상

셜록홈즈의 귀환

■ 머리말

마음으로 읽는 것이 일반 소설이라고 한다면, 머리로 읽는 것이 추리소설이라고 할 수 있을 것이다. 추리 소설을 읽는 동안 머리는 끊임없이 회전을 하며 긴장감을 늦추지 않는다. 사건을 풀어 보기 위해서 한 글자 한 글자, 한 장면 한 장면 놓치지 않고 모든 것을 사건과 연관 지어 생각하려 한다. 다시 앞 장을 뒤적이며 내용을 확인하기도 하고, 읽어 나가면서 끊임없이 생각을 바꾸기도 한다. 소설 속 탐정과 함께, 혹은 그보다 앞서 문제를 풀어 보려고 노력한다. 물론 이도 허구 속 내용으로 뛰어든다는 점에서는 일반 소설과 다를 바가 없지만, 그것을 받아들이는 주체인 '나'의 마음가짐은 사뭇 다르다. 추리소설을 읽을 때는 모든 내용을 그대로 수용하지 않는다. 때로는 등장인물의 대사나 행동을 의심하기도 하고 분석하기도 한다. 소설에서 묘사된 배경을 차가운 시선으로 바라보며 어떤 실마리를 찾으려 한다. 즉 소설을 읽는 나는 지금 내가 있는 자리에서 소설을 객관적으로 바라본다. 소설 속 이야기와는 한 걸음 떨어진 곳에서 그것들을 조망하고 종합한다. 바로 이것이 추리 소설이 주는 재미다. 나도 탐정이 되기는 하지만, 소설 속 탐정과 나를 동일시하지는 않는다. 나는 사건을 푸는 또 다른 탐정인 것이다.

셜록 홈즈는 사건을 접하는 순간 대부분의 문제를 풀어 버린다. 독자로서는 도저히 따라잡을 수 없는 전지전능함을 지녔다. 독자 탐정이 사건을 파악하기도 전부터 홈즈는 어떤 결론을 내린다. 하지만 그것으로 끝이 아니다. 홈즈는 자신의 결론을 사실에 의거해 증명한다.

바로 여기에 홈즈를 읽는 재미가 있는 것이다. 그는 결코 '느낌'으로 움직이지 않는다. 독자는 홈즈가 자신의 결론을 증명해 가는 과정을 따라가며 그의 추리를 추리할 수밖에 없다. 그리고 고개를 끄덕인다. 그 과정은 대부분 홈즈의 동료인 왓슨 박사에게 설명하는 식으로 이루어진다.

홈즈는 아주 사소한 것들을 통해서 사건을 풀어 간다. 발자국, 담뱃재, 필적 등 사건 현장에 널려 있는 모든 것이 그에게는 단서가 된다. 사전 지식이 전혀 없는 우리는 홈즈처럼 사건을 풀어내지 못한다. 하지만 후에 그가 들려주는 말을 들으면 나도 할 수 있을 것 같다는 막연한 생각을 갖게 된다. 그리고 사물을 보는 눈이 달라진다. 논리적으로 생각하려 하고, 관찰적인 시선으로 사물을 바라보려 한다. 늘 수동적으로만 사물을 받아들이던 우리가 능동적으로 사물을 바라보고 생각하게 되는 것이다.

재미라는 부분 외에 홈즈 시리즈가 독자에게 주는 가장 커다란 선물은, 바로 이 논리적 사고와 관찰적 시선일 것이다. 그리고 홈즈가 출간되었을 당시 선풍적인 인기를 얻었던 것도 바로 그런 이유에서였을 것이다. 다른 소설과는 달리 홈즈 시리즈에 통쾌함이라는 면은 부족하다. 그럼에도 그렇게 선풍적인 인기를 누릴 수 있었던 것은, 역시 누구나 고개를 끄덕이게 하는 논리적인 부분과 나도 할 수 있을 것 같다며 사물을 유심히 관찰하게 만드는 힘 때문이 아닐까 생각한다.

홈즈 자신도 그런 논리적인 사고와 관찰적인 시선을 일상생활에 도입하면 도움이 될 것이라고 말한다.

홈즈를 읽으며 얻은 논리적인 사고가 얼마나 우리의 실생활에 도움을 줄 수 있을지는 몰라도, 우리에게 머리를 쓰게 하고 논리적으로 생각하게 만드는 것만은 사실이다. 그리고 관심의 폭을 넓혀 준다. 아무렇지도 않게 지나쳐오던 발자국도 유심히 관찰하게 되고, 자신도 모르게 과학적인 사고를 하게 되며, 지하철에 앉아서 앞에 앉은 사람을 유심하게 관찰하고 그의 직업을 맞혀보려 노력하게 되는 것이다.

바로 이 점이 홈즈를 읽는, 혹은 읽은 또 다른 재미이자 홈즈가 우리에게 주는 선물이다.

홈즈는 그 날카로운 시선으로 그런 우리의 모습을 바라보며 차가운 웃음을 지을 것이다. 그보다 앞서 사건을 풀겠다는 생각은 애초부터 버리고 그에게 한 수 배운다는 생각으로 홈즈를 만난다면, 그는 따뜻하게 우리를 맞아 많은 것들을 가르쳐 줄 것이다.

셜록 홈즈의 회상

라이게이트의 지주
The Reigate Squires

1887년 봄, 내 친구 셜록 홈즈는 매우 힘들고 커다란 일을 처리한 직후였기 때문에 완전히 지쳐 있었다. 그런데 그가 기력을 완전히 회복하기도 전에 그 일이 있었다. 아주 커다란 일, 그러니까 모펠튜 남작이 어마어마한 음모를 꾸몄던 사건과 네덜란드의 수마트라 회사 사건에 대한 이야기는 아직도 사람들의 기억에 생생하게 남아 있다. 그러나 이 사건은 정치와 경제적인 문제에 깊이 관여된 것이기 때문에 이번 시리즈에 포함시키기에는 적합하지가 않다. 어쨌든 이들 일이 계기가 되어 홈즈는 다시 특별하고 복잡한 사건을 맡게 되었다. 홈즈는 평생에 걸쳐서 수많은 무기를 사용하며 범죄에 맞서 싸웠는데 그 사건으로 또 다른 새로운 무기의 힘을 세상에 알리게 되었다.

　당시에 기록한 노트를 보면, 나는 4월 14일에 프랑스 리용에서 온 전보를 받았다. 내용은 홈즈가 몸이 좋지 않아 듀롱 호텔에 누워 있다는 것이었다. 나는 전보를 받고 채 24시간이 지나기 전에 그가 있는 곳으로 달려갔는데 그렇게 심각한 병이 아니라는 것을 확인하고는 마음을 놓았다. 하지만 2개월간이나 계속된 수사에 지쳐서 그렇게 건강하던 홈즈의 몸은 많이 약해져 있었다. 홈즈는 그동안 하루에 최소한 15시간은 일을 했으며 닷새 동안이나 한잠도 자지 않고 일을 계속한 날이 한두 번이 아니었다고 했다.

이런 고생 끝에 승리를 거두기는 했지만 전력을 다했기 때문에 그 승리감을 맛볼 수 있는 힘이 없는 듯했다. 셜록 홈즈의 이름은 순식간에 전 유럽에 알려져 방바닥에 축전이 수북이 쌓였다. 축전이 얼마나 많은지 그야말로 발목까지 잠길 정도였지만 그는 한없는 무기력함에 잠겨 있었다. 3개국의 경찰이 실패한 일을 자신이 해결했고, 유럽에서 제일 교활한 사기꾼을 모든 면에서 앞질렀다는 생각조차도 그의 기분을 풀어주지는 못하는 듯했다.

사흘 후, 우리는 베이커 가에 있는 하숙집으로 돌아왔다. 하지만 당분간 환경을 바꿔보는 것이 홈즈에게 좋을 것 같았다. 그리고 나 역시 시골 같은 곳에서 봄을 즐기며 멋진 일주일을 보내고 싶었다. 마침 내가 아프가니스탄에서 돌보던 환자로, 그 후로도 계속 친분을 가지고 있는 헤이터 대령이 서리 주 라이게이트 근처에서 살고 있었는데 그는 내게 몇 번이고 놀러오라고 했다. 게다가 얼마 전에는 친구와 함께 오면 기꺼이 우리를 대접하겠다고 말했다. 나는 홈즈를 그곳으로 가게 하기까지 약간의 노력이 필요했는데, 헤이터 대령이 혼자 살고 있으며 그곳에서 얼마든지 자유롭게 행동해도 상관없다고 말하자 그제야 홈즈도 내 계획에 찬성했다.

우리는 리용에서 돌아온 지 일주일이 지나서야 대령의 집에 도착할 수 있었다. 대령은 세상 물정에 밝은 훌륭한 군인으로 내가 예상한 대로 홈즈와 많은 공통점을 가지고 있었다. 대령의 집에 도착한 날, 저녁 식사를 마치고 우리는 총기실로 자리를 옮겼다. 홈즈는 소파에 편히 누워 있었고 대령과 나는 진열해놓은 무기들을 둘러보고 있었다. 그러다 대령이 갑자기 말을 꺼냈다.

"맞아. 여기에 있는 권총 한 자루를 위로 가지고 가야겠군. 만일의 경우에 대비해야 하니까요."

"만일의 경우라니요?"

내가 물었다.

"얼마 전, 근처에서 조금 시끄러운 일이 있어났습니다. 지난 월요일, 액튼이라는 이 지방의 거물의 집에 도둑이 들었거든요. 피해가 그리 크지는 않았지만 범인은 아직 잡지 못했어요."

"단서를 잡지 못했나요?"

홈즈가 대령을 바라보며 물었다.

"아직 잡지 못했습니다. 홈즈 씨, 신경 쓰지 마세요. 이런 시골의 조그만 일이 성에나 차시겠습니까? 당신이 흥미를 가질 만한 일은 아닙니다. 더구나 국제적인 대 사건을 해결하신 뒤가 아닙니까?"

홈즈는 손을 내저으며 겸손한 모습을 보였지만 기뻐하는 빛이 얼굴에 역력하게 나타나 있었다.

"재미있는 특징이라도 있나요?"

"특별히 없습니다. 서재에 도둑이 들었는데 별다른 수확은 없었던 듯합니다. 방 전체를 엉망진창으로 만들어놓고 서랍과 책장을 뒤엎어놓았는데 가져간 물건이라고는 포프(영국의 유명한 시인)가 번역한 『호메로스』(그리스의 시인. 『일리아드』, 『오디세이』의 작가) 중 한 권, 도금한 촛대 두 개, 상아로 만든 문진, 떡갈나무로 만든 조그만 기압계, 실 한 덩어리뿐이라고 합니다."

"정말 이상한 것들만 집어갔군!"

내가 말했다.

"그렇군. 눈에 띄는 물건을 닥치는 대로 집어갔군요. 이곳 경찰이 좀 더 신중하게 생각해야 해요. 아무리 봐도 확실하게......"

홈즈가 소파 위에서 중얼거리기에 내가 손가락 하나를 세우고는 경고했다.

"자네는 지금 휴양하려고 여기에 온 거야. 몸이 많이 쇠약해져 있으니 제발 새로운 문제를 떠안지 않도록 하게."

홈즈가 어깨를 한 번 들썩이더니 하는 수 없다는 듯 장난스러운 표정으로 대령을 바라보았다. 그 후로 우리는 잡담에 가까운 얘기를 나눴다. 하지만 홈즈를 향한 의사로서의 내 배려가 완전히 헛수고가 될 운명에 처하고 말았다. 이튿날 아침, 도저히 피할 수 없을 정도로 이 문제가 우리 사이에 깊이 끼어들어 시골에서의 휴양은 뜻밖의 새로운 국면을 맞이하게 되었다. 아침 식사를 하고 있는데 대령 집의 집사가 예의고 뭐고 전부 무시한 채 식당으로 달려 들어왔다.

"커닝엄 씨 댁에 대한 얘기 들으셨습니까?"

집사가 숨을 헐떡이며 말했다.

"강도가 들었나?"

대령은 커피 잔을 손에 든 채 큰 소리로 물었다.

"살인입니다!"

대령이 휘파람을 불었다.

"뭐라고? 누가 살해당했지? 치안 판사인가 아들인가?"

"두 분 다 아닙니다. 마부인 윌리엄이 살해당했습니다. 가슴에 총을 맞아 즉사했다고 합니다."

"누가 쏜 거야?"

"도둑이요. 총알처럼 잽싸게 도망쳐 행방을 감췄습니다. 도둑이 식기실 창으로 들어왔는데 마침 그 자리에 있던 윌리엄이 주인의 재산을 지키려다 그만 목숨을 잃었다고 합니다."

"언제 그랬나?"

"어젯밤 12시경입니다."

"나중에 잠깐 가봐야겠군."

냉정을 되찾은 대령이 다시 식사를 하기 시작했다.

집사가 밖으로 나가자 대령이 말했다.

"끔찍한 사건이군. 커닝엄이란 분은 이곳의 대지주입니다. 정말 대단한 분이시죠. 틀림없이 마음에 상처를 받으셨을 겁니다. 그 마부는 오랫동안 그 집에서 일해 온 충직한 하인이었으니까요. 아무래도 액튼 씨 댁에 들었던 놈들의 소행 같습니다."

"그 이상한 물건들만 훔쳐갔다는 녀석들 말인가요?"

홈즈가 생각에 잠긴 듯한 표정으로 물었다.

"맞습니다."

"흠! 해결하고 보면 아주 간단한 사건일지도 모르겠네요. 하지만 언뜻 보기에 조금 이상한 점이 있지 않나요? 시골을 휩쓸고 다니는 강도단은 보통 여기저기 장소를 옮겨다니며 도둑질을 해요. 같은 지역에서 거의 간격을 두지 않고 두 집이나 습격을 한다는 것은 있을 수 없는 일이에요. 어젯밤 당신이 조심해야 한다고 말했을 때 저는 이렇게 생각했어요. 여기는 영국에서도 강도단들이 가장 소홀히 여기는 지방이 아닌가 하고 말이에요. 그런데 나도 아직 배워야 할 점이 많은 것 같군요."

"이 지역의 좀도둑은 아닌 것 같습니다. 바로 그렇기 때문에 액튼 씨와 커닝엄 씨 댁을 노린 거고요. 두 집 모두 놀랄 정도로 커다란 저택을 소유하고 있으니까요."

대령이 말했다.

"그리고 부자이기도 하단 말씀인가요?"

"뭐, 그렇기는 합니다만, 최근 몇 년 동안 계속된 재판으로 상당한 비용을 지출했을 겁니다. 액튼 씨가 커닝엄 씨 토지의 절반이 자신의 땅이라고 주장하고 있어서 양쪽 모두 변호사를 고용해 싸우고 있거든요."

"이 지역의 도둑들이라면 그리 어렵지 않게 잡을 수 있겠군요."

이렇게 말한 홈즈가 나를 바라보고 하품을 하며 말을 이었다.

"알았네, 왓슨. 사건에 관여할 생각은 없어."

"포레스터 경감님이 오셨습니다."

집사가 문을 열며 말했다.

눈매가 날카롭고 영리하게 생긴 청년이 방 안으로 들어왔다.

"안녕하십니까, 대령님. 식사 중에 죄송합니다만, 베이커 가의 홈즈 씨께서 오셨다는 얘길 듣고 왔습니다."

대령이 손짓으로 홈즈를 가리키자 경감이 모자를 벗고 인사를 했다.

"우리는 당신이 이 사건에 흥미를 갖고 계실 거라고 생각했습니다."

"운명은 자네 편이 아닌 듯하군, 왓슨. 안 그래도 지금 그 얘기를 하고 있었어요. 당신이라면 좀 더 자세한 얘기를 들려줄 수 있겠죠?"

홈즈가 웃으며 말했다.

그가 의자 등받이에 기대고 앉아 익숙한 포즈를 취해 나는 더 이상 그를 말릴 수 없다는 사실을 깨달았다.

"액튼 씨 사건 때는 아무런 단서도 잡을 수 없었습니다. 하지만 이번에는 크게 기대를 걸어도 좋을 듯합니다. 범인은 틀림없이 동일 인물일 것입니다. 그 녀석을 본 사람이 있습니다."

"그래요?"

"네. 윌리엄 카원을 사살한 뒤에 범인은 정신없이 도망쳤습니다. 하지만 커닝엄 씨는 침실의 창문을 통해, 아들인 알렉 씨는 뒷문을 통해 각각 범인을 보았다고 합니다. 사건은 12시 15분 전에 일어났습니다. 그때 커닝엄 씨는 막 잠자리에 들려고 하고 있었고, 알렉 씨는 가운을 걸친 채 담배를 피우고 있었습니다. 두 사람 모두 마부인 윌리엄이 도움을 요청하는 소리를 들었는데 알렉 씨는 무슨 일인가 싶어서 밑으로 달려갔습니다.

계단을 내려가보니 뒷문이 열려 있었고 밖에서 두 남자가 몸싸움을 벌이고 있었답니다. 그중 한 명이 총을 쏘았고 다른 한 명이 바닥에 쓰러졌는데 범인은 정원을 가로질러 뛰어가 울타리를 넘었습니다. 커닝엄 씨가 창을 통해서 밖을 내다보았을 때는 범인이 막 도로로 접어들어 곧 모습을 감추어버렸습니다. 알렉 씨는 죽어가는 윌리엄에게 먼저 가 일단 발을 멈췄기 때문에 살인자를 그대로 놓쳐버렸지요. 범인의 특징으로는 중간 정도의 체구, 중간 정도의 키에 검은 옷을 입고 있었다는 것 밖에는 알 수가 없지만 전력을 기울여 수사를 하고 있기 때문에 녀석이 외부 사람이라면 바로 찾아낼 수 있을 것입니다."

"윌리엄은 거기서 뭘 하고 있었나요? 죽기 전에 남긴 말은 없나요?"

"아무 말도 하지 않았어요. 그는 문지기의 방에서 어머니와 함께 살고 있었는데, 매우 충직한 사람이었으니 집에 이상이 없나 살펴보러 갔었을 겁니다. 액튼 씨 댁 사건 때문에 모든 사람들의 신경이 곤두서 있었으니 말입니다. 그런데 자물쇠가 부서져 있었습니다. 그리고 도둑과 윌리엄이 마주친 겁니다."

"방에서 나갈 때 윌리엄이 어머니에게 다른 말은 하지 않았답니까?"

"그 어머니라는 사람이 나이가 아주 많고 가는귀가 먹어서 결국 아무런 말도 듣질 못했습니다. 지금 충격 때문에 완전히 제정신이 아닌 듯합니다. 예전부터 정신이 온전하지 못하긴 했었습니다만. 그런데 여기에 아주 중요한 것이 하나 있습니다. 이걸 좀 보십시오."

경감은 수첩 사이에서 조그만 종이쪽지를 꺼내 무릎 위에 올려놓고는 주름을 폈다.

"죽은 사람이 쥐고 있던 것입니다. 커다란 종이에서 찢겨나간 일부인 것 같습니다. 여길 좀 보십시오. 여기에 적혀 있는 시각과 윌리엄이 살해당한 시각이 정확하게 일치합니다. 범인이 나머지 부분을 윌리엄의 손에서 빼앗아갔거나, 윌리엄이 범인이 들고 있던 종이의 일부를 쥐어뜯은 것 같습니다. 어떤 약속의 내용을 적어놓은 것 같습니다."

홈즈가 종이쪽지를 집어 들었다. 그것을 그대로 옮겨보겠다.

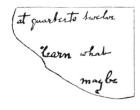

「12시 15분 전,
가르쳐주겠다.
아마.」

경감이 말을 이었다.

"만일 이게 약속이라고 한다면 이렇게 생각할 수도 있을 겁니다. 모든 사람들이 윌리엄을 정직한 사람이라고 생각하고 있었지만 사실은 도둑놈들과 한 패거리였을지도 모른다고요. 그곳에서 동료를 만나 도둑질을 도우려 했다가 어떤 문제가 생겨 다툰 게 아닐까요?"

"아주 흥미로운 글이로군요. 생각했던 것보다 훨씬 더 복잡한 사건일지도 모르겠어."

홈즈가 눈을 커다랗게 뜨고 종이쪽지를 살펴보며 말했다.

그는 양손으로 머리를 감싸쥐었다. 경감은 자신이 맡고 있는 사건 때문에 런던의 유명한 전문가가 고민하는 모습을 미소 지으며 바라보고 있었다.

드디어 홈즈가 입을 열었다.

"당신이 마지막에 제시한 의견, 그러니까 살인자와 하인이 한 패거리고, 이 종이쪽지는 연락을 위해서 한쪽이 다른 한쪽에게 건네준 편지가 아닐까 하는 의견은 매우 훌륭한 생각이자 또한 얼마든지 있을 수 있는 일이라고 생각해요. 하지만 이 종이쪽지는 틀림없이……."

홈즈는 다시 양손으로 머리를 감싸쥐고 한동안 생각에 잠겼다.

잠시 후 홈즈가 머리를 들었을 때 나는 깜짝 놀라지 않을 수 없었다. 그의 뺨에 혈기가 돌고 눈빛도 이전처럼 반짝이고 있는 것이었다. 예전처럼 건강을 회복한 그가 자리에서 힘차게 일어났다.

"자! 사건의 세세한 부분까지 조용히 살펴보고 싶어요. 내 마음을 잡아끄는 부분이 있네요.

대령님, 내 친구인 왓슨과 당신은 여기에 있고 나는 경감과 함께 가서 한두 가지 내 생각이 맞았는지 확인해보고 싶은데 괜찮겠습니까? 한 30분쯤 후면 돌아올 수 있을 겁니다."

그리고 1시간 30분쯤 뒤에 경감이 혼자 집으로 돌아왔다.

"홈즈 씨는 밖을 돌아다니고 계십니다. 넷이서 그 저택으로 가보자고 합니다."

"커닝엄 씨 댁에?"

"그렇습니다."

"무슨 일로?"

경감이 어깨를 들썩였다.

"잘 모르겠습니다. 우리끼리 얘긴데 홈즈 씨는 아직 병이 다 나은 것 같지 않습니다. 매우 흥분해서 이상한 행동들을 하고 있습니다."

"걱정할 필요 없습니다. 저도 우연히 알게 된 사실입니다만 그런 미치광이 같은 행동 속에 홈즈 특유의 방법이 숨어 있으니까요."

내가 말했다.

"사람에 따라서는 그 특유의 방법 속에 광기가 서려 있다고 말할지도 모르죠. 어쨌든 홈즈 씨는 수사에 열중하고 계십니다. 대령님, 괜찮다면 바로 출발하는 게 좋을 것 같습니다."

경감이 조그만 목소리로 말했다.

홈즈는 턱을 가슴 쪽으로 바싹 붙이고 두 손을 바지 주머니에 넣은 채 들판을 오가고 있었다.

"일이 아주 재미있어졌어. 자네가 생각해낸 시골 여행은 효과 만점이군. 아주 기분 좋은 아침을 보냈네."

홈즈가 말했다.

"범행 현장에 다녀왔습니까?"

대령이 물었다.

"네. 경감과 함께 잠깐 조사를 하고 왔어요."

"무슨 성과가 있었습니까?"

"아주 흥미로운 것들을 발견했어요. 걸어가면서 얘기하도록 하죠. 우선, 그 불행한 마부의 사체. 사인은 보고된 대로 틀림없이 회전식 권총에 의한 총상이에요."

"거기에 의문을 품고 계셨단 말입니까?"

"무슨 일이든 확실히 하는 게 좋으니까요. 우리의 수사가 헛되지는 않았어요. 그 다음에 커닝엄 부자를 만나서 범인이 울타리의 어느 부분으로 도망쳤는지 정확한 위치를 알아냈어요. 그런데 그게 아주 재미있더군요."

"그렇습니까?"

"그런 다음 가엾은 윌리엄의 어머니를 만났어요. 하지만 연세가 있으시고, 몸이 완전히 쇠약해지셔서 얘기다운 얘기는 나누지 못했어요."

"그래, 조사 결과 어떤 결론을 내리셨습니까?"

"이번 범죄가 아주 특이한 것이라는 확신을 갖게 됐어요. 이번 방문으로 조금은 사건의 진상을 알게 될 겁니다. 경감과 같은 의견인데, 피해자가 손에 쥐고 있던 종이쪽지, 자신이 죽은 시각과 같은 시각이 적혀 있는 그 종이쪽지는 매우 중요한 물건이에요."

"틀림없이 중요한 단서겠지요, 홈즈 씨?"

"아주 중요한 단서 중 하나예요. 그 편지를 쓴 사람이 그 시각에 윌리엄을 밖으로 불러냈으니까요. 그런데 종이쪽지의 나머지 부분은 어디에 있는 걸까요?"

"그걸 찾아내려고 지면을 자세히 살피신 거군요."

경감이 말했다.

"그 편지는 틀림없이 죽은 사람이 들고 있었어요. 그 범인은 왜 그렇게 편지를 빼앗으려 했던 것일까요? 그 편지가 자신에게 죄가 있다는 증거가 되기 때문이에요. 그럼 빼앗은 종이는 어떻게 했을 까요? 한쪽 귀퉁이가 찢어져 정작 중요한 부분은 죽은 자의 손에 쥐어져 있다는 사실을 모른 채 주머니 같은 데 쑤셔 넣었을 거예 요. 찢어진 종이의 나머지 부분만 우리 손에 넣는다면 사건은 거의 해결한 거나 마찬가지예요."

"그렇군요. 하지만 어떻게 해야 범인을 잡기 전에 범인의 주머니 를 뒤질 수 있겠습니까?"

"그건 생각해볼 만한 가치가 있는 문제네요. 그건 그렇고 확실한 사실이 한 가지 더 있어요. 그 종이는 누군가가 윌리엄에게 보낸 편지예요. 그러나 편지를 쓴 사람이 범인이라고는 볼 수 없어요. 그럴 거라면 전달하고 싶은 내용을 입으로 직접 전했을 테니까요. 그렇다면 누군가가 편지를 전해준 걸까요? 아니면 우편으로 보낸 걸까요?"

"그 부분에 대해서는 조사를 해뒀습니다. 윌리엄은 어제 오후에 우체부가 배달한 편지를 한 장 받았습니다. 봉투는 본인이 버렸습 니다."

경감이 말했다.

홈즈가 큰 소리로 말하며 경감의 등을 두드렸다.

"대단해요! 벌써 우체부를 만났군요. 당신과 함께 일하게 돼서 기쁩니다. 대령님, 여기가 피해자의 방이에요. 이제 곧 사건 현장에 도착할 거예요."

우리는 살해당한 마부 윌리엄이 살고 있던 깔끔하고 아담한 건물 앞을 지나, 떡갈나무 가로수 길을 따라 앤 여왕 시대 건물 양식으로 지어진 훌륭하고 오래된 집 쪽으로 향했다. 현관 위에는 영국이 마르프라케 전투(18세기 초반)에서 승리한 기념일이 새겨져 있었다. 홈즈와 경감은 집의 모퉁이를 돌아 옆문이 있는 곳으로 우리를 데리고 갔다. 그 문과 도로를 따라 난 울타리 사이에 정원이 펼쳐져 있었다. 부엌 문 앞에는 경관이 한 명 서 있었다.

홈즈가 경관에게 말했다.

"문을 열어주게. 알렉 씨는 두 남자가 지금 우리가 서 있는 자리에서 몸싸움을 하고 있는 것을 저쪽 계단에서 목격했어요. 커닝엄 씨는 저쪽 창, 그러니까 왼쪽에서 두 번째 창에서 범인이 저쪽 수풀 왼쪽으로 달아나는 것을 목격했고요. 알렉 씨도 그렇게 말했어요. 두 사람 모두 틀림없이 저 수풀이라고 말했어요.

그리고 알렉 씨는 밖으로 달려나와 총에 맞은 윌리엄 옆에 무릎을 꿇고 앉았어요. 보시는 것처럼 땅이 매우 딱딱하게 굳어 있어서 참고가 될 만한 것은 아무것도 남아 있지 않아요."

홈즈가 얘기하고 있는 동안에 두 남자가 집 모퉁이를 돌아 정원의 조그만 길을 따라 이쪽으로 걸어오고 있었다. 한 사람은 꽤 나이가 들었지만 건강하고 주름이 많은 얼굴에 우울한 눈빛을 가진 남자였다. 또 다른 사람은 건장한 청년이었는데, 그의 밝게 웃는 얼굴과 화려한 복장은 우리가 여기를 찾아온 용건과는 전혀 어울리지 않는 것이었다.

"아직도 조사 중인가요? 런던 사람들은 절대로 실패하지 않는다고 생각했었는데 일을 그렇게 빨리 처리하는 것 같지는 않군요."

청년이 홈즈에게 말했다.

"아! 조금만 더 시간을 주세요."

홈즈가 밝은 목소리로 대답했다.

"시간이 걸리겠지요. 워낙 단서가 될 만한 게 없으니까요."

알렉이 말했다.

"한 가지 있기는 있습니다. 저희 생각에는 그......, 이런! 홈즈 씨 왜 그러십니까?"

경감이 말을 하려는 순간 가엾은 내 친구 홈즈는 갑자기 무시무시한 표정을 짓기 시작했다. 흰자위를 드러낸 채 고통에 일그러진 얼굴로 낮은 신음 소리를 내며 앞으로 꼬꾸라져 땅바닥에 쓰러지고 말았다. 홈즈는 격렬한 발작을 일으켜 우리가 서둘러 그를 부엌으로 옮겼다. 홈즈는 한동안 커다란 의자에 기대고 앉아 거친 숨을 내쉬었다. 잠시 후, 약한 모습을 보여 미안하고 부끄럽다는 표정을 지어 보이며 그가 자리에서 일어났다.

"왓슨은 알고 있지만 나는 병에서 회복된 지 얼마 되지 않았어요. 이렇게 갑자기 쓰러진다 해도 조금도 이상할 게 없는 상태죠."

홈즈가 사정을 설명했다.

"힘드시다면 우리 집 이륜마차로 모셔다드리죠."

커닝엄 씨가 말했다.

"이렇게 어렵게 방문했으니 한 가지 확실하게 알아두고 싶은 일이 있어요."

"무슨 일이죠?"

"윌리엄이 현장에 나타난 것은 범인이 집에 들이닥치기 전이 아니라 그 후라고 나는 생각하고 있어요. 문의 자물쇠가 뜯겨 있었는데도 당신들은 처음부터 도둑이 집 안으로 들어오지는 않았을 거라고 믿고 있는 듯하군요."

"그야 당연한 일 아니겠습니까? 그때 알렉은 아직 잠자리에 들기 전이었습니다. 집 안을 돌아다니는 사람이 있었다면 소리를 들었을 겁니다."

커닝엄 씨가 차분한 목소리로 말했다.

"아드님은 어디에 계셨었나요?"

"저는 화장실에서 담배를 피우고 있었습니다."

"그 방의 창은 어디에 있죠?"

"왼쪽 끝. 아버지 방 옆에 있습니다."

"두 분 모두 램프를 밝혀놓고 계셨죠?"

"물론입니다."

"바로 그 점이 이상하다는 겁니다."

홈즈가 미소를 지으며 말을 이었다.

"도둑놈이, 그것도 얼마 전에 한바탕 일을 치른 도둑놈이 일부러 그때 침입하려 했다니 이상하지 않나요? 불빛으로 집 안에 두 사람이나 깨어 있다는 사실을 알고 있었을 텐데요."

"아주 대담한 녀석인가 봅니다."

"글쎄, 그건. 어쨌든 이상한 사건이여서 당신에게 해결을 부탁한 겁니다. 하지만 조금 전에 하신 말씀, 윌리엄이 현장에 도착하기 전부터 도둑놈이 집에 들어와 있었다는 말씀은 도저히 이해할 수가 없습니다. 그랬다면 여기저기 뒤진 흔적이나 도둑맞아 없어진 물건이 있어야 할 게 아닙니까?"

알렉이 말했다.

"문제는 어떤 물건이 없어졌느냐 하는 거겠죠. 상대는 아주 특이한 도둑으로 자기만의 방법에 따라서 움직이고 있다는 사실을 잊어서는 안 됩니다. 예를 들어서 녀석이 액튼 씨 댁에서 훔친 물건들을 보면......, 그러니까, 뭐하고...... 뭐였죠?...... 실 한 뭉치, 문진, 그 외의 잡동사니들은 기억도 못하네요."

홈즈가 말했다.

"저희는 이번 사건을 두 분에게 완전히 맡겼습니다. 당신이나 경감님께서 부탁하신다면 무슨 일이든 다 하겠습니다."

커닝엄 씨가 말했다.

"우선, 범인에게 현상금을 걸어주세요. 당신 이름으로. 경찰에게 부탁을 하면 금액을 정하는 데 시간이 걸릴 텐데, 이런 일은 빠를수록 좋지요. 신문에 낼 글을 여기에 써두었으니 읽어보시고 괜찮으시다면 서명을 해주세요. 50파운드 정도면 충분할 겁니다."

"500파운드라도 기꺼이 내놓겠습니다."

홈즈가 내민 종이와 연필을 커밍엄 씨가 받아들었다.

"그런데 이건 그다지 정확하지가 않습니다."

글을 읽고 나서 커밍엄 씨가 말했다.

"서둘러 쓰는 바람에."

"첫 부분에 '화요일 오전 12시 45분, 다음과 같은……' 이라고 되어 있는데 실제로는 12시 15분 전이었습니다."

홈즈가 이런 종류의 실수에 매우 엄격하다는 사실을 알고 있는 나는 걱정이 돼서 도무지 견딜 수가 없었다. 사실에 대해서 매우 정확한 것이 그의 특징이자 장점인데 병 때문에 상태가 좋지 않은 듯했다. 이런 조그만 실수를 저지르는 것만 봐도 그가 아직 완전히 회복되지 않았음을 알 수 있었다.

홈즈가 순간 몸의 중심을 잃었다. 경감은 험악한 표정을 지었으며 알렉은 웃음을 터트렸다. 커밍엄 씨는 잘못된 부분을 고쳐 그 종이를 홈즈에게 건네주었다.

"가능한 한 빨리 신문에 실었으면 합니다. 정말 좋은 생각 같습니다."

홈즈는 조심스러운 손길로 종이를 접어 지갑 안에 넣었다.

"그럼, 모두 집 안으로 들어가서 이 기상천외한 도둑이 정말 아무것도 가져가지 않았는지 조사를 해 볼까요?"

집 안으로 들어가기 전에 홈즈는 범인이 뜯어놓은 문을 조사했다. 정이나 튼튼한 칼을 찔러 넣어 자물쇠를 부순 것이 틀림없었다. 나무 부분에 무언가를 찔러 넣은 자국이 남아 있었다.

"빗장은 달아놓지 않으셨군요."

홈즈가 물었다.

"필요하다고 생각한 적이 없었습니다."

"개는 기르지 않으시나요?"

"기르고 있기는 합니다만 집 건너편에 사슬로 묶어놓고 기릅니다."

"하인들은 언제쯤 잠들었나요?"

"10시쯤일 겁니다."

"평소에 윌리엄도 그때쯤이면 잠을 자겠군요."

"그렇습니다."

"그날 밤에만 잠을 자지 않았다니, 조금 이상하네요. 자, 그럼 집을 안내해주세요, 커닝엄 씨."

부엌은 평평한 돌을 깔아놓은 복도 옆에 있었고 바로 앞에 2층과 직접 연결되어 있는 나무 계단이 있었다. 위로 올라가니 맞은편에 현관으로 이어지는 또 하나의 계단이 있었는데 그 계단은 훨씬 더 장식이 많았다. 여기에는 응접실과 몇 개의 침실이 늘어서 있었는데 커닝엄 씨와 알렉의 침실도 여기에 있었다. 홈즈는 집 구조를 유심히 살피며 천천히 걸었다. 유력한 단서를 쫓고 있을 때 보이는 표정을 짓고 있었지만 어떤 방향으로 추리를 하고 있는지 나로서 는 도저히 알 길이 없었다.

"한마디 하겠는데, 이건 쓸데없는 짓입니다. 계단을 오르자마자 내 방이 있고 그 다음에 아들 방이 있습니다. 도둑이 여기까지 왔 는데도 두 사람 모두 눈치 채지 못했다는 건 말이 되지 않습니다. 다시 한번 생각해 보시기 바랍니다."

커닝엄 씨가 답답하다는 듯이 말했다.

"여기저기 돌아다니며 새로운 냄새를 맡을 생각입니까?"

아들인 알렉이 비아냥거리듯 웃으며 말했다.

"그래도 조금 더 기다려주셔야 할 것 같습니다. 침실 창에서 어 디까지 보이는지, 그런 것도 알고 싶거든요. 여기가 아드님 방이 죠?"

홈즈가 문을 열었다.

"그렇다면 저기가 소동이 있던 날 밤에 담배를 피웠다던 화장실 이겠군요. 저곳의 창은 어느 쪽으로 나 있죠?"

홈즈는 침실을 가로질러가 옆방으로 통하는 문을 열고 그 안을 살펴보았다.

"이제 만족하셨습니까?"

커닝엄 씨가 화가 난 듯한 목소리로 말했다.

"됐어요. 이제 여기는 다 본 것 같아요."

"꼭 보셔야겠다면 이젠 내 방으로 안내하겠습니다."

"괜찮으시다면."

커닝엄 씨는 어깨를 한 번 들썩이고는 앞장서서 자신의 방으로 들어갔다. 특별히 가구에 신경을 쓴 것 같지도 않은 평범한 방이었다. 모두가 창가로 다가설 때 홈즈는 걸음을 늦춰서 나와 함께 가장 뒤에 쳐졌다. 침대 발치 가까이에 조그맣고 네모난 테이블이 있고 그 위에는 오렌지를 담은 대접과 유리 물병이 놓여 있었다. 그런데 놀랍게도 그 앞을 지나갈 때 홈즈가 내 앞으로 몸을 숙이더니 일부러 테이블을 쓰러뜨리는 것이었다. 유리는 산산조각이 났고 오렌지는 사방으로 흩어져 굴러갔다.

"왜 그러나 왓슨? 카펫이 엉망이 되지 않았나?"

홈즈가 자기는 모르겠다는 표정을 지으며 말했다.

나는 서둘러 오렌지를 줍기 시작했다. 어떤 이유가 있어서 내게 책임을 덮어씌우는 것이라는 것을 알고 있었기 때문이었다. 모두 거들어 테이블을 원래 있던 대로 되돌려놓았다.

"어? 홈즈 씨는 어디 간 거지?"

경감이 외쳤다.

홈즈의 모습이 보이지 않았다.

"여기서 기다리십시오. 그 사람 아무래도 머리가 어떻게 된 것 같습니다. 오세요, 아버지. 그 사람을 찾아봅시다."

두 사람은 방 밖으로 나갔고 그 자리에 남은 경감과 대령 그리고 나는 서로의 얼굴을 바라볼 뿐이었다.

"저도 알렉 씨와 같은 생각이 듭니다. 병 때문일지도 모르겠지만, 아무래도……."

그 순간 비명이 들려왔다.

"살려줘! 사람 살려! 살인자다!"

놀랍게도 그건 홈즈의 목소리였다. 나는 허겁지겁 방 밖으로 달려 나갔다. 전보다 비명이 낮아지기는 했지만 우리가 처음 들어갔던 방에서 의미를 알 수 없는 쉰 목소리가 흘러나왔다.

방으로 달려 들어간 나는 그 안쪽에 있는 화장실로 뛰어들었다. 커닝엄 부자가 바닥에 쓰러진 홈즈를 짓누르고 있었다. 아들 알렉은 두 손으로 홈즈의 목을 조르고 있었고 아버지 커밍엄 씨는 홈즈의 한쪽 손목을 비틀고 있었다. 바로 세 사람이 달려들어 그들을 제지하자 홈즈가 비틀거리며 자리에서 일어났다. 얼굴은 창백했으며 완전히 지쳐버린 표정이었다.

"경감, 이 두 사람을 체포하세요."

그가 숨을 헐떡이며 말했다.

"무슨 혐의로?"

"마부 윌리엄 카원을 살해한 혐의요!"

경감이 기가 막히다는 표정으로 홈즈를 바라보았다. 그러다 간신히 입을 열었다.

"왜 이러십니까, 홈즈 씨? 설마 진심으로 그러시는 건......."

"두 사람의 얼굴을 한번 보라고!"

홈즈가 차갑게 내뱉었다.

자신의 죄가 그렇게 확실하게 사람의 얼굴에 드러나는 것을 나는 지금까지 본 적이 없었다. 커밍엄 씨는 도무지 실감이 나지 않아 멍한 듯했으며, 그 개성 있는 얼굴에 무엇엔가 짓눌린 듯 답답한 표정이 나타났다. 아들 알렉의 얼굴은 시원시원하고 밝은 표정이 완전히 사라져 버리고 위험한 야수와 같은 잔인함이 나타나 검은 눈이 번뜩였다. 단정했던 얼굴이 일그러져 있었다.

경감은 아무 말 없이 문으로 다가가 벨을 울렸다. 그 소리를 듣고 경찰 두 명이 안으로 들어왔다.

"커닝엄 씨, 저로서도 어쩔 수가 없습니다. 틀림없이 터무니없는 착각일 테지만 워낙...... 앗! 뭐 하는 거야? 그만둬!"

경감이 한쪽 팔을 휘젓자 알렉이 조준하려던 회전식 권총이 소리를 내며 바닥에 떨어졌다.

홈즈가 재빨리 권총을 밟으며 말했다.

"이걸 보관하고 있어요. 재판을 할 때 증거물이 될 테니까. 그건 그렇고 우리가 찾던 게 여기 있어요."

그가 꼬깃꼬깃한 종이를 꺼냈다.

"그 편지의 나머지 부분입니까?"

경감이 큰 소리로 물었다.

"맞아요."

"어디에 있었습니까?"

"틀림없이 있을 거라고 생각했던 곳에. 곧 모든 내용을 밝히도록 하죠. 대령님, 당신은 왓슨과 함께 먼저 집으로 돌아가세요. 나는 늦어도 한 시간 뒤에는 돌아갈 수 있을 겁니다. 경감과 함께 범인들과 얘기를 나눠야 하지만 점심 식사 전에는 돌아갈 수 있을 거예요."

홈즈가 약속한 대로 시간에 맞춰왔기 때문에 우리는 1시쯤 대령의 집 흡연실에 모두 둘러앉을 수 있었다. 홈즈는 체구가 작은 노인을 한 명 데리고 와서는 처음 도둑을 맞은 액튼 씨라고 내게 소개를 해주었다.

"이번 사건에 대해서 설명하는 걸 액튼 씨도 들어주었으면 해서 말일세. 틀림없이 자세한 얘기를 듣고 싶어 하실 테니. 대령님, 나처럼 말썽 많은 사람을 초대한 것을 후회하고 계시진 않으신가요?"

"무슨 말씀을. 어떻게 일을 하시는지 배울 수 있었던 것을 최고의 특권이라 생각하고 있습니다. 생각하고 있었던 것보다 훨씬 더 뛰어난 솜씨로 사건을 해결하신 것 같은데 솔직히 말씀드리자면 당신이 어떤 식으로 성과를 올린 건지 도저히 감도 못 잡겠습니다. 무엇을 단서로 사건을 해결했는지 아직도 알 수가 없습니다."

헤이터 대령이 진심 어린 목소리로 말했다.

"내가 설명을 하면 분명히 실망하실 겁니다. 내 친구 왓슨이나, 내가 쓴 방법에 대해서 지적인 흥미를 느끼고 계시는 분에게는 무엇 하나 숨기지 않고 전부 밝히고 있기는 하지만요. 어쨌든 조금 전 화장실에서 당한 일 때문에 몸이 약간 좋질 않으니 우선은 브랜디를 한 잔 마실 수 있을까요? 요즘 체력이 조금 떨어져서요."

"아까와 같은 발작 증세가 또 일어났던 것은 아니겠지요?"

홈즈는 아주 유쾌하다는 듯이 웃었다.

"때가 되면 그에 대해서도 말씀드리도록 하지요. 내게 해결의 실마리를 제공한 몇 가지 일들을 말씀드린 후에 사건의 경위를 순서대로 설명해 드릴 생각이니까요. 도중에 이해할 수 없는 부분이 있다면 언제든지 질문하세요. 범죄를 꿰뚫어보는 데 가장 중요한 것은 수많은 사실 중에서 정말로 중요한 것과 그렇지 않은 것을 구별해내는 거예요. 그렇지 않으면 쓸데없는 곳에 에너지와 주의를 쏟아 부어 중요한 곳에 힘을 집중시킬 수가 없죠.

이제 이번 사건에 대해서 말씀드리지요. 나는 처음부터 죽은 마부가 쥐고 있던 종이쪽지가 이번 사건의 수수께끼를 푸는 열쇠가 될 것이라고 생각했어요. 그것에 대해 자세히 말씀드리기 전에 생각해봐야 할 것이 하나 있어요. 만일 범인이 윌리엄을 사살하고 바로 도망갔다는 알렉 씨의 진술이 사실이라고 한다면 죽은 사람의 손에서 종이를 앗아간 것은 그 사람이 아니라는 얘기가 되죠. 그리고 그 사람이 아니라면 알렉 씨 자신이라는 얘기가 됩니다. 커밍엄 씨가 현장으로 내려왔을 때는 이미 몇몇 하인들이 그곳으로 달려온 뒤였으니까요. 아주 단순한 사실인데 경감은 이를 놓쳤어요. 그들 부자와 같은 지역의 거물이 사건에 관계했을 리가 없을 거라는 선입견을 가지고 있었기 때문이에요.

여기서 확실히 말씀드리는데 나는 절대로 편견을 가지고 사물을 바라보지 않습니다. 사실이 가리키는 것을 있는 그대로 받아들이고 끝까지 추적해요. 덕분에 처음 조사를 시작했을 때부터 알렉 씨가 좀 이상하다는 생각을 하게 됐어요. 그리고 경감이 보여준 종이를 아주 면밀하게 살펴봤어요. 큰 의미를 가진 내용의 일부라는 사실을 바로 알 수 있었죠. 여기에 그 종이쪽지가 있습니다. 뭔가 눈에 띄는 점이 없나요?"

"글씨가 들쭉날쭉이구먼."

대령이 말했다.

"맞아요, 잘 보셨습니다. 이건 두 사람이 번갈아가면서 한 단어씩 쓴 거예요. 잘 보시면 같은 t라도 'at'와 'to'의 t는 진하게 썼는데 'quarter'와 'twelve'의 t는 흐리게 썼다는 걸 알 수 있을 거예요. 두 개의 서로 다른 t를 비교해보면 서로 다른 사람의 글자라는 걸 확실히 알 수 있어요. 이 네 단어를 잠깐 살펴본 것만으로도 'learn'과 'maybe'는 진하게 쓰는 사람이 'what'는 흐리게 쓰는 사람이 썼다는 것을 확실하게 알 수 있습니다."

홈즈가 강한 어조로 말했다.

"이거 정말 한눈에 알아보겠는걸! 그럼 두 사람은 왜 그런 식으로 편지를 쓴 겁니까?"

대령이 큰소리로 말했다.

"그건 말할 필요도 없이 두 사람이 음모를 꾸몄는데 서로가 서로를 믿지 못했기 때문에 이렇게 하기로 한 거죠. 이렇게 하면 무슨 일이 일어나든 두 사람은 똑같이 책임을 져야 하니까요. 두 사람 중에서 'at'와 'to'를 쓴 사람이 중심이 되어 일을 꾸민 겁니다."

"그걸 어떻게 알 수 있습니까?"

"두 글자의 특징을 비교해보는 것만으로도 추리를 할 수는 있어요. 하지만 그보다 더 확실한 이유가 있어요. 이 종이를 잘 살펴보면 진하게 글씨를 쓰는 사람이 먼저 자신이 써야할 부분을 전부 썼고, 한 단어 한 단어 사이를 띄어놓아 다른 사람이 글을 쓸 수 있게 했다는 걸 알 수 있어요. 그런데 사이를 충분히 벌려놓지 않아서 나중에 쓴 사람이 'quarter'이라는 단어를 'at'과 'to' 사이에 억지로 써넣었어요. 그러니까 'at'과 'to'를 먼저 썼다는 얘기가 되는 거죠. 자신이 써야 할 단어들을 먼저 쓴 사람이 이번 사건을 계획했다고 봐도 크게 틀리지는 않을 거예요."

"대단합니다!"

액튼 씨가 큰소리로 말했다.

"이런 건 그저 표면적인 것에 불과해요. 그럼 지금부터 중요한 점에 대해서 말씀드리도록 하죠. 아실지 모르겠지만, 전문가들 사이에서는 글자를 보고 그것을 쓴 사람의 나이를 추정하는 방법이 상당히 정확한 수준에까지 이르렀어요. 일반적인 경우라면 이 사람은 20대라거나, 40대 라고 말할 수 있을 정도까지 판단이 가능합니다. 일반적인 경우라고 말한 이유는 병에 걸렸거나 몸이 약해졌을 경우에는 젊은 사람이라도 노인처럼 글을 쓰기 때문이에요.

이 종이쪽지의 경우, 한쪽 글자는 대담하고 힘이 느껴지는 반면 다른 한쪽 글자는 어딘지 불안정합니다. 그리고 읽지 못할 정도는 아니지만 t의 세로획도 거의 보이지 않을 정도죠. 따라서 한 사람은 젊고 또 한 사람은 그보다 훨씬 나이가 많기는 하지만 아주 늙지는 않았다는 사실을 알 수 있어요."

"정말 놀랍습니다!"

액튼 씨가 다시 한번 큰소리로 말했다.

"그런데 더욱 재미있고 잘 살펴보지 않으면 눈치 채지 못할 것이 한 가지 더 있어요. 이 두 사람의 글자에는 공통점이 있어요. 혈연 관계에 있는 두 사람이 쓴 글이죠. 두 사람 모두 e를 그리스어의 ε처럼 썼어요. 그걸 보면 가장 확실하게 알 수 있어요. 내게는 그 외에도 여러 가지 세세한 부분이 보이지만 이 두 사람의 글자에는 명백하게 한 가족에게서 볼 수 있는 특징이 나타나 있어요. 지금 말씀드리고 있는 것은 종이쪽지를 살펴보고 알아낸 중요한 점들이에요. 그 외에도 23가지 점에 대해서 더 추리를 했지만 그런 것은 당신들보다는 전문가들에게 더욱 흥미로운 얘기일 겁니다. 나는 이런 점들을 전부 고려해서 커닝엄 부자가 이 편지를 썼을 것이라고 더욱 확신하게 되었어요.

그 다음에 해야 할 일은 뻔했죠. 범행이 어떤 식으로 일어났는지 자세히 조사해서 그 결과가 어느 정도까지 도움이 될지를 판단해야 합니다. 나는 경감과 함께 그 집으로 가서 필요하다고 생각되는 곳을 전부 둘러보았어요.

시체에 남아 있는 상처를 살펴보고 확인한 내용인데, 그 상처는 4야드 정도 떨어진 곳에서 발사된 회전식 권총에 맞아서 생긴 것이더군요. 옷에는 화약에 그을린 자국이 없었어요. 그러니까 두 사람이 몸싸움을 벌이다가 총에 맞았다는 알렉 씨의 진술은 거짓이었어요. 그리고 커밍엄 씨와 알렉 씨는 모두 범인이 현장에서 수풀 쪽으로 해서 도로로 도망쳤다며 같은 장소를 지목했어요. 그 수풀에는 폭이 넓고 바닥이 질퍽질퍽한 구덩이가 있어요. 그런데 구덩이 속에 발자국은 하나도 남아 있지 않더군요. 그래서 나는 확신할 수 있었어요. 커닝엄 부자가 이 점에 대해서도 거짓말을 하고 있을 뿐만 아니라 범행 현장에 정체불명의 사내는 애초부터 없었다는 사실을요.

여기까지 오자 이제 범행 동기를 생각하지 않을 수 없었죠. 그것을 알아내기 위해서 무엇보다도 먼저 액튼 씨 댁에 도둑이 든 이유를 밝혀내야겠다고 생각했어요.

액튼 씨, 대령에게 잠깐 얘기를 들었는데 당신과 커닝엄 부자 사이에 재판이 끊이질 않는다고요. 어찌 보면 당연한 얘기지만, 그 말이 떠오르는 순간 그들이 재판에 영향을 미칠 서류나 다른 무엇인가를 손에 넣기 위해서 댁의 서재에 침입한 게 아닐까 하는 생각이 머리를 스쳤어요."

"맞습니다. 두 사람은 틀림없이 그것 때문에 침입했을 겁니다. 저는 지금 커밍엄 부자가 소유하고 있는 토지의 절반을 요구하고 있습니다. 만일 단 한 장뿐인 서류가 그들 손에 넘어간다면 저는 이 재판에서 이길 수 없을 겁니다. 다행히 그 서류가 변호사의 금고 안에 있긴 하지만 말입니다."

액튼 씨가 말했다.

"역시 그랬군요."

홈즈가 미소를 지으며 말을 이었다.

"그건 위험하고 어리석은 생각이었어요. 아들인 알렉 씨의 생각인 듯합니다. 목적을 달성하지 못한 그들은 자신들이 의심을 받지 않도록 평범한 도둑의 소행으로 보이려고 한 거죠. 그래서 눈에 띄는 물건들을 닥치는 대로 훔쳐 달아난 거예요. 여기까지는 생각이 금방 정리되었지만 그래도 애매한 점들이 많이 남아 있었어요. 무엇보다도 먼저 그 편지의 나머지 부분을 손에 넣어야만 했어요. 틀림없이 알렉 씨가 윌리엄에게서 그것을 빼앗았을 테고, 편지를 가운 주머니에 넣은 것이 거의 확실하다고 생각했죠. 주머니 외에 마땅히 숨길만한 곳이 없었을 테니까요.

문제는 그것이 아직도 주머니 속에 있을까 하는 점이었어요. 꼭 한번 살펴봐야겠다는 생각에 여러분과 함께 그 집을 방문했어요. 기억하고 계시겠지만 우리가 커닝엄 부자와 마주친 곳은 부엌문이 있는 곳이었어요. 말할 필요도 없이, 무슨 일이 있어도 그들에게 종이쪽지를 떠오르게 해서는 안 됐었죠. 만일 그들이 그걸 깨닫는다면 바로 처분해버릴 테니까요.

경감이 그 편지의 중요함을 막 얘기하려 했을 때는 정말 운이 좋았어요. 내가 가벼운 발작을 일으킨 덕분에 화제가 바뀌었으니까요."

"그렇게 된 것이었습니까? 일부러 발작을 일으키셨단 말이죠? 그럼 우리의 동정도 전부 소용없는 것이었겠군요."

대령이 웃으며 말했다.

"의사의 입장에서 말하자면 아주 멋진 연기였다네."

언제나 끊임없이 재치를 발휘하여 사람들을 놀라게 하는 홈즈를 나는 감탄의 시선으로 바라보았다.

"이런 방법은 종종 내게 도움을 주곤 하죠. 발작이 가라앉은 다음 나는 아주 간단한 속임수를 써서 커닝엄 노인에게 'twelve' 라는 글을 쓰게 했어요. 종이쪽지에 있는 'twelve' 라는 글자와 비교하기 위해서."

"아, 난 그런 줄도 모르고!"

내가 외쳤다.

홈즈가 미소지으며 말을 이었다.

"자네, 내 정신이 혼미한 줄 알고 걱정한 모양이군. 안 그래도 자네가 걱정할까봐 미안하게 생각하고 있었어. 그 후, 모두가 2층으로 올라가 아들의 방으로 들어갔을 때 문 뒤쪽에 가운이 걸려 있는 것을 보고 아버지의 방으로 들어가 일부러 테이블을 쓰러트려 사람들의 주의를 그쪽으로 쏠리게 한 뒤 그 틈을 이용해서 다시 아들 방으로 가 주머니를 뒤졌어요.

예상했던 대로 편지는 주머니 속에 있었는데 그것을 손에 넣은 순간 커닝엄 부자가 나를 덮친 겁니다. 여러분이 빨리 와서 나를 도와주지 않았다면 나는 그 자리에서 살해당했을 겁니다. 솔직히 말하자면 그 젊은 아들이 두 손으로 내 목을 조르던 감촉이 아직도 생생하게 남아 있어요. 커밍엄 씨는 내 손목을 비틀어 쥐고 있던 편지를 빼앗아가려 했고요. 그 전까지만 해도 완전히 마음을 놓고 있다가 내가 모든 것을 꿰뚫어보고 있다는 것을 안 순간 그들은 절망에 빠져 완전히 제정신을 잃은 듯했어요.

그 후 나는 커닝엄 씨에게 범행 동기를 물어봤어요. 그는 그래도 다루기 쉬웠는데 알렉씨는 완전히 악당 그 자체더군요. 권총이 손에 들어오기만 하면 자신의 머리든 다른 사람의 머리든 마구 쏘아댈 사람입니다. 자신에게 불리한 증거들을 이미 다 입수했다는 사실을 깨달은 커닝엄 씨는 완전히 기가 죽어 모든 걸 다 밝혔어요.

두 사람이 액튼 씨 댁에 침입한 날, 마부인 윌리엄이 두 사람 뒤를 밟은 듯합니다. 그렇게 해서 윌리엄은 그들을 마음대로 움직일 수 있는 위치에 서게 되자 자기의 입을 막으려면 돈을 내라고 협박을 했어요. 하지만 그런 협박을 하기에 알렉 씨는 너무 위험한 상대였어요. 부근 주민들이 언제 도둑이 들지 모른다고 떠들어대는 것을 듣고 거추장스러운 사람을 제거해야겠다고 생각했으니 정말 천재적인 머리를 가진 사람 아닙니까? 알렉 씨는 윌리엄을 밖으로 불러내 사살했습니다. 알렉 씨가 편지를 완전히 빼앗고 세심한 부분에 좀 더 신경을 썼더라면 아마 조금도 의심받지 않았을 겁니다."

"그렇다면 그 편지는?"

내가 물었다.

홈즈가 다음과 같은 종이를 보여주었다.

「12시 15분 전, 동문으로 나와라. 깜짝 놀랄 정보를 가르쳐주겠다. 아마 너와 애니 모리슨에게 커다란 도움이 될 것이다. 하지만 누구에게도 이를 얘기해서는 안 된다.」

"이런 내용일 거라고 짐작은 하고 있었어요. 알렉 커닝엄과 윌리엄 카원, 애니 모리슨, 이 사람의 관계는 아직 알아내지 못했지만.
어쨌든 편지를 미끼로 사용한 작전은 완전히 성공을 거둔 셈입니
다. p와 g의 아래 꼬리 부분을 두 사람이 똑같이 쓰는 것을 보면 역
시 부자구나 하는 생각이 들어 놀라지 않을 수 없을 겁니다. 노인
이 i의 점을 찍지 않는다는 점도 눈에 띄는 특징이지요. 왓슨, 시골
에서 조용히 휴양을 취하자는 건 아주 멋진 계획이었어. 내일이면
완전히 원기를 회복해서 베이커 가로 돌아갈 수 있을 것 같아."

장기 입원환자
The Adventure of
Resident Patient

나의 친구 홈즈의 뛰어난 추리능력을 세상에 소개하고 싶다고 생각했고, 실제로 다소 두서없기는 하지만 기록을 정리해 왔다. 하지만 실제로 일어난 사건 중에 목적에 맞는 사건을 고르는 일은 그리 만만한 일이 아니었다. 이렇게 다시 기록들을 살피다보면 저절로 힘들었던 과정들이 떠오르게 된다.

　왜냐하면 홈즈가 제아무리 뛰어난 추리력과 독특한 수사방법으로 모든 사람들을 놀라게 했다 해도 사건 자체가 평범하고 이야깃거리로도 재미없어 공표되지 않는 경우가 자주 있다.

　역으로 아주 희한하고, 사람들이 상상조차 할 수 없는 사건에 착수했지만 홈즈가 해결을 위해 한 역할이 전기 작가인 내 기대에 못 미치는 경우도 많았다.

　'진홍빛 연구'라는 제목으로 기록한 사건과 그 뒤 발표한 글로리아 스콧 호의 실종에 관한 이야기는 그야말로 전기 작가를 영원한 고민에 빠지게 하는 스킬라와 카리브디스와 같은 것이다. 지금 소개하려고 하는 사건도 홈즈의 활약이 그다지 크진 않았지만 사건 자체가 너무나 기묘하고 재밌는 요소를 내포하고 있어 꼭 소개하고 싶다는 생각이 들었다.

사건 기록 일부를 잃어버려 이 사건이 정확하게 언제였는지는 분명하지 않다. 하지만 내가 홈즈와 베이커가에서 함께 생활하게 된 지 1년 정도 됐을 때라는 건 확실하다.

10월의 비바람이 불던 어느 날이었다. 우리는 하루 종일 집안에 틀어박혀 있었다. 나는 몸 상태가 좋지 않아 가을의 거친 바람 속에 나서기 싫었고, 홈즈는 어려운 화학 실험에 몰두하고 있었다.

하지만 밤이 되자 실험이 채 끝나기도 전에 시험관 하나가 깨져 버렸다. 홈즈는 짜증스럽게 소릴 지르며 어두운 얼굴로 의자에서 일어섰다.

"하루 종일 작업한 실험을 망쳐 버렸어, 왓슨"라고 말하면서 성큼성큼 창으로 다가갔다. "어라, 별이 보이고 바람도 잦아졌군. 어떤가, 잠시 바람이라도 쐬지 않겠나?"

좁은 거실이 답답했던 나는 쌍수를 들어 찬성했다. 그리고 세 시간 정도 플리트가에서 스트랜드가까지 어슬렁거리며 복잡한 거리를 오가는 수 많은 사람들의 모습을 바라봤다. 그야말로 인생의 만화경이라 할 만한 광경이었다.

홈즈는 그 와중에도 사소한 것에 대한 관찰력과 예리한 추리력을 느끼게 해주는 독특한 말투로 나를 즐겁게 해주었다.

베이커가에 돌아온 건 오후 10시를 조금 지나서였다. 집 앞에 사륜마차가 서 있었다.

"음, 의사의 마차군. 일반 개업의사 같군. 개업한 지 얼마 안 됐는데 꽤 잘되나 보군. 아마 뭔가 상담을 하러 온 것 같아. 때마침 잘 왔군."

홈즈의 추리방법에 상당히 익숙해 있어 왜 그런 결론을 내렸는지 바로 이해할 수 있었다. 마차 안 불빛 아래 바구니가 걸려 있었고 그 안에는 의료기기가 들여다보여 그 종류와 상태를 보고 바로 추측했을 것이다. 우리의 2층 방 창에서 불빛이 새나오고 있으니 우리를 찾아온 게 거의 확실하다. 나와 같은 의사가 이런 시간에 대체 무슨 용건으로 찾아왔을까. 나는 호기심에 차 홈즈의 뒤를 따라 방으로 들어갔다.

우리가 방에 들어가자 적갈색 구레나룻에 창백하고 마른 얼굴의 남자가 난로 앞 의자에서 일어섰다. 나이는 많아야 서른 서너 살 정도일까. 하지만 상당히 수척한 얼굴에 낯빛도 어둡다. 틀림없이 생기를 잃을 정도로 일에만 매달려 정력을 다 소모해버리는 생활을 하고 있을 것이다. 행동이 내성적인데다 신경이 곤두서 있는 듯한 느낌이었다.

일어서면서 벽난로 턱에 얹은 가늘고 흰 손은 의사보다 예술가에 더 어울려 보였다. 복장은 소박한 플릭코트에 검정 바지. 넥타이만

이 단조로움에서 약간 벗어나 있었다.

"잘 오셨습니다, 의사선생" 홈즈는 밝은 목소리로 말을 걸었다. "많이 기다리지 않게 해서 다행입니다."

"마부에게 물으셨나요?"

"아니요, 그 보조테이블의 촛불이 가르쳐 줬습니다. 자아, 앉으시죠. 바로 용건을 들어볼까요."

"퍼시 트리빌리언이라고 합니다. 의사고, 집은 브룩 가 403번지입니다."

"트리빌리언 씨라면 원인불명의 신경장애에 대해 논문을 쓴 바로 그 트리빌리언 박사 인가요?" 내가 물었다.

자신의 논문에 대해 아는 게 기뻤는지 볼이 살짝 상기됐다.

"그 논문은 반응이 전혀 없어 이미 완전히 기억에서 사라졌다고 생각했습니다. 출판사에서도 전혀 팔리지 않고 있다고 해서 실망하고 있었습니다. 그럼, 당신도 혹시 의학 관계자이십니까?"

"군의관이었는데, 전역했습니다."

"저는 줄곧 신경질환에 관심을 가지고 있었습니다. 향후로도 가능하다면 신경질환 전문의가 되려고 합니다. 하지만 홈즈 씨 지금은 이런 이야기를 나누고 있을 때가 아닙니다. 소중한 시간을 빼앗고 있으니까요. 실은 브룩 가의 제 집에서 이상한 일들이 계속적으로 일어나고 있습니다. 오늘도 사건이 벌어져 홈즈 씨와 상담하고 도움을 받아야 될 것 같아서 이렇게 찾아왔습니다."

홈즈는 의자에 앉아 파이프에 불을 붙였다. "상담을 해 드리죠, 가능한 도와드릴 테니 그 이상한 사건들에 대해 말씀해 주십시오"

"개중에는 말씀드리기 창피한 것도 있지만 뭐가 뭔지 종잡을 수 없는데다, 최근에는 더욱 복잡해 졌습니다. 일단 모든 걸 다 말씀 드릴 테니 중요한지 아닌지는 홈즈 씨의 판단에 맡기겠습니다.

먼저 학창시절로 거슬러 올라가 말씀드리겠습니다.

저는 런던대학 출신입니다. 결코 제 자랑을 하는 건 아니지만 학창시절 교수들로부터 장래를 촉망받던 학생이었습니다. 졸업 후 킹스 칼리지 부속병원에 말단 연구원으로 근무하면서 강경증, 다시 말해 카탈랩시(catalepsy)라 불리는 병에 대한 연구가 상당히 주목을 받아, 좀 전에 이 분이 말씀하신 신경장애에 관한 논문으로 브르스 핑커턴 상과 메달을 수여하게 됐습니다. 당시 저는 주변사람들로부터 장래를 촉망받게 됐습니다. 결코 과언이 아니었습니다.

하지만 개업을 하기 위해 자금이 없다는 커다란 장애물이 하나 있었습니다. 두말할 필요 없이 전문의로서 성공하려면 캐번디시 스퀘어 주변에 있는 10여 개의 거리에서 개업을 하지 않으면 안 됩니다. 그러기 위해서는 임대료와 설비비 등, 막대한 자금이 필요합니다. 게다가 그런 개업비용과 함께 처음 몇 년 간 유지할 유지비도 필요합니다. 또한 그에 걸 맞는 말과 마차도 준비해야 하죠.

제 힘으로는 무리라는 걸 알고 있었습니다. 그저 10년 정도 열심히 하면 어떡해서든 간판을 내걸 수 있을 거란 희망을 가지고 일해

왔습니다. 헌데 생각지도 못 한 일이 일어나 새로운 길이 열린 겁니다.

블레싱턴이란 처음 보는 신사가 찾아온 게 사건의 시작입니다. 어느 날 아침 그 남자가 찾아와 이렇게 말했습니다.

'당신이 최근 우수한 논문으로 상을 받은 퍼시 트리빌리언입니까?'

저는 고개를 끄덕였습니다.

'과연. 그렇다면 질문에 솔직히 답변해 주시오. 당신에게 큰 득이 될 테니. 당신에게는 성공을 위한 두뇌는 충분합니다. 그런데 임기응변은 뛰어난 편입니까?'

갑작스럽고 어이없어 웃으며 말했습니다.

'그럭저럭 괜찮은 편이라고 생각합니다.'

'나쁜 습관 같은 건 없나요? 혹시 술을 좋아한다던가?'

'천만에요!'

'됐습니다. 충분합니다. 그래도 확인은 해 둬야겠기에. 헌데 그렇게 모든 걸 갖춘 분께서 왜 개업을 하지 않습니까?'

나는 어깨를 으쓱해 보였습니다.

'그래요, 알겠습니다.' 상대는 조급한 말투로 계속 이어갔습니다. 아무래도 말버릇 같았습니다. '예로부터 머리가 따르면 돈이 따르지 않는다. 그래서 말씀인데 선생을 브룩 가에 개업시켜 드리고 싶은데 어떻습니까?'

저는 깜짝 놀라 상대방의 얼굴을 뚫어져라 바라봤습니다.

'아니, 선생을 위한 게 아닙니다. 실은 나를 위한 거죠. 모든 걸 다 솔직히 털어놓죠. 이 이야기가 선생에게 도움이 된다면 내게도 도움이 됩니다. 실은 투자하고 싶은 돈이 2,3천 파운드 정도 있는데 그걸 선생에게 투자하겠다는 말이오'

'대체 왜 저에게?' 너무 갑작스런 이야기로 저는 숨이 멎는 듯했습니다.

'그저 흔한 사업투자들과 다를 게 없습니다. 게다가 선생에게 투자하는 게 훨씬 안전하니까.'

'그러면 제가 어떡하면 되죠?'

'이제부터 말하는 대로 하면 됩니다. 내가 건물을 임대해 개업에 필요한 설비를 준비하고 고용인들의 월급을 주고 병원 경영의 모든 것을 맡아서 합니다. 당신은 그저 진찰실에서 환자를 진찰하기만 하면 됩니다. 선생이 필요한 자금은 전부 내가 줄 겁니다. 단, 병원 수입의 4분의 3은 내가 받고, 당신 몫으로 4분의 1을 드리리다.'

홈즈 씨 이게 블레싱턴이란 남자가 제안한 것입니다. 구구절절한 이야기는 생략하기로 하고, 어쨌거나 조건을 수락하고 '수태고지 축일'(천사 가브리엘이 성모 마리아에게 예수 그리스도의 수태를 알린 날로 3월 25일)에 저는 병원 건물로 이사를 했습니다. 그리고 블레싱턴의 제안을 대부분 받아들이고 병원을 개업했습니다.

블레싱턴도 입원환자로서 함께 살게 됐습니다. 심장이 좋지 않아 어차피 병원에 자주 가야 한다고 했습니다. 그는 2층의 가장 좋은 방 두 개를 거실과 침실로 썼습니다. 헌데 그는 꽤 이상한 사람이었습니다. 사람들과 접촉하는 걸 아주 싫어했고 외출도 거의 하지 않았습니다. 생활도 불규칙했습니다. 하지만 단 한 가지 놀랄 만큼 규칙적인 것이 있었습니다. 매일 밤 정해진 시간에 맞춰 진찰실로 내려와 장부를 조사하는 겁니다. 그리고 그 날의 수입에서 1기니당 5실링 3펜스 꼴로 돈을 남겨두고 나머지를 전부 자신의 방으로 가져가 금고에 넣는 것입니다.

이건 자신 있게 말씀드리지만 그 사람은 자신의 투자가 실패라고 생각한 적은 한 번도 없을 겁니다. 병원은 처음부터 잘 됐습니다. 개업하자마자 돈이 되는 환자가 왔고, 대학병원에 있을 때의 평판 덕에 제 명성이 자자해졌고 최근 1,2년 만에 블레싱턴은 큰돈을 벌어들였습니다.

홈즈 씨, 여기까지가 저의 간단한 경력과 블레싱턴과의 관계에 대한 이야깁니다. 그리고 이제부터 오늘 밤 여기에 오게 된 경위에 대해 말씀드리겠습니다.

몇 주 전의 일이었습니다. 블레싱턴이 아주 당황스런 모습으로 제 방으로 찾아왔습니다. 웨스트엔드 강도사건으로 비정상적으로 흥분하고 있었습니다. 당장 창문과 문에 더 튼튼한 자물쇠를 달지 않으면 두 다리 쭉 뻗고 잠을 잘 수 없다고 하는 겁니다. 그리고 1

주일 동안 그 사람은 불안해하면서 줄곧 창밖만 바라보고 있었습니다. 매일 저녁식사 전에 하던 가벼운 산책도 완전히 끊어버렸습니다. 아무래도 무언가에, 혹은 누군가를 상당히 두려워하는 것 같았습니다. 하지만 제가 무슨 일인지 물으면 매우 언짢아해서 아무것도 해줄 수가 없었습니다.

다행히 시간이 갈수록 점점 안정을 찾는 듯 보였습니다. 또한 이전처럼 저녁 식사 전에 산책도 다시 시작했습니다. 헌데, 또 새로운 사건이 터져 그 사람은 불쌍할 정도로 기운을 차리지 못 했습니다. 지금도 여전히 그런 상태입니다.

사건의 내용은 이렇습니다. 저는 이틀 전 한 통의 편지를 받았습니다. 보낸 사람도, 날짜도 없이 이런 내용이었습니다.

「현재 영국에 살고 있는 러시아의 귀족이 꼭 한 번 닥터 퍼시 트리빌리언께 진찰을 받고 싶어 합니다. 실은 몇 년 전부터 카탈랩시 발작을 일으키고 있고, 닥터 퍼시 트리빌리언께서 그 방면에 권위가 있다는 명성을 들었습니다. 내일 밤 6시 50분 경 찾아뵙겠으니 폐가 되지 않는다면 댁에 계시길 부탁드립니다.」

저는 이 편지에 강한 흥미를 느꼈습니다. 카탈랩시를 연구하는데 있어 가장 힘든 건 희귀병으로 환자가 적다는 겁니다. 그러니 환자가 있다면 꼭 만나야 했습니다. 그래서 다음 날 저녁 저는 진료실에서 목이 빠져라 기다렸습니다. 약속된 시간이 되자 급사 소년의 안내를 받으며 그 환자가 나타났습니다.

지긋한 나이에 마르고 조용한 평범한 노인이었습니다. 러시아 귀족이란 느낌은 별로 들지 않았습니다. 오히려 함께 온 청년이 훨씬 인상적이었습니다. 늘씬한 키에 검게 그을린 늠름하고 잘 생긴 얼굴이었습니다. 게다가 헤라클레스처럼 건장한 체격의 소유자였습니다. 그 청년이 노인의 팔을 부축하고 들어와 체격에 어울리지 않게 부드러운 손놀림으로 의자에 앉혔습니다.

청년은 약간 혀가 꼬인 듯한 발음을 했습니다. '선생님, 멋대로 시간을 잡아 죄송합니다. 이쪽은 제 아버님이십니다. 아버님의 건강은 세상 그 무엇보다 소중합니다.'

부모를 생각하는 마음에 저는 감동을 받았습니다. '그럼, 진찰하는 동안 함께 계실 건가요?'

'그럴 리가요!' 청년은 당혹스럽다는 듯 대답했습니다. '너무 두려운 일입니다. 아버지가 발작을 일으키는 모습을 보는 건 너무 힘듭니다. 괜찮으시다면 아버님이 진료를 받는 동안 저는 대기실에서 기다리겠습니다.'

물론 저는 동의하고 청년을 내보냈습니다. 바로 환자에게 증상을 묻고 자세히 메모를 했습니다. 환자가 답변을 하는 걸로 봐서는 머리가 둔하게 느껴졌지만 그건 아무래도 영어를 잘 못하기 때문일 겁니다. 헌데 질문을 하면서 메모를 하는 사이 갑자기 대답이 끊겨 버렸습니다. 저는 무슨 일인가 고개를 들어보고 깜짝 놀랐습니다. 노인은 의자 위에서 막대기처럼 경직된 채, 무표정한 얼굴로 굳어 저를 뚫어져라 바라보고 있었습니다. 바로 카탈랩시 특유의 발작을 일으킨 겁니다.

처음에는 환자를 동정하고, 다음에는 놀랐지만, 결국 의사로서의 만족감으로 바뀌었습니다. 바로 환자의 맥을 집어보고, 체온을 재서 노트에 적고, 근육의 굳은 정도를 조사하고, 반사 능력을 시험했습니다. 이 모든 게 다른 특별한 이상이 없는, 제가 지금까지 본 카탈랩시 환자의 사례들과 똑 같았습니다. 이럴 경우에는 아밀 아질산염의 냄새를 맡게 하면 좋은 결과를 얻을 수 있었는데 그 효과를 시험할 더 없이 좋은 기회라고 생각했습니다.

약병이 지하 연구실에 놓여 있어 저는 환자를 남겨둔 채 약병을 가지러 갔습니다. 병을 찾는데 시간이 좀 걸렸지만 그래봤자 5분 정도로 생각됩니다. 헌데 진료실로 돌아와 보니 환자가 사라지고 없는 게 아닙니까!

황급히 대기실로 달려가 봤으나 아들의 모습도 보이지 않았습니다. 현관문은 잠겨져 있었지만 열쇠는 잠겨 있지 않았습니다. 급사 소년은 최근에 고용한 앤데 좀 둔한편입니다. 항상 지하 제 방에 대기하고 있다가 제가 진료실 벨을 누르면 올라와 환자를 배웅하는데 그 소년도 아무것도 듣지 못 했다고 합니다. 그야말로 여우에게 홀린 듯 했습니다.

이 황당한 사건이 일어난 직후 블레싱턴이 산책에서 돌아왔습니다. 하지만 최근에는 그 사람과 접촉을 피하고 있어 이 일에 대해서 아무 말도 하지 않았습니다.

그리고 오늘 밤 일입니다. 두 번 다시 만날 일이 없을 거라 생각했던 러시아 부자가 어젯밤과 똑같은 시간에 똑같은 모습으로 진료실에 나타난 겁니다. 저는 깜짝 놀랐습니다.

'선생님, 어제는 갑자기 돌아가 버려서 정말 죄송합니다.' 노인 본인이 말했습니다.

'네, 정말 놀랐습니다.'

'실은 발작이 진정되면 머리가 멍해져 그 전까지 자신이 무얼 하고 있었는지 전혀 기억을 하지 못합니다. 어제도 그랬습니다. 정신을 차리고 보니 혼자 멍하니 처음 보는 방이었습니다. 그래서 선생님이 돌아오시기 전에 비틀비틀 밖으로 나가버린 겁니다.'

그때 아들이 끼어들었습니다. '저도 아버님이 대기실 앞을 지나가는 걸 보고 진료가 끝난 걸로 착각했습니다. 집으로 돌아가서야 어떻게 된 일인지 알게 됐습니다.'

'아니오, 저야 그저 놀랐을 뿐이니 상관없습니다.' 저는 웃었습니다. '그럼 오늘도 대기실에서 기다려 주시지요. 어제 중단한 진찰을 계속하겠습니다.'

그리고 30분 정도 노인과 증상에 대해 이야기를 나누고 처방전을 써줬고 아들이 노인의 팔을 부축하고 놀아가는 걸 배웅해 줬습니다.

그리고 잠시 후 산책에서 돌아온 블레싱턴이 2층으로 올라갔습니다. 헌데 다시 아래층으로 내려오는 발자국소리가 들리더니 정신 나간 사람처럼 진료실로 달려와 큰소리로 외쳤습니다.

'내 방에 들어간 게 누구야!'

'아무도 들어가지 않았어요'

'거짓말! 올라와봐!'

극심한 공포로 넋이 나간 듯 해 난폭한 말투도 그냥 넘어가기로 했습니다. 함께 2층으로 올라가니 블레싱턴은 양탄자에 흐릿하게 남은 발자국을 가리켰습니다.

'이게 내 발자국이라는 말인가!'

분명히 그의 발자국보다 훨씬 컸습니다. 게다가 아무리 봐도 지금 막 찍힌 자국이었습니다. 아시다시피 오늘 오후에는 비가 많이 와서 환자라고는 그 러시아 부자 뿐이었습니다. 그렇다면 제가 부친을 진찰하는 동안 대기실에 있던 아들이 위로 올라갔다고 밖에 생각할 수 없었습니다. 이유는 모르겠지만 입원환자의 방에 무단침입 했다는 게 됩니다. 뭔가 도둑맞은 것도 없고, 어지럽혀 있지도 않았지만 발자국이 남아 있다는 건, 역시 누군가 방에 들어갔다는 명백한 증겁니다.

이런 일이 일어나면 누구나 마음이 편치 않겠지만 블레싱턴은 필요이상으로 흥분을 했습니다. 팔걸이의자에 앉아 울기 시작했고 무얼 물어봐도 알아들을 수 없는 소리만 하는 겁니다. 실은 여기에 찾아오게 된 것도 그 사람이 말을 꺼내서 입니다. 저는 그 사람처럼 그리 큰 일 이라고 여기지 않지만 침입한 흔적도 있고 해서 말을 듣기로 한 겁니다. 지금 제 마차로 함께 가주시지 않겠습니까? 당장 비밀이 풀리지는 않겠지만 적어도 그 사람을 안정시킬 수는 있겠죠."

홈즈는 긴 이야기에 열심히 귀를 기울이고 있었다. 아무래도 구미가 당기는 눈치였다. 언제나 그렇듯 무표정하게 눈을 가늘게 뜨고 있었지만 트리빌리언의 이야기에 호기심이 발동할 때마다 파이프에서 유난히 짙은 연기가 피어올랐다. 이야기가 끝나자 말없이 일어났다. 내 모자를 집어 주고 테이블에서 자신의 모자를 집더니 트리빌리언의 뒤를 쫓아갔다.

우리는 15분도 채 안 돼 브룩 가의 병원 앞에 도착했다. 웨스트 엔드의 병원 대부분이 그렇지만 왠지 어두운 느낌의 건물이었다. 급사 소년이 문을 열어줘 우리는 곧바로 고급 카펫이 깔려 있는 계단을 올라갔다.

일순간 생각지도 못한 상황에 걸음을 멈췄다. 계단 위의 불빛이 갑자기 꺼지더니 어둠 속에서 울부짖듯 외치는 소리가 들렸다.

"권총을 들고 있다! 한 발작이라도 움직이면 쏜다!"

"조심하세요, 블레싱턴 씨!" 트리빌리언이 소리치자 상대가 안심한 듯 말투가 차분해졌다.

"아, 선생님! 함께 온 사람들은 수상한 사람들 아닌가요?"

어둠 속에서 우리를 뚫어져라 응시하는 듯 했다.

"괜찮은 것 같군요." 겨우 목소리가 들렸다. "자, 올라오세요. 모두 안전을 위한 것이니 언짢게 생각하지 마십시오"

목소리의 주인은 그렇게 말하면서 계단 불을 켰다. 밝아진 눈앞에 독특한 모습의 남자가 서 있었다. 목소리는 물론 얼굴 표정에도 초조함이 역력했다. 남자는 상당히 뚱뚱했지만 이전에는 더욱 뚱뚱했을 것이다. 블래드하운드 견처럼 볼이 축 늘어져 있었다. 병적이리만큼 낯빛이 좋지 않고 듬성듬성한 갈색 머리카락이 날카로워진 신경 때문에 곤두 선 듯 보였다. 우리가 다가가자 블레싱턴은 손에 들고 있던 권총을 주머니에 넣었다.

"안녕하세요. 홈즈 씨죠. 정말 잘 오셨습니다. 지금 저만큼 간절하게 당신의 도움을 필요로 하는 사람은 없을 겁니다. 방에 침입자가 있었다는 말은 선생님에게 들으셨겠죠?"

"네, 들었습니다. 헌데 그 두 남자는 대체 누구입니까? 어째서 당신 주변을 맴도는 거죠?"

"바로 그겁니다." 입원환자는 안절부절 못하며 대답했다. "전혀 모르겠습니다. 제가 알 턱이 없잖습니까."

"아는 사람이 아니란 말씀인가요?"

"아, 일단 안으로 들어오시죠."

우리가 들어간 침실은 넓고 안락해 보였다.

블레싱턴이 침대 옆에 놓여있는 크고 검은 금고를 가리켰다.

"저걸 봐 주세요. 홈즈 씨, 저는 결코 부자가 아닙니다. 이 투자 건으로 트리빌리언 선생님이 잘 아는 바와 같이 난생 처음 투자를 한 겁니다. 저는 은행을 믿지 않습니다. 절대 믿을 수 없습니다. 그래서 저는 얼마 안 되는 전 재산을 금고에 넣어 두었습니다. 무슨 말인지 이해가시죠? 어디 사는 누군지도 모르는 놈들이 제 방에 침입해 얼마나 불안한 지요."

홈즈는 의심스럽다는 듯이 블레싱턴을 쳐다보며 고개를 저었다.

"저를 속일 생각이셨다면 아쉽지만 실패하셨습니다."

"하지만 전 다 말씀드렸는데요."

홈즈는 더 이상 말하기 싫다는 듯 등을 돌려 의사에게 말했다. "안녕히 주무십시오. 닥터 트리빌리언"

"그럼, 도와주실 수 없는 건가요?" 블레싱턴의 목소리가 상기됐다.

"한 마디 충고해 드리죠. 사실을 말씀해 달라는 것뿐입니다."

일분 후 우리는 거리로 나와 하숙집으로 돌아갔다. 옥스퍼드 가를 가로질러 할리 가를 반쯤 지났을 때 홈즈가 입을 열었다.

"쓸데없는 일에 끌어들여 미안하네, 왓슨. 실제로는 재밌는 사건인데 말이야."

"나는 뭐가 뭔지 전혀 모르겠네." 나는 솔직하게 말했다.

"생각해 보게. 무슨 이유인지 모르지만 블레싱턴을 노리는 사람이 두 사람 있다는 건 분명한 사실이네. 더 있을지도 모르지만 일단 두 명은 틀림없네. 첫째 날도, 둘째 날도 한 명이 의사를 붙잡고 있는 동안 젊은 친구가 블레싱턴의 방에 잠입했지. 아마 틀림없을 걸세."

"하지만 카탈랩시 증상은?"

"꾀병일세, 왓슨. 전문가인 트리빌리언 앞에서 말하기 곤란했지만 그 병을 흉내 내는 건 간단하지. 나도 해본 적이 있네. 우연히 블레싱턴은 두 번 다 외출을 했네. 진찰을 받기엔 좀 어정쩡한 저녁 6시 이후를 선택한 건 대기실에 다른 환자가 없을 거라고 생각했기 때문이지. 헌데 우습게도 그 시간이 블레싱턴의 산책 시간이었네. 아무래도 범인들은 블레싱턴의 생활에 대해 잘 모르는 듯싶네.

도둑질이 목적이라면 적어도 흔적이 남아있어야 하지만 전혀 흔적이 없네. 게다가 블레싱턴의 눈을 보니 생명의 위협으로 겁먹은 사람의 눈이었네. 금방 알아차릴 수 있었네. 그 사람은 집요한 적에게 쫓기고 있는데 누군지 모른다는 건 말이 안 돼. 따라서 누가, 왜 쫓고 있는지 알고 있을 걸세. 내일이 되면 솔직히 말하고 싶어지겠지"

"이런 건 어떨까? 좀 우습게 들릴지도 모르지만 전혀 불가능하진 않은 것 같네. 즉, 카탈랩시 환자인 러시아 부자 이야기는 트리빌리언이 꾸며낸 이야기고 실제로는 트리빌리언이 뭔가 목적이 있어 블레싱턴의 방에 잠입한 건 아닐까?"

내 생각을 들은 홈즈는 피식 웃는 모습이 가스등 불빛 사이로 보였다.

"나도 실은 그걸 제일 먼저 생각했네. 하지만 트리빌리언이 거짓말을 하고 있지 않다는 걸 금방 알아차렸네. 젊은 남자의 발자국이 계단 카펫에 확실히 남아 있네. 블레싱턴 방의 발자국까지 확인할 필요가 없었네. 그 남자의 신발은 블레싱턴의 끝이 뾰족한 것과 달리 사각형이었네. 게다가 트레빌리언보다도 1인치하고도 3분의 1이 더 컸네. 그게 다른 사람의 것이라는 걸 자네도 인정해야 할 걸세.

어쨌거나 오늘은 이 정도로 해 두세. 내일 아침 브룩 가에서 틀림없이 연락이 올 걸세."

홈즈의 예언은 적중했다. 게다가 너무나도 드라마틱하게. 다음 날 아침 7시 반, 겨우 흐릿하게 아침볕이 비추기 시작했을 때 가운을 입은 채로 홈즈가 내 머리 맡에 서 있었다.

"왓슨, 마차가 기다리고 있네."

"그게 무슨 소린가?"

"브룩 가에서 보내 왔네."

"새로운 소식인가?"

"으음, 안 좋은 소식 같은데, 확실하진 않네." 이렇게 말하면서 홈즈는 창문 블라인드를 올렸다. "이걸 보게. 수첩을 찢은 종이에 연필로 갈겨썼네. '부탁드립니다. 바로 와 주십시오. P.T' 트레빌리언이 힘겹게 쓴 거네. 긴급사태야. 자, 서두르세."

우리는 10분 만에 병원에 도착했다. 곧바로 겁에 질린 표정의 트레빌리언이 달려 나왔다.

"홈즈 씨, 큰일 났습니다!" 의사는 양손을 관자놀이에 대고 소리쳤다.

"대체 무슨 일이죠?"

"블레싱턴이 자살했습니다!"

홈즈는 휘익, 휘파람을 불었다.

"한 밤중에 목을 맸습니다."

우리는 트레빌리언의 뒤를 따라 대기실로 들어갔다.

"뭐가 뭔지 전혀 모르겠습니다." 트레빌리언의 커다란 목소리가 울려 퍼졌다.

"이미 2층에 경찰들이 와 있습니다. 정말 무서운 일이야."

"발견한 건 언제죠?"

"매일 아침 하녀가 그에게 차를 가져다주는데 오늘 아침 7시 쯤 하녀가 들어가 보니 방 한가운데서 목을 맸습니다. 무거운 램프가 걸려 있는 고리에 로프를 걸고 어제 보신 금고 위에서 뛰어 내렸습니다"

홈즈는 한동안 생각에 잠겼다가 말을 꺼냈다. "가능하다면 2층을 보여주십시오"

홈즈와 내가 앞장서고 트레빌리언이 뒤이어 계단을 올랐다.

침실에 발을 내딛는 순간 참혹한 광경이 눈에 들어왔다. 축 늘어진 블레싱턴이 갈고리에 걸려 있었고 포동포동한 몸집이 더욱 괴기스럽게 느껴져 도저히 사람이라고는 믿기지 않았다. 블레싱턴의 목은 털 뽑힌 닭처럼 축 늘어져 얼굴과 몸이 흉측할 정도로 부어 있었다. 긴 잠옷을 입고 있었고 소맷자락으로 부은 복사뼈와 두 다리가 경직된 상태로 돌출 돼 있었다. 옆에서 민첩한 느낌의 형사가 홀로 서서 수첩에 무언가 적고 있었다.

"아아, 홈즈 씨" 그는 막 들어서던 홈즈에게 말을 걸었다. "잘 오셨습니다"

"안녕하신가, 라너 형사. 방해가 되지 않을까요. 사건의 정황에 대해 들었습니까?"

"네, 대략적으로요."

"그래, 어떻게 생각합니까?"

"공포에 질려 머리가 이상해 졌겠죠. 보시다시피 잠은 침대에서 잔 듯싶습니다. 몸에 흔적이 남아 있으니까요. 자살은 대부분 새벽 5시 경이 가장 많은데 이 사람도 대략 그 정도 시간일 겁니다. 꽤 고민한 것 같습니다."

"근육의 경직 상태로 봐서 대략 죽은 지 세 시간 정도 같군요." 내가 말했다.

"방에 다른 흔적은?" 홈즈가 물었다.

"세면대 위에 드라이버 하나와 나사 몇 개가 있었습니다. 그리고 밤 동안 상당히 많은 담배를 피운 것 같습니다. 궐련 꽁초 네 개를 난로에서 발견했습니다."

"음, 궐련 파이프는 있었나요?"

"아뇨, 발견되지 않았습니다"

"그럼, 궐련 케이스는?"

"그건 코트 주머니에 들어 있었습니다."

홈즈는 케이스를 열고 하나 남은 궐련의 냄새를 맡았다.

"음, 이건 하바나 산이군. 하지만 이건 네덜란드 사람들이 동인도 제도의 식민지에서 수입한 조금 특수한 궐련이야. 보통 밀짚으로 포장돼 있고 다른 종류의 궐련보다 길고 가늘죠." 홈즈는 네 개의 꽁초를 집어 들고 돋보기로 조사했다.

"두 개는 파이프를 끼워 폈고, 나머지 두 개는 그냥 피웠군. 그리고 두 개는 끝을 자른 나이프가 날카롭지 않은 것 같고 나머지 두 개는 그냥 이로 물어뜯고 피웠군. 이건 자살이 아니오, 라너 형사. 아주 치밀하게 계획된 피도 눈물도 없는 살인입니다."

"설마!"

"그렇지 않다는 건가요?"

"살인을 하는데 일부러 힘들게 천장에 매다는 놈이 어딨겠습니까?"

"그걸 지금부터 조사하는 겁니다."

"게다가 범인이 어떻게 집 안에 잠입했습니까?"

"현관으로."

"아침에 빗장이 채워져 있었는데요."

"그럼, 범인이 나간 뒤 채웠겠군."

"어떻게 알죠?"

"발자국이 분명하게 남아있습니다. 잠깐. 지금 더 자세히 설명하지요."

홈즈는 문 앞에 가더니 열쇠구멍을 꼼꼼히 조사했다. 그리고 방 안쪽에 꽂혀 있던 열쇠를 꺼내 조사했다. 그리고 침대, 카펫, 의자, 벽난로 선반, 시체, 로프를 순서대로 조사했다. 드디어 조사가 끝나자 나와 형사, 세 명이 힘을 합쳐 시체를 내렸다. 정중히 침대에 누이고 시트를 덮었다.

"이 로프는 뭐지?"

트레빌리언이 침대 밑에서 로프 다발을 끄집어냈다.

"이걸 잘라 썼을 겁니다. 블레싱턴은 불을 병적으로 무서워했습니다. 불이나면 창밖으로 도망치려고 항상 곁에 두고 있었습니다."

"그랬군. 범인의 수고를 하나 덜어준 셈이군." 홈즈는 잠시 생각에 잠겼다. "모든 게 확실해졌군. 동기도 오후까지는 틀림없이 밝힐 수 있겠군. 벽난로 선반 위의 사진을 잠시 빌리겠습니다. 조사에 도움이 될 테니까."

"잠깐만요, 홈즈 씨. 아직 아무런 설명도 해주시지 않았는데요!" 트레빌리언이 자신도 모르게 소리쳤다.

"아참, 그랬나요. 사건의 정황은 확실합니다. 범인은 세 명. 젊은 남자와 노인, 그리고 또 하나의 인물입니다. 제 3의 인물은 현재로선 단서가 없어 누군지 확실하지 않습니다. 두 사람은 당연히 러시아 귀족 부자지간으로 꾸민 놈들이며 인상착의도 확실합니다. 세 명은 공범의 도움으로 집에 들어왔습니다. 라너 형사 충고 한 마디 하겠습니다. 급사 소년을 당장 체포하시오. 분명히 최근에 고용했다고 했죠, 선생."

"헌데 모습이 보이질 않아요." 트레빌리언이 말했다. "하녀와 요리사가 아까부터 찾고 있지만."

홈즈는 어깨를 으쓱해 보였다.

"그 소년은 이 사건에서 아주 중요한 역할을 했습니다. 어쨌거나 세 사람은 발소리를 죽이고 계단을 올라갔습니다. 제일 앞에 노인, 그리고 젊은 남자, 마지막에 정체불명의 남자가."

"이보게, 홈즈!" 나도 모르게 말을 막았다.

"발자국이 겹친 상태를 보면 틀림없네. 나는 어제 밤 어느 발자국이 누구 건지 확실히 기억하고 있네. 그리고 블레싱턴의 방문은 잠겨 있었네. 하지만 놈들은 철사로 문을 열었지. 돋보기로 들여다보지 않고도 열쇠구멍 주변에 철사로 긁은 자국이 선명하게 남아 있네.

블레싱턴은 순식간에 재갈을 물린 듯하네. 잠에 취해 있었거나, 심한 공포로 목소리조차 낼 수 없었겠지. 이 방 벽은 상당히 두껍네. 어지간히 큰소리를 지르지 않는 한 밖에서 들리지 않았겠지.

블레싱턴의 손발을 묶어 도망치지 못 하게 하고 세 명이서 뭔가 작당을 하기 시작했지. 아마도 자기들 끼리 재판을 했겠지. 상당히 오래 지속된 듯싶네. 그 궐련은 그때 피웠던 거고. 노인은 그 안락의자에 앉아 있었지. 파이프를 사용한 것도 그 노인일세. 젊은 남자는 건너편 의자에 앉아 담뱃불을 서랍장에 비벼 껐네.

제 3의 인물은 이리저리 서성거렸네. 블레싱턴은 침대 위에 앉혀 놓은 것 같지만 분명하진 않네.

재판 결과 블레싱턴은 교수형이 확정됐지. 처음부터 그렇게 정했었는지 교수형에 쓸 도르래도 준비한 것 같네. 저 드라이버와 나사가 도르래를 천정에 다는데 썼겠지. 하지만 천정에 튼튼한 갈고리가 있어 그럴 필요가 없어졌네. 처형을 마치고 세 명이 서둘러 떠나자 공범인 소년이 현관 빗장을 채웠지.”

우리는 홈즈의 설명을 흥미롭게 듣고 있었지만 추리의 대부분이 미묘한 단서에서 출발했기 때문에 일일이 설명을 들어도 쉽게 이해가 되지 않았다. 형사는 곧바로 소년을 찾아 나섰고, 홈즈와 나는 베이커가로 돌아와 아침식사를 했다. 식사가 끝나자 홈즈가 입을 열었다.

“세 시까지는 돌아오겠네. 그 시간에 라너 형사와 트레빌리언이 올거야. 그때까지 불확실한 부분을 전부 확실히 해두고 싶네.”

라너 형사와 트레빌리언이 약속시간에 찾아왔다. 홈즈는 4시 50

분이 다 돼서 모습을 나타냈다. 방에 들어올 때의 표정으로 일이 잘 풀렸다는 걸 알 수 있었다.

"라너 형사, 새로운 소식은?"

"소년을 체포했습니다."

"잘 됐군요. 저도 놈들을 잡았습니다."

"잡았다고!" 우리 세 사람이 동시에 소리쳤다.

"네, 적어도 정체는 확실히 잡았습니다. 블레싱턴도 그를 죽인 놈들도 내가 생각했던 대로 야드에서는 잘 알려진 자들이었습니다. 비들 헤이워드, 그리고 모팻이란 자입니다."

"와징턴 은행을 턴 놈들이군!" 형사가 소리쳤다.

"맞습니다."

"그럼 블레싱턴이 새튼이란 말인가요?"

"틀림없이."

"그랬군. 이제 모든 게 확실하군요." 형사가 말했다.

하지만 트레빌리언과 나는 무슨 말인지 알 수 없었다.

"그 유명한 와징턴 은행 강도 사건 말야." 홈즈가 말했다. "지금 말한 네 명에 카트라이트라는 놈까지 5인조 강도가 투빈 수위를 살해하고 7천 파운드의 현금을 훔쳐 달아났지. 1875년의 일이네. 다섯 명은 얼마 못 가 전부 체포됐지만 결정적인 증거가 없었네.

악당 중에 악당이었던 새튼이 동료들을 팔아먹었네. 새튼의 증언으로 카트라이트는 교수형, 나머지 세 명은 각각 징역 15년을 선고

받았네. 바로 얼마 전 형기보다 몇 년 앞당겨 출소한 세 사람은 곧장 배신자를 찾아 죽은 동료의 복수를 결심했네. 두 번은 허탕 쳤지만 세 번째는 결국 목적을 이루게 된 거지. 어떻습니까, 트레빌리언 선생, 아직 궁금한 점이 남아 있습니까?"

"아뇨, 덕분에 잘 알았습니다." 의사가 대답했다. "겁에 질려 제 방에 찾아 왔을 때 세 사람의 출소 소식을 신문에서 봤겠죠?"

"그래요. 웨스트엔드에서 강도가 어쩌고 저쩌고 하는 건 그저 구실에 불과 했습니다."

"하지만 왜 홈즈 씨에게 사실대로 말하지 않았을까요?"

"옛 동료들이 집념이 강하다는 걸 알고 있었으니 어느 누구에게도 자신의 정체를 밝히고 싶지 않았겠죠. 게다가 그런 부끄러운 비밀을 제 입으로 말하기 힘들었을 수도 있고요. 어때요, 형사님, 이런 추악한 자도 지금까지 영국의 법률의 보호 하에 살아 왔습니다. 물론 비겁한 자에게는 나름의 보상이 따르지만요. 반드시 복수로 이어진다는 걸 이번 사건이 잘 알려주고 있습니다."

브룩 가의 의사와 입원환자를 둘러싼 기괴한 사건의 비밀은 이렇게 해결됐다. 그날 밤 이후 현재까지 살인범 세 명은 경찰의 눈을 피해 소식이 끊긴 상태다. 스코틀랜드 야드에서는 몇 년 전 포르투갈 연안의 오포르토에서 북쪽으로 수 킬로 떨어진 해역에서 난파 되어 탑승인 전원이 행방불명된 불운의 기선, '노라 클라이

너'호에 이 범인 세 명이 타고 있던 게 아닌가 보고 있다. 또한 공범인 소년은 증거불충분으로 기소 되지 않은 채 끝났다. 사람들 입에서 '브룩 가 사건'이라 불리며 소동을 일으켰던 사건이지만 자세한 내용은 지금까지 한 번도 공표되지 않았다.

그리스어 통역
The Adventure of
Greek Interpreter

나는 셜록 홈즈와 오랫동안 친분을 쌓아 왔지만 홈즈는 아직까지 한 번도 집안 이야기를 한 적이 없으며 자신의 어릴 적 이야기도 거의 하지 않았다. 그런 이야기를 싫어하는 걸 보면 가끔 인간미가 없게 느껴지기도 한다.

　홈즈란 남자는 발군의 두뇌를 가졌지만 인정은 없는 게 아닐까 하는 생각이 들기 시작했다. 여자를 싫어하는 데다 친구를 사귀는 것도 별로 좋아하지 않는 것 같고 자신의 가족에 대해서는 절대로 말하지 않았다. 홈즈가 천애고아가 아닐까 생각하고 있던 어느 날, 홈즈가 갑자기 형 이야기를 꺼내 나는 깜짝 놀랐다.

　어느 여름날 오후, 차를 마시며 이런저런 이야기를 나눌 때였다. 골프에서부터 별자리 경사각도가 바뀌는 원인까지 생각나는 대로 이야기를 하다가 격세유전과 성격의 유전에 대한 화제로 이어졌다. 재능은 얼마나 유전이 될지, 어느 정도까지 환경의 영향을 받는지에 대한 문제였다.

"자네의 경우 지금까지 내가 겪어 본 바로, 그 예리한 관찰력과 독특한 추리력은 거듭된 훈련에 의한 거라 생각하네."

내가 이렇게 말하자 홈즈는 생각에 잠겼다. "어느 정도는 맞는 말이네. 하지만 우리 선조는 대대로 지방 유지로 그에 걸 맞는 생활을 해온 것 같네. 할머니는 프랑스 화가 베르네의 동생이네. 그래서 나는 할머니에게 특별한 능력을 물려받았을지도 모르네. 예술가의 혈통은 대체로 별난 사람을 만들어내지"

"어떻게 그게 유전이라고 단정 지을 수 있지?"

"형 마이크로프트가 나보다 더 뛰어나니까."

처음 듣는 말이었다. 그런 재능을 가진 자가 영국에 한 명 더 있었다면 왜 아직까지 세상에 알려지지 않은 걸까. 홈즈에게 물으며 슬쩍 형의 재능이 더 뛰어나다는 건 겸손하게 말하는 게 아니냐고 했다. 홈즈는 큰소리로 웃었다.

"왓슨, 나는 겸손이 미덕이라고 생각하지 않는 사람일세. 논리를 다루는 사람이라면 사물에 대해 정확히 직시하지 않으면 안 되네. 필요이상 자신을 낮추는 건 허풍을 떠는 것과 마찬가지로 사실에서 동떨어져 버리지. 그러니 마이클로프트의 관찰력이 나보다 뛰어나다고 하는 말을 있는 그대로 받아들여주게"

"형님과는 몇 살 차이지?"

"일곱 살 위지."

"이름을 들어본 적이 없는 걸."

"그 방면에선 유명인사네."

"그 방면이라니, 어떤?"

"예를 들어 디오게네스 클럽 같은데."

그런 이름의 사교 클럽은 들은 적이 없었다. 홈즈는 내 생각을 읽은 듯 회중시계를 꺼내며 말했다.

"디오게네스 클럽은 런던에서도 가장 괴짜들의 모임이지. 마이클로프트는 거기 회원 중에서도 제일 독특한 사람이네. 그곳에 매일 4시 45분에서 7시 40분까지 있지. 지금이 6시니까, 혹시 이 상쾌한 저녁에 산책을 가고 싶다면 별난 클럽과 별난 사람들을 자네에게 소개하기로 하지."

그리고 5분 후 우리들은 레전드 서커스 방향으로 걸어갔다.

"자네는 형이 왜 그런 능력을 탐정 일에 활용하지 않는지 궁금하지?" 홈즈가 말했다. "하지 않는 게 아니라 형은 탐정을 할 수 없네."

"하지만 자네 말로는..."

"형이 나를 능가하는 관찰력과 추리력이 있다고 했지. 만약 탐정이란 게 의자에 앉은 채 추리만 하는 거라면 아마 역사에 남을 최고의 탐정이 됐을 걸세. 하지만 형은 정열도 야심도 없네. 추리한 결과를 확인하기 위해 외출하는 것 자체를 싫어하지. 그런 짓을 하느니 그냥 자신이 틀렸다고 하는 게 낫다고 하네. 어려운 문제를 형과 상담하고 나중에 그 말이 맞았던 경우가 왕왕 있었네. 헌데 판사나 배심원의 손에 넘어가기까지 실제로 수사를 하지만 그런 걸 아주 질색하지."

"그럼 탐정을 하는 건 아니겠군."

"전혀 달라. 내게 탐정은 생활 수단이지만, 형에게는 그저 취미에 불과하네. 특출나게 숫자에 밝아 국가에 관련된 회계검사를 하고 있지. 펠멜 가에 있는 아파트에 살고 있는데 매일 아침 화이트 홀까지 걸어서 출퇴근하는데 1년을 통틀어 운동이라고는 고작 이게 전부네. 다른 곳에서 그를 볼 수 있다면 디오게네스 클럽뿐이지."

"그런 클럽은 들어본 적이 없는 걸."

"그렇겠지. 런던에는 사람들을 싫어한다는 이유로 서로 왕래 하지 않는 내성적인 남자들이 아주 많네. 그들에게 안락의자와 최신 신문과 잡지는 꼭 필요한 존재지. 그런 사람들을 위해 디오게네스 클럽이 생겨난 걸세. 지금은 런던에서 가장 인간관계가 좋지 않고, 가장 사교적이지 못 한 사람들이 모이는 곳이네."

그 클럽 회원들은 남의 일에는 전혀 관심이 없네. 접객 실 이외에는 무슨 일이 있어도 말을 걸면 안 되는 규칙이 있지. 이 규칙을 세 번 어기면 제명돼 버리고. 형이 이 클럽 발기인 중 한 명이고 직접 가보니 마음이 아주 편안한 곳이었네"

말하는 사이 펠멜 가에 도착했다. 세인트 제임스 가 쪽에서 걸어갔다. 홈즈는 컬튼 클럽 조금 앞에서 멈춰 서더니 말을 하지 말라는 몸짓을 하고 앞장서 들어갔다. 유리창 너머로 넓고 훌륭한 방이 보였다. 상당히 많은 사람들이 제각각 앉아 신문을 읽고 있었다. 홈즈는 펠멜 가에 접한 작은 방으로 나를 안내하고 잠시 사라졌다 형으로 보이는 사람과 돌아왔다.

마이클로프트 홈즈는 셜록보다 훨씬 키가 크고 풍채도 좋았다. 몸통이 상당히 크고, 얼굴도 컸지만 독특한 날카로운 표정은 셜록과 닮아 있었다. 묘하게 옅은 회색 눈동자에는 홈즈가 전력으로 일에 몰두 할 때만 보이는 내면 깊숙이 빛나는 광채가 항상 빛나는 듯 했다.

마이클로프트가 물개처럼 넓고 평평한 손을 내밀었다.

"뵙게 돼서 영광입니다. 당신이 셜록의 전기 작가가 되고 나서 저는 어딜 가더라도 동생의 소문을 접하고 있습니다. 헌데 셜록, 매너하우스 사건으로 저번 주에 나를 찾아 올 줄 알았는데. 까다롭지 않았어?"

"벌써 다 해결 했어." 홈즈는 웃으면서 말했다.

"당연히 아담스 였겠지?"

"맞아, 아담스 였어."

"처음부터 그럴 줄 알았지."

우리는 클럽 돌출 창 옆에 앉았고 마이클로프트가 이야기를 이어갔다. "인간에 대해 연구하려고 하는 사람에게 이 클럽은 안성맞춤이지. 스타일이 확실한 인간을 여러모로 관찰할 수 있으니까. 예를 들어 저기 걸어오는 두 사람을 봐라."

"당구 선수하고 동행 말이야?"

"그래, 동행을 어떻게 생각해?"

그 두 사람은 창가에서 걸음을 멈췄다. 나는 누가 당구 선수인지는 조끼 주머니 위에 초크가 묻어 있는 걸 보고 간신히 알아냈다. 동행의 얼굴은 약간 검고 키가 작은 남자로 모자를 뒤로 젖혀 쓰고 보따리 몇 개를 옆구리에 끼고 있었다.

"군인 출신이군." 홈즈가 말했다.

"최근에 막 제대를 했지." 형이 덧붙였다.

"인도에서 근무했군."

"하사관 출신이야."

"포병이었던 것 같아."

"아내와 사별했군."

"게다가 아이가 한 명 있군."

"아니, 한 명이 아니야. 더 있어."

여기까지 듣고 나는 웃으면서 말했다. "홈즈, 뭘 보고 말하는 건지 좀 가르쳐 주게."

"그러지." 홈즈가 대답했다. "자세하며, 당당한 얼굴, 검게 그을린 피부를 보게. 군인이었다는 걸, 그것도 일반 병사가 아니라 간부에다 인도에서 막 돌아왔다는 걸 금방 알 수 있잖나."

"막 제대했다는 건 아직 군화를 신고 있다는 걸 보면 알 수 있죠." 마이클로프트가 덧붙였다.

"걷는 모습이 기병은 아니네. 얼굴 반만 그을린 걸 보면 모자를 항상 비스듬하게 쓴다는 걸 알 수 있네. 체격을 봐서 공병은 아니니 포병이겠지."

"거기에 상복을 제대로 갖춰 입었으니 당연히 가까운 사람이 죽었을 겁니다. 본인이 장을 본다는 건 아무래도 부인 상을 당한 것 같고. 아이들을 위해 장을 본 것 같군요. 딸랑이가 있는 걸 봐서 한 명은 아직 갓난 애기군요. 부인이 출산 중에 사망했을 겁니다. 그림책을 옆구리에 끼고 있는 걸 봐서 아이가 더 있다는 말이죠."

형의 추리력이 자신보다 뛰어나다는 홈즈의 말뜻을 그제야 알았다. 홈즈는 나를 보고 살짝 웃었다. 마이클로프트는 대모갑(거북이 등껍질) 상자에서 담배를 꺼내 피면서 붉고 커다란 명주 손수건으로 웃옷에 붙은 먼지를 털어냈다.

"그건 그렇고, 셜록, 네가 좋아하는 기묘한 사건이 내게 의뢰가 들어와 있어. 내가 요즘 기운이 없어서. 재밌는 추리 거리를 받아 뒀는데 혹시 생각이 있다면..."

"반가운 소식이지"

마이클로프트는 수첩에 뭔가 급히 적어 내려가더니 종을 울려 웨이터를 부르고 종이를 건네주었다.

"멜라스 씨를 불렀어. 내 아파트 바로 위에 살고 좀 아는 사이야.

고민이 있대. 그는 그리스 혈통으로 어학에 뛰어난 재능을 가지고 있는데 법정의 통역이나 노섬벌랜드 애비뉴의 호텔의 부유한 동양인을 가이드 하고 있네. 본인이 오면 그 괴상한 체험을 직접 들어 보기로 하지."

얼마 후 작고 뚱뚱한 남자가 나타났다. 올리브 색 피부와 검은 머리카락이 남쪽나라 태생답게 보였지만 말투는 교양 있는 영국인이었다. 멜라스 씨는 홈즈와 진심어린 악수를 나누며 전문가가 자신의 이야기를 듣고 싶어 한다는 말에 검은 눈동자가 기쁨으로 가득했다.

"경찰은 믿어주지 않습니다. 제 말을 믿어 주시겠죠?" 서글픈 말투였다. "그런 이야기는 들어본 적이 없다며 있을 수 없는 일이라고만 합니다. 하지만 얼굴 전체에 반창고를 붙인 그 불쌍한 남자가 어떻게 됐는지 알기 전까지 두 다리 쭉 뻗고 잘 수 없습니다."

"저는 진지하게 이야기를 듣겠습니다." 홈즈는 위로하듯 말했다.

"오늘이 수요일이죠?" 멜라스 씨는 이야기를 시작했다. "그게 월요일 밤의 일이니 이틀 전일입니다. 이미 알고 계시겠지만 저는 그리스어 통역 일을 하고 있습니다. 거의 대부분의 언어를 통역할 수 있지만 그리스 태생에 성도 그리스 식이라 주로 그리스어 통역을 하고 있습니다. 이미 오랫동안 런던에서 제일가는 그리스어 통역가로 여기저기 호텔에서 명성이 자자합니다.

곤란에 처한 외국인이나 밤늦게 도착한 외국인들의 시도 때도 없는 호출도 흔합니다. 그래서 월요일 밤에도 별로 놀라지 않았습니다. 라티머라는 이름의 멋쟁이 청년이 찾아와 현관 앞에 마차를 세워놨으니 함께 가자고 했습니다. 라티머 청년의 말로는 그리스인이 업무로 찾아왔는데 상대는 그리스어밖에 할 줄 몰라 통역이 필요하다는 것이었습니다. 그의 집은 조금 떨어진 켄싱턴에 있었습니다. 뭐가 급한지 현관을 나서자 마차에 떠밀어 넣듯이 저를 태웠습니다.

헌데 그 마차가 일반 마차와 좀 달랐습니다. 내부가 좀 낡았지만 일반마차보다 훨씬 넓고 호화로웠습니다. 라티머가 제 맞은편에 앉았고 마차는 찰링턴 네거리를 지나 샤브츠버리 애비뉴를 지나 옥스퍼드 가로 향했습니다. 켄싱턴으로 가는데 멀리 돌아 간 겁니다. 저는 큰맘 먹고 돌아가는 이유를 묻자 상대는 터무니없는 행동으로 제 말을 막는 겁니다.

일단 납이 박힌 곤봉을 주머니에서 꺼내 무게와 세기를 시험하듯 앞뒤로 윙윙 돌리는 겁니다. 그리고 묵묵히 곤봉을 자기 옆에 놨습니다. 그리고 양쪽 창문을 닫았는데 창문에 종이를 발라 창밖을 볼 수 없는 겁니다.

'죄송합니다, 멜라스 씨'라고 남자가 말했습니다. '실은, 가는 곳을 알릴 수 없는 처지입니다. 나중에 그곳을 찾아오시면 좀 곤란해서요.'

이거, 큰일 났다 싶었습니다. 상대는 어깨가 떡 벌어진 게 완력도 꽤 세 보여 무기를 가지고 있지 않더라도 감히 상대할 엄두도 낼수 없었습니다. 저는 기어들어가는 소리로 물었습니다.

'라티머 씨 대체 왜 이러십니까? 이건 불법 아닙니까?'

'무례를 용서하십시오. 나중에 그만한 보상은 하겠습니다. 멜라스 씨, 미리 못 박아 두지만 소리를 지르거나 허튼짓을 하면 뒷일은 책임질 수 없습니다. 선생이 여기 있다는 걸 아는 사람은 아무도 없으니까요. 마차 안에서도, 제 집에 가서도 제 말을 따라야 한다는 걸 기억해 두십시오.'

말투는 부드러웠지만 거의 협박에 가까웠습니다. 저는 입을 다문 채, 왜 이런 식으로 나를 데려가는 걸까 곰곰이 생각했습니다. 이유가 뭐든 간에 저항해봤자 소용없는 건 분명했습니다. 앞으로 어떻게 될지 기다릴 수밖에 없습니다.

마차는 두 시간 가까이 달렸습니다. 가끔 마차가 덜컹거려 보도블록 위를 달리는 것 같다는 것과, 때론 아무 소리도 없이 조용히 아스팔트를 달리는 것 같은 느낌이 들었습니다. 하지만 어디로 가는 건지는 전혀 상상도 할 수 없었습니다. 양쪽 창문에 바른 종이가 빛을 차단하고 앞 유리에는 파란 커튼이 쳐 있었습니다.

펠멜 가를 나선 게 7시 15분이었지만 마차가 멈춰 섰을 때 제 시계는 8시 50분을 가리키고 있었습니다. 남자가 창문을 열자 낮은 아치형 현관과 그 위에 켜져 있는 램프가 눈에 들어왔습니다. 떠밀리듯 마차에서 내려 입구에 들어갔을 때, 양 옆으로 잔디와 나무들이 있던 게 어렴풋이 기억납니다. 하지만 그게 정원이었는지 들판이었는지는 분명하지 않습니다.

집 안에는 색깔 있는 가스 등이 켜져 있었지만 불은 약하고 어두워 꽤 넓은 홀에 그림 몇 점이 걸려있단 것 밖에 못 봤습니다. 그 어두침침한 속에서 좀 전에 현관문을 열어 주었던 남자의 모습이 어렴풋이 보였습니다. 작고 굽은 등에 천박한 얼굴의 중년남자였습니다. 저를 향할 때 살짝 불빛이 반사해 안경을 끼고 있다는 걸 알 수 있었습니다.

'이 분이 멜라스 씬가, 해럴드?' 그 남자가 입을 열었습니다.

'네.'

'좋아, 잘 했어! 멜라스 씨, 너무 언짢게 생각하지 마십시오. 선생이 없으면 안 되는 상황이라. 수고해 주시면 후회하지 않겠지만, 쓸데없는 행동을 하면 책임질 수 없습니다!'

남자는 신경질적인 어투로 더듬더듬 말했습니다. 말하다 말고 가끔 이히히 하고 웃는 게 저를 데리고 온 청년보다 무섭게 느껴졌습니다.

'대체 용건이 뭐죠?'

'그리스인 손님에게 두세 가지 질문을 하고 대답을 듣는 겁니다. 하지만 묻는 말 이외에 다른 말은 하지 마시오. 안 그러면...' 이때도 이히히 하고 신경질적인 웃음을 웃었습니다. '태어난 걸 후회하게 될 겁니다.'

남자는 그렇게 말하고 저를 어떤 방으로 데려 갔습니다. 고급 가구들이 즐비해 있었지만 불빛이라고는 약하게 켜놓은 램프 하나뿐이었습니다. 방이 넓다는 건 짐작할 수 있었습니다. 발을 디디자 두터운 카펫이 푹신푹신해 상당한 부자라고 생각했습니다. 벨벳을 붙인 의자, 흰 대리석으로 만든 큰 벽난로, 그 옆에는 일본의 갑옷 같은 게 보였습니다.

램프 바로 아래 의자가 하나 있었는데 남자는 거기 앉으라는 몸짓을 했습니다. 라티머는 방에서 나갔었는데 갑자기 다른 쪽 문에서 나타났습니다. 넉넉한 가운 같은 걸 입은 남자를 데리고 나타났습니다.

그 남자가 천천히 다가와 어스름한 불빛에 약간 모습이 보일 정도가 되자 저는 깜짝 놀랐습니다. 얼굴은 죽은 사람처럼 창백했고, 무서울 정도로 배싹 말랐고, 번뜩이는 눈이 툭 불거져 있었습니다. 체력이 다하고 기력으로 견디고 있다는 느낌이었습니다. 하지만 더 놀라운 건 얼굴 전체에 반창고가 가로로 한 장, 세로로 한 장, 입에도 커다란 게 한 장 붙어 있는 거였습니다.

그 남자가 의자에 무너져 내리듯 앉자 중년남자가 소리쳤습니다.

'해럴드 석판을 가져 왔어. 손은 풀어줬어. 이제 석필을 줘. 멜라스 씨, 질문해 주세요. 이 남자가 대답을 석판에 쓸 겁니다. 첫 질문은 서류에 서명할 맘이 있는가, 입니다.'

반창고 남자는 불처럼 화를 냈습니다.

'절대 안 돼.' 라고 석판에 그리스어로 적었습니다.

'어떤 조건이라도?' 나는 중년남자가 말한 대로 물었습니다.

'그 자가 내 눈앞에서 내가 아는 그리스 신부님 앞에서 결혼식을 올릴 것. 내가 그 결혼식을 지켜보는 것이 유일한 조건이다.'

중년남자는 밉살스럽게 이히히 하고 웃었습니다.

'그럼 본인은 어떻게 되는지 알고 있겠지?'

'나는 어떻게 되든 상관없어.'

이런 식으로 제가 말하면 상대가 석판에 답을 적어 나갔습니다. 저는 몇 번이고 포기하고 서명할 생각이 없는지 물어야 했습니다. 그때마다 딱 잘라 거절했습니다. 그러다 저는 묘안을 떠올렸습니다. 질문할 때마다 한 마디씩 제 생각을 덧붙이는 거였습니다. 처음에는 별거 아닌 말로 시험해 봤는데 두 사람은 눈치 채지 못했습니다. 그래서 큰맘 먹고 중요한 질문을 섞어 봤습니다. 그러자 상대도 마찬가지로 덧붙여 대답을 적었습니다.

'고집을 피울 때가 아니야. 당신은 누구죠?'

'상관하지 마라. 이 나라에 아는 사람이 한 명도 없는 사람입니다.'

'너는 어떻게 되어도 상관없다는 건가. 언제부터 여기에?'

'맘대로 해라. 3주 전부터'

'재산은 언젠가 우리 것이 돼. 대체 무슨 일이죠?'

'악당들에게 넘겨주지 않아. 굶겨죽이려 하고 있습니다.'

'서명만 하면 자유롭게 해 주겠다. 여긴 누구 집이죠?'

'절대로 안 돼. 모릅니다.'

'그녀를 위해 서명하는 게 좋을 걸. 이름은?'

'본인 입으로 직접 듣고 싶다. 〈클라티데스〉라고 합니다.'

'서명만 하면 만나게 해주지. 어디서 왔죠?'

'그렇다면 만나지 않아도 돼. 아테네.'

홈즈 씨, 5분만 더 있었더라면 놈들 앞에서 당당히 모든 걸 들을 수 있었습니다. 한 마디만 더 물을 수 있었더라도 대체 무슨 일이 일어났는지 분명하게 알 수 있었을 겁니다. 헌데 그 때 문이 살며시 열리더니 여자가 한 명 들어왔습니다. 키가 크고 검은 머리에 고상한 여인으로 넉넉한 흰 가운 같은 옷을 입고 있다는 것만 알 수 있었습니다. 그녀의 입에서 더듬거리는 영어가 흘러나왔습니다.

'해럴드! 더 이상 참을 수 없어요. 거긴 너무 외로워서...아니, 바오로잖아!'

마지막 한 마디는 그리스어였습니다. 그러자 남자는 죽을힘을 다해 입에 붙은 반창고를 떼어내고 '소피! 소피!' 하고 소리치면서 그녀의 품으로 달려갔습니다. 하지만 포옹도 잠시뿐이었습니다. 청년이 그녀를 방밖으로 끌어냈고, 중년남자는 비틀거리는 남자를 간단히 제압해서 다른 문으로 끌고 나가버렸습니다.

혼자 남겨진 저는 여기가 누구의 집인지 알아내기 위해 의자에

서 일어섰습니다. 하지만 행동을 개시할 새도 없이 문 앞에 지켜
서 있던 중년남자와 눈이 마주쳤습니다.

'멜라스 씨, 이제 됐습니다. 아시다시피 집안일을 보여 준 선생
을 믿기 때문입니다. 그리스어로 이 교섭을 시작한 친구가 고향으
로 돌아가서 대신해 줄 사람이 필요했는데 운이 좋게도 선생 소문
을 듣게 됐습니다.'

고개를 숙이는 제게 남자가 다가왔습니다.

'여기 5파운드가 있습니다. 사례금으로는 충분하겠죠. 하지만
잊지 마시오.' 제 가슴을 가볍게 툭 치면서 또 다시 이히히 하고 웃
었습니다. '이 이야기를 발설하면 단 한 명에게라도 말하면 어떻게
될지 알고 있겠죠!'

이 천박한 남자에게 느낀 혐오와 공포를 뭐라 표현하면 좋을 지.
램프의 불빛이 남자를 또렷하게 비춰 얼굴을 제대로 볼 수 있었습
니다. 혈색이 좋지 않고, 끝이 뾰족하고 푸석푸석한 턱수염. 말할
때 얼굴을 쭉 내밀자 입술과 눈썹이 쉴 새 없이 움찔거렸습니다.
말 하는 사이사이 이히히 하고 웃는 게 신경질환 때문이 아닌가 생
각했습니다. 하지만 뭐니 뭐니 해도 눈이 제일 소름끼쳤습니다. 잿
빛이 섞인 파랗고 차갑게 빛나는 눈이 피도 눈물도 없이 잔혹한 느
낌을 들게 했습니다.

'떠벌리고 다니면 금방 들통 납니다. 정보망이 쫙 깔려 있으니
까. 자아, 마차가 기다립니다. 친구가 도중까지 데려다 줄 것이오.'

서둘러 현관을 나와 마차에 타러 가는 사이 다시 나무숲과 정원을 슬쩍 봤습니다. 곧바로 라티머가 마차로 올라타 맞은편에 앉았습니다. 아무 말도 하지 않은 채 줄곧 마차를 달리다가 한밤중이 조금 지나 멈춰 섰습니다.

'멜러스 씨, 여기서 내리시죠. 댁에서 좀 멀지만 어쩔 수 없습니다. 마차 뒤를 쫓거나 하면 보복이 있을 겁니다.'

남자가 문을 열어 줘 제가 뛰어내리자 마차는 바로 떠나 버렸고 저 혼자 남겨졌습니다. 주변은 히스들판으로 여기저기 금작화 덤불이 있었습니다. 저 멀리 띄엄띄엄 1층에 불빛이 켜진 집들이 보였습니다. 그 반대편에 철도의 빨간 신호등이 있었습니다.

타고 온 마차도 이미 보이지 않았습니다. 대체 여기가 어딜까, 주변을 둘러보니 어둠 속에서 누군가 저를 향해 걸어오고 있었습니다. 가까이 다가온 사람은 철도역의 짐꾼이었습니다.

'여기가 어디죠?'

'원즈워스 공유지입니다.'

'런던행 열차는 있나요?'

'1마일 정도 걸어가 클레팜 정션 역에 가시면 빅토리아 행 막차를 잘하면 타실 수 있을 겁니다.'

홈즈 씨, 이상이 제 모험입니다. 어디로 끌려가 누구랑 이야기를 했는지 전혀 모르겠습니다. 아는 거라곤 지금 말씀드린 게 전부입니다. 하지만 뭔가 나쁜 일이 벌어지고 있는 건 분명합니다. 가능하면 그 불쌍한 남자를 도와주고 싶었습니다. 그래서 다음 날 아침 마이클로프트 씨에게 전부 다 얘기하고 경찰서에 갔던 겁니다."

해괴한 이야기를 다 듣고 한동안 아무도 입을 열지 않았다. 드디어 홈즈가 형을 바라봤다.

"그래서 뭔가 수를 냈어?"

마이클로프트는 보조 테이블에서 '데일리 뉴스'를 집어 들었다.

「아테네에서 온 영어를 할 줄 모르는 그리스인 바오로 클라티데스가 있는 곳을 알려주는 분께 사례함. 소피라는 그리스 여인에 대한 정보를 주시는 분께도 사례하겠음. - X2473」

"모든 일간 신문에 사람 찾는 광고를 냈지만 아무런 연락도 없어."

"그리스 대사관은 어때?"

"물어봤지만 아무것도 몰라."

"그럼 아테네 경찰서에 전보를 치는 건 어때?"

"홈즈 가의 에너지는 전부 셜록 혼자 독차지한 것 같습니다." 마이클로프트는 나를 바라봤다. "셜록, 이 사건은 네가 꼭 맡아라. 해결되면 알려주고."

"맡기로 하지." 셜록 홈즈가 일어섰다. "보고할게. 멜러스 씨도요. 멜러스 씨 만약 내가 당신이라면 신변을 조심할 겁니다. 광고 때문에 당신이 비밀을 발설했다는 걸 놈들도 알고 있을 테니까요."

걸어서 돌아가는 도중에 홈즈는 전보국에 들려 전보 몇 통을 보냈다.

"왓슨, 꽤 재미있는 밤이었지? 내가 지금까지 해결한 아주 흥미로운 사건 중에는 이렇게 마이클로프트가 알려준 게 몇 건 있네. 오늘 들은 사건도 한 가지 설명밖에 불가능하지만 독특한 점이 몇 군데 있군."

"그럼 해결할 수 있다고 생각하고 있군."

"으응, 이미 알고 있는 사실이 이렇게 많은데 나머지를 모르는 게 더 이상하지. 자네도 아까 들은 이야기에 대해 나름대로 추리를 하고 있겠지?"

"그저 막연하게."

"어떻게 생각하나?"

"그리스인 여성은 아마 해럴드 라티머란 영국인 청년에게 유괴된 것 같네."

"유괴라고, 어디서?"

"아마 아테네겠지."

홈즈는 머리를 좌우로 흔들었다. "라티머는 그리스어를 전혀 할 줄 모르네. 여자는 영어를 꽤 하는 편이고. 그걸 생각하면 여자는 얼마 전부터 영국에 있었고 청년은 그리스에 간 적이 없다는 말이지."

"그렇군. 그럼 여자가 영국에 왔다가 해럴드의 유혹에 넘어갔다는 건?"

"그게 더 그럴듯하군."

"그때 오빠가(다른 한 명은 여자의 오빠라고 생각하네.) 그리스에서 달려와 두 사람의 사랑을 방해했지. 하지만 그건 청년과 그 중년 남자 패거리의 노림수였지. 두 사람은 여자의 오빠를 가두고 폭력을 휘두르며 여자의 재산을 두 사람에게 양도한다는 서명을 받아내려고 한 거지. 재산은 오빠가 관리하고 있었을 테고. 오빠는 서명을 거절했네. 말을 듣게 하려면 통역이 필요했지. 누군가에게 통역을 시킨 다음 이번에는 멜러스 씨를 점찍었지. 여자는 오빠가 그리스에서 온 걸 까맣게 모르고 있었지만 우연히 알게 됐지."

"대단해, 왓슨. 진상에 많이 접근했다고 생각하네. 우리가 해결의 열쇠를 쥐고 있으니 아무 걱정 없네. 놈들이 갑작스럽게 폭력을 행사할 위험은 있지만 시간만 충분하면 틀림없이 놈들을 잡을 수 있네."

"하지만 그 집을 어떻게 찾아내지?"

"글쎄, 만약 현재 추측하고 있는 게 모두 사실이라면 여자가 아직 결혼하지 않았다면 현재 이름이 소피 클라티데스겠지. 찾아내는 게 그리 어렵지는 않을 걸세. 그 쪽으로 수사에 전력을 다 해야 하네. 오빠는 런던에 아는 사람이 한 명도 없으니까. 해럴드란 남자와 소피가 친해진지 상당한 시간, 적어도 몇 주가 넘는 건 분명해. 그리스에 있던 오빠가 그걸 알고 여기까지 찾아 올 때까지 걸린 시간이 있을 테니까. 그 동안 두 사람이 계속 그 집에 있었다면 마이클로프트가 낸 광고에 누군가 정보를 제공하겠지."

이야기하는 동안 우리는 베이커가에 도착했다. 홈즈가 먼저 계단을 올라 방문을 열자마자 깜짝 놀라 얼음처럼 굳었다. 어깨 너머로 들여다 본 나도 홈즈 이상으로 놀랐다. 마이클로프트가 안락의자에 앉아 담배를 피고 있었다.

"셜록, 들어와라! 자아, 왓슨 선생도!" 마이클로프트는 우리의 놀란 모습을 보고 웃으면서 차분하게 말했다. "셜록, 내게 여기 찾아 올 만큼의 정력이 있는지 몰랐겠지. 그저 왠지 이 사건에 끌리는 점이 있어서"

"어떻게 먼저 왔어?"

"마차를 타고 왔지."

"그럼, 뭔가 새로운 정보가 있었겠군."

"광고를 보고 연락이 왔어."

"뭐!"

"자네들이 나가고 5분도 채 안 돼서."

"뭐라고 연락이 왔는데?"

마이클로프트는 한 장의 종이를 꺼냈다.

"이거야. 로얄 판(20×25인치, 혹은 19×24인치) 크림색 종이에 몸이 허약한 중년남자가 J펜으로 썼군.

「안녕하십니까, 오늘 신문광고를 봤습니다. 찾고 계신 여성을 제가 잘 알고 있습니다. 저희 집에 오시면 그녀의 서글픈 이야기를 자세히 말씀드리겠습니다. 그녀의 현 주소는 베크남의 매틀 저택입니다. – J 다빈포트.」

보낸 이의 주소는 로어 브릭스톤이야. 홈즈, 지금 가서 알아보는 게 어때?"

"형, 하지만 여동생의 소식보다 오빠의 생명이 더 급하잖아. 먼저 스코틀랜드 야드에서 글레그슨 형사를 만난 다음 베크남으로 가지! 한 사람의 생명이 위험해. 한 시라도 헛되이 보낼 수 없어."

"가는 길에 멜러스 씨를 불러 함께 가는 게 어떨까. 통역이 필요할 지도 모르니까." 내가 제안했다.

"좋은 생각이야! 급사에게 사륜마차를 부르라고 해줘. 바로 출발하세." 홈즈는 그렇게 말하면서 테이블 서랍을 열어 권총을 주머니에 숨겼다. 내 눈을 보며 홈즈가 말했다. "상대는 아주 위험한 놈들 같으니까."

펠멜 가의 멜러스 씨 아파트에 도착했을 때는 이미 어두워져 있었다. 좀 전에 손님이 와 외출을 했다고 했다.

"어디로 갔는지 아시나요?" 마이클로프트 홈즈가 물었다.

"잘 모르겠는데요." 문을 열어준 여자가 대답했다. "남자와 함께 마차를 타고 갔습니다."

"손님이 이름을 말했나요?"

"아니요."

"혹시, 키 크고 잘 생긴 청년이 아니었나요?"

"아니요, 키가 작았어요. 안경을 쓰고, 마른 얼굴에 왠지 이상한 사람이었어요. 말하는 도중에 계속 웃는 것 같았어요."

"서둘러!" 홈즈는 큰소리를 쳤다. "큰일이야!"

스코틀랜드 야드로 가는 도중 마차 안에서 홈즈가 말했다. "멜러스가 다시 붙잡혀 갔군. 전에 끌려갔을 때 겁먹은 걸 알고 놈들이 모습만 드러내도 두려워할 거라 생각한 것 같군. 물론 통역도 필요하겠지만 일이 끝나면 배신의 대가를 치르게 할지도 몰라."

열차로 가면 악당의 마차와 같거나 좀 더 빨리 베크남에 도착할 거라고 예상했지만 스코틀랜드 야드에서 글레그슨을 만나 수색영장을 발부받는데 한 시간이 넘게 걸려 버렸다. 런던 브리지 역에 도착한 것이 9시 45분, 네 명이 베크남 역에 내린 게 10시 반이었다. 반 마일정도 마차를 달려 매틀 저택에 도착했다. 도로에서 안쪽으로 벗어나 있는 정원에 둘러싸인 크고 시커먼 집이었다. 마차에서 내려 현관으로 통하는 길을 네 명이 줄지어 갔다.

"창이 전부 캄캄하군요." 형사가 말했다. "아무도 없는 것 같은데."

"새는 날아가고 둥지만 남은 걸까?" 홈즈가 말했다.

"어떻게 알죠?"

"무거운 짐을 실은 마차 한 대가 한 시간 이내에 여기를 지나갔네."

형사가 웃었다. "문 위 불빛으로 마차바퀴 자국이 있는 게 보이긴 하지만 무거운 짐을 실은 걸 어떻게 알죠?"

"같은 마차가 들어올 때와 나갈 때의 바퀴자국이 있네. 나갈 때 바퀴자국이 훨씬 깊고 확실하게 남아 있잖나. 상당히 무거운 짐을 실은 게 분명해."

"그렇군요. 저보다 한 수 더 읽고 계시는 군요." 형사는 어깨를 으쓱하며 말했다. "이 문은 쉽게 열릴 것 같지 않군요. 혹시 누가 나오나 확인해 볼까요."

형사가 문을 두드리고, 종도 울렸지만 대답이 없었다. 헌데 홈즈가 보이질 않았다.

"창문을 억지로 열었네" 홈즈가 돌아와서 말했다.

"홈즈 씨가 경찰의 적이 아니라 다행이네요." 홈즈가 창문 빗장을 연 솜씨를 보고 형사가 말했다. "지금은 사정 상 그냥 들어가는 수밖에 없을 것 같군요."

한 명씩 넓은 방으로 들어갔다. 멜라스가 말한 방인 듯 했다. 형사가 램프에 불을 붙이자 들었던 대로 문이 두 개, 커튼, 램프, 일본의 갑옷 세트 등이 보였다. 테이블 위에는 유리컵 두 개, 빈 브랜디 병, 먹다 남은 음식.

우리는 모두 발을 멈추고 촉각을 곤두세웠다. 머리 위에서 신음

소리가 들려왔다. 홈즈는 재빨리 문 밖으로 뛰어갔다. 음산한 신음소리는 위층에서 들리는 듯 했다. 홈즈가 계단을 뛰어 올라갔다. 그 뒤로 형사와 내가 쫓았고 마이클로프트는 뚱뚱한 몸을 이끌고 전력 질주로 따라왔다.

3층으로 올라가자 문이 세 개가 있었다. 무슨 소린지 알아들을 수 없는 목소리가 들렸다, 통곡하는 듯한 소리가 들리기도 했다. 음산한 목소리는 가운데 문에서 흘러 나왔다. 문은 열쇠가 밖에서 꽂힌 채 잠가져 있었다. 홈즈가 문을 열고 뛰어들었다가 다시 손으로 입을 막고 뛰쳐나왔다.

"목탄 가스야! 좀 기다리면 연기가 줄어들겠지."

안을 들여다보니 한 가운데 놓여있는 유기로 된 화로에 파란 불꽃이 약하게 타오르는 게 보였다. 방안의 유일한 빛이었다. 불빛이 바닥 위에 은회색의 섬뜩한 그림자를 드리우고 있었고 어둠 저편 벽에 쓰러져 있는 두 사람이 보였다. 열린 문으로 흘러나오는 유독가스로 우리는 기침을 하며 숨을 참았다. 홈즈는 일단 계단까지 돌아가 깨끗한 공기를 마신 후 숨을 참고 방안으로 뛰어 들어갔다. 창을 열고 화로를 창밖으로 집어 던졌다.

"준비됐어!" 숨을 헐떡이며 뛰어나오며 홈즈가 말했다. "초 어디 있어? 이 상태로는 성냥으로 턱도 없어. 형, 문 앞에서 촛불을 들고 있어줘. 셋이서 두 사람을 끌어내게. 영차!"

우리는 방으로 들어가 유독가스에 질식된 두 사람을 끌어냈다.

두 사람 다 입술이 시퍼렇게 변해 의식을 잃은 상태였다. 핏줄이 붉거진 피부와 충혈 된 채 튀어나온 눈. 얼굴이 완전히 일그러져 있었다. 뚱뚱한 몸과 검은 턱수염으로 그 사람이 불과 몇 시간 전에 디오게네스 클럽에서 헤어진 그리스어 통역가라는 걸 알 수 있었다. 손발이 묶인 채 눈 위에 구타당한 흔적이 있었다.

다른 한 명은 키가 큰 남자로 역시 묶여 있었다. 몸이 쇠약해져 있었고 반창고 몇 장이 얼굴에 붙어 있어 섬뜩한 모습을 하고 있었다. 옆으로 뉘이자 신음소리가 멈췄다. 이 남자는 도움의 손길이 늦어버렸다. 하지만 멜러스 씨는 아직 살아있어 암모니아와 브랜디를 처방하자 다행히도 한 시간도 채 안 돼 눈을 떴다. 인간이 언젠가 지나지 않으면 안 될 어둠의 계곡에서 우리는 이 사람을 다시 데려 온 것이다.

멜러스 씨에게 들은 이야기는 아주 단순하고 우리의 추리를 확인해 주는 것이었다. 집에 찾아왔던 남자가 갑자기 소매에서 곤봉을 꺼내, 저항하면 한 방에 끝장내주겠다고 협박하고 다시 멜러스 씨를 데려 간 것이다. 그는 이히히 하고 웃는 악당이 너무 두려운 나머지 놈의 이야기만 해도 마치 최면에 걸린 듯 손을 떨고 얼굴이 하얗게 질려버렸다. 베크남으로 끌려온 멜러스 씨는 다시 통역을 했다고 한다.

두 명의 영국인은 말을 듣지 않으면 죽여 버리겠다고 더욱 거칠게 클라티데스를 협박했다. 협박이 먹히지 않자 다시 가둬버리고 멜러스 씨는 신문광고 때문에 배신자라며 곤봉으로 때려 기절시켰다. 멜러스 씨는 그 뒤의 일을 전혀 기억하지 못 했다. 정신을 차려 보니 우리가 자신을 둘러싸고 있었다고 했다.

그리스어 통역가를 둘러싼 이 기괴한 사건에는 비밀에 싸인 채 아직 설명되지 않은 부분도 남아 있었다. 신문광고를 보고 연락한 사람과 만나 알게 된 일인데, 그 불쌍한 젊은 여성은 그리스의 한 부잣집 딸로 영국에 있는 친구를 방문하러 왔다고 한다. 그리고 우연히 해럴드 라티머라는 청년을 만나자마자 첫눈에 반해 일이 벌어졌다고 한다.

친구들이 걱정이 돼 아테네에 있는 그녀의 오빠에게 연락하고 일에 연관되는 걸 꺼려 연락을 피했다고 한다. 영국으로 찾아온 오빠 바오로는 어리석게도 라티머 일당의 손아귀에 걸려들게 된 것이었다. 일당 중 한 명의 이름은 윌슨 켐프라는 악행을 일삼는 전과자였다.

바오로가 영어를 못 하는 걸 알고 자신들의 손아귀에 걸려들기만 하면 아무것도 할 수 없다는 것을 알고 있던 악당들은 그를 여동생이 있는 집에 가둬 버렸다. 그리고 폭력을 일삼고 아사직전까지 끌고 가 남매의 재산 포기 각서에 서명을 강요했다. 이 사실을 여동생이 알지 못 하게 하고, 설령 만나더라도 오빠인지 알 수 없게 얼굴 전체에 반창고를 붙였다. 헌데 멜러스 씨가 처음 이 곳에 왔을 때 소피는 그 모습을 보자마자 직감적으로 오빠란 걸 알아차렸다.

하지만 불행히도 그녀마저 감금당해 버렸다. 주변에는 끄나풀 역할을 한 마부와 그의 아내 외에는 아무도 살고 있지 않았다. 비밀이 탄로 나고 클라티데스를 생각한대로 할 수 없게 되자 두 명의 악당은 여자를 데리고 빌린 집에서 허둥지둥 떠나면서 말을 듣지 않은 남자와 배신한 남자에게 복수했단 말을 남겼다고 한다.

그 후 몇 달이 지나 부다페스트에서 오려낸 신문 기사가 우리 앞으로 날아왔다. 한 명의 여성과 여행 중이던 영국 남성 두 사람이 비참한 죽음을 맞이했다는 기사였다. 두 사람 다 칼에 찔려 죽었는데 헝가리 경찰의 견해에 의하면 싸움 중에 칼에 찔렸다고 돼 있었다. 하지만 홈즈의 의견은 달랐다. 그 그리스 여성을 찾아내기만 한다면 오빠와 자신이 당한 짓에 대한 복수를 어떻게 했는지 들을 수 있을 거라고 여전히 생각하고 있다.

마지막 사건
The Final Froblem

셜록 홈즈의 명성을 높여준 그만의 독특한 재능을 기록하는 것도 이것이 마지막이라고 생각하니 펜을 잡기가 슬퍼진다. '진홍빛에 관한 연구'라는 내 책에 기록된 사건이 일어날 무렵 우연히 홈즈를 알게 된 후부터, 홈즈의 덕으로 국제 문제로 번지지 않았던 '해군 조약' 사건에 관여하기까지, 그와 함께 행동하면서 얻은 수많은 체험을 미숙한 펜으로 두서없이 기록해왔다. 나는 거기서 기록을 멈출 생각이었다. 내 인생에 메울 길 없는 공백을 만들어버린 그 사건에 대해서는 2년이 지난 지금까지도 입을 다물고 있을 생각이었다. 그런데 얼마 전, 제임스 모리어티 대령이 죽은 동생 모리어티 교수를 변호하기 위해서 그와 같은 수기를 발표했기 때문에 나도 어쩔 수 없이 펜을 들고 사실을 있는 그대로 정확하게 공표하지 않을 수 없게 되었다.

　그 사건에 대한 정확한 진상을 알고 있는 것은 오직 나 하나뿐이라는 것과 진상을 숨긴다 해도 더 이상 아무런 도움이 되지 않는 때가 왔다는 것이 오히려 기쁘다. 내가 알기로 이 사건이 보도된 것은 딱 세 번뿐이었다. 1891년 5월 6일의 『제네바 저널』지, 5월 7일 영국의 각 신문에 게재된 로이터 통신의 급전, 그리고 마지막이 방금 말한 모리어티 대령의 수기이다. 이 중 앞서 말한 두 가지는 아주 짧은 기사였지만 모리어티의 수기는 사실을 완전히 왜곡시킨 내용이었다. 죽은 모리어티 대령 교수와 홈즈 사이에 무슨 일이 있었는지 그 진상을 밝히는 것이 나의 의무일 것이다.

처음에 밝힌 바 있지만 나의 결혼에 이은 병원 개업 때문에 그토록 친하던 홈즈와 나의 관계에도 얼마간의 변화가 있었다. 그는 수사에 도움이 필요할 때면 어김없이 나를 찾아오곤 했었는데 그 횟수도 점점 줄어 1890년에 내가 기록한 사건은 겨우 세 건에 불과했다. 그해 겨울부터 이듬해인 1891년 이른 봄까지 그가 프랑스 정부의 의뢰로 어떤 중요한 사건을 해결하고 있다는 사실을 나는 신문을 통해서 알고 있었다. 그리고 나르본느와 니임에서 보낸 홈즈의 편지로 그가 프랑스에서 상당히 오래 머물게 될 것 같다는 생각을 했다. 그랬기 때문에 4월 24일 밤, 홈즈가 갑자기 진찰실에 모습을 나타냈을 때 나는 놀라지 않을 수 없었다. 그의 얼굴이 평소보다 더 창백하고 매우 여위어 있었기 때문에 걱정이 되기도 했다.

"조금 무리해서 일을 했나봐. 요즘 조금 복잡한 문제가 있거든. 덧문을 닫아도 되겠나?"

그는 내가 묻기도 전에 내 표정을 보고 이렇게 대답했다.

내가 책을 읽고 있던 책상 위에 켜놓은 램프만이 방을 밝히고 있었다. 홈즈는 벽에 몸을 바싹 붙이더니 벽을 따라가 덧창을 닫고 걸쇠를 확실하게 채웠다.

"무슨 걱정거리라도 있는 건가?"

내가 물었다.

"응, 있어."

"뭐지?"

"공기총."

"이봐, 홈즈. 그게 무슨 소린가?"

"왓슨, 자네는 나를 잘 알고 있으니 내가 결코 괜한 일을 걱정하는 사람이 아니라는 것도 알고 있겠지? 하지만 위험이 닥쳤는데도 그것을 인정하지 않는다면 그건 용기가 아니라 어리석음일 거야. 성냥 좀 주겠나?"

마음을 가라앉혀주는 담배에 감사하듯 홈즈는 담배 연기를 들이마셨다. 그리고 다시 말을 이었다.

"이런 늦은 시간에 찾아와서 미안하네. 그리고 있다가 뒤뜰의 담을 넘어서 돌아가게 해달라고 자네한테 말할 생각인데, 몰상식하다고 하지 말고 나를 용서해주게나."

"대체 왜 그러는 거야?"

내가 물었다.

그가 한쪽 손을 내밀었다. 램프의 불빛에 비워진 그의 손 두 군데에서 손가락 관절 부분의 피부가 찢어져 피가 배어나오고 있는 것이 보였다.

"보게, 보통 일이 아니라고. 남자가 손등에 상처를 입었다면 그건 이만저만한 일이 아닐세. 부인은 있는가?"

"아니, 며칠 여행을 떠났어."

"그거 잘 됐군. 그럼 자네 혼자란 말이지?"

"그래."

"그럼 얘기하기가 쉬워졌군. 나랑 한 일주일 정도 유럽 대륙에 가지 않겠나?"

"대륙 어디에?"

"어디든 상관없어. 내게는 전부 똑같거든."

참으로 알 수 없는 일이었다. 홈즈가 아무런 목적도 없이 휴가를 떠날 리가 없었다. 창백하게 여윈 얼굴이, 신경이 극도로 날카로워졌다는 사실을 말해주고 있었다. 눈빛을 통해 내가 이상하게 생각하고 있음을 알아차린 홈즈는 양 손가락 끝을 마주대고 무릎 위에 팔꿈치를 얹은 뒤 사정을 설명하기 시작했다.

"자네, 모리어티 교수라고 들어본 적 없지?"

"없네."

"바로 그걸세. 이 사건의 불가사의가 바로 거기에 숨어 있어! 런던 시내를 활개 치며 돌아다니고 있는 이 남자의 이름을 누구 하나 아는 사람이 없어. 그래서 녀석은 범죄 역사상 가장 커다란 기록을 세울 수 있었지. 왓슨, 이건 진심으로 하는 얘긴데 만일 내가 그 남자를 때려눕혀 이 사회를 그의 손아귀에서 건진다면 내 능력이 드디어 최고점에 달했다고 생각하고 좀 더 평온한 생활을 시작해도 좋을 거라고 생각할 걸세. 자네니까 하는 얘긴데, 사실 최근 스칸디나비아 왕가와 프랑스를 위한 몇몇 사건을 처리한 덕분에 이제는 내 취향에 따라 조용히 시간을 보내며 화학 연구에 전념할 수 있을 만한 신분이 되었네. 하지만, 왓슨. 모리어티 교수 같은 사람이 아무렇지도 않게 런던 시내를 활보하고 있다고 생각하면 도저히 참을 수가 없네. 가만히 앉아 있을 수가 없어."

"그 남자가 무슨 짓을 했는데?"

"특별한 경력을 가진 사람이야. 명문가 출신으로 훌륭한 교육을 받았고, 수학적 재능이 놀랄 정도로 뛰어나지. 21살에 이항 정리에 관한 논문을 발표해 전 유럽을 떠들썩하게 만들었어. 덕분에 영국의 한 조그만 대학의 수학 교수 자리를 차지하기도 하고. 누가 봐도 전도유망한 청년이었지. 하지만 이 남자에게는 악마적인 피가 흐르고 있네. 범죄자의 피 말이야. 그런 그의 성향은 놀랄 정도로 뛰어난 머리로 교정되기는커녕 오히려 더 심해져 너무나 위험한 사람이 되어버렸다네. 그러던 중에 그를 둘러싼 좋지 않은 소문이 퍼져 결국에는 교수직에서 물러났지. 그리고 런던에서 군인들을 상대하는 교사가 되었어. 여기까지는 이미 잘 알려진 얘기지만 지금부터 내가 하는 얘기는 내가 직접 조사한 내용일세.

왓슨, 자네도 알다시피 나는 런던의 지능적 범죄 사회의 실상을 누구보다도 잘 알고 있는 사람일세. 몇 년 전부터 범죄자들의 배후에 어떤 힘이 숨어 있다는 사실을 알게 됐어. 법의 집행을 가로막고 범죄자들을 지켜주는 강력한 조직의 힘이지. 위조, 강도, 살인 등 모든 범죄의 배후에 그런 힘이 존재한다는 것을 종종 느낄 수 있었어. 내가 직접 관여하지 않은 사건 중에 미궁에 빠져버린 수많은 사건이 있어. 여기도 이러한 힘이 작용했다는 사실을 알게 되었지. 지난 몇 년간 이 조직을 둘러싸고 있는 베일을 벗기려고 노력했는데 드디어 얼마 전에 그 실마리를 찾아냈어. 그것을 차근차근 더듬어 결국 이 유명한 수학 교수 모리어티까지 이르게 되었다네.

왓슨, 그는 범죄 사회의 나폴레옹일세. 이 대도시에서 일어나고 있는 범죄의 절반 정도, 그리고 미궁에 빠진 사건 대부분을 그가 조종하고 있어. 천재에 철학가, 논리적인 사색가이기도 하지. 가장 우수한 두뇌를 가진 자야. 거미처럼 거미집 한가운데 가만히 앉아 있지만 거미집에는 수많은 거미줄이 사방으로 뻗어 있어 어느 줄이 움직이든 바로 그에게 전달되지. 자신이 직접 손을 대는 일은 거의 없네. 그저 계획을 세울 뿐이지. 탄탄한 조직 하에 수많은 부하들이 있어. 어떤 범죄를 저지르고 싶은 경우에, 그러니까 서류를 훔친다거나 어떤 곳에 침입한다거나 사람을 한 명 영원히 잠재운다거나 하는 것들은 모리어티 교수에게 한마디 귀띔만 해주면 곧 계획이 세워지고 실행에 옮겨진다네. 부하가 체포되는 경우는 있지. 그럴 때는 금액이 얼마가 됐든 보석금을 내기도 하고 변호사비를 물기도 하네. 하지만 부하들을 움직이고 있는 검은 장막은 결코 체포되지 않아. 혐의조차도 받지 않지. 왓슨, 나는 지금 이런 조직과 맞서고 있다네. 그들의 범죄를 폭로하고 그들을 잡아들이기 위해서 나는 전력을 다했어.

갖은 방법을 다 써봤지만 교수가 자기 주위에 아주 교묘한 방어벽을 쳐놨기 때문에 법정에서 그가 유죄 판결을 받게 할 만한 결정적인 증거를 잡지는 못했지. 왓슨, 자네는 내 능력을 잘 알고 있지 않나? 그런 내가 3개월간의 고생 끝에 간신히 찾아낸 건 나와 비슷한 머리를 가진 적이었어. 너무나 뛰어난 실력에 감탄해서 그가 저지른 범죄의 끔찍함조차 잊을 정도였지. 하지만 그런 그도 드디어 꼬리를 밟히고 말았어. 아주 조그만 실수였지만 내가 그의 신변을 감시하고 있을 때였으니 해서는 안 될 실수였네. 드디어 기회를 잡은 거지.

나는 그것을 출발점으로 그 주위에 그물을 쳤고 이제 그 그물을 당기기만 하면 되네. 사흘 후, 그러니까 다음 주 월요일이면 사건이 무르익어 모리어티 교수와 그 일당의 주요 인물들이 경찰의 손에 넘어갈 거야. 그러면 금세기 최대의 형사 재판이 시작되고 미궁 속에 빠졌던 40건 이상의 사건이 단번에 해결되겠지. 그리고 그들 전원이 교수형에 처해지게 될 걸세. 하지만 지금 조금이라도 성급

해진다면 마지막 순간에 적을 놓치게 될지도 몰라.

　이번 조사를 모리어티 교수가 눈치 채지 못했다면 아무런 문제도 없었을 거야. 하지만 상대는 모리어티 교수야. 그물을 치기 위해서 내가 한 일을 철저하게 꿰뚫어봤지. 그리고 몇 번이나 내 그물을 뚫으려 했었네. 그때마다 내가 선수를 치기는 했지만. 왓슨, 만일 이 무언의 투쟁을 자세하게 기록할 수만 있다면 탐정 역사상 가장 빛나는 대결을 그린 소설이 탄생하게 될 거야. 이번처럼 내 모든 힘을 한꺼번에 쏟아 부은 적도 없었고 이번처럼 자신감에 넘쳤던 적도 없었어. 그리고 이번처럼 상대방이 나를 압박해온 적도 없었지. 상대방이 깊숙이 파고 들어오면 나는 상대방의 더욱 깊은 곳으로 파고들었어. 오늘 아침에 나는 최후의 수단을 썼네. 사흘 후면 모든 것이 끝날 판이었어. 나는 방에 들어앉아 이 사건에 대해서 이런저런 생각을 하고 있었지. 그런데 갑자기 문이 열리더니 모리어티 교수가 눈앞에 서 있는 게 아닌가?

　왓슨, 나는 쉽게 놀라는 사람이 아니야. 하지만 솔직히 말하자면 늘 머릿속으로 그리고 있던, 그리고 그 순간에도 머릿속으로 그리고 있던 사람이 문 앞에 서 있는 것을 보고는 깜짝 놀라지 않을 수 없었네. 그가 어떻게 생긴 사람이라는 건 이미 알고 있었어. 아주 키가 크고, 말랐어. 하얀 이마가 둥그렇게 튀어나왔고, 두 눈이 움푹 패였지. 수염은 깨끗하게 깎고 다녔고 얼굴은 창백하고, 수행하는 사람 같은 면모와 교수다운 면모도 있어. 연구에 몰두해서인지 등이 조금 구부정했는데 얼굴을 앞으로 내밀고 마치 파충류처럼 언제나 이상한 모습으로 몸을 좌우로 흔들었지. 그는 호기심이 가득한 주름진 눈으로 나를 바라보았네.

'자네, 생각보다 머리가 좋지 않은 것 같군. 가운 주머니에 총알이 장전된 권총을 만지작거리고 있다니, 그건 위험한 습관이야.'

사실 그가 안으로 들어온 순간 위기감을 느꼈네. 내가 친 그물에서 그가 벗어나는 유일한 방법은 내 입을 막아버리는 것뿐이었으니까. 그래서 재빨리 서랍에서 권총을 꺼내 가운 주머니에 넣고 그 속에서 그를 겨냥하고 있었어. 하지만 그가 모든 사실을 알아버렸으니 하는 수 없었지. 총알이 장전된 권총을 테이블 위에 올려놓았네. 그는 여전히 게슴츠레한 눈을 깜빡이며 빙그레 웃고 있었지만 그의 눈빛을 보는 순간 나는 권총을 가까이에 두기 잘했다는 생각이 들었어.

'자네, 아무래도 나라는 사람을 잘 모르는 것 같군.'

그가 말했지.

'아니, 아니. 아주 잘 알고 있어. 자, 자리에 앉게. 할 말이 있다면 딱 5분만 시간을 내주지.'

'내가 왜 왔는지 잘 알고 있을 텐데.'

그가 말하더군.

'그렇다면 내 대답도 잘 알고 있을 텐데.'

내가 대답했어.

'끝까지 해볼 생각인가?'

'물론!'

그가 주머니에 손을 찔러 넣기에 나도 테이블 위에 있는 권총으로 손을 가져갔지. 하지만 그가 꺼낸 것은 날짜가 적혀 있는 수첩이었어.

'자네, 1월 4일에 내 일을 방해했군. 23일에도 방해를 했고, 2월 중순에는 자네 때문에 커다란 피해를 입었고, 3월 말에는 계획을 완전히 엉망으로 만들어버렸군. 그리고 4월 말, 지금은 자네의 끈질긴 추격 덕분에 결국 나는 자유를 잃게 될 위기에 처하고 말았어. 더 이상 참을 수 없는 상황까지 오고 말았네.'

'내게 무슨 부탁이라도 있어서 온 건가?'

내가 물었지.

'홈즈, 손을 떼기 바라네. 정말로 손을 떼는 게 좋을 거야.'

그가 머리를 흔들며 말했네.

'월요일이 지나면 그때부터 손을 떼지.'

내가 말했어.

그가 혀를 차며 말했어.

'쯧쯧. 자네처럼 현명한 사람이라면 그 결과가 어떻게 될지 잘 알고 있을 텐데. 자네는 손을 뗄 수밖에 없을 걸세. 자네가 그런 식으로 움직였기 때문에 우리가 취할 수 있는 행동은 오직 한 가지밖에 남아 있질 않아. 내게 이번 사건에서 자네의 행동을 지켜보는 것은 지적인 즐거움이었네. 그랬던 만큼 솔직히 말하자면 이렇게 과격한 방법을 써야 한다는 사실이 나로서도 매우 괴롭네. 자네는 비웃고 있지만 이건 진심이야.'

'내 일과 위험은 뗄래야 뗄 수 없는 관계니까.'

내가 말했어.

'이건 위험이 아니야. 피할 수 없는 파멸이지. 자네가 방해하고 있는 상대는 나 하나가 아닌 강력한 조직이야. 자네가 제 아무리 총명하다 하지만 아직 조직의 방대함과 힘을 깨닫지 못하고 있는 것 같군. 손을 떼게, 홈즈. 아니면 조직에게 짓밟히고 말 테니.'

그가 말했어.

'아, 내 정신 좀 봐. 얘기가 너무 재미있어서 하마터면 중요한 일을 잊을 뻔했군.'

내가 자리에서 일어나며 말했지.

그도 자리에서 일어나 슬픈 표정으로 고개를 저으며 말없이 나를 바라보더군.

'어쩔 수 없지. 안타깝지만 나로서도 할 수 있는 일은 다 한 셈이야. 홈즈, 이건 자네와 나의 결투일세. 자네는 나를 피고석에 세우고 싶겠지만 나는 절대로 피고석에 서지 않을 걸세. 나를 꺾을 생각인가본데 나는 절대로 지지 않아. 자네에게 나를 파멸시킬 머리가 있다면, 내게도 자네를 파멸로 몰고 갈 머리가 있다는 사실을 잊지 말기 바라네.'

'모리어티, 여러 가지로 칭찬을 해줘서 고맙군. 그렇다면 나도 한마디 하겠는데 자네를 확실하게 파멸로 몰고 갈 수만 있다면 공공의 이익을 위해서 나도 기꺼이 파멸하도록 하겠네.'

내가 말했네.

'자네의 파멸은 확실하게 약속할 수 있지만 다른 한쪽은 약속할 수 없네.'

그가 외쳤어. 그리고 구부정한 등을 내 쪽으로 돌리더니 눈을 깜빡이며 주위를 둘러보고는 방 밖으로 나갔어.

이게 모리어티 교수와의 기묘한 만남이었어. 솔직히 말하자면 그 후 나는 매우 불쾌한 생각이 들었어. 단순한 악당과는 달리 평온하게 논리적으로 이야기하는 모습에 이상하게도 진실함이 넘쳐흐르고 있었어. 자네는 왜 경찰에 부르지 않았는지 묻고 싶겠지. 하지만 습격을 한다면 틀림없이 그가 아닌 그의 부하가 해올 거야. 여기에 분명한 증거가 있네."

"벌써 습격을 당했나?"

"왓슨, 모리어티 교수는 절대로 일을 서두르지 않아. 낮에 일이 있어서 옥스퍼드 가에 갔지. 벤틱 가에서 웰벡 가 네거리로 나가는 모퉁이를 막 돌아서려는 순간 말 두 마리가 끄는 짐마차가 번개처럼 빠르게 나에게 돌진했어. 재빨리 보도 위로 뛰어들어서 나는 간신히 목숨을 건졌고 짐마차는 그대로 메릴본 거리 쪽으로 접어들어 눈 깜빡할 사이에 사라져버렸어. 그 뒤부터 나는 보도로만 다

넜는데 베어 가를 지날 때, 어느 집의 옥상에서 벽돌이 떨어지더니 내 발 앞에서 산산조각이 나더군. 나는 경찰을 불러 그 주위를 살펴보게 했네. 경찰은 옥상을 수리하려고 슬레이트와 벽돌을 쌓아 놓았는데 그중 하나가 바람에 떨어진 거라는 결론을 내리더군. 그렇지 않다는 사실을 알고는 있었지만 증거가 없으니 하는 수 없었지. 그 다음에 나는 영업용 마차로 펠멜 가에 있는 형님 댁에 가서 하룻밤 묵었어. 그리고 이곳으로 오는 도중에 곤봉을 든 괴한의 습격을 받았지. 나는 녀석을 때려눕히고 경찰에 넘겼네. 주먹은 녀석의 앞니에 긁혀서 까진 거라네. 장담하건데 경찰은 그 사내와 10마일도 떨어지지 않은 곳에서, 칠판에 쓴 수학 문제와 씨름하고 있을 수학 교사 사이에 어떤 관계가 있을 거라고는 절대 밝혀내지 못할 걸세. 왓슨, 왜 내가 방에 들어오자마자 덧창을 닫고 여기서 나갈 때도 사람들 눈에 띄지 않는 곳으로 가게 해달라고 부탁했는지 이제는 잘 알았겠지?"

홈즈의 용기에는 지금까지도 여러 차례 감탄했지만 하루 동안에 있었던 일련의 무시무시한 사건들을 아무렇지도 않은 얼굴로 설명하는 것을 보고는 나는 새삼스럽게 놀라지 않을 수 없었다.

"오늘은 여기서 묵을 거지?"

내가 물었다.

"아니, 돌아가야지. 나는 위험한 손님이니까. 철저하게 준비를 해놨으니까 모든 게 다 잘 풀릴 거야. 법정에 안 나갈 수는 없겠지만 체포할 때는 내가 관여하지 않아도 되도록 손을 써놨네. 그러니까 경찰이 일을 완전히 마칠 때까지 나는 2, 3일 정도 몸을 숨기고 있는 편이 좋을 거야. 그래서 자네도 함께 대륙으로 가줬으면 하고 부탁을 한 걸세."

"환자가 그렇게 많은 것도 아니고, 근처에 친절한 동업자도 있으니 기꺼이 자네와 함께 가겠네."

내가 말했다.

"내일 아침에 출발할 수 있겠나?"

"그래야 한다면."

"그렇게 했으면 하네. 그리고 이 자리에서 꼭 말해두어야 할 게 있어. 왓슨, 무슨 일이 있어도 내 말대로 해주길 바라네. 자네와 나, 둘이서 유럽 제일의 범죄자와 가장 큰 세력을 떨치고 있는 범죄 조직을 상대해야 하니 말일세.

잘 듣게 왓슨. 필요한 짐은 오늘 밤 안으로 믿을 만한 짐꾼에게 부탁해서 빅토리아 역으로 옮겨놓도록 하게. 이름은 적지 말고. 내일 아침이 되면 심부름하는 아이를 시켜 영업용 마차를 부르게. 단, 첫 번째 마차와 두 번째 마차는 부르지 말라고 일러두게. 세 번째 마차를 타고 얼른 로더 아케이드의 스트랜드 가 쪽까지 가게. 행선지를 종이에 적어서 마부에게 전해주게. 종이를 버리지 말라고 하고. 요금을 미리 준비해두었다가 마차가 멈추면 얼른 뛰어내려 바로 아케이드 건너편으로 빠져나가 정확히 9시 15분에 반대편

입구로 나오게. 그러면 길가에 빨간 목깃이 달린 두꺼운 외투를 입은 마부가 타고 있는 조그만 사륜마차가 기다리고 있을 거야. 그 마차를 타면 대륙으로 가는 급행열차 시간에 맞춰서 빅토리아 역에 도착할 수 있을 거야."

"자네와는 어디서 만나지?"

"열차의 앞에서 두 번째 차량 일등석을 예약해놓겠네."

"그럼 차 안에서 만나게 되겠군."

"맞아."

하룻밤 묵고 가라고 거듭 권해봤지만 그는 그대로 밖으로 나갔다. 묵게 되면 폐를 끼치게 될지도 모르기 때문에 굳이 떠난 것이라는 생각이 들었다. 이튿날 아침의 계획에 대해서 서둘러 두어 가지 더 말한 다음 그는 자리에서 일어나 나와 함께 정원으로 나갔다. 그리고 모티머 가 쪽으로 나 있는 벽을 넘더니 휘파람을 불어 영업용 마차를 부른 뒤 곧바로 마차를 타고 돌아갔다.

이튿날 아침, 나는 홈즈가 지시한 그대로 행동했다. 적이 보냈을지도 모를 마차를 피해서 주의 깊게 영업용 마차를 부르라고 시켰다. 아침 식사를 마치자마자 로더 아케이드에 도착한 나는 전속력으로 달려 그곳을 빠져나갔다. 역시 사륜마차가 기다리고 있었다. 내가 마차에 올라타자 검은 외투를 입은 거구의 마부가 바로 말에 채찍을 가해 빅토리아 역을 향해 달리기 시작했다. 역에서 내리자 마부는 마차를 돌려 내게는 눈길 한 번 주지 않고 그대로 떠나버렸다.

여기까지는 모든 일이 계획대로 진행되었다. 짐은 이미 도착해 있었고 홈즈가 말한 객차도 바로 알아볼 수 있었다. '예약'이라는 팻말이 걸린 객차는 한 대밖에 없었기 때문이었다. 한 가지, 홈즈가 아직 모습을 드러내지 않았다는 것이 마음에 걸렸다. 역의 시계를 보니 출발 시간까지 겨우 7분밖에 남질 않았다. 여행객과 배웅을 나온 사람들로 붐비는 구내를 이리저리 둘러보았으나 그의 훤칠한 모습은 눈에 띄지 않았다. 그림자조차 보이질 않았다. 늙은 이탈리아인 목사가 서툰 영어로 짐을 파리까지 직접 보내달라고 짐꾼에게 부탁하느라 고생하고 있어서 그를 도와주며 2, 3분 정도 시간을 보냈다. 그런 다음 다시 한 번 주위를 둘러보고 열차 안으로 들어가니 짐꾼이 표도 확인하지 않고 마구잡이로 태운 듯, 조금 전 그 늙은 이탈리아인 목사가 내 동행이라는 표정으로 우리 자리에 앉아 있었다. 내 이탈리아 어는 노인의 영어 이상으로 서툴렀기 때문에 자리를 잘못 찾았다고 아무리 설명해도 전혀 알아듣질 못했다. 나는 설명하기를 포기하고 어깨를 한 번 들썩인 다음 초조한 마음으로 다시 홈즈를 찾으려 창밖을 내다보았다. 문득 그가 모습을 나타내지 않는 것은 어젯밤 습격을 당했기 때문이 아닐까라는 생각이 들자 등줄기가 오싹해졌다. 열차의 문이 모두 닫히고 기적 소리가 들려왔다. 바로 그때 나를 부르는 소리가 들렸다.

"이봐, 왓슨. 인사도 안 하긴가?"

나는 깜짝 놀라 뒤를 돌아보았다. 늙은 목사를 나를 바라보고 있었다. 순간 얼굴의 주름이 사라지고, 축 늘어져 있던 코가 오똑해지고, 툭 튀어나온 아랫입술이 안으로 들어가고, 우물거리던 입이 멈췄고, 탁하던 눈빛이 생기를 되찾았으며, 구부정하던 등이 똑바로 펴졌다. 하지만 다음 순간 모든 것이 다시 원래대로 되돌아가더니, 아까 모습을 드러냈던 것과 똑같은 속도로 홈즈의 모습이 사라져버렸다.

"이게 어떻게 된 건가? 정말 놀랐네."

내가 외쳤다.

"아직 경계할 필요가 있어. 적들이 우리를 바싹 뒤쫓고 있을 테니. 앗! 모리어티 교수가 직접 등장했군."

그때 기차는 이미 움직이고 있었다. 언뜻 뒤를 돌아보니 키가 큰 남자가 맹렬한 속도로 사람들을 헤치며 기차를 멈추라는 듯 손을 흔들고 있었다. 하지만 이미 때는 늦었다. 열차는 점점 속도를 내더니 순식간에 역에서 빠져나왔다.

"그렇게 조심했는데도 간신히 따돌렸구먼."

홈즈가 웃으며 말했다. 그리고 자리에서 일어나 변장용 의상과 모자를 벗어 가방 안에 넣었다.

"왓슨, 오늘 조간신문 보았나?"

"아니."

"그럼 베이커 가에서 무슨 일이 있었는지 모르겠군."

"베이커 가에서?"

"어젯밤 녀석들이 내 방에 불을 질렀네."

"뭐야? 그런 짓까지 했단 말이야?"

"내게 곤봉을 휘두른 사내가 체포된 뒤로 녀석들은 내 행적을 완전히 놓친 모양이야. 그렇지 않고서야 내가 그 방으로 돌아갔다고 생각했을 리가 없으니까. 녀석들이 만일을 위해서 자네도 감시하고 있었을 거야. 그래서 모리어티 교수가 빅토리아 역에 모습을 나타낼 수 있었던 거고. 도중에 실수를 저지르지는 않았겠지?"

"자네가 말한 대로 행동했어."

"사륜마차가 기다리고 있던가?"

"자네가 말한 장소에서 기다리고 있더군."

"마부가 누군지 알아봤나?"

"아니."

"마이크로프트 형이었어. 상황이 상황이니만큼 돈으로 움직이는 마부는 믿을 수가 없었거든. 어쨌든 모리어티 교수를 어떻게 해야 할지 생각해봐야겠네."

"이 기차는 급행이고 배와 바로 연결되니 이제 포기했을 거라고 생각해도 되지 않겠나?"

"왓슨, 그 사람은 나만큼 똑똑한 머리를 가지고 있다고 말했는데 아직도 그 말의 뜻을 잘 이해하지 못한 모양이군. 만일 내가 쫓는 입장에 있었다면 이 정도로 포기할 거라고 생각하나? 그 사람을 얕잡아봐서는 안 돼."

"그럼, 그자가 어떻게 할 것 같나?"

"틀림없이 내가 생각하고 있는 대로 행동할 거야."

"자네 생각이 어떤 건데?"

"특별 열차를 마련할 걸세."

"그러기에는 시간이 부족하지 않나?"

"아니, 충분해. 이 기차는 도중에 캔터베리 역에서 정차하지. 그리고 언제나 배가 출발하기 15분 전에 역에 도착하고. 그 시간이면 충분히 따라잡을 수 있어."

"꼭 우리가 범죄자 같군. 그가 우리를 따라오면 경찰에게 말해서 체포하도록 하는 건 어떻겠나?"

"그러면 지난 3개월간의 노력이 물거품이 되고 마네. 월척을 낚을 수 있을지는 몰라도 잔챙이들이 그물에서 전부 빠져나가버릴 거야. 월요일이면 일망타진할 수 있어. 여기서 체포하는 건 어리석은 짓이야."

"그럼 어떻게 할 생각인가?"

"캔터베리에서 내리세."

"내려서 어쩌자는 거지?"

"거기서 내린 다음 들판을 가로질러서 뉴헤이븐으로 가세. 거기서 다시 디에프로 건너가는 거야. 모리어티 교수라면 틀림없이 내가 생각한 대로 행동할 거야. 그는 우선 파리로 가서 우리의 짐을 찾은 다음, 한 이틀 동안은 역을 감시하겠지. 그러는 동안 우리는 융단으로 만든 싸구려 가방을 두 개 정도 사고, 필요한 물건들은 그때그때 거기서 사서 쓰면서 룩셈부르크, 베이즐을 둘러보고 천천히 스위스로 가도록 하세."

나는 여행을 많이 다녀봤기 때문에 짐이 없어도 크게 불편을 느끼지는 않는다. 하지만 솔직히 말하자면, 말로 표현할 수 없을 정도로 극악무도한 악당에게 쫓겨 몸을 숨겨야만 하는 처지가 썩 좋게 느껴지지는 않았다. 그래도 나보다는 홈즈가 사태를 훨씬 더 잘 파악하고 있을 것임에 틀림없었다. 우리는 캔터베리 역에서 내렸다. 뉴헤이븐으로 가는 기차를 타려면 한 시간을 더 기다려야 한다고 했다.

내 여행 가방을 실은 화물 열차가 점점 멀어져가는 것을 원망스럽게 지켜보고 있는데 홈즈가 내 옷소매를 잡아당기며 선로 끝 쪽을 가리켰다.

"벌써 오고 있네."

그가 말했다.

저 멀리 켄트 주의 숲 너머에서 한 줄기 연기가 희미하게 피어오르고 있었다. 그리고 1분쯤 뒤에 객차 한 량만을 연결한 기관차가 역 가까이에 있는 곡선로를 돌아 돌진해 들어왔다. 우리는 재빨리 짐 뒤로 몸을 숨겼다. 곧 기차가 우리 얼굴에 뜨거운 바람을 끼얹고 덜컹거리는 소리를 내며 역을 지나쳤다.

흔들리며 멀어져가는 객차를 바라보며 홈즈가 말했다.

"타고 있었어. 저 사람의 머리에도 한계가 있는 모양이군. 내가 어떤 생각을 할지 생각해보고 그대로 행동하면 분명히 성공했을 텐데."

"여기서 그에게 잡혔다면 어땠을까?"

"나를 죽이려 덤벼들었을 거야. 하지만 나라고 가만히 앉아서 당하기만 하겠어? 그보다 당장 중요한 문제는 조금 이르지만 여기서 점심을 먹느냐, 아니면 배고픈 걸 조금 참고 뉴헤이븐의 식당에서 먹느냐 하는 거야. 자네, 어떻게 하겠나?"

그날 밤, 브뤼셀에 도착한 우리는 거기서 이틀을 보내고 사흘째 되던 날 스트라스부르그로 갔다. 월요일 아침, 홈즈는 런던 경시청으로 전보를 보냈다. 저녁에 호텔로 돌아와보니 그에 대한 답장이 도착해 있었다. 봉투를 뜯어 내용을 읽어본 홈즈는 그것을 난로에 집어던지고 신음하는 듯한 소리로 말했다.

"이런, 녀석이 이렇게 나올 줄 알고는 있었지만. 그물을 빠져나 갔네!"

"모리어티 교수가?"

"일당은 전부 체포했지만 모리어티 교수를 놓쳤다고 하네. 경찰을 따돌린 모양이야. 내가 없었으니 그에 대적할 만한 사람이 없었겠지. 그럴 줄 알고 반드시 잡아들일 수 있을 거라고 생각되는 방법을 강구해뒀었는데. 왓슨, 자네는 영국으로 돌아가는 게 좋을 것 같네."

"왜?"

"일이 이렇게 된 이상 나는 더욱 위험한 길동무니까. 그 사람은 모든 걸 잃었어. 런던으로 돌아가면 파멸하고 말거야. 내 추측이 빗나가지 않는다면 그 사람은 내게 복수하기 위해서 모든 힘을 다 할 걸세. 전에 잠깐 만났을 때도 그런 얘기를 했는데 그건 아마 농담이 아닐 거야. 그러니까 자네는 자네 환자들이 있는 곳으로 돌아가는 게 좋을 것 같네."

오랜 친구이자 협력자이기도 한 나로서는 쉽게 받아들일 수 없는 얘기였다. 우리는 스트라스부르그의 식당에서 30분 동안이나 이 문제에 대해서 이야기를 나눈 끝에 결국 함께 출발하기로 하고 그날 밤 다시 힘차게 제네바로 향했다.

우리는 일주일 정도 론 계곡을 거슬러 올라가며 즐거운 시간을 보냈다. 계곡을 따라 로이크까지 갔다가 거기서 옆길로 빠져 아직 두꺼운 눈이 쌓여 있는 겜미 고개를 넘어 인터라켄을 지나 마이링겐까지 갔다. 참으로 멋진 여행이었다. 눈 아래로는 봄의 신록이 펼쳐져 있었고 머리 위로는 겨울의 눈이 덮여 있었다. 하지만 홈즈는 끈질기게 따라붙는 적에 대한 경계를 한시도 늦추지 않았다. 정겨운 알프스 마을을 지날 때도, 인적이 드문 산길을 걸을 때도 스쳐지나가는 사람이 있으면 반드시 신속하고 날카로운 시선을 던져 사람의 얼굴을 관찰했다. 어디로 가든 개처럼 뒤를 쫓아오는 위험에서 벗어날 수 없을 것이라고 생각하고 있는 듯했다.

한번은 이런 일도 있었다. 젬미 고개를 넘어 한적한 다우벤제 호숫가를 걸어가고 있을 때, 오른쪽 능선에서 커다란 바위가 기세 좋게 굴러 내려와 등 뒤의 호수로 떨어졌다. 그 순간 홈즈는 능선 위로 뛰어 올라가 우뚝 솟은 정상에서 사방을 둘러보았다. 봄이 되면 이 부근에서는 낙석이 흔히 있는 일이라고 가이드가 아무리 설명을 해도 홈즈는 그 말을 들으려 하지 않았다. 예상하고 있던 일이 일어나 아주 만족한다는 표정으로 아무 말 없이 미소를 지으며 나를 바라보았다.

그렇게 주위를 경계하면서도 홈즈는 결코 용기를 잃지 않았다. 아니, 오히려 지금까지 내가 봤던 그 어떤 때보다도 용기에 넘쳐 있었다. 이 사회가 모리어티 교수의 마수에서 확실하게 벗어나기만 한다면 자신은 기꺼이 지금의 일을 그만두겠다고 몇 번이고 되풀이했다.

"왓슨, 내 삶은 그렇게 무익하지만은 않았다고 말해도 괜찮겠지? 오늘 밤 인생의 끝을 맞는다 해도 나는 차분하게 그것을 받아들일 수 있을 거야. 내 덕분에 런던의 공기가 깨끗해졌어. 천 건 이상의 사건을 처리해왔지만 내 능력을 나쁜 쪽으로 사용한 적은 단 한 번도 없었어. 요즘 나는 인공적인 사회가 만들어내는 사건보다는 자연이 초래하는 문제를 연구해보고 싶다는 생각을 갖게 됐어. 왓슨, 유럽에서 가장 위험하고 유해한 그 범죄자를 체포하거나 그의 숨통을 끊어놓아 내 명성이 절정에 달하면 자네의 그 회상록도 끝을 맺게 될 거야."

내 얘기도 이제 막바지를 향해 치닫고 있다. 간단하고 정확하게 기록하기로 하겠다. 별로 내키지 않는 이야기지만 사건을 꼼꼼하게 전달하는 것이 내 의무일 것이다.

5월 3일, 마이링겐의 조그만 마을에 도착해 영국인의 핏줄을 이어받은 페터 스타일러가 경영하는 '영국관'에 투숙했다. 주인은 해박한 지식을 가진 사람으로 런던의 그로스베너 호텔에서 3년간 근무한 적이 있어 영어를 유창하게 구사했다. 4일 오후, 이 주인의 권유로 우리는 산 너머에 있는 로젠라우이 부락에서 하룻밤 묵고 오기로 했다. 조금 돌아가기는 하지만 0.5마일 정도 산을 오르면 라이헨바흐 폭포가 있으니 꼭 둘러보고 가라고 그는 적극 추천했다.

그곳은 실로 위험한 곳이었다. 눈이 녹아 수위가 높아진 격류가 거대한 깊은 연못으로 쏟아져 내려 화재 현장의 연기처럼 물보라가 소용돌이치며 피어오르고 있었다. 거친 강물은 석탄처럼 검게 빛나는 거대한 바위틈으로 들어가 거기서 폭이 좁아져 끝도 없는 연못 속으로 떨어지며 물보라를 일으켰다. 그리고 끓어오르듯 연못가 위로 넘쳐흘렀다. 굉음과 함께 떨어지는 거대한 녹색 물기둥과 짙게 피어오르는 물보라. 그것들이 피어오르며 내는 신음소리. 그칠 줄 모르는 소용돌이와 외침은 보는 사람의 머리를 어지럽게 만들 정도였다. 우리는 절벽 끝에 서서 바위에 부딪쳐 부서지는 물의 반짝임을 바라보았다. 그리고 물보라와 함께 심연에서 피어오르는, 사람의 목소리와도 닮은 소리에 귀를 기울였다.

폭포의 전경을 볼 수 있도록 폭포를 둘러싸고 조그만 길이 닦여 있었지만 채 반 바퀴도 돌기 전에 길이 끊겨져 있어 나와 왔던 길로 되돌아가지 않을 수 없었다. 우리가 발걸음을 돌려 왔던 길로 되돌아가려는 순간, 한 스위스 젊은이가 손에 편지를 들고 좁은 길을 따라 뛰어오는 것이 보였다. 편지에는 우리가 묵고 있는 호텔의 마크가 찍혀 있었는데 그 호텔의 주인이 내게 보낸 것이었다. 우리가 출발한 직후, 폐결핵 말기의 중병을 앓고 있는 영국 여자가 도착했다고 쓰여 있었다. 그 여자는 다보스 플라츠에서 겨울을 보내고 루체른에 있는 친구를 만나기 위해 여행을 하던 중이었는데 갑자기 각혈을 했다는 것이었다. 틀림없이 몇 시간 후면 생명을 잃을 것 같지만 영국 의사의 치료를 받으면 그것만으로도 커다란 위안을 얻을 테니 가능하면 바로 와주기를 바란다는 내용이었다. 사람 좋은 스타일러는 추신에 가엾은 여자가 스위스 의사는 싫다고 고집을 피우고 있으며, 자신에게도 커다란 책임이 있으니 부디 와줬으면 좋겠다는 글을 남겼다.

이국에서 죽어가는 동포의 청을 거절할 수는 없었다. 하지만 홈즈를 혼자 남겨두고 가야 해 망설이지 않을 수가 없었다. 결국 내가 마이링겐에 가 있는 동안 편지를 가져온 스위스 젊은이가 홈즈의 가이드 겸 이야기상대로 남기로 했다. 홈즈는 조금 더 폭포를 구경한 뒤에 천천히 산을 넘어서 로젠라우이로 갈 테니 밤늦게 거기서 만나자고 말했다. 내가 그곳에서 발걸음을 되돌렸을 때, 홈즈는 팔짱을 낀 채 바위에 기대서서 격류를 내려다보고 있었다. 이것이 이 세상에서 내가 마지막으로 본 그의 모습이었다.

언덕길을 내려와서 나는 뒤를 돌아보았다. 폭포는 보이지 않지만 산등성이를 휘감으며 폭포로 올라가는 길이 눈에 들어왔다. 그 길을 급히 서둘러 올라가는 남자가 한 명 있었다. 그 사람의 검은 모습이 파란 산을 배경으로 뚜렷하게 눈에 들어왔다. 정말 정력적이라는 생각이 들어 잠깐 강한 인상을 받았지만 급히 길을 가다 보니 그의 존재는 금방 머릿속에서 지워지고 말았다.

마이링겐까지는 한 시간 이상이 걸렸다. 스타일러는 호텔 현관에 서 있었다.

"환자는 어때요? 조금 안정을 되찾았나요?"

나는 급히 그에게 다가가 물었다.

스타일러의 얼굴에 놀라는 빛이 스치며 눈썹을 꿈틀 치켜 올리는 것을 본 순간 나는 심장이 납처럼 굳어지는 듯했다.

"이 편지, 당신이 보낸 게 아니군요."

내가 주머니에서 편지를 꺼내 보이며 말했다.

"병에 걸린 영국 여자가 묵고 있지 않나요?"

"그런 사람 없습니다. 하지만 편지에 호텔의 마크가 찍혀 있는데. 그래, 맞아! 그 키 큰 영국 사람이 쓴 겁니다. 당신들이 떠난 다음에 호텔에 도착했어요. 그 사람이라면....... ."

나는 스타일러의 설명을 듣고 있을 수 없었다. 불안에 떨며 서둘러 마을에서 벗어나 조금 전 내려왔던 길로 산길로 접어들었다. 내려오는 데 한 시간이 넘게 걸린 길이었다. 온 힘을 다해 올랐지만 폭포에 이르기까지는 두 시간 정도가 걸렸다. 우리가 헤어졌던 바위 앞에 홈즈의 등산용 지팡이가 세워져 있었다. 하지만 그의 모습은 어디서도 찾아볼 수가 없었다. 큰 소리로 외쳐봤지만 대답은 들려오지 않았다. 내 목소리만이 주위 절벽에 부딪쳐 메아리칠 뿐이었다.

홈즈의 지팡이를 보는 순간 가슴이 아파왔다. 그는 로젠라우이에 가지 않았다. 한쪽은 깎아지른 듯한 절벽, 다른 한쪽은 수직으로 깎아내린 낭떠러지로 둘러싸인 폭 3피트의 좁은 길에서 적과 맞닥뜨린 것이리라. 스위스 젊은이도 찾아볼 수가 없었다. 그 역시 모리어티 교수에게 매수된 사람으로 두 사람을 남겨놓고 여기를 떠났을 것이다. 둘 사이에 무슨 일이 벌어졌던 것일까? 이 질문에 답해줄 사람은 아무도 없었다.

나는 한동안 그곳에 서서 마음을 진정시켰다. 무시무시한 생각 때문에 머리가 혼란스러웠기 때문이었다. 잠시 후, 홈즈에게 배운 방법대로 비극의 흔적을 따라가기 시작했다. 슬프게도 그것은 너무나 간단한 일이었다. 홈즈와 나는 이야기를 나누며 길을 걸었었는데 길이 끊어진 곳 바로 앞까지는 가지 않았다. 지팡이 자국으로 홈즈가 있었던 장소를 확실하게 알 수 있었다. 검붉은 흙은 끊임없이 피어오르는 물보라에 젖어 언제나 부드러웠기 때문에 작은 새가 앉아도 발자국이 남을 정도였다. 거기에 길의 막다른 곳까지 간 두 개의 발자국이 선명하게 찍혀 있었다. 두 개 모두 앞쪽을 향하고 있었으며 되돌아온 자국은 보이질 않았다. 길이 막힌 곳 몇 야드 앞에 있는 흙이 어지럽게 짓밟혀 진흙탕이 되어 있었고, 주위의 가시나무와 양치식물들은 쥐어뜯겨 진흙투성이가 되어 있었다. 나는 길바닥에 엎드려 피어오르는 물보라에 몸이 젖는 것도 잊은 채 밑을 내려다보았다. 내가 마을에 도착했을 때부터 주위가 어두워지기 시작했는데, 지금은 여기저기 검은 빛을 발하고 있는 젖은 바위와 까마득한 발밑에 있는 연못에서 산산이 부서지는 물이 희미하게 보일 뿐이었다. 나는 커다란 소리로 홈즈를 불러보았다. 하지만 들려오는 것은 성난 사람의 울부짖음과도 같은 폭포 소리뿐이었다.

그래도 홈즈의 마지막 인사만은 받을 수 있었다. 앞서도 말한 바와 같이 좁은 길 쪽으로 튀어나온 바위에 홈즈의 지팡이가 기대 세워져 있었는데 그 바위 위에 무엇인가 반짝이는 것이 눈에 띄었다. 가까이 다가가 보니 홈즈가 늘 가지고 다니는 은제 담배 케이스였다. 그것을 들어올리자 그 밑에 있던 조그맣고 네모란 종이쪽지가 팔랑이며 땅바닥에 떨어졌다. 펼쳐보니 수첩을 찢어 내게 보낸 세 페이지 분량의 편지였다. 홈즈답게 마치 서재에서 쓴 것처럼 글씨가 아주 반듯하고 내용도 명료했다.

「왓슨에게

　모리어티 교수의 호의로 이 짧은 편지를 쓰고 있네. 이 편지를 얼른 끝맺기를 모리어티 교수가 옆에서 기다리고 있네. 조금 전에 그가 어떻게 영국 경찰을 따돌렸으며, 어떻게 해서 우리에 관한 정보를 입수했는지 간단히 설명해주었네. 내가 생각한 대로 그는 매우 영리한 사람이었어. 하지만 이것으로 그가 사회에 가져다줄 해악을 없앨 수 있다고 생각하니 매우 만족스럽네. 단, 그에 대한 보상으로 여러 친구들, 특히 왓슨 자네에게 고통을 주게 되었네. 하지만 종종 얘기했던 것처럼 내 인생은 어차피 전환기를 맞이하게 되어 있어. 그 마지막 장을 장식하는 내게 이처럼 어울리는 방법도 없을 것일세. 솔직히 말하자면 나는 마이링겐에서 온 편지가 거짓이었다는 사실을 확실히 알고 있었고 그 다음에 이런 일이 벌어질 것이라는 것도 충분히 예상했네. 그래서 자네가 호텔로 돌아가는 일에 반대하지 않았던 것이야. 일당의 유죄를 증명하는 데 필요한 서류는, 겉에 '모리어티'라고 쓴 파란 봉투에 넣어 'M'으로 시작하는 서류를 모아놓은 서랍에 넣어두었다고 패터슨 경감에게 말해주게. 재산은 영국을 떠나기 전에 마이크로프트 형에게 양도되도록 모든 절차를 밟아놨네. 그럼 자네 부인에게도 안부를 전해주게나.

　　　　　　　　　　　　　　　　－ 자네의 진실한 친구 셜록 홈즈」

이제 그 뒤의 일들을 간단하게 기록하기만 하면 될 것이다. 이런 곳에서 싸움을 했으니 당연한 일이겠지만, 경찰의 조사 결과 두 사람은 서로를 끌어안은 채 폭포 밑으로 떨어진 것으로 판명됐다. 틀림없는 사실일 것이다. 사체를 찾을 가능성은 전혀 없었다. 오늘날의 가장 위험한 범죄자와 가장 뛰어난 법의 수호자는 이렇게 해서 소용돌이치는 폭포 밑에서 영원히 잠들게 된 것이다. 스위스의 젊은이는 끝내 찾을 수 없었지만 틀림없이 모리어티 교수의 수많은 부하 중 한 명이었을 것이다. 홈즈가 수집해둔 증거 덕분에 모리어티 교수의 조직은 만천하에 드러나게 되었다. 이제 이 세상에 없지만 홈즈의 손이 그들의 머리에 일격을 가했다는 사실은 아직도 많은 사람들의 기억 속에 생생하게 남아 있는 사건이다. 그 조직의 우두머리인 모리어티 교수의 악행에 대해서는 재판에서도 거의 밝혀지지 않았지만 내가 여기에 그의 수많은 악행을 확실하게 밝혀두는 이유가 있다. 그건 내 전 생애를 통틀어 가장 좋은 친구이자, 가장 현명한 친구인 홈즈를 부당하게 공격하며 모리어티 교수의 오명을 감추고 그에 대한 기억을 바꾸려는 음모를 꾸미고 있는 교활한 모리어티 옹호자들을 반격하기 위해서이다.

셜록 홈즈의 귀환

빈집의 모험
The Empty House

1894년 봄, 로널드 아데어 경이 도저히 이해할 수 없는 이상한 상황 속에서 살해되었고 런던 전체가 이 사건에 호기심을 보냈다. 사교계에서는 여러 가지 소문이 떠돌기 시작했다. 경찰의 조사로 범인은 세상에 널리 알려지게 되었다. 하지만 이 사건 자체에 대해서는 검사 측이 결정적인 증거를 확보하고 있었기 때문에 많은 부분이 알려지지 않은 채 수사가 마무리되고 말았다.

　10년 가까이 지난 지금에서야 비로소 이 사건 전체의 숨겨진 사실을 말할 수 있게 되었다. 범죄 자체도 매우 흥미로웠지만, 그 범죄 뒤에 일어난 뜻밖의 사건에 비하면 범죄는 흥미롭다고 말할 수 없을 정도이다. 모험으로 넘쳤던 내 인생에서 그 어떤 사건보다도 더욱 충격적이고 경이로운 사건이었다. 오랜 세월이 지난 지금도 그때의 사건을 생각하면 가슴이 설레고, 내 마음속에 숨겨져 있던 환희와 놀라움이 다시 되살아나는 것을 느낄 수 있다. 기회가 있을 때마다 내가 부분적으로 발표해왔던, 셜록 홈즈의 사상과 행동에 흥미를 갖고 계시는 분들에게 말하고 싶은 내용이 있다. 그동안 이 사건에 대해서 내가 알고 있는 모든 것을 말하지 않았다고 해서 나를 책망하지는 말기 바란다. 사건의 당사자인 홈즈가 내게 굳게 입을 다물고 있으라고 하지 않았다면 이 사건을 발표하는 것이 내 첫 번째 의무라고 생각했을 것이다. 그런데 지난 달 3일에야 드디어 함구령이 풀렸기 때문에 나로서는 어쩔 수가 없었다.

쉽게 상상할 수 있겠지만, 홈즈와 나는 매우 친하게 지냈다. 덕분에 범죄에 깊은 흥미를 갖게 되었고 홈즈가 행방불명된 뒤에도 세상을 떠들썩하게 만든 사건을 유심히 살펴보았다. 성공한 적은 많지 않지만 홈즈의 방법을 사용해서 이들 사건을 해결해보려 노력한 적이 한두 번이 아니었다.

그런데 이 로널드 아데어 경의 참사만큼 내 흥미를 끈 사건도 없었다. 검시 법정에서, 혼자 혹은 여러 명의 정체를 알 수 없는 범인에 의한 계획적인 살인이라는 평결을 읽는 순간 홈즈의 죽음으로 사회가 얼마나 커다란 손실을 입었는지 그 어느 때보다도 뼈저리게 느낄 수 있었다. 이 이상한 사건에는 틀림없이 홈즈의 흥미를 끌 만한 몇 가지 요소들이 있었다. 만일 홈즈가 있었다면 유럽 최고의 명탐정의 날카로운 관찰력과 노련한 경험을 바탕으로 경찰들의 수고를 덜어주었을 것이다. 아니, 경찰보다 먼저 사건을 해결했을 것이다. 나는 마차를 타고 왕진을 다니면서도 하루 종일 이 사건에 대하여 생각했지만 납득이 갈 만한 설명은 찾아낼 수가 없었다. 그다지 새로울 것도 없는 얘기를 되풀이하는 결과가 되겠지만 당시 검시 법정의 결론이 내려지기까지 세상에 밝혀진 사실을 요약해보기로 하겠다.

로널드 아데어 경은 당시 식민지 오스트레일리아 어느 지방의 지사였던 메이누스 백작의 차남이었다. 아데어 경의 어머니는 백내장 수술을 받기 위해서 오스트레일리아에서 영국으로 돌아와 아들인 아데어 경과 딸인 힐다와 함께 파크 레인 427번지에서 살고 있었다. 세상에 알려진 바에 의하면 아데어 경은 상류 사교계에 속해 있으면서 원한을 살 행동을 한 적도 없었고 특별한 실수를 저지른 적도 없었다고 한다. 카스테어즈에 살고 있는 이디스 우들리 양과 약혼을 했다가 몇 개월 전에 서로의 합의로 파혼을 했지만 그 일이 특별한 원한이 되지는 않았다. 아데어 경은 매우 일상적인 한정된 범위 안에서 생활했다. 화려하지 않은 평범한 생활을 했으며, 감정에 좌우되는 성격을 가진 사람도 아니었다. 그러나 뜻밖에도 그런 젊은 귀족에게 이상하다고 밖에는 달리 표현할 길이 없는 죽음이 찾아왔다. 1894년 3월 30일 밤 10시에서 11시 20분 사이에 일어난 일이었다.

카드놀이를 좋아하는 로널드 아데어 경은 늘 카드놀이를 즐겼지만 자신의 몸을 망칠 만큼 커다란 도박에는 결코 손을 대지 않았다. 그는 볼드윈, 카벤디시, 바가텔 등의 카드 클럽 회원이었다. 살해당하던 날, 저녁 식사 후 바가텔 클럽에서 휘스트를 했다는 사실이 밝혀졌다. 그리고 오후에도 거기서 카드를 했다. 아데어 경과 게임을 한 사람들인 머레이 씨, 존 하디 경, 모란 대령의 증언에 따르면 게임은 휘스트를 했으며 거의 대등한 승부였다고 했다. 아데어 경은 5파운드 정도를 잃은 듯했다. 상당한 재력가였기 때문에 그 정도의 패배를 마음에 둘 사람은 아니었다.

아데어 경은 거의 매일 자신이 회원으로 있는 클럽 중 한 곳에서 게임을 즐겼는데 신중한 사람이었기 때문에 대부분은 게임에서 이겼다. 몇 주일 전에도 모란 대령과 한 편이 되어 고드프리 밀러와 발모랄 경에게 420파운드를 땄다는 사실을 증언을 통해 알 수 있었다. 이러한 것들이 검시 법정에서 밝혀진, 사건 직전까지의 경의 모습이었다.

사건이 일어나던 날 밤, 아데어 경은 정각 10시에 클럽에서 돌아왔다. 어머니와 동생은 친척 집에서 저녁 시간을 보내고 있었다. 하녀는 아데어 경이 거실로 사용하고 있는 3층의 정면에 있는 방으로 들어가는 소리를 들었다고 증언했다. 하녀는 그날 그 방 난로에 불을 피웠는데 연기가 나는 바람에 창을 열어두었다고 했다. 11시 20분에 메이누스 부인과 딸이 집으로 돌아왔는데 그때까지 3층의 그 방에서는 아무런 소리도 들리지 않았다. 부인은 아들에게 인사를 하기 위해서 방으로 들어가려 했다. 하지만 방문이 안쪽에서 잠겨 있었고 큰소리로 불러도 노크를 해도 대답이 없어 곧 하인을 불러 억지로 문을 열었다.

불운한 아데어 경은 테이블 옆에 쓰러져 있었다. 권총에 맞아 머리가 무참하게 깨져 있었는데 흉기 같은 것은 전혀 눈에 띄지 않았다. 테이블 위에는 10파운드짜리 지폐 두 장과 은화, 금화가 17파운드 있었고 그 돈은 몇 개의 서로 다른 금액으로 나뉘어져 있었다. 그리고 종이 한 장에 숫자와 그에 다른 클럽 친구들의 이름이 적혀 있었다. 살해당하기 전에 카드놀이의 승패를 계산하고 있었던 듯했다.

정황을 면밀하게 조사할수록 사건은 더욱 복잡해져갈 뿐이었다. 우선 아데어 경이 왜 방문을 안에서 잠가야만 했는지 그 이유를 알수가 없었다. 물론 방문을 잠근 것은 범인이며 그 뒤에 창을 통해서 도망쳤을 것이라는 추측도 가능했다. 하지만 창은 지면에서 적어도 20피트 이상 떨어져 있었으며, 그 밑에는 크로커스가 활짝 핀 화단이 있었다. 화단과 지면은 조금도 흐트러져 있지 않았으며 집과 도로 사이에 있는 좁은 잔디밭에도 아무런 흔적도 남아 있지 않았다. 그런 이유로 문을 잠근 것은 아데어 경일 것이라고 추측하게 되었다. 그렇다면 그는 어떻게 죽은 것일까? 아무런 흔적도 남기지 않고 누군가가 창문으로 기어오르기란 불가능한 일이었다.

창 너머로 총을 쐈다고 가정한다면, 범인은 권총으로 치명상을 입힐 만큼 명사수일 것이다. 그리고 파크 레인은 사람들의 왕래가 많은 곳이며, 집에서 100야드 정도 떨어진 곳에 영업용 마차가 손님을 기다리는 정차소가 있다. 그런데 총성을 들은 사람은 아무도 없었다. 그런데도 실제로 사람이 죽었으며, 탄환의 부드러운 부분인 탄두가 버섯처럼 파열되어 총을 맞은 사람을 즉사시킬 정도의 치명상을 입혔다. 이상이 이 사건의 정황인데 앞서도 말한 바와 같이 아데어 경은 그 누구에게도 원한을 산 적이 없었으며, 방 안의 금품도 그대로 남아 있었기 때문에 범행 동기를 전혀 알 수 없었다. 사건은 더욱 복잡하게 되었다.

나는 하루 종일 이러한 사실들을 검토하면서 이 모든 것들을 논리적으로 설명하고, 홈즈가 모든 수사의 출발점이 된다고 말했던 가장 저항 없이 받아들일 수 있는 부분까지 가설을 세워보려 했다. 하지만 솔직히 말하자면 모든 것이 헛수고였다.

저녁 6시쯤에 하이드 파크를 지나서 파크 레인과 옥스퍼드 가가 맞닿은 곳까지 갔다. 거리에 수많은 구경꾼들이 모여서 창 하나를 들여다보고 있었기 때문에 바로 내가 찾던 집을 알아볼 수 있었다. 큰 키에 색안경을 낀, 사복 경찰처럼 보이는 남자가 무엇을 설명하고 있는 듯 그것을 들으려 주위에 사람들이 몰려 있었다.

나는 가능한 한 가까이 다가가서 그의 얘기를 들었는데 너무나도 한심한 내용이라 듣기를 그만두고 그 자리에서 물러났다. 그 순간 뒤에 있던 어느 못생긴 초로의 남자와 부딪쳤다. 그러는 바람에 그가 들고 있던 몇 권의 책이 땅바닥으로 떨어지고 말았다. 떨어진 책을 주울 때 『수목숭배의 기원』이라는 제목이 눈에 들어오기에,

이 사람은 장사를 하거나 혹은 취미로 희귀한 책을 수집하고 있는 평범한 애서가임이 틀림없을 것이라고 생각했다. 바닥에 떨어진 책은 그 주인에게는 매우 귀중한 것임에 분명했다. 내가 사죄를 하려 하자 하얀 수염에 등이 구부정한 남자는 경멸하는 듯한 신음소리를 올리더니 휙 돌아서서 인파 속으로 사라져갔다.

파크 레인 427번지를 조사해봤지만 내가 관심을 갖고 있는 이 사건을 해결하는 데는 아무런 도움도 되지 않았다. 집은 낮은 목책이 붙어 있는 벽으로 둘러싸여 있었는데 높이는 5피트도 되지 않았다. 누구나 쉽게 정원으로 들어갈 수가 있었다. 하지만 창문으로는 도저히 접근할 수 있을 것 같지가 않았다. 배수관이나 그와 비슷한 것이 전혀 없었기 때문에 제 아무리 날렵한 사람이라도 오르기가 불가능했기 때문이었다. 더욱 혼란스러워진 나는 켄싱턴의 집으로 돌아왔다. 서재에 들어간 지 채 5분도 되지 않았는데 하녀가 들어오더니 손님이 찾아와서 나를 만나고 싶어 한다고 전했다. 손님을 안으로 들이고 보니 놀랍게도 조금 전에 부딪쳤던 늙은 애서가였다. 백발 사이로 쭈글쭈글하지만 날카로운 얼굴이 엿보였고 12권은 됨직한 희귀본을 오른쪽 옆구리에 끼고 있었다.

"놀랐나보군요."

노인이 묘하게 갈라지는 목소리로 말했다.

나는 그렇다고 대답했다.

"마음이 영 개운치 않아서요. 당신 뒤를 따라 걷다 보니 당신이 집 안으로 들어가더군요. 그래서 잠깐 들러서 친절한 분을 만나 내 태도가 무례했더라도 결코 나쁜 마음이 있어서 그런 게 아니었다는 점을 말씀드리고 싶었어요. 그리고 책을 주워주신 것에 대한 감사의 말씀도 드려야 하겠고."

"그런 말을 들을 만큼 대단한 일도 아니었습니다. 그런데 저를 어떻게 알고 계시죠?"

내가 물었다.

"나도 이 근처에서 살고 있어요. 처치가 모퉁이에서 조그만 책방을 운영하고 있으니 시간이 나면 한번 놀러오세요. 당신도 책을 모으고 계신 모양이군요. 저건 『영국의 새』, 그리고 『캐툴러스 시집』, 『성전』, 전부 진귀한 것들입니다. 앞으로 다섯 권만 더 있으면 저 두 번째 칸도 꽉 찰 것 같은데 지금은 그다지 좋아 보이지 않군요."

나는 등 뒤에 있는 책꽂이를 보려 뒤를 돌아보았다. 그리고 다시 정면을 봤을 때 테이블 너머에서 셜록 홈즈가 나를 보며 웃고 있었다. 나는 자리에서 일어나 한동안 멍하니 그를 바라보았다. 그리고 태어나서 처음으로 잠시 정신을 잃었다. 눈앞에 회색 안개가 피어오르다 그것이 사라지고 정신을 차리자 목깃이 느슨하게 풀어져 있었으며, 입술에는 브랜디의 쏘는 듯한 독한 맛이 남아 있었다. 홈즈가 술병을 든 채 몸을 굽혀 나를 살펴보고 있었다.

"왓슨, 자네가 그렇게 놀랄 줄은 꿈에도 생각지 못했네."

아주 귀에 익은 목소리였다.

나는 홈즈의 팔을 잡았다.

"홈즈! 정말 자네 맞나? 자네가 살아 있다니, 이게 사실인가? 그 무시무시한 계곡에서 잘도 살아남았군."

내가 외쳤다.

"아, 잠깐. 자네, 이제 말을 해도 괜찮은가? 쓸데없이 극적으로 나타나려 하다 자네만 놀라게 만들었군."

홈즈가 말했다.

"나는 괜찮아. 아직도 내 눈을 못 믿겠어. 자네가! 바로 자네가 이렇게 내 서재에 서 있다니!"

나는 다시 한 번 그의 소매를 잡고 옷 위로 근육질의 얇은 팔뚝을 더듬어보았다.

"그래, 유령은 아니군. 아, 자네를 다시 만나게 되다니 이렇게 기쁜 일도 없을 거야. 자, 자리에 앉아서 그 무시무시한 계곡에서 어떻게 살아날 수 있었는지 얘기를 해주게."

내가 말했다.

내 맞은편 의자에 앉은 홈즈는 예전과 다름없는 모습으로 담배에 불을 붙였다. 책방 주인에 어울리는 낡은 프록코트는 여전히 입고 있었지만, 노인으로 보이기 위해서 썼던 하얀 수염과 책 등의 도구들은 전부 테이블 위에 올려놓았다. 그동안 많이 여윈 듯 예전보다 더욱 날카로워 보였으며, 독수리를 닮은 창백한 얼굴이 최근 그다지 건강하지 못한 생활을 했음을 말해주고 있었다.

"이렇게 온몸을 쭉 뻗고 있으니 기분이 좋군. 키 큰 사람이 하루에 몇 시간씩 1피트 정도 웅크리고 다닌다는 게 그리 쉬운 일이 아니거든. 그건 그렇고 오늘 밤에 위험하고 어려운 일을 하나 해야 하는데…… . 물론 자네가 도와주겠지? 그렇게 해주면 내가 이런 모습으로 나타난 것에 대한 설명도 쉽게 할 수 있을 거야. 그 일을 마친 다음에 지금까지 있었던 일을 전부 얘기하는 편이 나을 것 같은데."

홈즈가 말했다.

"빨리 알고 싶어서 견딜 수가 없네. 지금 바로 얘기해줄 수는 없나?"

"오늘 밤에 함께 가줄 거지?"

"언제, 어디나 함께 가겠네."

"예전으로 다시 돌아온 것 같군. 출발하기 전에 간단히 저녁을 먹을 정도의 시간은 있어. 좋아, 그럼 계곡에 대한 얘기를 하도록 하지. 거기서 나오는 게 그리 어려운 일이 아니었네. 처음부터 폭포 밑으로 떨어지지 않았으니까. 결론부터 말하자면 그렇게 된 걸세."

"떨어지지 않았다고?"

"맞아, 왓슨. 떨어지지 않았어. 하지만 자네에게 남긴 편지는 진짜야. 그 좁은 길에 모리어티 교수의 불길한 모습이 나타난 순간, 내 삶도 이것으로 끝이라는 생각이 들었어. 그 사람의 잿빛 눈에서 굳은 결의를 읽을 수 있었거든. 그래서 그와 두어 마디 말을 나눈 뒤에 자네에게 건네준 그 편지를 써도 좋다는 아주 예의 바른 승낙을 얻었어. 그 편지를 담배 케이스, 지팡이와 함께 놓아둔 뒤에 나는 좁은 길을 따라 걸었어. 모리어티 교수는 바로 내 뒤를 쫓아왔네. 길 끝에 도착해서 나는 더 이상 앞으로 나갈 수 없었지. 무기를 들고 있지 않았던 녀석은 맨손으로 내게 덤벼들어 그 긴 손으로 나를 감싸더군. 모든 것이 끝장났다는 사실을 깨달은 모리어티 교수의 머릿속에는 오로지 나에 대한 복수밖에 없었어.

절벽 위에서 몸싸움을 벌이던 우리는 그만 중심을 잃고 말았다네. 하지만 나는 일본의 격투 기술을 조금 익힌 적이 있었지, 그 덕분에 몇 번 목숨을 건진 적도 있었고. 나는 그의 손아귀에서 벗어날 수 있었어. 모리어티 교수는 끔찍한 비명을 지르며 몇 초 동안 미친 듯이 발길질을 하며 두 손으로 허공을 휘저었어. 그런 필사의 노력에도 불구하고 무너진 몸의 균형을 바로잡지 못해 밑으로 떨어지고 말았어. 절벽 밖으로 얼굴을 내밀어 바라보니 모리어티 교수가 까마득한 밑으로 떨어지는 것이 보이더군. 그러다 바위에 부딪쳐 한 번 튀어 오르더니 물보라를 일으키며 물속으로 사라져갔어."

홈즈가 담배를 피우며 하는 얘기에 나는 놀라지 않을 수 없었다.

"그렇다면 발자국은 어떻게 된 거지? 두 사람의 발자국이 길을 따라 막다른 곳으로 가기는 했지만 다시 되돌아온 흔적은 없었어.

내 눈으로 똑똑히 봤다고."

내가 외쳤다.

"모리어티 교수가 떨어지는 것을 보는 순간 문득 뜻밖의 행운이 찾아왔음을 깨달았지. 내 목숨을 노리고 있는 건 모리어티 교수 한 사람만이 아니잖나. 두목의 죽음으로 나에 대한 복수심을 더욱 강하게 품게 된 사람이 적어도 세 명 정도는 더 있으니까. 세 명 모두 위험하기 짝이 없는 인물이야. 그중 한 명이 나를 죽일 걸세. 하지만 내가 죽었다고 세상에 알려지게 되면 녀석들은 마음 놓고 제멋대로 날뛸 거야. 그렇게 되면 언젠가는 정체가 밝혀질 테니 녀석들을 해치울 수 있게 되네. 그런 다음에 내가 아직 살아 있다고 밝힐 생각이었어. 인간의 두뇌란 참으로 놀라운 거야. 이 모든 생각을 모리어티 교수가 라이헨바흐 폭포 속으로 떨어지는 짧은 순간에 해냈으니까.

나는 자리에서 일어나 등 뒤에 있던 바위 절벽을 살펴보았어. 이 사건에 대한 자네의 박진감 넘치는 글은 그로부터 몇 개월 뒤에 아주 흥미롭게 읽었네. 그 글에서 바위 절벽을 깎아지른 듯하다고 표현했지만 엄밀하게 말하자면 그 표현은 정확하지 않아. 발을 디딜 만한 곳이 몇 군데 있었고 앞으로 튀어나온 바위도 한 군데 있었거든. 절벽은 매우 높아서 그곳을 오르기란 거의 불가능해 보였고, 그렇다고 해서 발자국을 남기지 않고 그 젖은 길을 가는 것도 불가능한 일이었어. 그와 비슷한 상황에서 예전에 사용했던 것과 같이 구두를 거꾸로 신고 길을 가는 방법이 있기는 했지만 그러면 한 방향으로 세 개의 발자국이 생기니 그건 속임수라고 할 수가 없었지. 그래서 조금 위험하기는 했지만 절벽을 기어오르기로 했네.

그리 즐거운 작업은 아니었어, 왓슨. 발밑에서는 폭포가 울부짖고 있었어. 나는 망상에 사로잡히는 사람이 아니네만, 절벽 밑에서 나를 향해 부르짖는 모리어티 교수의 목소리가 들려오는 듯했어. 움켜잡은 풀이 뽑히고, 젖은 돌부리에 발이 미끄러지고, 이젠 틀렸다고 생각한 게 한두 번이 아니었네. 그래도 포기하지 않고 기어올라 이끼로 뒤덮인 조금 평평한 바위까지 간신히 오를 수 있었네. 거기서 사람들 눈에 띄지 않고 편안하게 있을 수 있었어. 왓슨, 자네가 내 죽음에 대한 정황을 아주 배려 깊기는 하지만 서툰 방법으로 조사하고 있을 때 나는 거기서 편안하게 누워 있었어.

끝내 완전히 잘못된 결론을 내리고 자네들은 호텔로 돌아갔고 나는 홀로 그곳에 남게 되었어. 이것으로 내 모험도 끝이라고 생각한 순간 전혀 뜻밖의 일이 일어나 나는 놀라지 않을 수 없었네. 머리 위에서 커다란 바위가 굴러 떨어지더니 내 옆을 스치고 지나가 좁은 길에 부딪치더니 그대로 깊은 계곡 속으로 떨어졌어. 순간 우연히 일어난 사고라고 생각했어. 그런데 고개를 들어보니 어두워진 하늘을 배경으로 한 남자의 머리가 보이고 뒤이어 두 번째 바위가 내가 누워 있던 곳에서 채 1피트도 떨어지지 않은 곳으로 떨어져 내렸어.

나는 이 낙석의 의미를 명백하게 알 수 있었지. 모리어티 교수는 혼자 행동했던 것이 아닐세. 언뜻 보기에도 위험하기 짝이 없게 생긴 부하가, 모리어티 교수가 나를 덮치는 동안 지켜보고 있었던 거야. 내가 볼 수 없는 먼 곳에서 두목이 죽고 내가 살아남은 장면을 전부 지켜본 것임에 틀림없었어. 그는 가만히 지켜보고 있다가 길을 따라 절벽 정상으로 올라가 동료가 실패한 일을 자신이 해내려 한 거지.

아주 간단하게 이런 생각을 해낼 수 있었어. 다시 그 험상궂은 얼굴이 절벽 위에서 내려다보는 것을 보고 나는 다음 바위가 떨어져 내릴 전조라는 사실을 깨달았지. 나는 처음 올라왔던 길로 다시 기어 내려가려 했어. 아무리 침착하게 행동하려 해도 뜻대로 되지 않았어. 오를 때보다 백 배나 더 어려웠거든. 하지만 위험 같은 건 생각할 틈도 없었네. 내가 있던 바위 끝을 붙잡고 밑으로 매달린 순간 다시 바위가 굴러 와서 내 옆을 스치고 지나갔어. 거의 미끄러져 내려오다시피 해서 완전히 상처투성이가 되었고 피를 흘렸지만 다행스럽게도 길까지 내려올 수가 있었어. 나는 그대로 어둠에 잠긴 산속으로 들어가 10마일 정도 도망쳤네. 그리고 1주일 후에 피렌체에 도착할 수 있었지. 그제야 내가 어떻게 됐는지 아무도 모를 거라고 확신할 수 있었어.

오직 한 사람, 마이크로프트 형에게만 이 비밀을 밝혔어. 왓슨, 자네에게는 진심으로 사과하겠네. 하지만 내가 죽었다고 믿게 만드는 게 무엇보다도 중요했고, 실제로 자네도 그렇게 믿고 있지 않았다면 나의 불행한 최후에 대해서 그렇게 설득력 있게 기록하지는 못했을 거야. 지난 3년간 몇 번이고 자네에게 어떤 형식으로든 편지를 쓰려고 펜을 잡았지만, 언제나 우정을 참지 못해 이 비밀을 밝히는 현명하지 못한 행동을 하지나 않을까 걱정되어 결국 편지를 쓰지 못했네. 오늘 저녁에 자네와 부딪쳐 책을 떨어뜨렸을 때 서둘러 자네 곁에서 떠난 것도 같은 이유에서였어. 그때 나는 위험한 상황에 있었거든. 자네가 놀라는 모습을 조금이라도 보이면 사람들의 시선이 내게로 쏠려 어떻게 해볼 수 없는 처참한 결과를 맞이하게 될지도 몰랐으니까.

돈이 필요해서 마이크로프트 형에게 연락하지 않을 수 없었지. 그런데 런던의 상황이 내가 바라던 것처럼 좋은 방향으로 흐르고 있지는 않더군. 재판 당시 모리어티 교수의 일당 중 가장 위험한 두 인물을 놓쳐버리고 말았거든. 그 두 사람이야말로 내게 가장 깊은 원한을 품고 복수하려는 사람들이야. 나는 2년 동안 티베트를 돌아다니며 라사를 방문해 라마교의 고승과 며칠을 함께 보내기도 했어. 시겔손이라는 노르웨이 사람의 감탄할 만한 여행기를 자네도 읽었는지 모르겠지만 그것이 자네 친구의 소식이라고는 꿈에도 생각지 못했겠지? 그 후에 페르시아를 거쳐서 메카로 들어갔고, 카루툼에서는 카리프(회교 교주)와 짧지만 인상적인 만남을 가졌다네. 그 결과는 외무부에 보고서를 올렸어.

프랑스에 가서는, 프랑스 남부에 있는 몽펠리에 연구소에서 몇 개월 동안 콜타르 유도체에 대한 연구를 하며 보냈네. 그 연구에서 만족할 만한 성과를 거뒀고, 나의 적도 런던에 오직 한 명만이 남아 있다는 소식을 듣고 막 귀국하려던 차에 이 의문투성이의 흥미로운 사건이 일어났다는 소식을 듣고 서둘러 귀국한 걸세. 사건 자체가 수사에 보람을 느낄 수 있을 만큼 흥미로울 뿐만 아니라 내게 아주 특별한 기회를 줄 것 같다는 생각이 들었거든.

바로 런던으로 돌아온 나는 베이커 가로 가서 허드슨 부인을 기절시킬 만큼 놀라게 해주었어. 형 덕분에 내 방과 서류가 전부 예전 그대로 남아 있었네. 왓슨, 그래서 오늘 오후 2시에는 그리웠던 내 방의 팔걸이의자에 앉아서 내 그리운 친구 왓슨이 언제나 앉아 있던 맞은편 의자에 앉아 있었으면 좋겠다는 생각을 했었네."

이상이 4월 어느 날 저녁에 홈즈에게서 들은 놀라운 이야기였다. 두 번 다시 볼 수 없을 것이라고 생각했던 홈즈의 크고 호리호리한 모습과 날카로운 얼굴을 실제로 보지 않았다면 나는 이 이야기를 절대로 믿지 못했을 것이다. 어떻게 알았는지 홈즈는 내게 일어났던 불행한 일을 알고, 말뿐만이 아닌 태도로 동정심을 보여 주었다.

"일에 몰두하는 게 슬픔을 극복할 수 있는 최고의 약일세, 왓슨. 오늘 밤, 우리 두 사람을 위해서 준비된 일이 한 가지 있는데 그 일만 잘 처리한다면 한 사람의 인생을 저절로 정당화할 수 있게 될 걸세."

홈즈가 말했다.

나는 좀 더 자세한 얘기를 들려달라고 부탁했지만 홈즈는 그렇게 하지 않았다.

"내일 아침까지 자네 눈으로 직접 보고 귀로 직접 듣게 될 거야. 그 대신 지난 3년간 쌓였던 이야기가 있질 않나? 빈집으로 모험을 나서야 하는 9시 30분까지는 그 얘기만으로도 충분할 걸세."

홈즈가 대답했다.

시간이 되어 주머니에 권총을 찔러 넣고, 모험을 앞둔 두근거리는 가슴으로 이륜마차 속에 홈즈와 나란히 앉아 있자니 예전과 조금도 변함이 없다는 생각이 들었다. 홈즈는 냉정하고 엄격한 표정으로 말이 없었다. 가로등이 그의 엄숙한 표정을 비출 때마다 생각에 잠긴 채 지그시 감긴 눈썹과 굳게 다문 얇은 입술이 보였다. 범죄 도시 런던의 어두운 정글 속에서 홈즈가 어떤 야수를 잡으려는 것인지는 알 수 없지만, 이 사냥의 명수를 보면 오늘의 모험이 범상치 않은 것이라는 사실을 확실히 알 수 있었다. 한편, 수도승을 연상케 하는 음울한 표정 속에서 가끔 내비치는 씁쓸한 미소는 우리에게 쫓기는 적에게 그다지 기분 좋은 것이 아닐 것이다.

나는 베이커 가로 가는 줄 알았는데 홈즈는 카벤디시 광장 모퉁이에서 마차를 세웠다. 마차에서 내리면서 날카로운 시선으로 좌우를 살폈으며 모퉁이가 나올 때마다 우리를 따라오는 사람이 없는지 매우 조심스럽게 살폈다. 우리가 지난 길은 매우 기이하기 짝이 없었다. 홈즈는 런던의 뒷길을 구석구석 놀라울 정도로 자세하게 알고 있었는데 이번에도 마찬가지였다. 그는 지금까지 내가 그 존재조차도 몰랐던 마구간들이 빽빽하게 들어차 있는 일대를 빠른 걸음으로 아무런 망설임 없이 지나쳐갔다.

드디어 낡고 을씨년스러운 집들이 늘어서 있는 조그만 길로 나서더니 거기서 맨체스터 가, 블랜드포드 가를 지났다. 그런 다음 재빠르게 좁은 통로로 접어들더니 목제 문을 지나, 인적이 없는 정원을 건너, 한 집의 뒷문을 열쇠로 열었다. 집 안으로 들어서자 홈즈는 문을 안쪽에서 잠갔다.

집 안은 칠흑 같이 어두웠지만 나는 그곳이 빈집임을 확실하게 알 수 있었다. 나무판자로 된 바닥에 아무것도 깔려 있지 않았기 때문에 걸음을 걸을 때마다 삐걱거리는 소리가 들려왔다. 벽 쪽으로 손을 뻗었더니 찢어진 벽지가 너덜너덜 매달려 있는 것이 손에 만져졌다. 홈즈의 차갑고 섬세한 손가락이 내 손목을 잡고 나를 앞으로 인도해나가자 곧 문 위의 부채처럼 생긴 채광창이 어둠 속에서 희미하게 보였다. 거기까지 간 홈즈는 갑자기 오른쪽으로 꺾여 들어갔다. 그러자 넓고 텅 빈, 사각형의 방이 나왔다. 방의 네 귀퉁이는 어둠에 잠겨 있었지만 가운데 부분에는 창 밖 거리의 불빛이 희미하게 새어 들어오고 있었다. 가까이에는 불빛이 없었고 유리창에는 먼지가 두껍게 쌓여 있었기 때문에 서로의 모습을 간신히 알아볼 수 있을 정도였다. 홈즈가 내 어깨에 손을 얹더니 입술을 귓가로 가져와 말했다.

"우리가 어디에 있는 건지 알겠나?"

홈즈가 속삭였다.

"틀림없이 베이커 가겠지."

나는 흐린 창 너머를 내다보며 대답했다.

"맞아. 예전에 우리가 함께 살던 곳의 맞은편에 있는 캄덴 하우스야."

"그런데 왜 여기에 온 거지?"

"그림처럼 아름다운 저 건물이 잘 보이기 때문이지. 왓슨, 미안하지만 창문 쪽으로 조금 더 다가가 주겠나? 자네 모습이 보이지 않도록 조심하고 우리들의 방을 올려다보게나. 수많은 우리 모험의 출발점이었던 그 방을. 3년이라는 세월을 비워둔 동안 자네를 깜짝 놀라게 할 힘이 과연 사라졌는지 한번 확인해보기로 하세."

나는 살금살금 앞으로 다가가 맞은편에 있는 그리운 창문을 바라보았다. 창문으로 시선을 던진 순간 나는 너무나도 놀라서 숨을 헐떡이며 소리를 질렀다. 블라인드가 내려져 있었는데 방 안에는 환하게 불이 밝혀져 있었다. 그리고 방 안 의자에 앉아 있는 사내의 검은 그림자가 밝은 창에 선명하게 그려져 있었다. 옆으로 기울어진 머리, 각진 어깨 선, 날카로움이 느껴지는 얼굴 등이 뚜렷하게 보였다. 얼굴은 옆을 향하고 있었으며, 마치 우리 할아버지 시대에

유행했던 실루엣을 보고 있는 듯한 느낌이었다. 그것은 완벽한 홈즈의 복제품이었다. 너무 놀란 나머지 나도 모르게 손을 뻗어 옆에 서 있는 것이 정말 홈즈인지 확인했다. 홈즈가 소리 없이 몸을 떨며 웃었다.

"어떤가?"

"정말 대단해!"

내가 놀랍다는 소리로 말했다.

"세월의 흐름에도 나의 손재주는 녹슬지 않았고, 세상의 변화에도 썩지 않았다는 얘기겠지? 어때, 나랑 똑같지 않나?"

그의 목소리에는 예술가가 자신의 작품에 대해 품고 있는 기쁨과 자부심이 배어 있었다.

"저기에 있는 게 진짜 자네라고 해도 좋을 정도야."

"그 영예는 그르노블에 살고 있는 오스카 뮈니 씨에게 돌려야 할 거야. 주형을 만드는 데만도 며칠이 걸렸지. 밀랍으로 만든 흉상이야. 나머지는 오늘 오후 베이커 가를 방문했을 때 내가 준비한 것이고."

"왜 저런 걸 준비한 거지?"

"어떤 녀석들에게 내가 다른 곳에 있을 때도 저기에 있는 것처럼 보이기 위해서지."

"그럼 누군가 자네를 감시하고 있다는 말인가?"

"누군가 나를 감시하고 있지."

"누가?"

"나의 오랜 적들일세, 왓슨. 라이헨바흐 폭포에서 수령을 잃은 그 매력적인 일당들. 자네도 알다시피 내가 아직 살아 있다는 사실을 아는 것은 그들뿐이야. 녀석들은 언젠가는 내가 저 집으로 돌아올 것이라 굳게 믿고 있어. 그래서 늘 감시를 하고 있었고 오늘 아침에 드디어 내가 돌아온 것을 목격했지."

"그걸 어떻게 알고 있지?"

"창밖을 내려다보았더니 나를 감시하는 사람이 있더군. 파커라는 녀석인데 그리 대단한 녀석은 아니야. 유대의 하프를 잘 다루지. 하지만 내가 걱정하고 있는 건 그 녀석이 아니야. 그 녀석 뒤에 있는 훨씬 더 난폭한 녀석이 마음에 걸린단 말이야. 절벽에서 바위를 굴린 모리어티 교수의 친구 말이야. 런던에서 가장 교활하고 위험한 범죄자라고 할 수 있어. 바로 그가 오늘 밤 내 뒤를 쫓고 있거든. 하지만 그는 우리가 자신의 뒤를 쫓고 있다는 사실을 전혀 모르고 있어."

홈즈가 어떤 계획을 세우고 있는지 이제 조금 알 수 있을 것 같았다. 우리는 이 더할 나위 없이 좋은 은신처에서 감시자를 감시하고 추적자를 추적하고 있는 것이었다. 건너편에 있는 저 그림자는 미끼고 우리는 사냥꾼인 셈이었다. 침묵과 어둠 속에 서서 우리는 거리를 바삐 오가는 사람들을 살펴보았다. 홈즈는 입을 다문 채 손가락 하나 까딱하지 않았다. 하지만 오가는 사람들을 주의 깊게 빈

틈없이 살펴보고 있었다. 폭풍우가 쏟아질 듯 쌀쌀하고, 바람이 날카로운 울부짖음을 올리며 긴 거리를 달려 나가는 밤이었다. 오가는 사람들이 많았으며 대부분 목깃이나 목도리에 얼굴을 묻고 있었다.

한두 번 똑같은 사람의 모습이 지나갔다는 느낌이 들었다. 특히 길 저편에 있는 집의 문 앞에서 바람을 피하고 있는 두 사람의 모습이 마음에 걸렸다. 홈즈에게 그 사람들의 존재를 알리려 했지만 그는 초조한 듯 조그만 신음소리를 내며 계속해서 거리를 지켜보았다. 자꾸만 다리를 흔들고 손가락으로 빠르게 벽을 두드렸다. 자신의 계획이 기대한 대로 진행되지 않기 때문에 침착함을 잃어버린 것이다. 점점 밤이 깊어가고 인적이 드물어지자 홈즈는 더 이상 참지 못하고 방 안을 서성였다. 그에게 말을 걸려고 고개를 들어 맞은편 창문을 올려다본 순간, 처음 그곳을 올려다봤을 때만큼 크게 놀라지 않을 수 없었다. 나는 홈즈의 팔을 붙잡고 위쪽을 가리키며 외쳤다.

"그림자가 움직이고 있어!"

틀림없이 지금은 옆모습이 아닌 뒷모습이 창에 비치고 있었던 것이다.

자신보다 지능이 떨어지는 사람을 보고 답답하다는 듯 울컥 치밀어 오르는 것을 참지 못하는 홈즈의 성격은 3년이 지난 지금도 예전과 다를 바가 없었다.

"당연히 움직여야지! 왓슨, 내가 바로 인형이라고 알아볼 수 있는 걸 세워놓고 유럽에서 제일 교활한 녀석들을 속일 수 있을 거라고 생각할 만큼 어리석은 사람으로 보이는가? 우리가 이 방에 들어온 지 2시간이 지났으니까 그 동안 8번, 그러니까 15분마다 허드슨 부인이 저 흉상의 위치를 바꿔주고 있다네. 물론 자신의 그림자가 비치지 않도록 불 뒤쪽에서 움직이고 있어. 앗!"

순간 홈즈가 갑자기 말을 끊고 날카로운 비명을 내질렀다. 희미한 어둠 속에서 홈즈가 얼굴을 앞으로 내밀고 온몸을 긴장시킨 채 모든 신경을 곤두세우고 있다는 것을 느낄 수 있었다. 창밖 거리에 인적이라고는 조금도 찾아볼 수 없었다. 조금 전의 두 사내가 문 앞에 웅크리고 있을지도 모르겠지만 내 눈에는 더 이상 보이지 않았다. 주위는 쥐 죽은 듯 고요하고 어두웠으며, 맞은편 창의 블라인드만이 노랗게 빛나고 있었고 그 한가운데 검은 사람의 그림자가 어른거리고 있을 뿐이었다. 고요한 정적 속에서 홈즈가 흥분을 가라앉히려 가늘게 내뱉는 숨소리가 들려왔다. 그 순간 홈즈가 나를 방의 가장 어두운 부분으로 데려가더니 한쪽 손을 내 입술에 가져다 댔다. 친구가 이처럼 동요하는 모습은 처음 보았다. 하지만 창 밖 어두운 거리에 사람의 모습이라고는 찾아볼 수가 없었다.

그러다 홈즈의 날카로운 감각이 이미 포착한 것을 나도 느낄 수가 있었다. 낮고 은밀한 소리가 앞쪽 베이커 가가 아니라 우리가 숨어 있는 집 뒤쪽에서 들려왔다. 문이 열리고 닫히는 소리. 그 바로 뒤에 복도를 살금살금 걸어오는 소리가 들렸다. 소리를 내지 않으려고 주의해서 걷고 있는 듯했지만 빈집 전체에 날카로운 소리가 울려 퍼지고 있었다. 홈즈는 벽에 등을 대고 몸을 웅크렸다. 나도 권총을 힘껏 잡은 다음 그와 같은 자세를 취했다.

어둠 속을 응시하고 있자니 주위의 어둠보다 더욱 어두운 사람의 그림자가 희미하게 보였다. 그림자는 잠시 멈춰 섰다가 다시 몸을 앞으로 구부린 채 위협적인 자세로 방 안으로 들어왔다. 이 불길한 그림자가 3야드도 떨어지지 않은 곳까지 접근해와 나는 상대가 덤벼들면 그에 맞설 수 있도록 자세를 취했다. 하지만 곧 상대가 우리들의 존재를 깨닫지 못했다는 사실을 알 수 있었다. 우리바로 앞을 지나서 창가로 살금살금 다가간 남자는 창문을 0.5피트정도 조용히 열었다. 그리고 창이 열린 곳에 맞춰 몸을 숙였기 때문에 거리의 빛이 먼지투성이의 창을 통하지 않고 남자의 얼굴로 직접 쏟아져들었다.

남자는 흥분으로 제정신이 아닌 듯했다. 눈은 반짝반짝 빛나고 있었으며 얼굴 근육은 꿈틀꿈틀 경련을 일으키고 있었다. 중년 사내로 가늘고 오뚝한 콧날, 높고 벗겨지기 시작한 이마, 백발이 섞인 커다란 콧수염을 기르고 있었다. 오페라 모자를 뒤로 젖혀 쓰고, 단추를 풀어헤친 외투 속으로는 야외복 와이셔츠의 가슴 부분이 하얗게 빛나고 있었다. 야윈 얼굴은 검게 그을려 있었으며 깊고 거친 주름이 새겨져 있었다. 손에 지팡이 같은 것을 쥐고 있었는데 금속성 소리를 내며 그 지팡이를 바닥에 내려놓았다. 그런 다음 외투 주머니에서 커다란 물건을 꺼내어 부지런히 손을 움직였는데 곧 스프링이나 나사를 박는 소리가 들리더니 작업을 완료한 듯했다.

여전히 바닥에 무릎을 꿇고 앉은 채, 몸을 앞으로 웅크려 지렛대와 같은 것에 체중을 실어 힘을 주자 무엇인가 기다란 물건이 빙글빙글 회전하면서 긁히는 소리가 들렸다. 그리고 다시 한 번 찰칵하는 금속성 소리가 들려왔다. 그런 다음 남자는 상체를 일으켰는데 순간 개머리판이 이상하게 생긴 총을 들고 있는 것이 보였다. 총열을 열어 무엇인가를 쑤셔 넣고 다시 총열을 닫았다. 그리고 다시 몸을 웅크려 창틀 위에 총신 끝을 올려놓았다. 긴 콧수염이 총신에 닿았고 조준을 하는 눈이 날카롭게 빛났다. 개머리판을 어깨로 감싸 쥐듯 자세를 취하고, 조준기 끝에 우뚝 솟아 있는 노란 바탕에 검은 그림자를 바라보며 만족스럽다는 듯 내쉬는 숨소리가 나에게까지 들려왔다.

남자는 한순간 몸을 긴장시켜 움직임을 멈췄다. 그리고 그의 손가락이 방아쇠를 당겼다. 바람을 가르는 듯한 기묘하고 커다란 소리가 들리더니 곧 유리가 깨지는 듯 길고 날카로운 소리가 울려 퍼졌다. 그 순간, 홈즈가 남자의 등을 향해 호랑이처럼 몸을 날려 상대를 뒤쪽에서 쓰러트렸다. 곧 몸을 일으킨 남자는 필사적으로 홈즈의 목을 움켜쥐었다. 하지만 내가 권총의 손잡이로 그의 머리를 내려쳤기 때문에 다시 바닥에 쓰러지고 말았다. 내가 달려들어 위에서 그를 누르고 있는 동안 홈즈는 호각을 날카롭게 불어댔다. 요란스럽게 인도를 달려오는 소리가 들리더니 제복을 입은 경찰 두 명과 사복 경찰 한 명이 정면의 현관을 통해서 방 안으로 뛰어들었다.

"레스트레이드 당신이 와줬군요."

홈즈가 말했다.

"네, 홈즈 씨. 나머지는 우리가 알아서 처리하겠습니다. 런던에서 다시 뵙게 되다니 정말 반갑습니다."

"당신에게 비공식적인 도움이 필요할 것 같아서요. 1년에 미해결 살인 사건이 3건이나 일어나서야 어디 쓰겠습니까? 그건 그렇고 몰세이 사건은 평소 당신답지 않게....... 그러니까 아주 깔끔하게 잘 처리를 했더군요."

우리는 모두 일어서 있었는데, 범인은 건강한 경찰 두 명 사이에 껴서 거친 숨을 내쉬고 있었다. 밖에는 벌써 몇몇 구경꾼들이 모여들기 시작하고 있었다. 창가로 다가간 홈즈는 창문을 닫고 덧창을 내렸다. 레스트레이드가 초 두 개에 불을 붙였고 경찰들은 랜턴의 갓을 벗겨냈다. 그때서야 비로소 범인의 얼굴을 똑똑히 볼 수 있었다.

우리를 바라보는 그의 얼굴은 사악함이 넘쳐나는 남성적인 얼굴이었다. 이마에는 철학자의 분위기가 서려 있으며, 턱에는 감각론자의 분위기가 서려 있었다. 이 사람이 처음 인생을 출발했을 때는 선과 악 양쪽에 탁월한 능력을 가지고 있었을 것이다. 늘어진 눈꺼풀 속의 사람을 비웃는 듯 잔인한 파란 눈, 놀랄 정도로 공격적인 코, 상대에게 공포를 느끼게 할 만큼 깊은 주름이 파인 이마를 보면, 누구나 조물주가 위험 신호를 보내는 것이라고 생각할 것이다. 다른 사람은 쳐다보지도 않고 증오와 놀람으로 가득 찬 표정으로 그는 홈즈를 바라보았다.

"악마 같은 녀석! 이 교활한 악마 녀석!"

그는 쉴 새 없이 이런 말을 중얼거렸다.

"이런, 대령님이셨군요! 긴 여정 끝에 애인을 만난다는 옛날 연극의 대사 그대로네요. 라이헨바흐 폭포의 절벽 중간에 누워 있을 때 저를 돌봐주신 이후로 처음 뵙는군요."

홈즈가 흐트러진 목깃을 바로잡으며 말했다.

모란 대령은 여전히 멍한 눈빛으로 내 친구를 바라보며 '이 교활한 악마 녀석!'이라고 중얼거릴 뿐이었다.

"아직 당신을 소개하지 않았군요. 여러분 이 신사는 세바스찬 모란 대령입니다. 지난 날 대영 제국 인도군의 장교를 지내셨던 분으로, 우리 동방 제국에서 가장 뛰어난 맹수 사냥꾼으로 이름을 날렸던 분입니다. 당신이 세웠던 호랑이 사냥 기록은 아직도 깨지지 않았죠?"

무시무시한 얼굴을 한 모란 대령은 한마디도 하지 않은 채 여전히 내 친구의 얼굴을 노려보고 있었다. 사나운 눈빛과 뻣뻣한 수염 때문에 그의 얼굴은 놀랄 만큼 호랑이와 비슷했다.

"이렇게 단순한 함정에 당신 같은 사냥꾼이 걸려들 줄이야. 아주 익숙한 함정이죠? 나무 밑에 어린 양을 묶어놓고 엽총을 든 채 그 나무 위에 숨어서 호랑이가 미끼를 향해 달려들기를 기다린다. 당신도 해보셨을 테니까. 이 방은 나무고 당신은 호랑이에요. 호랑이 여러 마리가 한꺼번에 나타나거나, 그럴 리는 없겠지만 만일 당신이 조준을 잘못했을 경우를 대비해서 다른 사냥꾼들도 함께 데리고 갔겠죠? 여기 있는 이 사람들이 바로 그 사냥꾼들인 셈이죠. 어때요, 아주 똑같지 않나요?"

홈즈가 주위 사람들을 가리키며 말했다.

모란 대령이 분노에 찬 소리를 내지르며 홈즈에게 달려들었지만 경찰들이 그를 제지했다. 무시무시하기 짝이 없는 표정이었다.

"솔직히 말하자면 당신에게 놀란 점이 한 가지 있어요. 당신이 이 빈집을 발견해내고 저 창문을 이용할 줄은 꿈에도 생각지 못했어요. 밖의 거리에서 총을 쏠 거라고 예상했기에 친구인 레스트레이드와 부하들에게 밖에서 기다려달라고 부탁했거든요. 그 점만 제외한다면 전부 내 생각대로 됐지만."

홈즈가 말했다.

"자네에게 체포당해야 할 이유가 있는지 없는지는 모르겠지만, 적어도 이 사람의 놀림감이 되어야 할 이유는 없을 것 같은데. 법의 이름으로 체포한 거라면 법률에 따라서 처리해야 하는 것 아닌가?"

모란 대령이 형사 쪽을 바라보며 말했다.

"지당하신 말씀입니다. 홈즈 씨, 우리는 이만 가봐야 할 것 같은
데 그 전에 더 하실 말씀은 없으십니까?"

레스트레이드가 말했다.

홈즈는 바닥에 떨어져 있던 강력한 공기총을 주워 들고 그것을
살펴보고 있었다.

"정말 감탄이 절로 나는 멋진 총이야. 소리는 나지 않고 위력은
뛰어나고. 지금은 세상을 뜨고 없는 모리어티 교수의 부탁으로, 맹
목적인 독일인 기계공 폰 헤르데르가 제작한 겁니다. 이런 총이 있
다는 건 몇 년 전부터 알고 있었지만 실제로 보는 건 이번이 처음
이에요. 레스트레이드 씨, 이건 특별히 주의해서 취급해주세요. 이
총알도 함께."

홈즈가 말했다.

"걱정 마세요, 홈즈 씨. 그 외에 더 하실 말씀은?"

일행 모두가 문 쪽으로 설 때 레스트레이드가 말했다.

"무슨 혐의로 내가 체포되는 건지 알아야겠소."

"무슨 혐의냐고요? 그야 셜록 홈즈 씨에 대한 살인 미수 아닙니
까?"

"그건 좀 곤란해요, 레스트레이드. 표면적으로는 이번 사건에 관
여하고 싶지 않거든요. 이번 체포의 공적은 전부 당신 것이에요.

축하해요, 레스트레이드. 당신의 그 지력과 담력으로 이 사람을 잡은 거예요."

"잡다니요? 그럼 무슨 사건의 범인을 잡았단 말입니까?"

"경찰이 총력을 기울이고 있지만 아직 잡지 못했던 사내, 세바스찬 모란 대령. 지난 달 30일, 열려 있던 파크 레인 427번지의 3층 정면 창을 통해 공기총으로 로널드 아데어 경을 살해한 범인이요. 그게 이 사람의 혐의예요, 레스트레이드. 참, 왓슨. 깨진 창으로 들어오는 차가운 바람을 견딜 수만 있다면 내 서재에서 30분 정도 담배를 태우며 재미있고 유익한 얘기를 들려주도록 하지."

예전에 우리가 함께 지내던 방은 홈즈의 감독 하에 허드슨 부인이 직접 관리를 하고 있었기 때문에 모든 것이 예전 그대로였다. 방 안으로 들어가보니 방안은 지나치리만큼 깔끔하게 정돈되어 있었는데 특징적인 물건들은 전부 그대로 놓여 있었다. 화학 실험 설비가 놓여 있는 한쪽 구석에는 산 때문에 지저분해진 나무 책상이 그대로 놓여 있었다. 책장에는 태워버리면 수많은 사람들이 기뻐할 그 가공할 만한 스크랩북과 참고 문헌들이 나란히 꽂혀 있었다. 주위를 둘러보니 도표, 바이올린 케이스, 파이프 걸이, 담배 상자가 되어버린 페르시아의 슬리퍼 등이 눈에 들어왔다.

방 안에는 두 사람이 있었다. 한 사람은 허드슨 부인이었는데 우리가 들어서자 밝은 미소를 지어보였다. 또 한 사람은 오늘 밤의 모험에서 매우 중요한 역할을 수행해준 특별한 인형이었다. 친구의 모습을 본떠 만든 납빛 인형으로 실물과 똑같이 생긴 훌륭한 작품이었다. 예전에 홈즈가 입던 가운을 입혀 조그만 테이블 위에 올려놨기 때문에 창을 통해서 보면 홈즈의 그림자로 밖에는 보이지 않을 것이다.

"허드슨 부인, 부탁한 대로 해주셨겠죠?"

홈즈가 말했다.

"네, 말씀하신 대로 기어서 저기까지 갔어요."

"잘하셨습니다. 정말 멋지게 해주셨어요. 총알이 어디에 맞았는지 보셨나요?"

"그럼요. 당신의 멋진 흉상을 엉망으로 만들어놨어요. 그대로 머리를 관통해서 벽에 맞았거든요. 카펫 위에 떨어진 걸 주워놨죠. 여기 있어요!"

총알을 받아든 홈즈는 그것을 다시 내게 내밀었다.

"왓슨, 자네도 보면 알겠지만 권총용으로 만들어진 총알이야. 정말 천재적이지 않은가? 공기총에서 이런 총알이 나갈 거라고 누가 상상이나 했겠어? 허드슨 부인 정말 감사합니다. 왓슨, 예전처럼 이 의자에 앉아주지 않겠나? 자네와 두어 가지 나누고 싶은 얘기가 있네."

초라한 프록코트를 벗고 자신의 흉상에서 벗겨낸 회색 가운을 입은 홈즈는 다시 예전의 모습으로 되돌아가 있었다.

"그 늙은 사냥꾼은 냉정함도 전혀 잃지 않았고 시력도 전혀 떨어지지 않았어."

홍상의 깨지고 오그라든 부분을 살펴보고 홈즈가 웃으며 말했다.

"후두부 한가운데를 뚫고 들어가서 뇌를 관통했네. 인도 제일의 명사수였는데 런던에서도 그보다 솜씨가 좋은 사람을 찾기는 어려울 것 같군. 이름을 들어본 적이 있나?"

"아니, 없네."

"아, 명성이란 그런 것일까? 하긴 자네는 금세기 최고의 두뇌를 가진 제임스 모리어티 교수의 이름도 들어본 적이 없다고 했었지? 책꽂이에서 내가 만든 인명 색인을 좀 꺼내주게나."

의자의 등받이에 기대 담배 연기를 구름처럼 피워 올리며 홈즈가 나른한 몸짓으로 페이지를 넘겼다.

"이 M이라는 항목, 참 대단하군. 모리어티 한 사람의 이름만으로도 다른 어떤 페이지에 뒤지지 않을 텐데 거기에 독살 전문가 모건, 생각만 해도 소름이 끼치는 메리듀, 채링 크로스 역 대합실에서 내 왼쪽 송곳니를 부러트린 매츄스도 들어 있으니. 그리고 마지막으로 오늘 우리의 상대였던 사람까지. 여길 좀 보게나."

이렇게 말하며 홈즈가 색인을 건네주었고 나는 그곳을 읽어보았다.

"세바스찬 모란. 육군 대령. 무직. 전 벵골 제1공병연대 소속. 아버지는 전 페르시아 주재 영국 공사, 배스 훈장 준남작 오거스티스 모란 경. 이튼 및 옥스퍼드 졸업. 조와키 전투, 아프가니스탄 전쟁에 종군. 차라시압(수훈자 보고서에 이름을 올림), 셔풀, 카불에서 근무. 저서는 『서 히말라야의 맹수』(1881), 『정글에서의 3개월』(1884). 주소, 콘듀잇 가. 소속 클럽은 앵글로 – 인디안 클럽, 탱커빌 클럽, 바가텔 카드 클럽."

그리고 여백에는 홈즈의 반듯한 글씨로 다음과 같이 적혀 있었다.

「런던 제2의 위험인물」

"놀랍군. 훌륭한 군인이었잖아?"

내가 색인을 돌려주며 말했다.

"맞는 말이야. 전에는 훌륭한 군인이었어. 언제나 대담하고. 한번은 식인 호랑이를 쫓아서 배수구에 들어간 적이 있었는데 그 얘기는 아직도 인도에서 사람들 입에 오르내린다는군. 일정 높이까지 자라면 이상할 정도로 갑자기 보기 싫어지는 나무가 있질 않나? 그런 현상은 사람에게서도 쉽게 찾아볼 수가 있네. 사람은 그 성장 과정에서 자신의 모든 조상들의 과정을 재현하는 법인데, 선으로든 악으로든 그처럼 갑작스러운 전환을 보이는 것은 그 가계 속으로 끼어든 어떤 강력한 영향력을 나타내는 것이라고 보는 게 내 지론이야. 즉, 사람은 그 집안 역사의 축소판이라고 볼 수 있는 것이지."

"글쎄, 잘 실감이 가지 않는 얘기로군."

"그렇다고 해서 그 설에 완전히 사로잡혀 있는 건 아닐세. 원인이야 어찌됐든 모란 대령은 나쁜 쪽으로 나가기 시작했어. 눈에 띄는 스캔들은 없었지만 점점 인도에 머물 수 없게 되었지. 결국 퇴역하고 런던으로 돌아왔는데 여기서도 악명을 얻게 되었어. 그 무렵 모리어티 교수의 눈에 띄었고 대령은 한동안 주모자 역을 도 맡아 했어. 모리어티 교수는 모란 대령에게 커다란 돈을 아낌없이 주고 보통 범죄자로서는 감당할 수 없는 어려운 일에만 그를 사용 했어.

1887년 로더에서 스튜어트 부인이 사망한 사건을 기억하고 있 지? 모르겠다고? 어쨌든 그 사건의 배후에 모란 대령이 있었던 것 만은 틀림없어. 아무런 증거도 없기는 하지만. 아주 교묘하게 몸을 숨기고 있었기 때문에 모리어티 교수 일당이 분쇄되었을 때도 대 령만은 고발할 수 없었어.

당시 내가 자네 집으로 찾아갔을 때 공기총을 무서워하며 덧창 을 전부 닫았던 것을 기억하고 있지? 내가 너무 민감하게 반응한 거라고 생각했을지 모르겠지만 내게는 나름대로의 확증이 있었어. 그 놀라운 총의 존재도 알고 있었고, 세계 최고의 명사수가 대기하 고 있다는 사실도 알고 있었거든. 우리가 스위스에 있을 때 모란 대령은 모리어티 교수와 함께 있었고, 라이헬 폭포의 절벽 위에서 5분간 나를 공포로 몰아넣었던 것도 틀림없이 대령이었어.

자네도 이미 짐작했겠지만 프랑스에 머무는 동안 대령을 형무소 로 보낼 방법이 없을까 늘 신문을 주의 깊게 읽고 있었네. 그 사람 이 런던에서 활개를 치고 다니는 동안에는 목숨이 언제 어떻게 될지 모르는 신세였으니까. 검은 그림자가 내 뒤를 따라다닐 거고 대령은 끝내 나를 죽일 기회를 포착했을 거야. 그렇다면 나는 어떻게 해야 좋을까? 그를 발견하자마자 사살할 수는 없는 일이었어. 그러면 내가 피고석에 서게 될 테니까. 경찰에 도움을 요청한다고 해봐야 소용없는 일일 테고. 엉터리로밖에는 보이지 않는 용의를 근거로 경찰을 움직일 수는 없을 테니까.

그래서 나는 아무것도 할 수가 없었어. 하지만 언젠가는 모란 대령을 꼭 잡고 말겠다는 결심을 하고 범죄 관련 뉴스에 주의를 기울였지. 그런데 마침 로널드 아데어 경 살인 사건이 일어난 거야. 드디어 내게 기회가 온 거지. 지금까지 내가 축적해온 지식으로 모란 대령이 한 짓이란 걸 바로 알 수 있었어. 모란 대령은 아데어 경과 카드를 했고 그 후에 클럽에서부터 집까지 미행을 해서 열려 있는 창 너머로 아데어 경을 사살. 여기에 조금도 의심의 여지가 없었다네. 모란 대령을 교수대로 보낼 증거는 총알만으로도 충분했으니.

나는 바로 런던으로 돌아왔지. 그런데 그의 감시망에 걸려들고 말았어. 모란 대령에게 바로 보고할 것이라는 사실을 알고 있었지. 그러면 모란 대령은 나의 갑작스러운 귀국을 자신의 범죄와 연결해 생각할 거고 당황하면서도 경계를 늦추지 않을 거야. 그리고 훼방꾼을 제거할 목적으로 그 무시무시한 무기를 꺼내들 것이 틀림없었지. 그래서 모란 대령을 위해 절호의 표적을 창가에 마련해놓고 경찰에게 손을 좀 빌리게 될지도 모르겠다고 통보해놓았지. 그런데 왓슨, 경찰이 저쪽 집 문 앞에 잠복해 있는 걸 잘도 찾아냈더군. 그런 다음 감시하기에 안성맞춤이라고 생각되는 곳에 진을 친 건데, 설마 모란 대령이 같은 장소를 저격 장소로 선택할 줄은 꿈에도 생각지 못했었네. 왓슨, 아직 설명이 부족한 부분이 있나?"

"있네. 모란 대령이 로널드 아데어 경을 살해한 동기에 대해알고 싶은데."

내가 말했다.

"아, 그건 말이지 왓슨. 거기서부터는 억측으로 들어가야 하기 때문에 제 아무리 논리적인 머리를 가진 사람이라 할지라도 정확히는 설명할 수 없을 거야. 현 시점에서 확인된 증거들을 바탕으로 각자가 가설을 세울 수 있을 뿐이지. 자네의 가설이나 내 가설 모두 정답이 될 가능성이 있어."

"그럼 자네는 이미 생각해둔 게 있는 모양이군."

"그걸 설명하는 건 그리 어렵지 않아. 카드게임에서 모란 대령과 아데어 경이 한 팀이 되어 상당한 금액을 땄다는 건 증언을 통해서 밝혀진 사실일세. 그런데 모란 대령은 틀림없이 속임수를 썼을 거야. 나는 예전부터 그 사실을 알고 있었어. 아데어 경은 살해당한 날, 모란 대령이 속임수를 쓰고 있다는 사실을 눈치 챘을 거야. 그래서 모란 대령을 은밀히 불러 클럽에서 스스로 탈퇴하고 두 번 다시 카드에 손을 대지 않겠다고 약속하지 않으면 모든 사실을 폭로하겠다고 협박했겠지. 아데어 경 같은 청년이, 나이도 훨씬 더 많은 명사의 진실을 폭로해서 갑자기 커다란 문제를 일으킬 거라고 는 생각되지 않으니까. 틀림없이 내 추리대로 행동했을 거야.

속임수로 딴 돈으로 생활하고 있는 모란 대령에게 클럽에서의 추 방은 곧 파멸을 뜻하네. 한편 아데어 경은 부정한 방법으로 얻은 돈을 그대로 가지고 있을 수 없어서 집으로 돌아와 돌려줄 돈을 계 산하고 있었는데 그때 대령에게 사살당한 거지. 방문을 잠근 것은 집안 여자가 갑자기 들어와서 이름과 돈을 보고 이것저것 캐물을 까 걱정이 돼서 그랬을 거야. 어떤가? 그럴듯하게 들리나?”

“그래, 자네 말이 맞는 것 같군.”

“진위는 법정에서 밝혀질 거야. 어쨌든 이제는 모란 대령에게 시 달릴 필요도 없고, 그 유명한 폰 헤르데르의 공기총은 런던 경찰청 박물관에 진열되겠지. 그러니까 이 셜록 홈즈는 예전처럼 런던의 복잡한 일상 속에서 끊임없이 발생하는 흥미로운 사건을 조사하는 데 다시 전념할 수 있게 된

춤추는 인형
The Dancing Men

호리호리한 등을 둥그렇게 만 셜록 홈즈는 벌써 몇 시간째 아무런 말도 하지 않고 화학실험용 용기 위로 몸을 굽혀 지독한 냄새가 나는 약품들을 조합하고 있었다. 그가 가슴 쪽으로 고개를 깊게 파묻고 앉아 있는 모습은, 삐쩍 마른 몸에 잿빛 깃, 검은색 벼슬을 가진 기묘한 새처럼 보였다.

　"참, 왓슨. 자네 남아프리카의 주식에 투자할 생각은 아예 없는 거지?"

　홈즈가 갑자기 질문을 해왔다.

　나는 깜짝 놀랐다. 홈즈의 신비한 능력에는 이미 익숙해져 있는 나였지만 이렇게 간단하게 마음속 깊은 곳까지 꿰뚫어보다니 정말 할 말이 없었다.

　"그걸 대체 어떻게 안 거지?"

　내가 되물었다.

홈즈는 연기가 피어오르는 시험관을 손에 든 채 움푹 들어간 눈을 재미있다는 듯이 반짝이며 앉은 자리에서 몸을 내 쪽으로 돌렸다.

"왓슨, 지금 상당히 당황했다는 사실을 인정하게."

"인정하네."

"그럼, 그 사실을 종이에 쓴 다음 거기에 서명을 해주게."

"왜 그러는 거지?"

"자네는 5분도 지나지 않아서 '뭐야, 그렇게 간단한 거였어.' 하고 말할 게 뻔하니까."

"절대로 그렇게 말하지 않겠네."

"그럼 믿고 말하도록 하지."

홈즈는 시험관을 내려놓고 마치 학생들에게 강의하는 교수와 같은 태도로 말하기 시작했다.

"바로 앞서 일어났던 일들 속에서 하나하나의 추리를 이끌어내는 것이 간단한 일이라면 그것들을 하나로 묶는 추리를 이끌어내는 것도 그리 어려운 일은 아니지. 그런 다음 중간의 추리 과정은 완전히 배제하고 출발점과 결론만을 듣는 사람 앞에 내놓으면 상대편은 이만저만 놀라는 게 아닐세. 그러니까 자네 왼쪽 손의 검지와 엄지 사이가 움푹 파인 것을 보고 자네가 얼마 되지 않는 자산을 금광에 투자하지 않기로 결심했다는 사실을 알아내는 것도 그리 어려운 일은 아니지."

"그걸 보고 어떻게 알았다는 건지 이해할 수가 없는데."

"그렇겠지. 하지만 밀접한 관계가 있다는 사실을 바로 증명해보이겠네. 그 아주 간단한 고리가 빠져 있는 사슬은 다음과 같은 것일세. 첫째, 어제 저녁 자네가 클럽에서 돌아왔을 때, 왼쪽 엄지와 검지 사이에 초크 자국이 묻어 있었네. 둘째, 그 초크는 자네가 당구를 칠 때 큐가 미끄러지는 것을 막기 위해서 바른 것이 묻은 것이지. 셋째, 자네는 서스톤 말고 다른 사람과는 당구를 치지 않아. 넷째, 4주일 전에 서스톤이 남아프리카의 한 자산을 살 권리가 있는 선택권을 가지고 있는데 그게 한 달 후면 기간이 만료된다며 자네에게도 투자를 하지 않겠냐고 물어왔다는 얘기를 자네가 내게 했던 걸 기억하고 있나? 다섯째, 자네의 수표책은 내 서랍 안에 있는데 자네는 아직 내게 열쇠를 달라고 하지 않았어. 여섯째, 따라서 자네는 거기에 투자할 생각이 없어."

"뭐야, 한심하군. 그렇게 간단한 일이었나?"

내가 큰 소리로 말했다.

"그래. 어떤 문제든 일단 설명을 듣고 나면 어린아이도 알 수 있는 간단한 문제가 되어버리지. 자, 여기 아직 설명하지 않은 문제가 하나 있네. 어떤가, 왓슨. 여기에 대해서 잠깐 생각해보겠나?"

홈즈는 조금 화가 난 듯 종이 한 장을 테이블 위에 던져놓고 다시 화학 약품과 씨름을 하기 시작했다.

종이를 보니 이상한 그림 문자 같은 것이 그려져 있었기에 나는 놀라지 않을 수 없었다.

"홈즈, 이건 애들이 그린 그림 아닌가?"

나도 모르는 사이에 큰 소리를 내고 말았다.

"그래? 자네는 그렇게 밖에 생각하지 못하나?"

"그럼 이게 뭐란 말인가?"

"노퍽 주의 리들링 소프 저택에 살고 있는 힐튼 큐빅 씨가 꼭 알고 싶어 하는 게 바로 그거야. 오늘 아침 일찍 그 수수께끼 같은 그림이 도착했는데 본인도 다음 기차를 타고 온다더군. 왓슨, 벨소리가 들리는데. 큐빅 씨가 도착할 시간이 되기는 했군."

이내 계단을 오르는 묵직한 발소리가 들리더니 곧 키가 크고 붉은 얼굴에 수염을 깨끗이 깎은 신사가 방 안으로 들어섰다. 그의 맑은 눈과 혈색 좋은 뺨으로 그가 안개 깊은 베이커 가와는 멀리 떨어진 곳에서 생활하고 있음을 알 수 있었다. 그가 방 안으로 들어서자 전신을 자극하는 듯한 신선하고 상쾌한 동부 해안의 공기가 슥 불어오는 느낌이 들었다.

우리 두 사람과 악수를 나눈 뒤 자리에 앉으려던 그가 조금 전까지 우리가 보던 테이블 위에 올려놓은 기묘한 그림이 그려진 종이를 바라보았다.

"홈즈 씨, 이 그림에 대해서 어떻게 생각하십니까? 당신은 묘하고 이상한 것들을 좋아하신다고 들었는데 이보다 더 묘한 것도 그리 흔치는 않을 겁니다. 제가 여기 오기 전에 이것을 먼저 검토 해 주셨으면 해서 종이만 우선 보냈던 겁니다."

큐빅이 큰 소리로 말했다.

"틀림없이 흥미로운 것이긴 해요. 언뜻 보기에는 단순한 아이들의 낙서처럼 보이죠. 이상하고 조그만 인형들이 늘어서 춤을 추고 있을 뿐이니까요. 이런 이상한 그림을 왜 그렇게 중요하다고 생각하시는 거죠?"

홈즈가 말했다.

"아니, 제가 아닙니다. 그렇게 생각하고 있는 건 아내입니다. 아내는 이 그림을 죽을 만큼 두려워하고 있습니다. 말로는 표현하지 않지만 눈에 공포의 빛이 역력하게 나타나 있습니다. 그래서 이 문제를 철저하게 조사하기로 생각한 겁니다."

홈즈가 종이를 들어 종이 전체에 햇빛이 쏟아지도록 했다.

종이는 수첩에서 찢어낸 것이었으며, 다음과 같은 그림이 연필로 그려져 있었다.

한동안 주의 깊게 그 종이를 살피던 홈즈가 드디어 조심스럽게 접어 수첩 안에 넣었다.

"이거 아주 흥미롭고 보기 드문 사건이 될 것 같은데요. 힐튼 큐빅 씨 편지로 대부분의 사정을 듣기는 했지만 친구인 왓슨 박사를 위해서 다시 한 번 처음부터 설명해주실 수 있겠어요?"

홈즈가 말했다.

힘이 넘쳐 보이는 커다란 손을 신경질적으로 놀리며 큐빅이 말했다.

"말솜씨가 그다지 좋은 편이 아니니 분명하지 않은 점이 있으면 무엇이든지 질문해주십시오. 작년, 제가 결혼했을 때의 일부터 이야기 하도록 하겠습니다. 아, 우선 그 전에 말씀드리고 싶은 것이 있습니다. 부자는 아니지만 우리 일가는 약 5세기 전부터 리들링소프 저택에서 살고 있었기 때문에 노퍽 주에서는 가장 유명한 집안이라고 할 수 있습니다. 작년, 빅토리아 여왕 즉위 60주년 기념 행사(1897년)에 참석하기 위해 런던에 왔을 때 러셀 광장에 있는 하숙집에서 묵은 적이 있었습니다. 우리 교구의 목사인 파커 목사님이 그곳에서 머물고 계셨기 때문입니다.

바로 그 하숙집에 미국 여자가 묵고 있었습니다. 이름은 패트릭......, 엘시 패트릭입니다. 우연한 기회에 우리는 친해지게 되었고 한 달간 머무르고 난 후 저는 그 여자를 세상 그 누구보다도 사랑하게 되었습니다. 우리는 등기소로 가서 조용히 혼인신고를 한 다음 부부가 되어 노퍽으로 돌아갔습니다. 홈즈 씨, 명문가의 자손이 과거도 가족 관계도 전혀 모르는 여자와 이런 식으로 결혼하는 것은 미친 짓이라고 생각하시겠죠? 하지만 그 여자를 만나보신다면, 어떤 여자인지 아신다면 틀림없이 이해하실 수 있을 겁니다.

그런 점들에 있어서 엘시는 매우 솔직했습니다. 내가 마음만 먹으면 언제든지 물러설 수 있도록 기회를 만들어주었으니까요. 그녀는 이렇게 말했습니다.

'저는 과거에 아주 불쾌한 교제를 한 적이 있었어요. 깨끗하게 잊고 싶은 기억이에요. 지난 일들은 입에 담기도 싫어요. 당신이 저와 결혼한다는 것은, 인격 면에서는 아무런 부끄러움도 없는 여자를 아내로 맞아들인다는 얘기예요. 이건 틀림없는 사실이에요. 하지만 당신은 제가 하는 말에만 만족하시고, 당신의 아내인 제가 과거에 대해서 더 말씀드리지 못하는 것을 용서하셔야만 해요.

만일 이 조건이 너무 엄격한 것이라고 생각되신다면 저를 원래의 고독한 생활로 돌려보내시고 혼자서 노력으로 돌아가 주세요.'

그녀는 우리가 결혼하기 하룻밤 전에 이런 얘기를 했습니다. 저는 그녀의 조건에 만족한다고 말했으며, 지금까지도 그녀와의 약속을 굳게 지켰습니다.

우리가 결혼한 지도 벌써 일 년이 지났죠. 그동안 우리는 매우 행복한 나날을 보냈습니다. 그런데 한 달 전인 6월 말쯤에 어떤 불길한 일이 일어날 것 같은 조짐이 보이기 시작했습니다. 아내 앞으로 미국에서 보낸 편지 한 통이 도착했습니다. 미국 우표가 붙어 있었거든요. 새파랗게 질린 얼굴로 그 편지를 읽은 아내는 그것을 난로 속으로 집어던졌습니다. 이후로 아내는 그 일에 대해서 단 한마디도 하지 않았습니다. 저도 약속한 적이 있었기 때문에 아무런 말도 하지 않았습니다. 하지만 그때부터 아내는 한순간도 편하게 지내질 못했습니다. 얼굴에는 무엇인가 기다리는 듯한 불안한 빛이 끊임없이 떠돌고 있습니다. 제게 모든 걸 털어놓으면 제가 누구보다도 가장 커다란 힘이 되어줄 것이라는 걸 알게 될 텐데....... 하지만 아내가 모든 사실을 먼저 털어놓기 전에는 저는 아무런 말도 꺼낼 수가 없습니다.

홈즈 씨, 아내는 거짓말을 할 줄 모르는 사람입니다. 과거에 무슨 일이 있었는지는 모르겠지만 그건 절대로 아내 책임이 아닐 겁니다. 저는 노퍽이라는 시골의 한낱 지주에 불과합니다만, 가문의 명예를 중히 여기는 점에 있어서만은 영국의 누구에게도 지지 않을 자신이 있습니다. 그 점은 아내도 잘 알고 있습니다. 맞습니다. 저와 결혼하기 전부터 아주 잘 알고 있었습니다. 그러니 아내도 가문을 더럽히는 짓만은 하지 않을 겁니다. 저는 그렇게 믿고 있습니다.

지금부터 이 이상한 사건에 대해서 말씀드리도록 하겠습니다. 아마도 일주일 전, 그러니까 정확히 지난 주 화요일이었습니다. 창틀 위에서 이 종이에 그려진 것과 같은 조그맣고 이상한 인형들이 여럿 모여서 춤추고 있는 그림을 발견했습니다. 분필로 어지럽게 그린 그림이었는데 저는 말을 돌보는 아이가 낙서를 한 것이라고 생각했습니다. 그런데 그 아이는 아무것도 모른다는 것이었습니다. 틀림없이 누군가가 밤새 그려놓은 것입니다. 저는 그것을 지우라고 했고 잠시 후에 아내 앞에서 그 일에 대해서 잠깐 언급을 했습니다. 그런데 아내는 놀랍게도 매우 심각하게 받아들이며 다음에 그런 것을 발견하면 꼭 보여 달라고 하는 것이었습니다.

그로부터 일주일 동안 그런 그림은 전혀 눈에 띄질 않았는데 바로 어제 아침, 이 종이가 정원에 있는 시계 위에 놓여 있는 것을 제가 발견했습니다. 아내에게 보여주었더니 그녀는 그만 기절하고 말았습니다. 이후부터 아내는 두려움이 가득한 눈빛으로 마치 꿈꾸는 사람처럼 멍하게 지내고 있습니다. 홈즈 씨, 그래서 당신에게 편지를 쓰고 그 그림을 보낸 겁니다. 이런 건 경찰에 알려봐야 아무런 소용도 없을뿐더러 그저 비웃음거리가 될 뿐이죠. 홈즈 씨, 당신이라면 어떻게 해야 좋을지 가르쳐주실 수 있을 겁니다. 저는 부자는 아닙니다만, 사랑하는 아내를 위협하는 일이 있으면 전 재산을 털어서라도 아내를 지킬 겁니다."

멋진 남자였다. 단순하고 올곧으며 부드러운 마음, 순수하며 크고 파란 눈, 옹졸함이라고는 조금도 찾아볼 수 없는 단정한 얼굴이야말로 영국인 중의 영국인이라고 할 수 있을 것이다. 그의 얼굴은 아내에 대한 신뢰와 애정으로 빛나고 있었다. 그의 이야기를 주의 깊게 듣고 있던 홈즈는 이야기가 끝난 뒤에도 한동안 아무 말 없이 생각에 잠겨 있었다.

"글쎄요, 큐빅 씨. 가장 좋은 방법은 당신이 아내에게 직접 부탁해서 비밀을 털어놓게 만드는 것 아닐까요?"

홈즈가 드디어 입을 열었다.

"홈즈 씨, 약속은 약속입니다. 말할 만한 일이면 아내가 먼저 말했을 겁니다. 그럴 마음이 없는데 제가 억지로 말하게 할 수는 없습니다. 하지만 제가 제 나름대로의 방법으로 알아내는 건 문제될 게 없을 겁니다. 저는 그렇게 할 생각입니다."

큐빅이 크게 머리를 내저으며 말했다.

"그렇다면 내가 기꺼이 도와드리도록 하죠. 우선, 댁의 마을에서 낯선 사람을 봤다는 얘기를 들은 적은 없었나요?"

"네, 없습니다."

"아주 한적한 마을이니 새로운 얼굴이 나타나면 틀림없이 사람들 입에 오르내리겠죠?"

"마을에서 아주 가까운 곳이라면 그럴 겁니다. 하지만 마을에서 그다지 멀리 떨어지지 않은 곳에 조그만 해수욕장이 몇 개 있어서 농가에서는 민박을 치기도 했습니다."

"이 그림에는 틀림없이 어떤 의미가 담겨 있어요. 마구잡이로 그린 것이라면 해석할 길이 없겠지만, 어떤 규칙이 숨어 있다면 틀림없이 의미를 밝혀낼 수 있을 거예요. 하지만 이것만 가지고는 숫자가 너무 적어서 도저히 규칙을 밝혀낼 수가 없고, 들려주신 이야기는 너무 막연해서 조사하는 데 토대로 삼을 수가 없어요.

그래서 드리는 말씀인데 우선은 노퍽으로 돌아가셔서 주의 깊게 살펴보시다가 춤추는 인형 그림이 다시 나타나면 그것을 정확하게 베껴두도록 하세요. 창틀에 분필로 그렸던 것을 베껴두지 않은 건 정말 안타까운 일이네요. 그리고 마을에 낯선 사람이 나타나지 않았는지 주의 깊게 살펴보시기 바랍니다. 그러다 뭔가 새로운 증거가 발견되면 그때 다시 오도록 하세요. 큐빅 씨, 지금 저로서는 이 정도로 밖에 도움을 드릴 수가 없군요. 만일 사태가 급변해서 긴급한 상황이 벌어진다면 언제라도 노퍽에 있는 저택으로 제가 직접 달려가도록 하겠습니다.”

큐빅이 돌아간 후, 홈즈는 깊은 생각에 잠겼다. 그리고 그로부터 며칠 동안, 그가 지갑에서 그 종이를 꺼내 종이에 그려져 있는 이상한 그림을 오랫동안 바라보는 모습을 몇 번이고 볼 수 있었다. 하지만 이 사건에 대해서는 단 한마디의 의견도 밝히지 않았다. 그렇게 이주일 정도 지난 어느 날 오후, 그가 외출하려는 나를 불러 세웠다.

“여기 있는 게 좋을 거야, 왓슨.”

“왜?”

“오늘 아침에 큐빅 씨가 전보를 보내왔거든. 기억하고 있지? 그 춤추는 인형 그림을 보여줬던 힐튼 큐빅 씨. 1시 20분에 리버풀 가의 역에 도착한다고 했으니 곧 집으로 올 거야. 전보를 보니 뭔가 중요한 일이 일어난 듯하네.”

우리는 오래 기다리지 않았다. 노퍽의 지주 큐빅은 역에서 바로 이륜마차를 잡아타고 달려왔다. 너무 걱정된 나머지 기분이 우울한 듯, 눈은 피곤해 보였으며 이마에는 주름이 잡혀 있었다.

"이번 사건이 점점 제 신경을 건드리고 있습니다, 홈즈 씨. 눈에 보이지도 않고 정체도 알 수 없는 녀석들이 어떤 음모를 꾸미고 우리를 둘러싸고 있다는 생각이 들어 견딜 수가 없습니다. 게다가 녀석들이 아내를 죽이려 조금씩 좁혀 들어오고 있으니 이거 정말 생사람 잡겠습니다. 아내는 점점 여위어가고 있습니다. 제 앞에서 나날이 쇠약해져가고 있습니다."

"부인께서는 아직도 아무런 말도 하지 않았나요?"

"네, 아직 아무 말도. 몇 번인가 말해야겠다고 생각한 것 같은데 가엾게도 결심이 서지 않는 듯합니다. 저도 편안하게 얘기할 수 있도록 분위기를 만들어보기도 했지만 방법이 좋지 않았는지 오히려 더 겁을 먹는 눈치였습니다. 아내가 우리 집안의 내력, 노퍽 주에서의 명성, 오점 없는 가문의 이름에 대한 자부심 등을 얘기할 때면 드디어 문제의 핵심에 접근할 수 있을 것 같다는 생각이 드는데 어쩐 일인지 얘기는 그 부분에서 다른 곳으로 새고 맙니다."

"그렇다면 무엇인가 발견한 게 있으시군요."

"꽤 많은 것들을 찾아냈습니다. 홈즈 당신이 조사해야 할 것 같아서 춤추는 인형의 그림을 몇 장 가지고 왔는데 그보다 더 중요한 사실은 내가 그 사람을 봤다는 점입니다."

"뭐라고요? 그 그림을 그린 사람을요?"

"그렇습니다. 그리는 것을 봤습니다. 그럼 모든 일을 순서대로 말씀드리도록 하겠습니다. 전에 이곳을 방문하고 돌아간 다음 날

바로 춤추는 인형 그림을 발견했습니다. 잔디밭 옆에 집 정면의 창에서 아주 잘 보이는 도구를 넣어두는 창고가 있는데 그 창고의 검은 나무 문에 분필로 그려져 있었습니다. 이것이 그것을 똑같이 옮겨 적은 것입니다."

그가 접혀 있던 종이를 펴서 테이블 위에 올려놓았다. 그 그림 문자는 다음과 같았다.

"대단하군! 정말 대단해! 자, 계속해보세요."

홈즈가 말했다.

"베낀 뒤 그림은 바로 지워버렸습니다. 그런데 이틀 뒤에 또 새로운 것이 그려져 있었습니다. 바로 이 그림입니다."

홈즈는 두 손을 비비며 기쁘다는 듯이 웃었다.

"자료가 점점 늘어나는군."

홈즈가 말했다.

"그로부터 사흘 후, 이번에는 돌로 눌러 놓은 종이쪽지가 해시계 위에서 발견되었습니다. 메시지가 적혀있더군요. 바로 이게 그겁니다. 보시는 바와 같이 조금 전 것과 같은 종이입니다. 그래서 저는 잠복을 하기로 결심했습니다. 권총을 꺼내들고 잔디밭과 정원을 한눈에 내려다볼 수 있는 서재의 창가에 앉아서 밤을 샜습니다.

그날 밤 두 시쯤, 밖의 달빛이 쏟아지는 곳 외에는 전부 어둠에 잠겨 있었습니다. 가만히 앉아 있자니 발소리가 들려왔습니다. 그곳으로 시선을 돌려보니 가운을 걸친 아내가 서 있었습니다. 아내는 제게 그만 자러가자고 했습니다. 저는 솔직하게 털어놓았습니다. 이런 이상하고 나쁜 짓을 하는 것이 누구인지 밝혀내려 하는 것이라고 말이죠. 그러자 아내는 의미 없는 장난이니 신경 쓸 것 없다고 했습니다. 그러고는 '힐튼, 이번 일이 그렇게 마음에 걸리면 둘이서 여행이라도 떠나요. 그러면 이런 불쾌한 마음도 사라질 거예요.' 하고 말하더군요.

'뭐라고? 이런 악질적인 장난을 하는 녀석 때문에 집을 비우자고? 그럴 순 없소. 노퍽 주의 비웃음거리가 되고 말 거요.' 제가 말했습니다.

'어쨌든 이제 주무시도록 하세요. 얘기는 내일 아침에라도 할 수 있으니까요.'

아내가 말했습니다.

이렇게 말하는 아내의 하얀 얼굴이 달빛 속에서 더욱 하얗게 변했으며, 내 어깨에 얹은 손에 힘이 들어가는 것을 느낄 수 있었습니다. 창고 근처에서 무엇인가가 움직이고 있었습니다. 검은 사람의 그림자가 엉금엉금 기듯 창고 모퉁이를 살짝 돌아 나와 문 앞에 웅크리는 것이 보였습니다. 권총을 들고 뛰어나가려 하는데 아내가 두 손으로 제게 매달려 엄청난 힘으로 저를 말렸습니다. 저는 아내의 손을 뿌리치려 했지만 아내는 죽을 힘을 다해서 제게 매달렸습니다. 간신히 아내를 뿌리치기는 했지만 서재의 문을 열고 창고 앞으로 달려갔을 때 상대는 이미 모습을 감춘 뒤였습니다.

하지만 그곳에 누군가 있었던 흔적만은 뚜렷하게 남아 있었습니다. 전에 춤추는 인형을 남기고 간 것처럼 이번에도 문 위에 춤추는 인형을 그려놓았습니다. 정원을 샅샅이 살펴보았지만, 그 외의 다른 곳에는 사람이 들어왔던 흔적은 남아 있지 않았습니다. 그런데 놀랍게도 제가 정원을 둘러보는 동안 상대는 죽 정원 한구석에 숨어 있었던 듯, 이튿날 아침 제가 다시 그 문 앞을 살펴보니 전날 밤에 봤던 인형에 이어 새로운 인형이 더 그려져 있었습니다."

"그 새로운 그림도 가지고 오셨나요?"

"네, 이건 아주 짧은 것인데 베껴가지고 왔습니다. 여기 있습니다."

그는 종이 한 장을 더 꺼냈다. 새로운 춤추는 인형은 다음과 같았다.

"잠깐, 한 가지 물어보겠는데 이건 전에 것과 이어진 것처럼 보였나요, 아니면 전혀 새로운 것처럼 보였나요?"

홈즈가 말했다. 그가 매우 흥분했다는 사실을 눈을 통해서 알 수 있었다.

"서로 다른 판자에 그려놓았습니다."

"역시! 이건 사건을 해결하는 데 가장 중요한 사실입니다. 커다란 희망이 보이기 시작했어요. 큐빅 씨, 당신의 얘기를 계속해주세요."

"더 말씀드릴 것은, 그날 밤 범인을 잡을 기회를 잡았는데 저를 말린 아내에게 화를 냈다는 것 정도입니다. 아내는 제가 다치기라도 하면 안 된다고 생각해서 말린 것이라고 말했습니다. 하지만 당시 아내가 진심으로 걱정했던 것은 제가 아니라 그 범인이 아니었을까 하는 생각이 문득 머리를 스치고 지나갔습니다. 그렇게 생각한 이유는 녀석이 어떤 녀석인지, 이 묘한 기호가 어떤 의미인지를 아내가 알고 있는 것 같다는 느낌이 들었기 때문입니다. 하지만 아내의 목소리와 눈빛에는 의심을 용납하지 않겠다는 태도가 서려 있습니다. 그래서 지금은 아내가 걱정했던 것은 역시 저였다고 생각하고 있습니다.

이것으로 모든 것을 말씀드렸으니, 이번에는 제가 어떻게 해야 좋을지 당신의 의견을 들려주시기 바랍니다. 저는 농장의 장정 몇 명을 정원 나무 밑에 배치시켰다가 녀석이 다시 나타나면 가죽 채찍으로 후려쳐 두 번 다시 우리의 평화를 해치지 못하도록 할 생각입니다."

"아니, 이번 사건은 아주 복잡해서 그렇게 간단한 대책으로는 해결할 수 없을 거예요. 큐빅 씨, 언제까지 런던에 머물 생각이시죠?"

홈즈가 물었다.

"무슨 일이 있어도 오늘 중으로 돌아가야 합니다. 아내를 밤에 혼자 둘 수는 없습니다. 신경이 매우 날카로워져서 꼭 돌아와 달라고 애원했으니까요."

"그렇다면 돌아가시는 게 좋겠군요. 만일 더 계신다면 저도 내일이나 모레쯤에는 함께 갈 수 있을 텐데. 어쨌든 이 종이는 여기 놓고 가세요. 빠른 시일 안에 사건 해결의 방책을 세워보도록 하지요."

홈즈는 큐빅이 돌아갈 때까지 특유의 냉정한 직업적 태도를 유지했지만, 사실은 매우 흥분하고 있다는 사실을 그를 잘 아는 나는 쉽게 알아볼 수 있었다. 큐빅의 넓은 어깨가 문 밖으로 사라지자마자 홈즈는 테이블 쪽으로 달려가 춤추는 인형이 그려진 종이를 전부 늘어놓고는 복잡하고 어려운 계산을 하기 시작했다.

그로부터 두 시간 동안, 일에 열중한 나머지 내가 옆에 있다는 사실도 잊은 채 여러 장의 종이에 글자와 숫자를 채워가는 모습을 가만히 지켜보고 있었다. 일이 잘 풀리는 듯 휘파람을 불고 노래를 흥얼거리는 적도 있는가 하면 때로는 생각이 막힌 듯 이마를 찌푸린 채 멍한 눈빛으로 오랫동안 꼼짝도 하지 않고 앉아 있는 적도 있었다. 그러다 드디어 만족스러운 소리를 지르며 의자에서 일어나 손을 비비며 방 안을 오가기 시작했다. 그러다 해저 전신 신청서에 긴 전문을 썼다.

"왓슨, 만일 내가 보내는 이 전문에 대한 답이 내가 생각했던 것과 같은 것이라면 자네는 자네의 사건 기록에 재미있는 사건을 하나 더 추가할 수 있을 거야. 내일 노퍽으로 가서 그 사람이 걱정하고 있는 일의 비밀에 대한 결정적인 정보를 제공할 수 있을 거야."

솔직히 말하자면 이때 나는 호기심으로 가득 넘쳐 있었지만, 홈즈는 자신이 밝히고 싶을 때, 자신이 좋아 하는 방식으로만 얘기를 털어놓는다는 사실을 잘 알고 있었기 때문에 그가 밝히고 싶은 마음이 들 때까지는 묻지 않고 기다리기로 했다.

전보에 대한 답장이 늦어져 이틀을 초조하게 기다려야 했는데 그동안 홈즈는 초인종이 울릴 때마다 신경을 곤두세우곤 했다. 이틀째 되던 날 저녁, 큐빅으로부터 편지가 왔다. 오늘 아침, 해시계 위에서 긴 그림 문자를 발견한 것 외에는 특별한 이상이 없다는 내용이었다. 그림 문자를 옮겨 적은 것이 동봉되어 있었는데 그것은 다음과 같은 것이었다.

몇 분 동안 이 기괴한 그림을 들여다보던 홈즈가 갑자기 놀란 소리를 지르며 자리에서 벌떡 일어섰다. 얼굴에는 불안의 빛이 가득했다.

"아무래도 이 사건을 너무 지켜보고만 있었던 것 같아. 아직 노스 월섬으로 가는 기차가 있을까?"

그가 말했다.

시간표를 살펴본 나는 조금 전에 막차가 출발했다는 사실을 알 수 있었다.

"그럼 내일 아침 일찍 밥을 먹고 첫차로 가기로 하세. 서둘러 가야겠어. 아, 기다리던 전보가 왔군.

"허드슨 씨. 답장을 써야 될지도 모르니까 잠깐만 기다려주세요. 아! 됐어요. 답장은 필요 없군요. 왓슨! 모든 게 내가 생각한 대로군. 그렇다면 더욱 빨리 큐빅 씨에게 사건의 정세를 알릴 필요가 있겠는걸. 그 우직한 노퍽의 지주는 너무나 위험한 음모에 휩싸여 있네."

홈즈가 말했다.

모든 것이 홈즈의 말 그대로였다. 처음에는 어린아이 장난으로 밖에 여겨지지 않던 사건이 결국에는 어두운 결말을 맞이하게 되는데, 그 일을 생각할 때면 아직도 그때의 놀라움과 공포가 선명하게 떠오르곤 한다. 독자 여러분에게는 좀 더 밝은 내용을 전달하고 싶지만 이것은 사실을 기록하는 것이니 어쩔 수가 없다. 당시 리들링 소프 저택의 이름을 영국 전역에 알렸으며 며칠 동안이나 사람들의 입에 오르내린 이 묘한 사건을, 그 어두운 위기일발의 순간에 이르기까지 철저하게 기록하지 않으면 안 된다.

우리가 노스 월셤에 도착해서 목적지 찾아가는 법을 사람에게 묻는 순간 역장이 허겁지겁 달려와 이렇게 말했다.

"런던에서 오신 탐정이시죠?"

홈즈의 얼굴에는 당황하는 빛이 역력했다.

"그걸 어떻게 아셨죠?"

"지금 막 노위치의 마틴 경감이 이곳을 지나갔습니다. 그리고 선생님은 혹시 외과의사이십니까? 큐빅 부인은 아직 죽지 않았습니다. 조금 전에 들은 얘기에 의하면 그녀는 아직, 서둘러 가시면 그녀를 살릴 수 있을지도 모릅니다. 살린다고 해봐야 결국에는 교수형에 처해지겠지만."

불안의 빛이 홈즈의 얼굴을 스치고 지나갔다.

"지금 리들링 소프 저택에 가려고 하는데 그곳에서 무슨 일이 있었는지는 아직 아무것도 들은 게 없어요."

그가 말했다.

"정말 끔찍한 사건입니다. 두 사람 모두 총에 맞았습니다. 큐빅 씨와 부인 모두요. 부인이 남편을 쏜 뒤, 자신도 쏘았다고 하인들은 말하더군요. 큐빅 씨는 돌아가셨고 부인도 살아날 가능성이 거의 없다고 합니다. 노퍽 주 최고의 명문가에서 왜 이런 일이 일어난 거죠?"

역장이 말했다.

홈즈는 단 한마디도 하지 않고 마차 쪽으로 서둘러 달려갔으며, 마차를 타고 7마일이라는 먼 길을 가는 동안에도 전혀 입을 열지 않았다. 홈즈가 이처럼 낙담한 모습을 보는 것은 처음이었다. 런던에서 기차를 타고 오는 동안에도 계속 침착하지 못하고 불안한 모습으로 조간을 주의 깊게 읽고 있었는데, 지금 여기에 와서 그가 가장 우려하던 일이 벌어졌다는 사실을 알고 완전히 상심한 듯했다. 그는 좌석 깊이 몸을 묻고 앉아 우울한 듯 생각에 잠겨 있었다.

마차가 영국에서도 보기 드문 전원을 달리고 있었기 때문에 우리 주위에는 흥미로운 것들이 헤아릴 수도 없이 많았다. 띄엄띄엄 서 있는 시골집들이 이 지역의 인구가 적음을 알려주고 있었고, 어느 쪽으로 시선을 돌려도 눈에 띄는 사각형의 거대한 탑이 있는 교회가 푸른 들판의 풍경 속에 여기저기 솟아 있어 옛날 동 앵글리아 왕국의 영광과 번영을 말해주고 있었다. 곧 노퍽 해안의 나무들 위로 북해가 보랏빛 수면을 조금 드러내자 마부는 채찍을 들어 나무들 사이로 보이는 벽돌과 목재로 만들어진 두 채의 오래 된 저택을 가리키며 말했다.

"저기가 리들링 소프 저택입니다."

기둥이 늘어선 복도와 연결된 현관 앞에 마차가 도착했다. 정면에 있는 잔디로 된 테니스 코트 옆쪽으로 이미 우리와는 묘한 관계를 맺게 된 검은 창고와 받침대가 있는 해시계가 있었다. 깔끔한 복장에 날렵하고 다부진 체구, 기름을 바른 콧수염을 한 사내가 높다란 이륜마차에서 막 내리던 참이었다. 노퍽 경찰서의 마틴 경감이라고 자신을 소개한 남자는 내 친구의 이름을 듣더니 매우 놀란 표정을 지었다.

"아니, 홈즈 씨. 범행은 오늘 새벽 3시에 일어났습니다! 어떻게 런던에서 그 소식을 듣고 저와 같은 시간에 현장에 달려오실 수 있었습니까?"

"나는 일이 이렇게 될 줄 알고 있었어요. 그래서 그것을 사전에 막으려고 이렇게 달려온 거죠."

"그렇다면 우리가 모르는 중요한 증거라도 갖고 계시다는 말입니까? 두 사람은 아주 금슬이 좋은 부부였다고 하던데."

"춤추는 인형을 가지고 있을 뿐입니다. 그것에 관해서는 잠시 후에 설명하도록 하지요. 어쨌든 비극은 이미 일어나버렸으니 저는 그저 알고 있는 사실들을 동원해서 법이 올바로 행해질 수 있도록 하고 싶을 뿐입니다. 당신과 함께 수사를 해도 괜찮을까요? 아니면 저는 제 나름대로 수사를 할까요?"

홈즈가 말했다.

"홈즈 씨와 함께 일할 수 있다니, 영광입니다."

마틴 경감이 진심 어린 말투로 말했다.

"그럼 한시라도 빨리 증인들의 이야기를 들어보고 저택 안을 조사하도록 해야겠습니다."

마틴 경감은 꽤 이해심 많은 사람으로, 홈즈가 마음껏 조사를 하게 내버려둔 뒤 자신은 그 결과를 주의 깊게 적어두는 데만 만족했다. 바로 그때, 마을의 외과의사인 백발노인이 큐빅 부인의 방에서 내려와 부인의 상처가 깊기는 하지만 치명상은 아닌 것 같다고 말해주었다. 총알이 앞이마를 뚫고 들어갔기 때문에 의식을 회복하기까지는 조금 시간이 걸릴 것 같다고도 말했다. 부인이 다른 사람이 쏜 총에 맞은 것인지, 아니면 스스로 쏜 것인지를 묻는 질문에는 확실히 의견을 밝히려하지 않았다.

어쨌든 아주 가까이에서 발사된 총알에 맞은 것만은 확실했다. 실내에서 발견된 권총은 한 자루밖에 없었으며, 그 권총의 탄창에는 두 발의 총알이 비어 있었다. 큐빅은 심장에 총알을 맞았다. 두 사람의 중간쯤 되는 곳에 권총이 떨어져 있었기 때문에 큐빅이 아내를 쏘고 스스로 목숨을 끊었다고 볼 수도 있었으며 반대로 아내가 총을 쏜 것이라고도 볼 수 있었다.

"큐빅 씨에게 손을 댔나요?"

홈즈가 물었다.

"부인 외에는 어디에도 손대지 않았습니다. 부상을 입고 바닥에 쓰러져 있는 사람을 그대로 내버려둘 수는 없으니까요."

"선생님은 언제 여기에 오셨나요?"

"4시쯤입니다."

"그 외에 다른 사람은?"

"이 경찰이 있었습니다."

"어디에도 손을 대지 않았습니다."

"아주 신중하게 잘 행동하셨군요. 누가 선생님을 불렀죠?"

"손더스라는 하녀였습니다."

"현장을 처음으로 목격한 것도 그녀였나요?"

"네, 요리사인 킹 부인과 함께였습니다."

"두 사람은 지금 어디 있나요?"

"아마 부엌에 있을 겁니다."

떡갈나무 판자를 댄 벽에 높은 창이 있는 현관 옆의 고풍스러운 응접실이 취조실로 사용됐다. 수척하게 여윈 얼굴로 크고 고풍스러운 의자에 앉은 홈즈의 눈이 날카롭게 빛났다. 나는 그의 눈 속에서 도움을 주지 못한 의뢰인의 복수를 할 때까지는 목숨을 걸고서라도 이 사건을 조사하겠다는 굳은 결의를 읽을 수 있었다. 그런 홈즈와, 말쑥한 차림의 마틴 경감, 새치가 섞인 수염을 기른 시골 의사, 나, 느긋한 성격을 가진 마을의 경찰이 이번 사건을 맡은 수사진의 구성원이었다.

두 여자의 진술은 매우 명확했다. 두 사람 모두 총소리를 듣고 잠에서 깨어났으며, 1분쯤 뒤에 두 번째 소리가 들렸다고 했다. 두 사람은 서로 옆방을 쓰고 있었는데 킹 부인이 먼저 손더스의 방으로 뛰어들었다고 한다. 함께 계단을 내려가 보니 서재의 문이 열려 있었고 테이블 위에 있는 초에 불이 켜져 있었다고 한다. 주인은 방 한가운데 엎어져 있었는데 완전히 숨이 끊어진 상태였다고 한다. 부인은 머리를 벽에 기댄 채 몸을 웅크리고 있었다. 커다란 상처를 입은 듯 얼굴이 피로 빨갛게 물들어 있었다. 괴로운 듯 숨을 헐떡이고 있었고 말은 할 수 없는 상태였다.

방뿐만 아니라 복도에도 연기와 화약 냄새가 가득 들어 차 있었다. 창문은 틀림없이 닫혀 있었으며 안쪽에서 걸쇠를 걸어놓은 상태였다. 이 점에 대해서는 두 사람 모두 자신 있게 증언했다. 두 사람은 바로 의사와 경찰을 불러오도록 했다. 그리고 마부와 그의 조수인 소년과 함께 부상을 당한 부인을 침실로 옮겼다. 부부 모두가 사건이 일어나기 전에 침대에 든 흔적이 남아 있었다. 부인은 평상복을 입고 있었지만 남편은 잠옷 위에 가운을 걸치고 있었다. 서재의 물건에는 전혀 손을 대지 않았다. 두 사람이 알고 있는 한 지금까지 단 한 번도 부부 싸움을 한 적은 없었다. 모든 사람들이 아주 금슬 좋은 부부라고 생각하고 있었다.

이상이 두 하녀의 증언의 요점이다. 마틴 경감의 질문을 받은 두 사람은, 모든 문이 안에서 잠겨 있었기 때문에 집 밖으로 도망간 사람은 절대 없을 것이라고 말했다. 두 사람 모두 가장 위층에 있는 자신들의 방에서 나오는 순간부터 화약 냄새가 났다고 말했다.

"이 사실에 주의할 필요가 있을 것 같군요. 그럼, 지금부터 실내를 철저하게 조사하도록 합시다."

홈즈가 경감에게 말했다.

서재는 그리 넓지 않았는데 벽 세 면에 책이 늘어서 있었으며 정원으로 향한 평범한 창문 쪽으로는 책상이 놓여 있었다. 처음 눈에 들어온 것은 바닥에 쓰러져 있는 불행한 지주 큐빅 의 커다란 사체였다. 입고 있는 옷이 흐트러진 것으로 봐서 잠을 자다 급히 일어난 듯했다. 총알은 그의 정면에서 발사되었으며, 심장을 관통한 채 몸 안에 박혀 있었다. 아무런 고통도 없이 즉사한 것임에 틀림없었다. 가운과 손에는 화약의 흔적이 남아 있지 않았다. 마을 외과의사의 말에 의하면 부인의 얼굴에 화약 흔적이 남아 있었지만 손에는 어떤 흔적도 남아 있지 않았다고 한다.

"손에 조금이라도 화약의 흔적이 남아 있다면 모르겠지만 남아 있지 않다면 그건 아무런 의미도 없는 일이에요. 약협이 꼭 맞지 않아 화약이 뒤로 분출되는 경우가 아니라면 화약의 흔적을 손에 남기지 않고 몇 발이고 쏠 수 있으니까요. 큐빅의 사체는 이제 치워도 되겠네요. 그런데 선생님, 부인을 상처 입힌 총알은 아직 뽑아내지 않았겠지요?"

홈즈가 말했다.

"그러려면 커다란 수술을 해야 합니다. 하지만 권총에는 총알이 아직 네 발 남아 있습니다. 두 발이 발사되었고 상처가 두 개 남았다면 총알에 대해서는 완벽하게 설명할 수 있는 것 아닙니까?"

"그렇게 생각되시겠죠. 그렇다면 선생님께서는 저 창틀에 명중한 총알에 대해서도 설명해주실 수 있겠죠?"

이렇게 말한 홈즈는 갑자기 몸을 돌렸다. 그의 길고 가느다란 손가락이 아래쪽 창틀에서 1인치 정도 떨어진 곳에 뚫린 구멍을 가리켰다.

"아니, 이건! 어떻게 아셨습니까?"

경감이 외쳤다.

"찾고 있었거든요."

"정말 대단합니다! 말씀하신 그대로입니다. 그러니까 총알이 세 발 발사되었으니 제3의 인물이 있었다는 얘기가 되는군요. 그렇다면 그 사람은 대체 누구이며, 또 어떻게 도망을 쳤을까요?"

마을 의사가 말했다.

"바로 그게 우리가 지금부터 풀어야 할 문제에요. 마틴 경감님, 아직 기억하고 계시죠? 하녀들이 방에서 나온 순간부터 화약 냄새가 났다고 했을 때 그건 매우 중요한 일이라고 제가 말했었죠."

홈즈가 말했다.

"네. 하지만 솔직히 말씀드리자면 아직도 그 의미를 잘 모르겠습니다."

"그건 발포될 당시에 이 방의 문뿐만 아니라 창문도 열려 있었다는 뜻이에요. 그렇지 않고서는 화약 냄새가 그렇게 빨리 집 안 전체에 퍼질 리 없으니까요. 그러니까 이 방은 바람이 통하는 상태였던 거예요. 문과 창문 모두가 열려 있었던 시간은 매우 짧은 시간이었을 테지만."

"그걸 어떻게 아십니까?"

"초가 탄 흔적이 그렇게 많이 흔들려 있지는 않았으니까요."

"대단해! 정말 대단해!"

경감이 외쳤다.

"이 비극이 일어났을 때 창이 열려 있었던 게 확실하다면, 이 사건에는 제3의 인물이 있고 그 사람이 창 밖에서 발포했을 것이라고 생각했어요. 그리고 그 사람을 향해서 실내에서 총을 쐈다면 총알이 창틀에 박혀 있을 가능성도 있다고 생각했죠. 그래서 찾아봤더니 아니나 다를까, 총알 자국이 있었어요."

"하지만 창문은 닫혀 있었고 걸쇠도 걸려 있지 않습니까?"

"여자가 본능적으로 창문을 닫고 걸쇠를 걸었을 거예요. 앗! 이건 또 뭐지?"

홈즈가 발견한 것은 서재의 테이블 위에 놓여 있던 핸드백이었다. 악어가죽에 은장식을 한 조그맣고 세련된 백이었다. 홈즈가 핸드백을 열어 내용물을 끄집어냈다. 고무줄로 묶어놓은 50파운드짜리 지폐가 20장 들어 있을 뿐이었다.

"이건 재판할 때 결정적인 증거가 될 테니 잘 챙겨두세요."

홈즈가 핸드백과 지폐를 경감에게 넘겨준 뒤 다시 말을 이었다.

"그럼, 이번에는 세 번째 총알에 주목할 필요가 있을 겁니다. 창틀에 남은 흔적으로 봐서 이건 틀림없이 실내에서 쏜 것이에요. 킹 부인에게 다시 한 번 묻겠는데 당신은 틀림없이 커다란 총성을 듣고 잠에서 깨어났다고 말씀하셨죠? 그건 두 번째 들려온 총성보다 더 컸다는 말인가요?"

"글쎄요. 그 소리를 듣고 잠에서 깨어난 것이라 꼭 그렇다고는 말씀드릴 수 없지만 어쨌든 굉장히 큰 소리였어요."

"혹시 두 발이 거의 동시에 발사된 소리라고는 생각되지 않으시나요?"

"그 점에 대해서는 정확히 말씀드릴 수 없어요."

"나는 틀림없이 그랬을 거라고 생각해요. 경감님, 이 방에서 얻을 수 있는 단서는 이제 다 얻은 듯합니다. 괜찮으시다면 함께 정원으로 가시죠. 새로운 증거가 있을지도 모르니까요."

서재의 창 밑에서부터 화단이 길게 이어져 있었는데 그곳으로 향하던 우리는 일제히 놀라지 않을 수 없었다. 화단의 꽃들은 짓밟혀 있었으며 부드러운 흙 위 여기저기에 발자국이 남아 있었다. 커다란 남자의 발자국으로 끝부분이 이상할 정도로 길고 뾰족했다. 홈즈는 총에 맞아 떨어진 새를 찾는 사냥개처럼 잔디와 나무 사이를 뒤지고 돌아다녔다. 그러다 곧 만족스럽다는 듯 소리를 지르며 몸을 숨여 놋쇠로 만든 조그만 원통을 주워 올렸다.

"역시, 생각한 대로야. 약협제거장치가 달린 권총을 사용했어. 바로 이게 세 번째 총알의 약협이에요. 마틴 경감님, 어떻게 된 사건인지 드디어 윤곽이 잡혔어요."

홈즈가 말했다.

홈즈의 신속한 수사에 시골 마을의 경감은 매우 놀란 듯한 표정이었다. 처음에는 그도 자신의 주장을 개진하고 싶어 하는 표정이었지만 지금은 완전히 감탄해서 홈즈가 이끄는 대로 어디든 따라가겠다는 자세를 보이고 있었다.

"누구를 의심하고 계십니까?"

경감이 물었다.

"그건 나중에 말씀드리도록 하지요. 이번 사건에 대해서 아직 당신에게 설명하지 못한 점들이 몇 가지 있어요. 어쨌든 여기까지 왔으니 우선은 지금처럼 내 방법대로 수사를 한 뒤에 사건 전체에 대한 내용을 한꺼번에 해명하는 게 가장 좋을 것 같아요."

"홈즈 씨, 범인만 잡을 수 있다면 어떤 방법을 쓰셔도 상관없습니다."

"특별히 숨기려는 건 아니지만, 서둘러 수사를 해야 하는데 복잡한 설명을 오랫동안 하고 있을 수가 없어서요. 이 사건의 해결을 위한 단서는 전부 손에 넣었어요. 불행하게도 부인이 이대로 의식을 회복하지 못한다 해도 어젯밤에 있었던 사건을 다시 한 번 구성해서 법이 올바로 집행되도록 할 수 있어요. 그 전에 한 가지 알고 싶은 게 있는데 이 부근에 '엘리지'라고 불리는 여관이 있나요?"

바로 사람들에게 물어봤지만 그런 이름을 알고 있는 사람은 아무도 없었다. 그런데 마구간에서 일하는 소년이, 이스트 러스톤 쪽으로 몇 마일쯤 가다보면 그런 이름을 가진 농장 주인이 살고 있다는 사실을 떠올려 문제 해결에 빛을 던져주었다.

"그 농장은 마을에서 떨어진 곳에 있니?"

"네, 아주 외진 곳이에요."

"그럼, 그곳 사람들은 어젯밤 이곳에서 있었던 일을 아직 모르겠구나?"

"아마 그럴 거예요."

잠깐 생각에 잠겨 있던 홈즈의 얼굴에 묘한 웃음이 번지기 시작했다.

"애야, 말을 좀 준비해주겠니? 그 농장으로 편지를 보내야겠다."

홈즈가 주머니에서 춤추는 인형이 그려진 종이들을 꺼냈다. 그리고 그것을 눈앞에 펼쳐놓은 다음 책상에서 한동안 무엇인가를 했다. 잠시 후, 편지 한 통을 소년에게 건네주며 그것을 이름이 적힌 사람에게 직접 전해줄 것과 그 사람이 어떤 질문을 해도 절대로 대답해서는 안 된다고 주의를 주었다. 나는 봉투 겉면에 평소 홈즈의 단정한 글씨와는 달리 비뚤비뚤한 글씨로 받는 사람의 이름이 적혀 있는 것을 보았다.

'노퍽 주 러스톤 엘리지 농장, 에이브 슬레이니 씨 귀하'

"경감님, 전보로 호송 담당자들을 부르는 게 좋을 거예요. 내 생각대로라면 당신은 위험하기 짝이 없는 용의자를 주의 형무소로 보낼 수 있을지도 모르니까요. 전보는 이 편지를 전해줄 소년에게 부탁하면 될 거예요. 왓슨, 오후에 런던으로 돌아가는 기차가 있으면 좋을 텐데. 아직 끝내지 못한 화학 분석을 끝내고 싶기도 하고, 이번 사건도 거의 해결돼가는 것 같으니 말이야."

소년이 편지를 들고 출발하자 셜록 홈즈가 하인들에게 지시를 내렸다. 큐빅 부인을 찾아오는 사람이 있으면, 부인의 용태에 대해서는 아무런 말도 하지 말고 바로 응접실로 안내할 것. 이 점에 대해서 그는 아주 신중하게 주의해달라고 부탁했다.

그런 다음 그는 우리를 응접실로 데려가 당장은 더 이상 할 일이 없으니 앞으로 어떤 일이 일어날지 기다리는 동안 시간을 유효하게 사용하지 않겠느냐고 말했다. 늙은 외과의사는 다른 환자를 돌보기 위해 돌아갔고 경감과 나만이 그 자리에 남아 있었다.

"지금부터 한 시간 정도, 즐겁고 유익한 시간을 보낼 수 있도록 해드리죠."

의자를 테이블 쪽으로 끌어당긴 홈즈가 묘한 몸짓의 춤추는 인형이 그려진 종이들을 그 앞에 펼쳐놓으며 말했다.

"왓슨, 자네의 억제하기 힘든 호기심을 오랫동안 채워주지 못하고 내버려둔 죄를 이제 보상하도록 하겠네. 그리고 경감님, 이번 사건은 앞으로 당신의 일에 커다란 참고가 될 것 같습니다. 우선은 큐빅 씨가 나를 찾아 베이커 가에 왔을 때 있었던 매우 흥미로운 상황에 대해서 말씀드려야겠네요."

홈즈는 앞서 내가 기록한 사실들을 간단하게 경감에게 설명했다.

"바로 여기에 그 묘한 작품들이 있는데 이것이 끔찍한 비극의 전조라는 사실을 모른다면 누구라도 그저 웃어넘길 장난쯤으로 생각했을 겁니다. 나는 온갖 암호문의 형식에 대해 어느 정도 지식을 가지고 있고 그 문제에 관한 조그만 논문을 쓴 적도 있습니다. 그 논문에서 160종의 암호기법을 분석했는데 솔직히 말하자면 이번 것은 전혀 새로운 기법이었죠. 이 암호를 생각해낸 사람들은, 틀림없이 이들 기호가 메시지를 전달하고 있는 게 아니라 어린아이의 낙서에 지나지 않는 것이라고 보이고 싶었을 거예요.

하지만 이들 그림이 문자를 나타내고 있는 것이라는 사실을 깨달은 후에, 온갖 형태의 암호문에 통하고 있는 법칙을 적용하여 이것을 해독하는 것은 아주 간단한 일이었어요. 내가 처음으로 본 것은 매우 짧은 것이었기 때문에 조금이나마 자신을 갖고 말할 수 있었던 것은, 𝕏 이 그림이 E를 나타낸다는 사실 정도였어요. 아시는 바와 같이 E는 영어의 알파벳 중에서도 가장 많이 사용되는 매우 눈에 띄는 글자로 짧은 문장 속에서도 가장 많이 볼 수 있는 것이라고 생각하셔도 크게 틀리지는 않습니다.

처음 본 암호문은 15개의 기호로 구성되어 있었는데 그 안에 똑

같은 기호가 네 개나 들어 있었으니 이것을 E라고 보는 것이 타당할 겁니다. 같은 기호라 할지라도 손에 깃발을 들고 있는 것과 들고 있지 않은 것이 있는데 깃발이 휘날리는 모습으로 봐서 이것은 한 단어가 끝났음을 나타내는 것이라고 생각돼요. 이런 가정으로 E를 나타내는 것이 ⚐ 일 거라고 생각했어요.

지금부터가 이번 조사의 가장 어려운 부분이었어요. 영어에서 E 다음으로 많이 쓰이고 있는 문자의 순서를 밝히기란 결코 쉬운 일이 아니거든요. 가령 인쇄물 한 페이지에 대한 평균 순서를 정했다 하더라도 짧은 한 문장 안에서는 그 순서가 뒤바뀌곤 하니까요. 대체적으로 T, A, O, N, S, H, R, D, L의 순서로 나타기는 하지만, T, A, O, I는 거의 같은 빈도로 사용되고 있어요. 암호문에서 어떤 의미가 나올 때까지 하나하나 대조를 해나간다면 그건 끝도 없는 일이에요. 그래서 나는 새로운 재료가 손에 들어올 때까지 기다리기로 했습니다.

큐빅 씨를 두 번째 만났을 때, 짧은 암호문 두 개와 깃발이 없는 점으로 봐서 하나의 단어로 보이는 암호문을 새로 받았어요. 이게 바로 그겁니다. 이 한 단어로 된 암호, 다섯 글자로 된 암호인데 그중에서 두 번째와 네 번째의 두 글자는 E라는 사실을 전부터 알고 있었어요. 이 단어는 예를 들자면, SEVER(끊다), LEVER(지렛대), NEVER(결코 ~않다)와 같은 단어일 겁니다. 이 암호가 어떤 요청에 대한 답변이라면 NEVER와 같은 단어가 사용될 가능성이 매우 높으며, 그것은 흔히 있을 수 있는 일이죠. 그리고 이번 사건의 정황들로 미루어봐서 큐빅 부인이 직접 썼을 확률도 매우 높아요. 이 가설이 옳다면 그림 문자 𝄞𝄓𝄒 는 각각 N, V, R을 나타내는 것이라 볼 수 있을 거예요.

여기까지 오기는 했지만 그래도 수많은 난관이 남아 있었는데 문득 좋은 생각이 떠올라 다른 몇몇 문자들도 해독해낼 수가 있었어요. 만일 이 암호들이, 부인이 젊은 시절 친하게 지내던 사람에게서 온 것이라면 두 개의 E 사이에 글자 세 개가 들어 있는 단어는 부인의 이름인 ELSIE를 나타내는 것이라고 봐도 좋을 것이라고 생각한 거죠. 살펴봤더니 세 번째 보낸 암호문의 끝에 있는 단어가 그런 구조로 되어 있더군요. 이것은 엘시에 대한 어떤 요청임에 틀림없었어요. 이렇게 해서 나는 L, S, I를 찾아냈어요. 그렇다면 대체 어떤 요청이었을까? Elsie 앞에 있는 단어는 겨우 네 글자이고 E로 끝났어요. 이 단어는 틀림없이 COME일 겁니다. 네 글자 단어 중에서 E로 끝나는 단어를 전부 살펴봤는데 이런 경우에 해당되는 다른 단어는 찾을 수가 없었어요. 이렇게 해서 다시 C, O, M이라는 세 글자를 알게 되었고 그것을 바탕으로 첫 번째 암호문 해독에 들어갔는데 그것을 네 개로 나누고 아직 밝혀내지 못한 기호는 ○로 표시를 했어요. 그랬더니 다음과 같이 되더군요.

○M ○ERE ○○E SL○NE○

이렇게 해놓고 보니 첫 문자로 올 수 있는 건 A밖에 없었어요.

그런데 그게 이 짧은 문장 안에 세 번이나 나오니 커다란 도움이 되는 발견이었어요. 그리고 두 번째 단어의 비어 있는 부분이 H라는 사실도 확실하게 알 수 있었어요. 그러고 보니 이런 문장이 됐어요.

AM HERE A○E SLANE○

여기에 사람 이름이라고 생각되는 단어의 빠진 부분을 보충해보니 이렇게 되더군요.

AM HERE ABE SLANEY(에이브 슬레이니가 왔다)

이렇게 많은 글자를 알아냈으니 두 번째 암호문은 상당한 자신감을 가지고 해독할 수 있었는데 내용은 다음과 같았어요.

A○ ELRI○ES

여기에 조금 생각을 해서 빈 칸에 T와 G를 넣어보았어요.

AT ELRIGES(엘리지에서)

그 결과 이건 암호문을 쓴 사람이 묵고 있는 집이나 여관의 이름일 것이라는 생각을 하게 되었어요."

마틴 경감과 나는 이 어려운 문제를 이렇게까지 완벽하게 해명해 보인 홈즈의 명쾌하기 짝이 없는 해명에 커다란 흥미를 느끼며 빠져들고 있었다.

"그 다음에는 어떻게 하셨습니까?"

경감이 물었다.

"에이브 슬레이니를 미국 사람이라고 생각할 만한 근거는 충분했어요. 에이브란 아브라함이라는 이름의 미국식 약칭이고 이 모든 일의 시작이 미국에서 온 편지에서 비롯됐으니까요. 그리고 이 사건에 어떤 범죄의 비밀이 숨어 있다고 생각할 만한 이유도 여러 가지가 있어요. 부인이 자신의 과거에 밝히지 못할 점이 있다고 말한 점, 남편에게 그 비밀을 밝히려 하지 않았다는 점 등은 모두 내가 말한 사실을 반증하고 있는 것들이에요.

그래서 나는 뉴욕 경찰국에 있는 친구 윌슨 하그리브에게 전보를 보냈어요. 런던의 범죄에 대해서 내가 여러 차례에 걸쳐서 지혜를 빌려준 친구거든요. 전보로 에이브 슬레이니라는 사람을 아느냐고 물었어요. 여기에 그에 대한 답장이 있는데 '시카고에서 가장 위험한 악한'이라고 적혀 있어요. 이 답장을 받은 날 밤, 큐빅 씨가 보낸 마지막 암호문이 도착했어요. 내가 알고 있는 글자들을 거기에 대입시켜보니 이런 문장이 나오더군요.

ELSIE ○RE○ARE TO MEET THY GO○

빈 칸에 P와 D를 넣어 암호문을 완성해보니,

ElSIE PREPARE TO MEET THY GOD(엘시, 신에게 갈 각오를 해라)라는 문장이 되었어요. 이 악한이 설득하기를 포기하고 협박하기 시작했다는 사실을 알게 됐어요. 나는 시카고의 악한들이 어떤 녀석들인지 잘 알고 있었기 때문에 녀석이 바로 범행을 저지를 지도 모른다고 생각했어요. 그래서 나는 바로 협력자이자 친구인 왓슨 박사와 함께 노퍽으로 달려온 것인데 불행하게도 이미 최악의 사태가 벌어진 후였어요."

"당신과 함께 사건을 맡게 되다니 정말 영광입니다. 하지만 실례를 무릅쓰고 솔직하게 말씀드리자면 당신에게는 당신 자신에 대한 책임이 있을 뿐이지만 제게는 상사에 대한 책임도 있습니다. 그 엘리지라는 농장에 에이브 슬레이니라는 사람이 살인범이 있다면, 저는 여기 이렇게 한가하게 앉아 있을 시간이 없습니다. 이러는 동안 그가 도망가기라도 한다면 저는 매우 난처한 입장에 빠지게 되니까요."

마틴 경감이 매우 심각한 표정으로 말했다.

"걱정 마세요. 도망갈 일은 없을 거예요."

"그걸 어떻게 아십니까?"

"도망치면 범죄를 인정하는 꼴이 되고 말 테니까요."

"그럼 체포하러 갑시다."

"조금만 더 기다리면 이리로 올 거예요."

"그가 왜 여기로 온다는 겁니까?"

"편지를 써서 이리로 오라고 했거든요."

"설마, 농담은 아니겠지요? 당신이 오라고 했다고 녀석이 어슬렁어슬렁 나타날 거라고 생각하시는 겁니까? 오히려 눈치를 채고 도망가지 않겠습니까?"

"아니, 걱정 마세요. 편지를 조작하는 법쯤은 잘 알고 있으니까요. 보세요, 내가 잘못 본 게 아니라면 문제의 신사가 저기 차도로 이미 들어섰으니까요."

홈즈가 말했다.

한 남자가 현관으로 통하는 조그만 길을 성큼성큼 걸어오고 있는 것이 보였다. 키가 크고 가무잡잡한 피부에 잘생긴 남자로 거뭇거뭇 턱수염을 기르고 있었으며 코는 정력적으로 보이는 매부리코였다. 회색 플란넬로 만든 양복에 파나마모자를 쓴 채, 지팡이를 휘두르며 마치 자신의 집에 돌아온 사람처럼 당당하게 길을 걸어와서는 아주 자신감에 넘친 태도로 벨을 커다랗게 울리는 소리가 들려왔다.

"여러분, 문 뒤로 숨는 게 좋겠어요. 저런 녀석을 상대할 때는 충분히 주의할 필요가 있으니까요. 수갑을 사용해야 할 겁니다, 경감님. 녀석과는 제가 얘기하도록 하죠."

우리는 숨을 죽인 채 1분 정도 기다렸다. 영원히 잊을 수 없는 1분이라고 해도 좋을 것이다. 드디어 문이 열리고 남자가 안으로 들어섰다. 그 순간 홈즈가 남자의 머리에 권총을 가져다댔고, 마틴 경감이 손목에 수갑을 채웠다. 이 모든 일이 순식간에 빈틈없이 행해졌기 때문에 남자는 사태를 파악하기도 전에 자유를 잃고 말았다. 남자는 부리부리한 검은 눈으로 우리를 차례로 노려보았다. 그러더니 갑자기 커다란 소리로 웃기 시작했다.

"아, 이런. 이번에는 내가 당했군. 이거 완전히 한방 먹었어. 하지만 나는 큐빅 부인이 편지로 불러서 온 거라고. 설마 부인까지

한 패라고 말할 생각은 아니겠지? 나를 유인하는 데 부인이 도움을 준 건 아니겠지?"

"부인은 중상을 입어 사경을 헤매고 있어."

갑자기 남자가 집안 전체가 울릴 정도로 커다란 소리로 비통하게 외쳤다.

"어떻게 그런 일이? 부상을 당한 건 남자지 여자가 아니야. 내가 사랑스러운 엘시에게 상처를 입혔을 거 같아? 아, 신이시여, 용서하소서! 하지만 나는 사랑스러운 그녀의 털끝 하나 건드리지 않았다고. 지금 한 말을 빨리 취소해! 엘시가 상처를 입었다는 건 거짓말이지?"

남자가 미친 듯이 소리쳤다.

"부인은 중상을 입고 죽은 남편 옆에 쓰러져 있었어."

남자는 굵직한 신음소리와 함께 긴 의자에 앉아 수갑이 채워진 두 손에 얼굴을 묻었다. 5분 정도 아무런 말도 하지 않고 있다가 드디어 얼굴을 들어 말을 하기 시작했다. 심한 절망에 빠져 있는 그의 목소리는 오히려 차분하게 들릴 정도였다.

"너희들에게 사실을 숨길 생각은 없어. 틀림없이 내가 그를 쏘기는 했지만 그도 나를 쐈다고. 그러니까 이건 살인이라고 할 수 없어. 그리고 내가 그녀를 쐈다고 생각한다면 그건 그녀와 내가 어떤 사이인지를 모르기 때문이야. 잘 들어. 이 세상에서 나보다 더 엘시를 사랑하는 사람은 없으니까. 나는 그녀를 차지할 권리가 있어.

그녀는 몇 년 전에 나와 결혼을 맹세했다고. 그런데 그런 우리 사이에 그 영국 놈이 끼어든 거야. 나는 그녀에게 우선권을 가지고 있었어! 나는 그저 그 권리를 주장했던 것뿐이야"

그가 말했다.

"그녀는 네가 어떤 사람인지를 알았기 때문에 네 곁에서 달아난 거야. 네게서 도망치기 위해서 미국에서 벗어나 영국의 그 훌륭한 신사와 결혼한 거라고. 그런데 너는 그녀를 끈질기게 따라다니며 그녀의 생활을 엉망으로 만들어, 사랑하고 존경하는 남편을 버리고, 미워하고 원망하는 너와 함께 도망치도록 만들려 했어. 그래서 결국에는 한 고귀한 인간을 죽게 만들었고 그의 아내까지 자살로 내몬 거야. 에이브 슬레이니, 이상이 이번 사건에서 네가 저지른 죄야. 너는 법에 따라서 그에 대한 보상을 해야만 할 거야."

홈즈가 엄격한 어조로 말했다.

"엘시가 죽는다면 난 어떻게 되든 상관없어."

이렇게 말한 에이브 슬레이니는 한쪽 손을 펴서 그 손바닥 안에 있던 꼬깃꼬깃한 종이를 바라보았다. 그러더니 의심스럽다는 눈빛으로 이렇게 외쳤다.

"그럼 이건 어떻게 된 거지? 설마 이런 것으로 나를 협박하려는 건 아니겠지? 엘시가 중상을 입었다면 이 편지는 대체 누가 쓴 거야?"

그가 편지를 테이블 위로 집어던졌다.

"내가 썼어. 너를 이쪽으로 불러들이려고."

"이걸 네가? 춤추는 인형의 비밀은 우리 친구들 말고는 아무도 모른다고. 네가 이걸 어떻게 쓸 수 있었단 말이지?"

"만든 사람이 있으면 푸는 사람도 있는 법이지. 슬레이니, 곧 자네를 노위치로 호송해갈 마차가 도착할 거야. 아직은 시간이 조금 있으니 자네가 저지른 범죄에 대해서 다소나마 보상을 하도록 하게. 지금 큐빅 부인이 남편을 살해했다는 혐의를 받고 있다는 사실을 알고 있나? 내가 여기로 왔고, 운 좋게 내가 가지고 있는 지식이 도움이 됐으니 망정이지 아니었으면 그녀는 지금쯤 고소됐을 거야. 남편의 비참한 죽음에 대해서 그녀는 직접적으로든 간접적으로든 아무런 책임도 없다는 사실을 확실하게 밝혀야 할 의무가 자네에게는 있네."

홈즈가 말했다.

"그건 나도 바라지 않아. 이렇게 된 이상 나 자신을 위해서라도 있는 그대로의 진실을 밝히는 게 좋을 것 같군."

그가 말했다.

"직무상 일단 말해두겠는데, 지금의 증언이 자네에게 불리하게 작용할지도 모르네."

경감이 영국 형법의 공정함을 큰소리로 말했다.

슬레이니는 어깨를 움츠렸다.

"모든 걸 하늘에 맡기겠어. 가장 먼저 말해두고 싶은 건, 나는 어렸을 때부터 그녀를 알고 있었다는 사실이야. 시카고에 우리 친구가 7명 있는데 엘시의 아버지가 우리의 두목이었지. 그 패트릭이라는 사람, 정말 머리가 좋은 사람이었어. 그 암호를 생각해낸 사람도 두목이었는데 선생이 그 수수께끼를 풀지 못했다면 이 암호는 어린애 장난으로 밖에 여겨지지 않았을 거야. 엘시도 우리 일을 조금 배운 적이 있었지. 하지만 끝내 이런 일에 적응하지 못하더군. 그래서 조금 모아둔 돈을 들고 우리 눈을 피해서 런던으로 도망 온 거야.

그녀는 나와 결혼하기로 약속을 했었어. 만일 내가 다른 직업을 가지고 있었다면 틀림없이 나와 결혼해줬을 거야. 하지만 무슨 일이 있어도 우리 같은 사람과는 관계하고 싶지 않았나보더군. 내가 그녀가 있는 곳을 알아낸 것은 이미 그 영국인과 결혼을 한 후였어. 편지를 보냈지만 답장이 오질 않았어. 영국으로 건너온 나는 편지로는 얘기가 되지 않을 것 같아 그녀의 눈에 띌 만한 곳에 그 암호문을 남겼지.

내가 여기에 온 지도 벌써 한 달이 지났지만, 그 농장의 방을 빌린 덕분에 지금까지 누구의 눈에도 띄지 않고 매일 밤 이 집을 드나들 수 있었지. 어떻게든 엘시를 이 집에서 나오게 하려고 여러 가지 방법을 동원했어. 그녀가 내 암호문을 읽고 있다는 사실은 확실히 알 수 있었지. 한 번은 내가 쓴 암호문 밑에 그녀가 답을 해놓은 적도 있었으니까. 그러다 나는 더 이상 참을 수가 없어서 그녀를 협박하기 시작했어. 그녀는, 제발 부탁이니 이곳에서 떠나달라고 부탁하며, 만일 남편에게 좋지 않은 소문이라도 나게 되면 자신은 견딜 수 없는 고통을 받게 될 것이라는 편지를 보내왔어. 그 편지에는 내가 여기서 떠나 더 이상 자신을 괴롭히지 않겠다고 약속해준다면, 남편이 잠든 새벽 3시에 1층으로 내려가 가장 끝에 있는 창문 너머로 이야기를 나눌 수도 있다는 말도 적혀 있었지.

그녀는 약속대로 1층으로 내려왔는데 돈을 들고 와서 그것으로 나를 내쫓으려 했어. 울컥 화가 치민 나는 그녀의 팔을 잡고 창밖으로 끌어내려 했어. 바로 그때 권총을 든 남편이 방 안으로 뛰어 들어 왔지. 엘시가 바닥에 쓰러지는 바람에 나는 그 녀석과 정면으로 마주보게 됐어. 나도 권총을 가지고 있었고, 그것으로 겁을 주고 그 틈에 도망칠 생각으로 권총을 겨눴어.

상대편이 총을 쐈지만 나는 맞지 않았어. 나도 그와 거의 동시에 방아쇠를 당겼는데 녀석이 쓰러지더군. 나는 정원을 가로질러 도망쳤는데 그때 뒤에서 창을 닫는 소리가 들렸어. 이게 다야. 이건 한마디의 거짓도 없는 사실이야. 그리고 말을 타고 온 소년으로부터 받은 편지를 보고 여기에 와서 너희들에게 붙잡히기 전까지는 아무것도 모르고 있었지."

슬레이니가 이야기를 하고 있는 동안에 호송용 마차가 도착해 있었다. 제복을 입은 경관 두 명이 타고 있었다. 자리에서 일어난 마틴 경감이 슬레이브의 어깨에 손을 얹었다.

"이젠 가야 할 시간일세."

"그 전에 엘시를 볼 수는 없을까?"

"안 돼. 그녀는 지금 의식을 잃었어."

우리는 창가에 서서 마차가 사라져가는 모습을 지켜보았다. 뒤돌아보니 조금 전 슬레이니가 꼬깃꼬깃 접어 테이블 위로 내던진 종이가 눈에 들어왔다. 홈즈가 범인을 불러들인 그 편지였다.

"왓슨, 자네 이걸 읽을 수 있겠나?"

홈즈가 빙그레 웃으며 말했다.

거기에 글자가 아닌 춤추는 인형이 다음과 같이 한 줄로 늘어서 있었다.

"내가 조금 전에 설명한 독해법을 여기에 적용해보면, 이건 그저 'Come here at once(지금 여기로 와주세요)' 라고 쓴 것일 뿐이라는 사실을 쉽게 알 수 있네. 나는 그 사람이 이 부름에 응하지 않을 리가 없을 것이라고 확신하고 있었지. 부인 이외의 사람이 이걸 썼으리라고는 꿈에도 생각지 못했을 테니까. 언제나 나쁜 일에만 이용되던 춤추는 인형을 결국에는 좋은 일에 도움이 되도록 했고, 자네의 노트에 희귀한 사건을 더해주겠다는 약속도 지킨 듯하네. 3시 40분 기차가 있으니 저녁 식사 전에는 베이커 가로 돌아갈 수 있겠지."

끝으로 몇 마디 덧붙이겠다.

에이브 슬레이니는 겨울에 열린 노위치의 순회재판에서 사형을 선고받았다. 하지만 정상참작의 여지가 있고, 힐튼 큐빅이 먼저 권총을 쐈다는 사실이 인정되어 후에 징역형으로 바뀌게 되었다.

큐빅 부인은 그 후, 완전히 건강을 되찾았는데 아직도 미망인으로 오직 가난한 사람들을 돕고 세상을 떠난 남편이 남긴 유산을 관리하며 여생을 보내고 있다고 한다.

자전거를 타는 미녀
The Adventure
of the solitary Cyclist

1894년에서 1901년까지 8년 동안 셜록 홈즈는 무척 공사다망했다. 그 동안 세상에 알려진 사건 중에 조금이라도 까다로운 사건은 모조리 홈즈가 협력했다고 해도 과언이 아니다. 뿐만 아니라 수백 건의 비공개 사건에서 맹활약을 했는데 그중에는 대단히 복잡하고 기이한 사건들도 많았다.

　이렇게 장기간 쉴 새 없이 사건을 파헤친 결과, 빛나는 성과를 숱하게 거두기도 했지만 어쩔 수 없는 실패도 몇 번 맛보았다. 나는 이 모든 사건에 대해 상세하게 기록해 왔고 그중에는 내가 직접 관여한 사건도 많다. 이것들 중에 독자들 앞에 내놓을 사건을 고르기란 만만찮은 일이다. 하지만 이전부터 정해둔 원칙에 따라, 범죄의 중대함보다는 절묘하고 극적인 해결 과정이 흥미로운 사건을 선별하기로 했다.

　이제부터 소개할 이야기는 찰링턴에서 외로이 자전거를 타던 바이올렛 스미스 양이 휘말린 사건과, 예기치 못한 비극으로 막을 내린 우리의 기이한 수사 과정이다. 그 동안 이야기를 할 때마다 자료로 삼았던 장대한 범죄 기록 안에는 홈즈의 재능이 충분히 발휘돼 그의 명성을 드높여 주는 것이 많았지만 이 이야기는 뭔가 색다르고 독특하다.

1895년의 사건노트를 들춰 보니, 우리가 바이올렛 스미스 양을 알게 된 것은 4월 23일 토요일이라고 적혀 있다. 홈즈에게는 아주 달갑지 않은 의뢰인이었을 것이다. 왜냐하면 당시 홈즈는 유명한 담배 백만장자 존 빈센트 하든을 괴롭히던 이상한 협박에 관한, 대단히 복잡한 사건으로 머리가 꽉 차 있었기 때문이다.

정밀한 사고와 정신의 집중을 무엇보다 중요시 하는 홈즈는 의뢰받은 사건에서 조금이라도 주의를 분산시키는 일은 무조건 싫어했다. 하지만 천성은 모질지 못해서, 늘씬한 키에 우아하고 기품 있는 젊은 여성이 밤늦게 베이커가를 찾아와 도와 달라고 애원하니 냉정하게 거절하지는 못 했다. 그녀는 홈즈에게 상담하려고 단단히 벼르고 왔는지 이미 다른 사건을 맡아서 도울 수 없다고 해도 소용없고 억지로 끌어내지 않는 한 이야기를 마칠 때까지 절대 돌아갈 것 같지 않았다. 홈즈는 체념한 얼굴로 졌다는 듯 미소를 지으며 아름다운 불청객에게 의자를 권하고 고민을 말해 달라고 했다.

"적어도 건강 문제는 아니겠군요."

홈즈는 스미스 양에게 날카로운 시선을 보내며 말했다.

"당신처럼 자전거를 좋아하는 사람은 활력이 넘치니까요."

손님은 깜짝 놀라 자신의 발을 내려다보았다. 신발 바닥의 옆 부분이 자전거 페달 끝에 쓸려 약간 거칠게 일어난 게 내 눈에도 보였다.

"예, 저는 자전거를 자주 탑니다. 홈즈 선생님, 제가 이렇게 찾아온 건 사실 그것하고 상관이 있어요."

홈즈는 장갑을 끼지 않은 숙녀의 손을 잡고, 표본을 조사하는 과학자처럼 세심하지만 아무 감정 없는 시선으로 들여다보았다.

"실례했습니다. 하지만 직업상..."

홈즈는 숙녀의 손을 놓으며 말했다.

"하마터면 타이피스트로 착각할 뻔했습니다. 분명, 당신은 틀림없이 음악을 하시는 분입니다. 왓슨, 손가락 끝이 주걱처럼 퍼졌지? 이건 타이피스트와 음악가의 공통된 특징이라네. 하지만 스미스 양의 얼굴에 어떤 영혼의 광채가 서려 있군. 타이피스트에게는 없는 거지. 이 숙녀는 음악가일세."

홈즈는 숙녀의 얼굴을 조심스럽게 불빛을 향하게 하며 그렇게 말했다.

"네, 홈즈 선생님, 저는 음악을 가르치고 있어요."

"얼굴빛을 보니 시골에 살고 계시는군요?"

"예, 서리의 파넘 근교에 살지요."

"아름다운 곳이지요. 저에겐 아주 유쾌한 추억이 많은 곳입니다.

왓슨, 가짜 금괴를 만들던 아치 스텐포드를 체포한 게 아마 그 근방이었지? 자, 스미스 양, 서리의 파넘 근교에서 무슨 일이 있었습니까?"

스미스 양은 무척 차분하고 분명한 말투로 기이한 사건에 대해 이야기를 시작했다.

"돌아가신 제 아버지 제임스 스미스는 왕립극장 오케스트라 지휘자셨어요. 어머니와 저 단 둘만 남게 됐고 친척이라고는 랄프 스미스 삼촌뿐이죠. 삼촌도 25년 전에 아프리카로 가서 소식이 끊겼어요. 아버지가 돌아가시자 집안 형편이 아주 어려워졌지요. 그런데 어느 날 '타임즈'에 우리 행방을 찾는 광고가 실렸다는 말을 들었어요. 우리는 누군가 유산을 남겨준 거라 생각하고, 잘 아시겠지만 너무 흥분했답니다. 그래서 당장 신문 광고를 낸 변호사를 찾아 갔어요. 변호사 사무실에서 우리는 남아프리카에서 일시 귀국한 캐루더스 씨와 우들리 씨를 만났죠. 두 신사는 삼촌의 친구라며, 몇 달 전에 삼촌이 아프리카 요하네스버그에서 가난하게 살다 돌아가셨다고 했어요. 삼촌이 숨을 거두기 직전 두 분에게 당신의 친척을 찾아서 돌봐 달라고 하셨다더군요. 생전에 저희에게 전혀 신경 쓰지 않던 랄프 삼촌이 죽음을 앞두고 우릴 보살펴 줄 생각이 들었다는 게 이상하게 느껴졌지만, 캐루더스 씨는 삼촌이 아버지가 돌아가신 걸 얼마 전에 알고 저희 모녀의 신상에 책임감을 느꼈다고 말하더군요."

"실례합니다만, 그게 언제 일이죠?"

"작년 12월이니까, 4개월 전입니다."

"아아, 계속하시죠."

"우들리라는 사람은 정말 역겨웠어요. 퉁퉁하게 살찐 얼굴에 붉은 콧수염을 기르고 머리에 기름을 발라 양쪽으로 갈라붙였는데 경박한데다 저를 기분 나쁜 눈초리로 쳐다봤어요. 이런 사람과 알게 되면 틀림없이 시릴이 싫어할 거라고 생각했어요."

"잠깐, 시릴이라고 하셨죠. 애인인가요?

홈즈가 빙긋 웃자 스미스 양도 볼이 붉어지며 미소 지었다.

"예, 맞아요. 시릴 모턴이라는 전기기술자예요. 올 늦여름에 결혼할 거예요. 어머나, 어쩌다 그이 얘기가, 아무 상관없는 사람인데. 제가 말씀 드리고 싶은 건 우들리 씨는 정말 불쾌하지만 그보다 나이가 더 많은 캐루더스 씨는 괜찮은 사람이라는 거예요. 머리는 검고, 수염은 깔끔하게 면도한 얼굴에 말수가 적은 분이지만 예의바르고 웃는 얼굴이 멋졌죠. 아버지가 돌아가신 후 모녀가 어떻게 생활하느냐고 물어봐 주셨어요. 많이 힘들다고 하자 캐루더스 씨 집에서 10살짜리 딸에게 음악을 가르쳐 주지 않겠냐고 했어요. 어머니 혼자 계시게 할 수 없다고 하니, 그러면 주말마다 어머니를 만나러 가도 된다고 하면서 해마다 백 파운드를 주겠다고 했어요. 조건이 너무 좋아 결국 승낙하고 파넘에서 10킬로미터쯤 더 들어가는 칠턴 농장에 거주하면서 일하게 됐어요. 캐루더스 씨의 부인은 돌아가셨고 집안일을 전부 가정부인 딕슨 부인이 맡고 있죠. 나이가 지긋한 아주 훌륭한 분이에요. 밤에 그 집 사람들과 함께 지내는 것도 아주 즐거웠고 언제나 주말에는 어머니를 만나러 런던으로 왔어요.

행복한 생활에 금이 간 건 붉은 콧수염의 우들리 씨가 오면서부터였어요. 그 사람은 일주일 간 머물러 있었지만 제게는 그 시간이 석 달처럼 느껴졌어요. 누구에게나 으스대고 다녀 정말 싫었죠. 특히 저에게는 정말 역겨운 존재였어요. 자기 재산을 자랑했고 결혼해 주면 런던에서 제일 멋진 다이아몬드를 사 주겠다면서 불쾌한 수작을 걸어오지 뭐예요. 제가 아예 상대도 하지 않자, 어느 날 저녁식사 후 저를 껴안고 키스해 줄 때까지 안 놓겠다고 하는 거예요. 힘도 끔찍할 정도로 세더군요.

때마침 캐루더스 씨가 들어와 떼어 놓았지만, 이번에는 캐루더스 씨에게 달려들어 때려눕히고 얼굴에 상처까지 냈죠. 당연히 우들리는 바로 돌아가 버렸죠. 다음 날 캐루더스 씨가 제게 대신 사과하고 두 번 다시 그런 일이 없도록 하겠다고 약속했어요. 그 후에는 우들리를 만난 적이 없어요.

홈즈 선생님, 지금부터가 제가 상담하고 싶은 내용이에요. 저는 매주 토요일 아침마다 런던 행 12시 22분 기차를 타러 자전거로 파넘 역까지 갑니다. 칠턴 농장에서 역까지 가는 길은 인적이 드문 편인데, 특히 찰링턴 홀 저택 앞을 지나는 1.5킬로미터 이상의 길이 그래요. 도로 한쪽은 찰링턴 황야고 다른 쪽은 찰링턴 홀 저택을 둘러싸고 있는 숲이에요. 아마 그보다 더 인적이 드문 길은 없을 거예요. 거기서 크룩스베리힐 근처 도로로 나갈 때까지는 짐마차 한 대, 아니 사람 한 명 마주치는 일이 없으니까요.

2주 전에 제가 그 길을 지나가다 문득 뒤를 돌아보니 저처럼 자전거를 탄 남자가 2백 미터쯤 뒤에 있는 거예요. 짧고 검은 수염을 기른 중년 남성 같았어요. 파넘에 거의 다 와서 다시 뒤돌아보니 이미 사라지고 없어 신경을 쓰지 않았어요.

하지만 놀랍게도 월요일에 런던에서 돌아올 때 똑같은 장소에, 똑같은 남자가 있는 게 아니겠어요? 다음 주 토요일과 월요일에도 똑같은 일이 일어나자 놀랄 수밖에 없었죠. 자전거를 탄 남자는 일정 거리를 유지했고 아무 짓도 하지 않았지만 왠지 기분이 별로였죠. 캐루더스 씨에게 말하자 친부모처럼 걱정하시더니 그 길을 혼자 다니지 않도록 이륜마차를 주문해 뒀다고 하시는 거예요

이번 주에 도착할 예정이던 마차가 사정이 생겨 배달이 미뤄졌어요. 그래서 저는 다시 역까지 자전거를 타고 가야 했지요. 그게 바로 오늘 아침이었어요. 이상하게도 찰링턴 황야에 다다르자 뒤를 돌아보지 않고는 견딜 수가 없었죠. 돌아봤더니 역시 2주 전과 똑같이 그 자전거 남자가 따라오고 있었어요. 항상 뒤에서 뚝 떨어져 왔기 때문에 얼굴은 확실하게 보이지 않지만 분명히 모르는 사람이었죠. 검은 옷에 천 모자를 쓰고 검은 턱수염을 기르고 있다는

것밖에 모르겠어요.

하지만 오늘은 호기심이 발동해 누가 왜 그러는지 알아보고 싶어졌어요. 제가 속도를 줄이자 상대방도 속도를 줄였고, 멈추니까 그쪽도 멈춰 섰습니다. 다시 꾀를 냈죠. 급커브에서 속도를 내다가 꺾어진 곳에서 멈춰 서서 잠복했어요. 분명히 빠른 속도로 돌아서 제 앞을 지날 거라 생각했죠. 그런데 전혀 나타나지 않는 거예요. 할 수 없이 다시 돌아가 보니 1.5킬로미터 앞까지 훤히 보이는 길 어디에도 남자의 모습이 보이지 않는 거예요. 게다가 그 길에는 자전거가 빠져나갈 샛길도 전혀 없거든요."

홈즈는 재미있다는 듯이 웃으며 양손을 비볐다.

"과연 색다른 사건이네요. 다시 커브를 돌아서 길가에 아무도 없다는 걸 알게 될 때까지 시간이 얼마나 걸렸죠?"

"2, 3분 정도요."

"그렇다면 되돌아갈 시간은 안 되겠군요. 샛길도 없고요?"

"네."

"그럼 어딘가 보행자용 길로 들어섰겠군요."

"황야 쪽 일리는 없어요. 그렇다면 제가 봤을 테니까요."

"그럼 배제의 법칙에 의해, 그는 그 길 옆쪽에 있다는 찰링턴 홀 저택 쪽으로 간 게 되겠군요. 더 하실 말씀은?"

"이게 다예요. 하지만 전 어떡해야 될지 모르겠어요. 홈즈 선생님과 상담하기 전까지는 안심이 안 돼서요."

홈즈는 한동안 묵묵히 앉아 있다가 마침내 입을 열었다.

"약혼자는 어디 계시죠?"

"코번트리 중부 전력회사에 근무하고 있어요."

"그 분이 불시에 찾아오는 일은 없습니까?

"어머, 그럼 제가 모를 리가 없지요."

"다른 구혼자들은 없습니까?"

"시릴을 만나기 전에 몇 명 있었지만."

"그 뒤로는?

"그 우들리라는 변태 정도죠. 그런 사람까지 치면요."

"그밖에는?

스미스 양은 조금 곤란한 듯한 표정을 지었다.

"그게 누구죠?"

홈즈가 다시 물었다.

"저어, 제 착각인지 모르지만 저를 고용하신 캐루더스 씨께서 저한테 관심이 있는 게 아닐까 하는 생각이 들 때가 있었어요. 우린 함께 있는 일이 아주 많아요. 저녁마다 제가 피아노 반주를 해 드리지요. 점잖은 신사분이라 말은 하지 않지만 여자의 직감으로……."

"허, 캐루더스 씨는 무슨 일을 하지요?"

홈즈는 심각한 얼굴을 했다.

"그분은 부자예요."

"마차도 말도 없는데?"

"네, 하지만 꽤 여유롭게 생활해요. 단지 일주일에 두세 번은 런던에 출장을 가요. 남아프리카 금광 주가의 변동을 주목하고 계셔서요."

"스미스 양, 뭐든지 새로운 일이 생기면 꼭 알려주십시오. 제가 지금 당장은 아주 바쁘지만 어떻게든 틈을 내서 조사해 보겠습니다. 그동안에는 저한테 알리지 않고 섣불리 행동하는 일이 없도록 주의해 주시고요. 그럼, 이만. 나쁜 일이 생기지 않기를 기원합니다."

스미스 양이 돌아가자 홈즈는 파이프를 태우면서 생각에 잠겼다.

"저런 아름다운 여성에게 따라다니는 남자가 있다는 건 이상할 게 없지만 한적한 시골길에서 자전거로 뒤를 밟지는 않아도 될 텐데. 당당하게 마음을 표현하지 못 하는 내성적인 사람이겠지. 이 사건, 기묘한 점 몇 가지가 의미 있겠어."

"남자가 일정 장소에만 나타난다는 거 말이지?"

"맞아. 일단 찰링턴 저택에 사는지 확인하는 게 먼저야. 다음은 캐루더스와 우들리. 성격이 전혀 다른 이 두 사람의 관계가 문제야.

무슨 이유로 둘이 함께 랄프 스미스의 친척을 찾는 데 집착했을까. 거기에 또 하나. 일반적인 가정교사 급여의 두 배나 주는데 역에서 10킬로미터나 떨어진 곳에 살면서도 말 한 필도 없다니 대체 어떻게 된 집구석일까? 수상해. 분명히 수상해, 왓슨."

"현장에 가 보겠나?

"아니, 자네가 가 주겠나. 이 사건은 대단찮은 음모일지도 모르고 나는 다른 중대 사건으로 움직일 수 없네. 월요일 아침 일찍 파넘에 가서 찰링턴 황야 주변에 숨어 있게. 그리고 어떤 일이 벌어졌는지 직접 사실을 확인해 주게. 판단은 자네에게 맡길 테니. 찰링턴 저택 주인도 조사해서 보고해 주겠나? 그럼 왓슨, 해결의 실마리를 확실하게 찾을 때까지 이 사건은 일단 미뤄두세."

스미스 양은 월요일 아침 워털루 역에서 9시 50분발 기차로 내려간다고 하니, 나는 조금 빠른 9시 13분 열차에 탔다. 파넘 역에서 찰링턴 황야로 가는 길은 쉽게 알아낼 수 있었다. 스미스 양이 묘한 체험을 한 장소도 금방 눈에 띄었는데, 도로 한쪽은 온통 히스(철쭉과 소관목)로 넘쳐나는 탁 트인 벌판이었고 다른 쪽은 오래된 주목 울타리로 둘러싸인 정원이었다. 정원 안에는 아름드리나무가 울창한 숲을 이루고 있었다. 나무 울타리 중간쯤에 이끼로 뒤덮인 커다란 돌문이 있고, 양 옆 문기둥에 새겨진 문장이 닳아 있었다. 이 출입문 이외에도 나무 울타리 몇 군데에 구멍이 뚫려 가느다란 길이 저택으로 드나들 수 있도록 이어져 있었다. 길에서는 안쪽의 저택은 보이지 않았지만, 주변의 모든 것이 어둡고 황량한 분위기였다.

황야를 뒤덮은 황금빛 꽃을 피운 금작화 무리가 점점이 밝은 봄빛으로 선명하게 빛나고 있었다. 나는 저택의 정문과 길 양쪽 끝이 바라다 보이는 지점을 골라 숨었다. 사람 그림자조차 없는 길이었다. 그런데 얼마 후, 내가 온 방향과 반대쪽에서 어떤 남자가 자전거를 타고 달려왔다. 그는 검은 옷을 입고 검은 턱수염을 기르고 있었다. 그는 찰링턴 저택 정원의 맨 끝에 다다르자 자전거에서 내리더니 그것을 끌고 나무 울타리 사이로 모습을 감췄다.

10분 정도 지나 이번에는 역 쪽에서 다른 자전거가 나타났다. 스미스 양이다. 찰링턴 저택 나무 울타리에 이르자 천천히 주위를 둘러봤다. 순간, 숨어 있던 남자가 나타나 자전거를 타고 숙녀의 뒤를 쫓는 것이었다. 드넓은 정원 풍경에 움직이는 것이라고는 이 두 사람뿐이었다. 아름다운 처녀는 몸을 꼿꼿이 세우고 페달을 밟았다. 남자는 핸들에 몸을 숙이듯이 열심히 상체를 앞뒤로 흔들었다. 뒤돌아보고 남자의 모습을 확인한 여성이 속도를 늦췄다. 그러자 남자도 속도를 늦췄다. 그녀는 자전거를 세웠다. 남자도 200미터쯤 뒤에서 자전거를 세웠다. 그런데 숙녀가 갑자기 자전거를 핵 돌려세우더니 용감하게도 남자를 향해 돌진하는 게 아닌가! 그러자 남자도 지지 않고 자전거를 돌려 필사적으로 도망치는 것이었다. 이렇게 두 사람의 모습이 사라져 버렸지만 머지않아 여성이 더 이상 상대하기 싫다는 양 도도하게 고개를 세우고 되돌아 왔다. 남자 역시 되돌아와 똑같은 거리를 유지한 채 뒤를 쫓는다. 그렇게 두 사람 다 길모퉁이를 돌아 사라졌다.

나는 숨어 있던 곳에서 아직 일어서지 않았는데, 그것은 잘한 일이었다. 왜냐하면 잠시 후 남자가 천천히 페달을 밟으며 다시 나타 났기 때문이다. 그는 찰링턴 저택 정문 안으로 들어가더니 자전거 에서 내려 한동안 나무 사이에 서 있었다. 두 손을 올려 넥타이를 고쳐 매는 듯 보였다. 그러더니 다시 자전거에 올라타고 진입로를 따라 안쪽으로 사라져 버렸다. 나는 들판을 급히 가로질러 나무들 사이에 숨어 지켜봤다. 저 멀리 안쪽에 낡은 잿빛 건물과 삐죽이 솟은 튜더 양식의 굴뚝이 언뜻언뜻 비쳤지만, 진입로 양쪽에 나무 가 무성해서 남자의 모습은 어디에도 보이지 않았다.

하지만 오전에 할 일은 했고 나름대로 수확이 괜찮았다고 생각하 고 기분 좋게 파넘으로 돌아갔다. 거기서 부동산에 들러 찰링턴 저 택에 대해 물어봤다. 그곳의 부동산에서는 찰링턴 홀에 대해 아는 게 전혀 없다며 런던 펠멜의 어느 유명한 부동산 회사를 소개해 주 었다. 런던으로 돌아와 가르쳐 준 회사에 들러 보니 대표자가 정중 하게 응대해 주었다. '조금 늦으셨습니다. 찰링턴 저택은 이미 여 름에 계약이 끝난 상태입니다. 한 달쯤 전에 임대되었습니다. 윌리 엄슨 씨라는 나이 지긋한 점잖은 신사분입니다. 고객의 사생활 보 호를 위해 더 이상 말씀드릴 수 없습니다.' 라고.

그날 밤 셜록 홈즈는 나의 장황한 보고를 주의 깊게 경청했지만, 내가 내심 바라고 예상했던 한마디 칭찬의 말 같은 건 없었다. 오 히려 엄격한 얼굴에 평소보다 더욱 냉혹한 빛을 띠고 내가 한 일뿐 아니라 하지 않은 일에 대해 따져 물었다.

"왓슨, 자네는 은신처를 잘못 골랐어. 나무 울타리 사이에 숨어야 남자의 얼굴을 가까이서 볼 것 아닌가. 수백 미터 떨어진 곳에 엎드려 있었기 때문에, 나한테 할 수 있는 얘기가 스미스 양만큼도 안 되는 걸세. 스미스 양은 그 남자가 모르는 사람이라고 했지만 나는 그렇지 않을 거라고 확신하네. 만약 진짜 모르는 사람이라면, 숙녀가 얼굴을 알아볼 수 있을 만큼 가까이 다가올 때 그렇게 필사적으로 도망가지 않았겠지. 자넨 그 남자가 핸들에 엎드리듯 했다고 했네. 그건 물론 얼굴을 감추기 위한 행동이었지. 헛수고를 했군. 남자가 저택으로 들어갔는데 그가 어떤 사람인지 조사하려고 런던 부동산 회사에 갔단 말인가?"

"그럼 어쩌란 말인가?"

신경이 거슬려 결국 언성을 높였다.

"가까운 술집으로 갔어야지. 술집이란 데는 그 지역의 온갖 소문이 다 흘러들게 마련이니까. 자네가 술집에 갔다면 저택 주인은 물론 일꾼들에 이르기까지 그 집 사람들 얘기를 시시콜콜한 것까지 다 들었을 걸세. 윌리엄슨이라고? 그런 이름 하나 안다고 달라지는 게 뭔가? 초로의 신사가 그 활달한 처녀를 따돌리고 도망쳤다? 그렇게 자전거로 빨리 도망쳤다면 다른 인물일 걸세. 대체 자네가 일부러 거기까지 가서 알아낸 게 뭔가? 그 처녀가 한 말이 거짓이 아니란 거? 그런 건 처음부터 의심도 하지 않았네. 자전거 남자와 그 저택이 뭔가 관계가 있을 거라고? 처음부터 그렇게 생각했잖은가.

그리고 저택을 빌린 남자의 이름이 윌리엄슨이란 걸 알아서 뭐 하겠나? 저런저런, 여보게, 그렇다고 너무 기죽지는 말게. 이번 토요일까지 별로 일이 없으니까 내가 좀 알아보지."

다음날 스미스 양에게서 편지가 왔다. 내가 목격한 그대로를 간결하고 정확하게 전했는데 추신에 더 중요한 것이 적혀 있었다.

「홈즈 선생님, 비밀을 지켜 주시리라 믿고 말씀드립니다. 캐루더스 씨가 제게 청혼을 하는 바람에 더 이상 이 집에 있기 힘들어졌습니다. 저는 그분의 감정이 무엇보다 진실하고 쉽게 결정한 게 아니라는 걸 알고 있습니다. 하지만 이미 약혼한 몸이니 어쩌겠어요. 그분은 제 거절의 말에 크게 실망한 듯했지만 이해해 주셨습니다. 그렇다고 하지만 제 입장이 불편할거란 건 이해해 주시겠죠.」

"꽤 힘든 상황에 처해 있군."

홈즈는 편지를 다 읽고 생각에 잠겼다.

"이 사건은 처음에 생각했던 것보다 복잡하고 앞으로 예상했던 것 이상으로 발전할 가능성이 있네. 바쁘더라도 시골에 내려가서 조용하고 평화로운 하루를 즐기다 와야겠어. 오후에 당장 파넘에 가서 내 가설이 맞는지 한두 가지 시험해 봐야겠네."

홈즈의 '시골에서의 조용한 하루'는 유난스럽게 끝났는데, 밤늦게 베이커가에 돌아온 홈즈는 입술이 터지고 이마에는 혹이 불거져 마치 런던 경찰청의 지명수배자 같아 보였다. 홈즈는 자신이 겪은 모험에 대해 설명하면서 터지는 웃음을 참지 못했다.

"평소 연습할 기회가 없었는데 간만에 몸 좀 풀었네. 자네도 잘 알지만 내가 영국 전통 스포츠 복싱을 배워두질 않았나. 그게 도움이 될 때가 있어. 오늘 같은 날 말이야. 복싱을 못 했다면 아주 불명예스러운 수난을 겪었을 걸세."

나는 도대체 무슨 일이 있었는지 궁금해 견딜 수가 없었다.

"자네에게 말한 대로 그 지역 술집에 찾아가 신중하게 조사에 착수했네. 바에 앉아 있던 남자가 필요한 얘기를 술술 늘어놓더군. 윌리엄슨은 턱수염이 허연 노인이고 일꾼 몇 명을 데리고 찰링턴 저택에 혼자 살고 있네. 그가 목사라나 목사였다나 하는 소문도 있는데, 그 저택에 들어와 산 지 얼마 안 됐지만 말을 들어보니 성직자로서는 좀 수상한 부분이 있네. 성직자 협회에 조사해 보니 틀림없이 그런 이름의 목사가 있기는 하지만 불미스러운 일을 저지르고 파문됐다고 하더군. 그리고 저택에는 주말마다 거의 손님이 찾아온다고 하네. 남자는 '시끄러운 놈들'이라고 하더군. 그 중에서도 제일 시끄러운 게 빨간 수염의 우들리인데 항상 죽치고 있대.

한참 얘기 중에 누가 터벅터벅 다가오더라고. 누구였는지 아나? 바로 그 당사자야. 한쪽에서 맥주를 마시다 얘기를 전부 엿들은 거지. '네 놈 뭐야! 뭐 하러 온 놈이야? 무엇 때문에 남의 얘기를 캐고 다니는 거야?'라며 화를 냈지. 그러다 갑자기 주먹이 날아왔네. 너무 갑작스러워 피하지 못 하고 이렇게 된 걸세. 그리고 볼만했지. 덤벼드는 상대에게 멋지게 왼손 스트레이트를 먹여줬지. 결국 나는 이렇게 보는 바와 같고 우들리는 마차에 실려 돌아갔네. 시골에 머리 식히러 갔다가 재미는 꽤 있었지만 솔직히 자네와 비교해서 그리 성과가 좋다고 할 수는 없어."

목요일, 스미스 양에게서 다시 편지가 왔다.

「홈즈 선생님, 제가 캐루더스 씨 댁에서 나오기로 했다고 말씀드려도 별로 놀라지는 않으시겠지요. 아무리 급여가 좋다고 하지만 너무 마음이 불편해서요. 이번 토요일에 런던으로 돌아가서 다시 오지 않을 작정입니다. 마차가 도착해 그 한적한 길도 이젠 걱정 없습니다.

제가 떠나려고 한 것은 캐루더스 씨 때문에 입장이 곤란한 것도 있지만, 그 역겨운 우들리 씨가 다시 찾아오기 시작했기 때문입니다. 전부터 소름끼치는 얼굴이었지만 사고라도 당했는지 얼굴이 심하게 일그러져 더 흉측해 보입니다. 캐루더스 씨와 이야기를 나눈 후 많이 흥분한 것 같습니다. 이 집에서 자지 않은 게 분명한데 아침부터 나무들 사이를 어슬렁거리는 걸 봤습니다. 아마 가까이 살고 있나 봐요. 정원에 그런 남자가 어슬렁거리는 것보다 무서운 맹수를 풀어 놓는 게 차라리 낫겠어요. 이루 말할 수 없이 그가 혐오스럽고, 두렵습니다. 캐루더스 씨는 어떻게 그런 인간을 잠시라도 견딜 수 있는 걸까요? 하지만 토요일이면 이 모든 괴로움이 다 끝날 거예요.」

"그러면 좋으련만, 정말 그렇게 되면 좋으련만."

홈즈는 심각한 말투로 말했다.

"그 처녀를 두고 뭔가 교묘한 음모가 꾸며지고 있어. 숙녀가 마지막으로 집에 가는 길에 아무 일도 일어나지 않게 지켜 줘야겠네. 왓슨, 어떻게든 시간을 내서 토요일 아침에 함께 내려가세. 이 해괴망측한 사건이 불행으로 끝나는 일이 없도록 해야지."

솔직히 말해서 홈즈가 그렇게 말하기 전까지 나는 이 사건을 별로 심각하게 여기지 않았다. 내 생각에는 위험하기보다는 그저 황당한 정도였다. 남자가 매혹적인 여인을 기다렸다가 따라가는 것은 드문 일이 아니었고, 게다가 남자가 여자에게 말을 걸기는커녕 여자가 다가오면 도망갈 정도로 내성적이니 그다지 위험하진 않을 것이다. 우들리가 악당이라고 하지만 스미스 양을 괴롭힌 건 한 번뿐이고 이번에 캐루더스 집을 방문했을 때는 집적거리지 않았다고 하지 않았는가.

자전거를 탄 남자는 아마 술집에서 나온 말 중 찰링턴 저택에 주말마다 찾아온다는 손님이라고 생각하지만 그가 누구고 왜 그런 짓을 하는지는 여전히 알 수 없었다. 이 기묘한 사건 뒤편에 어떤 음모가 감춰져 있는지도 모른다는 느낌이 든 것은 홈즈의 긴장한 태도와 그가 방을 나가기 전에 주머니에 리볼버를 찔러 넣는 모습을 보았을 때였다.

밤새 비가 내리더니 아침이 되자 거짓말처럼 활짝 개었다. 런던의 음침하고 단조로운 잿빛 풍경에 익숙하던 눈에 불타듯 꽃망울을 터뜨린 금작화와 히스로 가득 펼쳐진 들판의 전원풍경이 한층 더 찬란하게 비쳤다. 홈즈와 나는 상쾌한 아침 공기를 마시며, 새소리와 싱그러운 봄바람 속에 모래가 깔린 넓은 시골길을 걸어갔다.

오르막길에 접어들어 쿠룩스베리 힐의 중턱에 다다르자 떡갈나무 사이로 으스스하게 서 있는 찰링턴 저택이 보였다. 떡갈나무도 상당히 나이가 많이 들어 보이지만 떡갈나무에 감싸인 저택이 훨씬 오래돼 보였다. 그때 홈즈가 구불거리는 긴 도로를 가리켰다. 적황색 띠 한 줄이 히스 꽃으로 뒤덮인 갈색 황야와 연둣빛 숲사이에 길게 펼쳐져 있었다. 멀리 검은 점 하나가 이쪽으로 다가왔다. 그것은 마차였다. 홈즈는 다급하게 소리를 질렀다.

"30분 여유 있게 왔는데 만약 저게 스미스 양의 마차라면 평소보다 빠른 기차를 탈 생각이군. 왓슨, 이러다간 마차가 우리보다 먼저 찰링턴 저택 앞에 당도할 걸세."

언덕을 다 오르자 마차는 이미 보이지 않았다. 너무 서두른 탓에 직업상 앉아 있을 때가 많은 나는 숨이 차서 자꾸 뒤처졌다. 반면에 평소 단련이 된 홈즈는 지치지 않고 처음처럼 경쾌한 발걸음으로 성큼성큼 나아갔다. 우리 사이가 백 미터쯤 벌어졌을 때 홈즈가 갑자기 멈춰 섰다. 그는 실망과 비탄이 뒤섞인 몸짓으로 양 손을 번쩍 들어올렸다. 바로 그 순간, 말 한 마리가 모는 빈 마차 한 대가 길모퉁이를 돌아오더니 말고삐를 질질 끌며 우리 쪽으로 빠르게 돌진해 왔다.

"늦었어, 왓슨, 늦었어!"

내가 숨이 끊어지듯 쫓아가 보니 홈즈가 소리쳤다.

"평소보다 빨리 출발할 걸 예상 못 하다니 멍청하게! 끌려갔어, 왓슨, 납치됐다고! 죽일지도 몰라! 큰일이다! 길을 막아! 말을 세우게! 됐어. 자, 올라타세. 실패를 만회할 수 있을지 모르지만 할 수 있는 데까지 해보세."

우린 마차에 뛰어올랐고 홈즈는 말을 돌려세워 채찍을 휘둘렀다. 마차는 쏜살같이 길을 되돌아갔다. 모퉁이를 돌자 찰링턴 저택과 히스 들판 사이로 뻗은 외길이 한눈에 들어왔다.

나는 홈즈의 팔을 붙잡았다.

"저 남자일세!"

내가 헐떡이며 소리쳤다.

자전거 한 대가 이쪽으로 오고 있었다. 머리를 낮게 숙이고 등을 구부린 채 페달을 밟는 다리에 전신의 힘을 다해 마치 경륜선수 같은 속도였다. 슬쩍 턱수염을 기른 얼굴을 올려 다가가는 우리를 보고 남자는 자전거에서 뛰어 내렸다. 창백한 얼굴에 새까만 수염을 하고 두 눈은 열병 환자처럼 번쩍거렸다. 우리 둘과 마차를 확인하고 깜짝 놀란 눈치다.

"어이, 멈춰!"

그렇게 소리치고 자전거로 길을 막았다.

"그 마차 어디서 났나? 세워!"

주머니에서 권총을 꺼냈다.

"서지 않으면 쏜다!"

홈즈는 말고삐를 내 무릎에 던지며 마차에서 뛰어내렸다.

"우리가 찾던 사람이군. 스미스 양은 어디 있나?"

홈즈는 딱 부러지는 말투로 물었다.

"내가 묻고 싶다. 당신들이 그녀의 마차에 타고 있으니 당신들이 알겠지."

"마차는 오는 길에 붙잡았다. 마차에는 아무도 없었어. 우린 스미스 양을 구하려고 이걸 타고 말머리를 돌려 달려왔다."

"큰일이야! 어쩌지!"

남자는 절망스럽게 부르짖었다.

"놈들 짓이야! 악당 우들리와 가짜 목사가 그녀를 납치했어! 당신들이 정말 그녀 편이라면 함께 가 도와주시오. 설령 찰링턴 숲에서 죽는 한이 있더라도 반드시 구해내야 해."

사내는 권총을 든 채 관목 울타리 구멍을 향해 미친 듯이 달렸다. 홈즈가 뒤따랐다. 나도 말이 길가에서 풀을 뜯게 놔두고 홈즈의 뒤를 따랐다.

홈즈가 질퍽한 샛길에 남은 발자국을 가리켰다.

"이리로 들어간 것 같군. 어라, 저기 풀숲에 누군가 있어."

마부 옷차림에 가죽 각반을 두른 한 17세 정도의 청년이었다. 머리에 심한 상처를 입고 무릎을 구부린 채 하늘을 향해 쓰러져 있었다. 정신을 잃었지만 숨은 쉬고 있었다. 나는 상처를 살피고 뼈까지는 이상이 없다고 판단했다.

"마부, 피터요."

남자가 소리쳤다.

"스미스 양과 함께 갔는데. 그놈들이 끌어내 몽둥이로 내리쳤군. 지금은 시간이 없으니 여기 두고 갑시다. 아직 최악의 상황에서 스미스 양을 구할 수 있을지도 모르니."

우리는 나무들 사이로 꼬불꼬불 이어진 오솔길을 죽을 힘을 다해 뛰었다. 저택을 둘러싼 관목 앞까지 왔을 때 홈즈가 멈춰 섰다.

"집으로 들어가지 않았소. 왼쪽에 발자국이 있소이다. 여기 월계수 숲 옆이오! 아, 역시!"

그때 눈앞의 울창한 녹색 관목 사이에서 공포에 질린 여성의 날카로운 비명소리가 들렸다. 목이 찢어지는 듯한 울림이 갑자기 숨이 멎는 듯한 신음소리로 바뀌더니 잠잠해졌다.

"이쪽이오! 공터에 있소!"

사내는 관목 사이로 돌진하며 소리쳤다.

"나쁜 놈들! 서둘러요. 아아, 늦었어! 늦었어! 어쩐단 말인가!"

고목으로 둘러싸인 아름다운 잔디밭이 갑자기 눈앞에 펼쳐졌다. 건너편 떡갈나무 그늘에 세 명이 기묘하게 서 있었다. 한 사람은 여자였는데 두말할 나위 없이 스미스 양이었다. 손수건으로 입에 재갈을 물린 채 정신을 잃고 축 늘어져 있었다. 그녀와 마주보고 있는 사람은 붉은 콧수염을 기르고 짐승처럼 아둔해 보이는 젊은 남자. 그는 각반을 찬 다리를 쩍 벌린 채 한 손으로 허리를 짚고 다른 손으로 승마용 채찍을 휘두르면서 의기양양 승리를 만끽하는 듯했다. 두 남녀 사이에는 백발에 턱수염을 기른 초로의 남자가 가벼운 차림에 짧은 사제복을 덧입고 있었다. 방금 결혼식을 끝냈는지 축사를 주머니에 넣으며 흉악한 신랑의 어깨를 두드리면서 축하의 말을 전하는 찰나였다.

"결혼해 버렸어!"

나도 모르게 탄식했다.

"자아, 빨리, 빨리."

하며 자전거 남자가 잔디를 가로질러 달려갔다. 홈즈와 나도 뒤를 쫓았다. 우리가 다가가자 스미스 양이 비틀거리며 나무에 기댔다. 한때 목사였던 윌리엄슨이 비웃듯이 우리를 향해 고개를 숙였고 우들리는 괴물 같은 몰골로 다가왔다.

"밥, 수염 따위 떼어버려. 진작부터 넌 줄 알았다고. 딱 맞혀 왔군. 자아, 우들리 부인을 소개하지."

이 말에 자전거 남자는 변장한 수염을 떼어 땅에 내리 꽂았다. 깔끔하게 면도한 길고 흰 얼굴이 드러났다. 사내는 총을 들어서 승마 채찍을 휘두르며 다가오는 우들리를 겨누었다.

"맞아, 밥 캐루더스다. 설령 교수형을 당할지라도 그녀에게 손끝 하나 건드리지 못 하게 하겠다. 허튼수작부리면 어떻게 될지 벌써 말해 줬을 텐데. 농담이 아냐."

"한발 늦었어. 저 여자는 이제 내 마누라야!"

"천만에, 이제 곧 과부가 될걸."

말이 끝나기도 전에 총소리가 나고 우들리의 가슴에서 피가 솟아올랐다. 그는 비명을 지르고 뒹굴다 하늘을 향해 쓰러졌다. 음흉한 붉은 얼굴에 점점 핏기가 사라지며 반점들이 생겨났다. 옆에 서 있던 늙은 목사가 욕을 하며 자신의 권총을 꺼냈지만 겨눌 틈도 없이 홈즈가 먼저 권총을 코 끝에 들이댔다.

"그만둬!"

홈즈가 냉정하게 말했다.

"총을 버려라! 그 총을 줍게, 왓슨. 그리고 이 자의 머리를 겨누게! 좋아. 그리고 캐루더스, 그 총 이리 주시오. 폭력은 이걸로 끝이야. 자아, 어서!"

"그런데 당신은 누구요?"

"셜록 홈즈요."

"뭐라고!"

"내 이름을 아는 것 같군. 경찰이 오기 전까지는 내가 공권력을 대신하겠소. 이봐, 너!"

홈즈는 잔디밭 저편에 두려움에 떨며 나타난 마부에게 소리쳤다.

"이리 오거라. 이 편지를 가지고 서둘러서 파넘까지 말을 달려라"

홈즈는 수첩 한 장을 찢어 두세 줄 빠르게 써 내려갔다.

"경찰서장에게 이걸 전해라. 서장이 도착할 때까지 당신들은 내가 맡겠소."

홈즈의 카리스마는 범죄 현장을 압도했고 모두들 꼭두각시가 된 것처럼 고분고분 그의 말에 순종했다. 윌리엄슨과 캐루더스는 중상을 입은 우들리를 집 안으로 옮기고, 나는 스미스 양을 도왔다. 부상자를 침대에 눕힌 뒤, 나는 홈즈의 요청에 따라 상처를 살펴보았다. 그리고 진찰 결과를 보고하기 위해 낡은 발이 쳐진 식당으로 향했다. 홈즈는 두 명의 포로와 함께 그곳에 있었다.

"목숨은 구하겠어"

내가 말하자 캐루더스가 의자에서 벌떡 일어났다.

"뭐라고! 당장 숨통을 끊어 놓겠어! 천사 같은 그녀가 잭 우들리 같은 망나니한테 평생을 묶여 살아야 한다니, 말도 안 돼!"

"그건 걱정할 필요 없소."

홈즈가 말했다.

"두 가지 이유에서 그녀는 절대 우들리의 아내가 될 수 없소. 첫째, 윌리엄슨 씨에게 결혼식을 집전할 자격이 있는지 대단히 의심스럽소."

"난 목사 안수를 받았어."

윌리엄슨은 큰 소리로 말했다.

"하지만 박탈됐지."

"한 번 목사면 죽을 때까지 목사다."

"그렇지 않소. 결혼허가증이나 있나?"

"확실히 받았지. 이 주머니 속에 있어."

"사기를 쳐서 받았겠지. 어쨌거나 강제로 한 결혼은 인정받지 못해. 아니, 오히려 중범죄에 해당하지. 나중에 알게 되겠지만 내가 아는 한 적어도 10년은 감옥에서 이 문제를 천천히 생각할 시간이 생길걸. 캐루더스, 자네는 권총을 들고 나오지 않았으면 좋았을걸."

"홈즈 선생, 나도 이제야 그런 생각이 드는군요. 하지만 그녀를 얼마나 힘들게 지켜왔나 생각하면. 아무튼 저는 그녀에게 사랑이란 무엇인지 태어나서 처음으로 배웠습니다. 그녀가 킴벌리에서 요하네스버그까지 이름만 들어도 사람들을 떨게 하는 남아프리카 최고의 악당, 우들리의 아내가 된다고 생각하니 완전히 제정신이 아니었어요.

믿어지지 않겠지만 그녀가 제 집에 온 후로 악당이 숨어있는 저택 앞을 지날 때는 언제나 자전거로 뒤를 따르며 지켰습니다. 그녀는 품행이 단정하고 생각이 깊은 사람이에요. 내가 시골 길에서 자신을 따라다니는 걸 알면 바로 일을 그만두고 제 집에서 나갔을 겁니다. 그래서 수염으로 변장하고 뒤에 뚝 떨어져서 거리를 두고 뒤따라갔죠."

"왜 스미스 양에게 신변의 위험을 알리지 않았소?"

"얘기하면 마찬가지로 우리 집을 떠났겠죠. 그것만은 도저히 견딜 수 없었습니다. 비록 사랑을 받지는 못하더라도 그녀의 귀여운 모습을 가까이서 보고, 부드러운 목소리를 듣는 것만으로 충분히 만족했습니다."

"하지만 캐루더스 씨, 그건 사랑이 아니라 집착 아닌가요?"

나는 말했다.

"그 둘을 뗄 수 있을까요. 어쨌거나 그녀를 보낼 수 없었습니다. 게다가 이런 악당들이 주변에서 얼쩡거리는 판국이니 지켜줄 사람이 필요했지요. 그러던 중 해외 전보가 도착해 이자들이 움직이기 시작했습니다."

"전보요?"

캐루더스가 주머니에서 전보 한 통을 꺼내면서 홈즈에게 건넸다. 전문은 아주 간단했다. '노인 사망'

"음, 대충 상황이 짐작되는군."

홈즈가 말했다.

"이 전보를 보고 일당이 무슨 생각을 했는지도 알 만하오. 어차피 경찰들이 올 때까지 시간이 있으니 다 털어놔 보시오."

그러자 윌리엄슨이 갑자기 성을 내기 시작했다.

"밥 캐루더스, 입만 열기만 해봐, 너도 잭 우들리처럼 될 테니! 기집 때문에 징징대든 말든 네놈 맘이지만 이 사복형사에게 동료를 팔아넘겼다간 제 명에 못 살 줄 알아라!"

"목사님께선 그렇게 흥분할 필요가 없는데."

홈즈는 담배에 불을 붙이며 말했다.

"당신들이 한 짓을 다 알고 있으니까 말이야. 난 그저 개인적인 호기심 때문에 몇 가지 자세한 내용을 물어볼 뿐이야. 당신들이 말하기 뭐하면 내가 말하지. 그러면 이미 쉽게 감출 수 있는 상황이 아니라는 걸 납득하겠지. 먼저, 당신들 셋은 이 사건을 계획하고 남아프리카에서 돌아왔어. 당신 윌리엄슨하고 캐루더스, 우들리 말이야."

"나는 빼주시지."

윌리엄슨이 받아쳤다.

"처음부터 틀렸어. 난 두 달 전까지 이놈들 얼굴도 몰랐어. 내 평생 아프리카엔 가 본 적도 없고. 그따위 거짓말은 파이프에 꽉꽉 눌러 연기로나 태워버리시지. 오지랖 홈즈 선생."

"그 말은 사실이오."

캐루더스가 말했다.

"좋소, 좋아. 그럼, 두 사람이 건너온 걸로 해두지. 목사님은 순수 영국산이로구면. 어쨌든 두 사람은 남아프리카에서 랄프 스미스를 알게 됐고, 어떤 계기로 그가 얼마 못 산다는 걸 알아냈지. 유산은 조카가 상속받는다는 것도. 여기까지는 어떻소?"

캐루더스는 고개를 끄덕였고 윌리엄슨은 욕설을 퍼부었다.

"빌어먹을!"

"제일 가까운 친척은 스미스 양이 분명했는데, 당신들은 그 노인이 유언을 남기지 않을 것임을 알고 있었어."

"영감님은 글을 읽을 줄도 쓸 줄도 몰랐소."

캐루더스가 말했다.

"그래서 당신들은 귀국하자마자 스미스 양을 찾았지. 맨 처음 계획은, 둘 중 한 명이 그녀와 결혼해서 재산을 나눌 계획이었지. 우들리가 결혼상대로 결정된 이유는 뭔가?"

"배 안에서 그녀를 걸고 카드를 쳤소. 그런데 우들리가 이겼소."

"그랬군. 그래서 당신이 스미스 양을 가정교사로 채용해 놓으면 우들리가 찾아가 구혼하기로 한 거군. 하지만 숙녀는 우들리가 술주정뱅이에 망나니란 걸 한 눈에 알아보고 그와 상대도 하지 않으려 했지. 그러는 동안에 캐루더스 당신이 스미스 양을 사랑하게 되면서 계획이 틀어지게 됐지. 당신은 저 파렴치한이 그녀를 차지한다는 것을 참을 수 없게 됐고."

"그렇소, 어찌 그런 놈에게!"

"계획은 깨지고 성난 우들리는 당신과 손을 끊고 혼자 다른 음모를 꾸미기로 했지."

"재미있군, 윌리엄슨. 다음 얘기는 이 신사에게 듣는 게 낫겠지?"

캐루더스는 쓴웃음을 지었다.

"그렇소. 우린 싸웠고 우들리가 날 때려눕혔소. 어쨌거나 놈을 쌌으니 빚을 갚은 셈이오. 그 후 놈은 한동안 종적을 감추더니 그때 가짜 목사를 만난 거요. 놈들이 역으로 가는 도중에 있는 이 저택을 빌려서 사는 걸 알고 무슨 짓을 꾸미는지 알아내려고 가끔 놈들과 만났소.

그런데 이틀 전 우들리가, 랄프 스미스가 사망했다는 전보를 들고 내 집에 찾아온 거요. 그는 나한테 계약을 지킬 거냐고 물었소. 나는 싫다고 했지. 그러자 결혼은 내가 하고 자기한테 한 몫을 떼주는 게 어떤지 물었소. 나는 그렇게 하고 싶은 마음은 굴뚝같지만 숙녀가 나를 원하지 않는다고 했소. 그러자 우들리가 이러더군. '그럼 강제로 결혼부터 하고 보는 거야. 한두 주일만 지나면 여자도 마음이 바뀔걸.' 나는 강제로 그렇게 하고 싶은 생각은 눈곱만큼도 없다고 했소. 그러자 그 악당 놈은 욕설을 퍼부으며 자기가 언젠가 그녀를 제 것으로 만들어 보이겠다는 말을 내뱉고 돌아갔소. 그녀는 이번 주로 일을 그만두기로 했고 마차를 준비해 뒀지만 그래도 걱정이 돼 자전거를 타고 쫓아 나왔소. 하지만 먼저 출발한 스미스 양은 내가 마차를 따라잡기도 전에 화를 당하고 만 거요. 두 분이 마차를 타고 오는 걸 보고, 일이 잘못됐다는 걸 직감했소."

홈즈는 일어서서 담배꽁초를 벽난로 안으로 집어던졌다.

"왓슨, 나는 정말 둔했어. 자네가 자전거를 탄 사람이 관목 사이로 들어가서 넥타이를 고쳐 맸다고 했을 때, 그것만으로 일이 어떻게 돌아가는지 알아차려야 했네. 어쨌거나 이런 기묘하고 특이한 점이 몇 가지 있는 사건을 만나게 된 것만으로도 즐겁지 않나? 저기, 경찰 세 명이 들어서고 있군. 어린 마부도 나란히 걸어오는 걸 보니 상처가 깊지 않은 것 같아 다행이야. 마부도 코믹한 신랑도 목숨을 건졌군.

그럼 왓슨, 의사로서 스미스 양의 상태를 살펴봐 주게. 숙녀가 기운을 차렸거든 우리가 어머니께 데려다 준다고 전해주게. 하지만 여전히 쇼크에서 깨어나지 못 한다면 중부 전력의 젊은 전기 기사에게 전보를 쳐 달라는 뜻으로 알게. 그게 나머지 치료가 될 걸세. 캐루더스 씨, 당신은 분명 이번 사건의 공범이었지만 잘못을 보상하기 위해 최선을 다한 것 같소. 이건 내 명함이오. 재판 과정에서 내 증언이 필요하다면 이리로 연락하시오."

독자들은 알까? 끝없이 계속되는 사건으로 종횡무진하면서 이야기마다 마지막까지 충실히 마무리하는 일의 고충을. 게다가 호기심이 강한 독자 여러분의 기대에 부응할 만한 후일담까지 기록하기란. 사건은 언제나 꼬리에 꼬리를 물고 일어나며 어떤 사건이라도 막을 내리면 등장인물들은 우리의 바쁜 생활에서 퇴장해 버리니까.

하지만 나는 이 사건에 관한 기록 말미에서 짤막한 첨부를 찾아 냈다. 그에 따르면, 바이올렛 스미스 양은 실제로 엄청난 유산을 상속받았고 현재 유명한 웨스트민스터 전기 회사, 모턴 앤 케네디 사의 공동 대표인 시릴 모턴의 아내이다. 윌리엄슨과 우들리는 납치 및 폭행죄로 재판을 받았고 각각 7년과 10년 형을 언도받았다. 캐루더스의 운명에 대한 기록은 없다. 하지만 흉악한 우들리의 악명이 워낙 높아서 법원에서 캐루더스의 폭력 부분에 대해서는 그렇게 무거운 처벌을 내리지 않았을거라 생각한다. 사법적 정의를 세우는 데 서너 달 정도면 충분하지 않았을까.

프라이어리 학교
The Priory School

베이커 가에 있는 우리 집에는 홈즈를 찾아오는 여러 종류의 사람들이 마치 연극처럼 극적으로 나타났다 극적으로 사라지곤 한다. 하지만 소니크로프트 헉스터블 교장이 처음 나타났을 때처럼 갑작스럽고 놀라운 적은 없었다.

먼저 허드슨 부인이 문학 박사, 철학 박사 등 여러 가지 학자로서의 직함이 빽빽하게 들어 차 있는 그의 명함을 우리에게 건네줬다. 그의 학자로서의 명성을 늘어놓기에는 명함이 너무 작다는 생각을 하는 순간 주인공이 방 안으로 들어섰다.

키가 매우 크며 중후하고 위엄이 있어 보여 무슨 일이 있어도 흔들리지 않을 사람처럼 보였다. 그런데 그런 사람이 방 안으로 들어와 문을 닫고 비틀비틀 걷다 테이블에 부딪쳐 순식간에 그대로 넘어지고 말았다. 그러고는 난로 앞에 있는 곰 가죽 깔개 위에 커다란 몸을 엎드린 채 정신을 잃었다.

우리는 놀라 자리에서 일어났다. 그리고 아주 잠깐 동안 너무 어이가 없어서 그저 그를 지켜보고만 있었다. 마치 인생이라는 넓은 바다 저 멀리 한가운데서 갑자기 일어난 폭풍우에 난파당한 꼴사나운 난파선 같다는 느낌을 받았다. 곧 홈즈가 머리 밑에 쿠션을 대주었고 내가 브랜디를 그의 입 안으로 흘려보냈다.

엄숙해 보이는 얼굴에는 몇 줄 깊은 주름이 새겨져 있었으며, 눈 밑에는 검은 기미가 있었다. 벌어진 입술은 양쪽 끝이 늘어져 가엾은 인상을 주었으며, 둥글고 두툼한 턱에는 한동안 깎지 못한 수염이 제멋대로 자라고 있었다. 오랜 여행을 하고 온 탓인지 셔츠와 목깃이 지저분했고 머리는 빗질을 하지 않아 쑥대밭처럼 헝클어져 있었다. 무슨 이유에서인지는 모르겠지만 지금 우리 앞에 쓰러져 있는 이 사람은 완전히 기력을 잃은 상태였다.

"왓슨, 어떻게 된 거지?"

홈즈가 말했다.

"상당히 지친 상태야. 오랫동안 아무 것도 먹지 못한데다 피로가 겹친 것 같아."

내가 맥박을 짚으며 대답했다. 맥박이 아주 약했다.

홈즈가 그 사람의 시계를 넣어두는 주머니에서 표를 꺼내들며 말했다.

"북 잉글랜드 맥클턴에서 산 왕복표야. 아직 12시도 되지 않았는데 상당히 일찍 출발한 모양이군."

주름 진 눈꺼풀이 꿈틀꿈틀 움직이기 시작했다. 그러고는 눈을 번쩍 뜨더니 공허한 회색 눈으로 우리를 올려다보았다. 그는 곧 당황한 듯 서둘러 일어나더니 창피했는지 얼굴이 빨갛게 변했다.

"이런 모습을 보여서 정말 죄송합니다, 홈즈 씨. 제가 너무 무리를 했나봅니다. 우유와 비스킷을 조금 주시면 감사하겠습니다. 뭔가 좀 먹으면 나아질 것 같아요. 사실은 당신이 저와 함께 가주셨으면 해서 이렇게 찾아뵌 겁니다. 전보로는 일이 얼마나 급박한지 알릴 수 없을 것 같아서......."

"좀 더 기운을 회복하신 뒤에 말하셔도......."

"아니, 이제는 괜찮습니다. 제가 왜 이렇게 허약해졌는지 저도 잘 모르겠습니다. 홈즈 씨, 제발 부탁이니 저와 함께 다음 기차로 맥클턴까지 가주실 수 없겠습니까?"

홈즈는 고개를 옆으로 흔들었다.

"여기 내 협력자인 왓슨 박사가 있으니 물어보시면 아시겠지만 우리는 지금 매우 바쁩니다. 훼러의 서류 사건도 해결해야 하고, 애버게베니 살인 사건의 재판도 곧 시작될 겁니다. 아주 중요한 일이 아니면 런던을 떠날 수 없는 상황입니다."

그는 두 손을 과장스럽게 흔들며 말했다.

"중요한 일이라고요? 당신은 홀더네스 공작님의 외아들이 유괴 당한 사건을 아직도 모르고 계십니까?"

"뭐라고요? 전 수상이었던?"

"맞습니다. 우리는 그 사실이 신문에 알려지지 않도록 노력했지만 어제 석간인 『글로브』지에 그 기사가 짧게 실렸습니다. 그래서 저는 그 소식을 들으셨을 거라고 생각했는데."

홈즈는 길고 가느다란 팔을 뻗어 인명 사전 중 H 항목이 실린 것을 뽑아들었다.

「홀더네스. 제6대 공작, 가터 1등 훈장, 추밀원 고문관」, 「베벌리 남작과 카스턴 백작도 겸임」

이거 정말 대단하군. 작위만 해도 이렇게 많단 말인가?

「1900년부터 햄람셔 주의 지사. 1888년 찰스 애플도어 경의 딸 이디스와 결혼. 상속인은 유일한 아들인 샐타이어 경. 영지는 약 25에이커. 그 외에도 랭커셔와 웨일스에 광산을 소유하고 있음. 주소는 칼던 하우스 테라스. 햄람셔의 홀더네스 저택. 웨일스 뱅고르의 캐스톤 성. 1872년 해군 장관, 수상.......」

그래, 국왕 폐하께서 아끼시는 귀족 중 한 사람인 것만은 분명하군."

"최고의, 아니 틀림없이 가장 돈이 많은 귀족일 겁니다. 홈즈 씨, 저는 당신이 자신의 일에 커다란 자부심을 가지고 있다는 것, 사건을 해결하는 기쁨 자체를 위해서 일을 하고 계시다는 것도 잘 알고 있습니다. 하지만 굳이 말씀드리자면, 공작님께서는 아들이 있는 곳을 알려주는 사람에게는 5천 파운드를, 유괴범의 이름을 알려주는 사람에게는 거기에 천 파운드를 더 얹어주겠다고 말씀하셨습니다.”

"정말, 대귀족다운 말씀이군요. 왓슨, 헉스터블 교장 선생님과 함께 북 잉글랜드에 가보기로 할까? 그럼 헉스터블 교장 선생님, 그 우유를 드시고 난 다음 언제 그 사건이 일어났는지, 사건이 어떻게 밝혀지게 되었는지, 맥클턴 가까이에 있는 프라이어리 학교의 소니크로프트 헉스터블 교장 선생님은 이 사건과 어떤 관계가 있는지, 왜 사건이 일어난 지 사흘이나 지나서야 나 같은 사람에게 부탁을 하러 온 건지 말씀해주세요."

우유와 비스킷을 먹고 난 헉스터블 교장의 눈에는 생기가 돌았고 혈색도 좋아졌다. 조금 전과는 달리 힘 있는 어조로 설명하기 시작했다.

"우선 말씀드리고 싶은 것은 프라이어리 학교는 사립학교로 다름 아닌 바로 제가 창립자이자 교장을 맡고 있습니다. 『헉스터블의 호라티우스 노트』라는 책 이름을 말하면 혹시 저를 아실지도 모르겠습니다. 프라이어리 학교는 영국에서도 제일가는 학교라고 자신 있게 말씀드릴 수 있습니다. 레버스톡 공작, 블랙워터 백작, 캐스카트 솜즈 경 등이 저희를 믿고 각각 그 자제분들을 맡기셨을 정도입니다.

3주 전, 홀더네스 공작이 비서인 제임스 와일더 씨를 보내 외아들인 10살 난 샐타이어 경의 교육을 우리에게 맡기겠다고 했을 때, 이는 우리 학교 최고의 명예라고 생각했습니다. 하지만 그 일이 제

일생을 엉망으로 만들어버릴 줄은 꿈에도 생각하지 못했었습니다.

5월 1일, 샐타이어 경이 학교에 도착했습니다. 마침 여름 학기가 시작되는 날이었습니다. 샐타이어 경은 아주 귀여운 소년으로 곧 학교에 적응했습니다. 이런 상황에서 쓸데없이 사실을 숨기는 건 아무런 의미도 없고, 이걸 밝힌다고 해도 비난 받을 만한 일은 아니라고 생각되어 솔직히 말씀드리는데 그의 집안은 그리 행복하지 못했습니다. 홀더네스 공작과 부인 사이가 별로 좋지 않아서 결국에는 별거를 하게 되었고, 부인은 지금 프랑스 남부에서 살고 계십니다.

그런 슬픈 일이 벌어진 건 최근의 일인데 샐타이어 경은 어머니를 매우 그리워했다고 합니다. 부인이 홀더네스 저택을 떠난 후부터 완전히 풀이 죽어 우울한 나날을 보냈습니다. 그래서 공작님은 그를 우리에게 보낸 것이었습니다. 학교에 와서 2주일 정도 지나자 샐타이어 경은 그곳 분위기에 완전히 적응한 듯 매우 행복해 보였습니다.

경이 사라진 건 5월 13일입니다. 지난 월요일 밤이었습니다. 그의 방은 3층에 있습니다. 그곳에 가려면 다른 소년 둘이 잠을 자고 있는 커다란 방을 지나가야만 합니다. 그 소년들은 아무것도 보지 못했고, 아무런 소리도 듣지 못했다고 합니다. 그러니까 샐타이어 경이 그곳으로 나가지 않은 것만은 확실합니다. 창문이 열려 있었는데, 그곳에는 땅 밑에서부터 자라난 굵직한 담쟁이덩굴이 있습니다. 바닥에 발자국이 찍혀 있지는 않았지만 그곳이 생각할 수 있는 유일한 출구입니다.

경이 없어진 걸 안 것은 화요일 7시였습니다. 침대에 누웠던 흔적이 남아 있었습니다. 밖에 나갈 때, 교복인 검은 상의와 짙은 회색 바지를 차려입고 나간 듯합니다. 방에 누가 들어간 흔적도 없었고, 비명 소리나 실랑이를 벌이는 소리도 전혀 들리지 않았습니다. 큰 방을 쓰고 있는 소년 중, 나이가 좀 많고 소리에 아주 민감한 컨터라는 아이가 있는데, 그 아이 말이 아무런 소리도 듣지 못했다고 하는 걸 보면 틀림없는 사실일 겁니다.

샐타이어 경이 사라진 것을 발견한 저는 바로 다른 사람들을 살펴봤습니다. 아이들, 선생님, 종업원 모두를요. 그랬더니 사라진 것이 샐타이어 경만이 아니라는 사실을 알게 되었습니다. 하이데거라는 독일인 선생님도 없었습니다. 하이데거 선생님의 방도 역시 3층으로 샐타이어 경의 방과 같은 쪽 가장 끝에 있습니다.

하이데거 선생님도 침대에서 잠은 잔 흔적은 남아 있었는데 와이셔츠와 양말이 남아 있는 것을 보면 선생님은 제대로 채비도 갖추지 못하고 밖으로 나간 듯합니다. 하이데거 선생님도 창을 통해서 담쟁이덩굴을 타고 내려간 듯, 창 밑 잔디밭에 발자국이 남아 있었습니다. 선생님의 자전거가 잔디밭 옆에 있었는데 그것도 함께 사라졌습니다. 하이데거 선생님이 우리 학교에 오신 지는 2년이 지났습니다. 굉장한 분의 추천 서류를 들고 오셨는데 워낙 말이 없고 까다로운 분이시라 다른 선생님이나 아이들 사이에서 그다지 인기가 좋지는 않았습니다.

어쨌든 화요일 아침 이후로 지금까지 새롭게 안 사실은 없습니다. 오늘이 벌써 목요일인데 사라진 두 사람에 대한 아무런 단서도 알아내지 못했습니다. 물론 곧바로 사람을 홀더네스 공작님의 집으로 보냈습니다. 학교에서 몇 마일밖에 떨어지지 않은 곳에 집이 있으니, 갑자기 집이 그리워져서 돌아갔을지도 모른다는 생각이 들어서였습니다. 하지만 경이 집에 왔던 흔적은 없었습니다. 공작님은 큰 상심에 빠지셨습니다. 저도 걱정과 책임감에 시달리다보니 신경 쇠약에 걸려 여기에 들어오자마자 그런 볼썽사나운 모습을 보인 것입니다.

홈즈 씨. 이번 사건이야말로 당신이 전력을 기울여 조사하기에 적합한 사건입니다. 제발 부탁드리겠습니다. 이렇게 커다란 사건은 평생에 한 번밖에 일어나지 않을 겁니다."

셜록 홈즈는 불행한 교장의 말을 한마디도 놓치지 않으려 가만히 귀를 기울이고 있었다. 찌푸린 양 눈썹 사이에 깊은 주름이 잡혀 있는 모습은 말할 것도 없이 이번 사건에 주의를 집중시키고 있다는 사실을 나타내는 것이었다. 그리고 사건을 해결함으로서 얻을 수 있는 커다란 이익이 아니라, 사건의 복잡하고 특이한 부분이 홈즈의 호기심을 심히 자극했다는 사실을 나타내는 것이기도 했다.

수첩을 꺼낸 홈즈는 잊어서는 안 된다는 듯이 한두 가지 내용을 적더니 엄격한 어조로 말했다.

"당신이 나를 빨리 찾아오지 않은 것은 커다란 실수입니다. 덕분에 나는 중요한 것들을 전부 잃은 뒤에 수사를 시작하게 생겼으니까요. 가령, 담쟁이덩굴이나 잔디만 해도 전문가들이 보면 좀 더 많은 것들을 얻을 수 있었을 거예요."

"그건 제 탓이 아닙니다. 공작님께서 이 일이 세상에 알려지지 않기를 바란다고 강력하게 주장하셨어요. 가정 문제가 세상에 알려지는 걸 싫어 하시니까요. 공작님은 그런 것을 아주 싫어하십니다."

"그래도 경찰에서는 조사를 했겠지요?"

"네, 조사했습니다. 하지만 실망만 더 커졌습니다. 한 번은 단서가 될 만한 제보가 들어왔습니다. 월요일 아침에 샐타이어 경과 젊은 남자가 근처 역에서 기차를 타는 것을 본 사람이 있다는 것이었습니다. 그 두 사람을 따라서 리버풀까지 갔었는데 어젯밤 그 조사 결과가 도착했습니다. 그런데 그들은 전혀 다른 사람들이었다고 합니다. 불안하고 절망스러워서 어젯밤에는 한숨도 잠을 이룰 수가 없었습니다. 그리고 아침 일찍 기차를 타고 바로 여기로 달려온 것입니다."

"그럼, 그 두 사람을 쫓는 동안 경찰에서는 부근에 대한 수사를 소홀히 했겠군요."

"네, 거의 수사를 중단한 상태였습니다."

"그렇다면 사흘을 허송세월했다는 얘기군요. 정말 안타까운 일입니다."

"저도 그렇게 생각합니다. 당신 말이 맞아요."

"그래도 어떻게든 사건은 해결해야겠지요. 기꺼이 도와드리도록 하죠. 한 가지 묻겠는데, 행방불명된 샐타이어 경과 독일인 선생님 사이에 어떤 연결 고리는 없나요?"

"네, 전혀 없습니다."

"그 선생님이 맡은 반에 소년이 있는 건 아닌가요?"

"아닙니다. 제가 알기로 두 사람은 서로 말을 한 적도 없을 겁니다."

"그거 참 이상하군요. 그럼, 샐타이어 경도 자전거를 가지고 있었나요?"

"아니요."

"다른 자전거가 없어지지는 않았나요?"

"네."

"틀림없죠?"

"틀림없습니다."

"알겠어요. 설마 그 독일인 선생님이 한밤중에 샐타이어 경을 옆구리에 끼고 자전거로 모습을 감췄다고 생각하고 계시는 건 아니겠죠?"

"물론 그런 생각은 해본 적도 없습니다."

"그럼 자전거에 대해서는 어떻게 생각하시죠?"

"자전거는 우리를 혼란스럽게 만들기 위한 속임수가 아니었을까요? 어딘가에 숨겨놓고 두 사람은 걸어서 도망친 것 같습니다."

"그럴지도 모르죠. 하지만 속임수라고 생각하기에는 너무 유치한 방법 아닌가요? 그 창고 안에는 다른 자전거도 함께 들어 있나요?"

"대여섯 대 정도 있습니다."

"자전거로 도망간 것처럼 보이고 싶었다면 자전거를 두 대 숨겨두지 않았을까요?"

"그렇군요. 그 말이 맞는 것 같습니다."

"당연히 그랬을 거예요. 그러니까 속임수라고는 볼 수가 없을 것 같아요. 하지만 이번 사건의 수사를 위한 중요한 출발점인 것만은 틀림없어요. 자전거를 숨겼든 부셨든 그건 그리 쉬운 일이 아닙니다. 그리고 다른 질문을 한 가지 더 하겠습니다. 샐타이어 경이 모습을 감추기 전날, 혹시 경을 만나러 온 사람은 없어요?"

"없었습니다."

"그럼 편지가 온 적은?"

"네, 한 통이 있었어요."

"누구에게서 온 것이죠?"

"아버지인 공작님이 보낸 것입니다."

"아이들에게 온 편지를 열어보시나요?"

"아니요."

"열어보지 않으셨다면 어떻게 공작에게서 온 편지라는 걸 어떻게 아셨죠?"

"봉투에 문장이 찍혀 있었습니다. 그리고 글자도 공작님의 특징이 잘 들어난 반듯한 글자들이었습니다. 무엇보다 공작님도 경에게 편지 쓴 일을 기억하고 계십니다."

"그 편지 전에는 언제 또 편지가 왔었나요?"

"며칠 동안 오지 않았던 듯합니다."

"프랑스에서도 편지가 오나요?"

"아니요, 한 번도 온 적이 없습니다."

"내가 왜 이런 질문을 하는지 물론 잘 알고 계시겠지요? 샐타이어 경은 억지로 끌려나갔거나 자신의 의지로 도망을 친 겁니다. 후자의 경우, 아직 어린 경이 도망을 친 것이라면 밖에서 누군가 경의 마음을 움직인 사람이 있었을 겁니다. 아무도 찾아온 사람이 없었다면 편지로 마음을 움직인 것이라고 봐야겠지요. 그래서 편지를 보낸 사람이 누구인지를 물어본 겁니다."

"죄송하지만, 그 일에 대해서는 도움을 드릴 수 없을 것 같습니다. 제가 알고 있기로 샐타이어 경이 편지를 주고받은 사람은 공작님밖에 없으니까요."

"공작께서 소년이 사라지기 전날 편지를 보냈다고 했죠? 소년은 공작님과 사이가 좋았나요?"

교장이 긴장한 듯한 목소리로 말했다.

"공작님은 그 누구와도 친하게 지내시는 분이 아닙니다. 그분은 훨씬 더 커다란 사회 문제에 모든 관심을 쏟고 계시기 때문에 우리 같은 보통 사람들과는 조금 감정이 다릅니다. 그래도 샐타이어 경에게는 공작님 나름대로 다정한 모습을 보인 듯합니다."

"하지만 샐타이어 경은 그의 어머님을 더 따랐었죠?"

"그렇습니다."

"경이 그런 말을 하던가요?"

"아니요."

"그럼, 공작은?"

"그런 말씀을 하실 분이 아닙니다."

"그럼 어떻게 아셨나요?"

"공작님의 비서인 제임스 와일더 씨와 깊은 얘기를 나눈 적이 있습니다. 그때 샐타이어 경의 마음에 대해서 들었습니다."

"그랬군요. 그렇다면 공작이 마지막으로 보낸 편지......, 샐타이어 경이 사라진 뒤에 방에 남아 있었나요?"

"아니요. 경이 그 편지를 들고 나간 것 같습니다. 홈즈 씨, 지금 뉴스턴 역으로 가지 않으면 기차를 놓치고 맙니다."

"마차를 부르겠어요. 15분만 더 시간을 주세요. 만일 전보를 보낼 거라면 아직도 리버풀이나 그 외의 다른 곳에서 수사를 하고 있는 것처럼 보이는 게 좋을 거예요. 그동안 나는 당신 뒤에 숨어서 수사를 진행하고 싶으니까요. 조금 시간이 지나기는 했지만 왓슨이나 나와 같은 노련한 사냥개가 맡지 못할 만큼 냄새가 완전히 사라져버리지는 않았을 거예요."

그날 저녁, 우리는 헉스터블 교장이 창립한 유명한 학교가 있는 산악 지대에 도착했다. 상쾌하고 기분 좋은 곳이었다.

우리는 주위가 어두워진 뒤에야 학교에 도착할 수 있었다. 홀에 있는 테이블 위에 명함이 한 장 놓여 있었다. 그리고 우리를 맞으러 나온 집사가 교장의 귀에 대고 무엇인가 속삭이자 안 그래도 기운이 없어 보이던 교장이 불안한 표정으로 우리를 돌아보며 말했다.

"공작님이 오셨다고 합니다. 공작님과 비서인 와일더 씨가 서재에 계신답니다. 우선 가서 공작님께 당신들을 소개하도록 하겠습니다."

나는 사진을 통해 예전부터 이 유명한 정치가의 얼굴을 잘 알고 있었다. 그런데 직접 만나보니 사진과는 매우 달랐다. 키가 크고 당당한 풍채를 가진 사람으로 복장도 더할 나위 없이 단정했다. 길고 갸름한 얼굴은 매우 까다로운 사람이라는 인상을 주었으며, 코가 이상할 정도로 길게 휘어져 있었다. 얼굴이 죽은 사람처럼 새하얗게 질려 있었기 때문에 시계 줄이 번쩍이는 하얀 조끼의 가슴까지 길게 늘어진 새빨간 수염과 대조를 이뤄 한층 더 눈에 띄겠다. 이렇게 풍채가 당당한 사람이 헉스터블 교장 서재의 난로 앞에 깔아놓은 카펫 한가운데 서서 방으로 들어선 우리를 가만히 바라보았다.

그 옆에 젊은 남자가 서 있었는데 그가 바로 개인 비서인 와일더일 것이다. 그 젊은 남자는 신경질적이고 민첩해 보였으며, 체구가크지 않았다. 그의 푸른 눈은 매우 영리해 보였으며, 매우 눈치가빠른 사람 같았다. 우리가 들어서자마자 와일더가 날카롭고 또렷한 목소리로 말을 꺼냈다.

"헉스터블 교장 선생님, 오늘 아침에 왔었는데 이미 런던으로 떠나셨다고 하더군요. 듣자하니 홈즈 씨에게 사건을 의뢰하러 가셨다고 하는데, 그 얘기를 듣고 공작님은 매우 놀라셨습니다. 교장선생님께서 공작님과 상의도 하지 않고 그런 일을 하시다니요."

"저, 그게....... 경찰 수사가 무위로 끝났다는 말을 듣고......."

"공작님은 아직 경찰의 수사가 무위로 끝났다고는 생각지 않으십니다."

"하지만, 와일더 씨......."

"헉스터블 교장 선생님, 이 사건이 세상에 알려지는 것을 공작님께서 매우 꺼려하신다는 걸 잘 알고 계시겠지요? 공작님께서는 꼭필요한 사람들에게만 이 사건을 알리고 싶어 하십니다."

당황한 기색이 역력한 교장이 황급히 말했다.

"죄송합니다. 이번 일은 없었던 것으로 하겠습니다. 내일 아침기차로 홈즈 씨를 런던으로 돌려보내겠습니다."

"아니, 그건 좀 어렵겠는데요, 교장 선생님."

홈즈가 조용한 목소리로 말했다.

"이곳 북부 지방은 공기가 매우 상쾌해서 건강에 좋을 것 같으니 이삼 일 정도 여기에 묵어야겠어요. 그리고 사건에 대해서 생각을 해봐야겠는데요. 숙소는 여기도 상관없고 마을의 여관이어도 상관없어요. 교장 선생님이 정해주는 곳에서 묵도록 하죠."

가엾은 교장은 어떻게 해야 좋을지 몰라 망설이고 있었는데 붉은 수염의 공작이 그런 그를 구해주었다. 그의 목소리는 식사를 알리는 징 소리처럼 매우 컸다.

"헉스터블 교장, 나도 와일더의 의견에 동의하네. 역시 나와 먼저 상의를 하는 편이 좋았을 것 같아. 하지만 홈즈 씨가 비밀을 알아버린 이상, 홈즈 씨의 도움을 받지 않는다는 것도 현명한 처사는 아닐 걸세. 괜찮다면 우리 집에서 묵어도 상관없네."

"감사합니다, 각하. 하지만 조사를 위해서는 사건이 일어난 곳에 머무는 것이 더 현명할 듯합니다."

"자네 좋을 대로 하게, 홈즈. 어쨌든 알고 싶은 게 있으면 나나 와일더에게 언제든지 물어보게나."

"곧 저택을 방문해야 할 일이 생길 줄로 압니다만, 그 전에 지금 여쭙고 싶은 게 있습니다. 아드님이 사라진 이 이상한 사건에 대해서 조금이라도 짐작 가는 부분이라도 있으십니까?"

홈즈가 말했다.

"아니, 전혀 없네."

"그럼, 무례한 질문으로 공작님을 불쾌하게 할지도 모르겠지만 수사를 위해 어쩔 수 없는 일이니 먼저 용서해주시기 바랍니다. 이번 사건이 공작 부인과 어떤 관계가 있다고 생각하십니까?"

이 질문에는 대정치가도 조금 당황한 듯 잠시 망설이다 대답을 했다.

"그렇지는 않을 걸세."

"그렇다면, 일반적으로 봐서 돈을 목적으로 한 유괴범의 소행일 가능성이 매우 높습니다. 각하에게 몸값을 요구해온 사람은 없었습니까?"

"없었소."

"한 가지 더 여쭙겠습니다, 각하. 이번 사건이 일어나던 날, 아드님께 편지를 보내셨다고 들었습니다."

"아니, 내가 쓴 건 그 전날이었네."

"물론 그러셨을 겁니다. 하지만 샐타이어 경이 받은 건 바로 그 날이었겠지요?"

"그럴 거요."

"그 편지에 샐타이어 경을 흥분하게 만들 만한, 스스로 모습을 감추게 할 만한 말을 쓰지는 않으셨습니까?"

"그런 내용은 쓰지 않았네."

"그 편지를 직접 부치셨습니까?"

공작이 대답을 하기 전에 비서인 와일더가 조금 화난 듯한 목소리로 말했다.

"각하는 직접 편지를 부치거나 하시지 않으십니다. 그 편지는 다른 편지와 함께 서재의 테이블 위에 놓여 있었고 제가 그 편지들을 부쳤습니다."

"편지들 속에 틀림없이 그 편지가 있었나요?"

"제가 그걸 직접 봤으니 틀림없습니다."

"각하, 그날 편지를 몇 통이나 쓰셨습니까?"

"이삼십 통 정도. 나는 늘 많은 편지를 써야만 하네. 어쨌든 그 질문은 핵심에서 벗어난 것 같은데."

"아니요, 그렇게 단언할 수는 없습니다."

홈즈가 말했다.

"어쨌든 경찰에는 프랑스 남부에 주목하라고 일러두었네. 조금 전에도 말했듯이 공작 부인이 이처럼 무례한 짓을 저질렀으리라고는 생각지 않아. 하지만 경이 어머니를 지나치게 그리워한 나머지 잘못된 생각을 갖게 되었을지도 모르는 일이지. 그래서 독일인 선생에게 도움을 얻었든지, 부추김을 받았든지 해서 어머니에게로 달아난 걸지도 모르니까. 헉스터블 교장, 나는 그만 집으로 돌아가도록 하겠네."

공작이 말했다.

하지만 나는 홈즈가 아직 더 묻고 싶은 것이 있다는 것을 알 수 있었다.

　공작이 느닷없이 이런 태도를 취한다면 심문은 그것으로 끝날 수밖에 없다. 공작은 선천적으로 귀족으로서의 성격을 타고난 사람이었다. 자기 가정의 일을 타인과 이야기한다는 것은 견디기 힘든 일일 것이다. 그리고 홈즈의 질문이 점점 날카로워지고 있었기 때문에, 남들에게 숨겨왔던 공작가의 비밀에 좋지 않은 빛이 비춰질지도 모른다고 생각한 듯했다.

　홀더네스 공작이 비서 와일더를 데리고 나가자 홈즈는 바로 수사에 몰두하기 시작했다. 샐타이어 경의 방도 주의 깊게 살펴보았지만 아무런 소득을 얻지 못했다. 그저 창으로 나간 것이 틀림없다는 사실만을 확인했을 뿐이다. 독일인 선생인 하이데거의 방과 그의 소지품에서도 아무런 단서를 찾을 수 없었다. 선생의 경우에는, 담쟁이덩굴에 선생의 몸무게에 짓눌린 흔적이 남아 있었으며 랜턴을 비춰가며 조사해봤더니 잔디에는 내려섰을 때 생긴 뒤꿈치 자국이 뚜렷하게 남아 있었다. 잔디에 찍힌 그 발자국이 수수께끼와도 같은 이번 사건의 유일한 증거였다.

　그 후, 셜록 홈즈는 혼자서 밖으로 나갔다. 그리고 11시가 넘어서야 돌아왔다.

　홈즈는 육지 측량부에서 작성한 이 부근의 커다란 지도를 들고 있었다. 그 지도를 내 방으로 가지고 들어와서는 침대 위에 펼쳐놓고 그 한가운데 램프를 올려놓았다. 그리고 담배를 피우며 얘기를 시작했다.

"왓슨, 이번 사건이 점점 마음에 들기 시작했네. 두어 가지 아주 재미있는 점이 있어. 자네도 이 부근의 지리를 한시라도 빨리 외워두는 게 좋을 거야. 수사에 상당한 도움이 될 테니까. 지도를 보게. 검게 칠한 사각형이 프라이어리 학교야. 여기에 핀을 꽂아두겠네. 그리고 이 선은 대로야. 이건 학교 앞을 동서로 가로지르고 있지. 그리고 학교를 중심으로 동서 1마일 정도는 샛길이 없어. 길은 이것 하나뿐이야. 길을 따라 도망갔다면 이 길로 도망갔을 거야."

"그렇군."

"그런데 운이 좋게도 그 문제가 일어났던 날 밤에 이 길을 지난 사람들을 어느 정도는 확인할 수가 있었어. 이 지역 경찰 중 한 명이 지금 내가 파이프로 가리키고 있는 지점에서 그날 밤 12시에서 6시까지 보초를 섰었다고 하네. 학교 앞 길을 동쪽으로 따라가다처음으로 만나게 되는 갈림길이야. 그 경찰의 말에 의하면 자신은한시도 자리를 떠나지 않았는데 아이고 어른이고 누구 하나 지난사람이 없었다는 거야. 조금 전에 그 경찰을 직접 만나고 왔는데아주 믿을 만한 사람이었어. 이쪽은 전혀 문제 삼을 게 없어.

이번에는 그 반대쪽인데, 여기에는 '붉은 소'라는 여관이 있어. 그곳의 안주인이 병에 걸렸다더군. 그래서 의사를 부르려고 맥클턴으로 사람을 보냈는데 의사가 다른 곳으로 왕진을 나가고 자리에 없었기 때문에 아침까지 오지 않았다고 하네. 초조하게 의사를 기다리던 여관 사람들은 밤새 한숨도 자지 않고 쉴 새 없이 대로를 지켜봤다고 하네. 이 말이 틀림없다면 서쪽에도 지켜보는 사람이 있었다는 말이야. 그러니까 두 사람은 길의 동쪽으로도 서쪽으로도 지나지 않았다는 얘기가 되지."

"하지만 자전거로 지날 수 있는 곳은......."

내가 한마디 거들었다.

"그래 그 문제도 있지. 자전거에 대해서는 곧 얘기하도록 하겠네. 우선은 하던 얘기를 계속하도록 하지. 두 사람이 대로를 따라 도망치지 않았다면 프라이어리 학교 북쪽이나 남쪽에 있는 들판으로 도망쳤다는 얘기가 돼. 이건 틀림없을 거야. 그렇다면 어느 쪽으로 도망쳤는지 따라가 보기로 하세.

지도에 표시된 대로 프라이어리 학교의 남쪽은 넓은 밭으로 이루어져 있어. 하지만 그 사이에는 돌담이 있어. 직접 가보고 알았는데 거기로는 절대로 자전거를 타고 지날 수가 없어. 따라서 남쪽으로 도망갔을 것이라는 생각은 버려도 좋아. 다음으로 북쪽을 살펴보기로 하세. 이쪽으로는 지도에 '듬성듬성한 숲'이라고 표시된 조그만 숲이 있어. 그 너머에 '로어 길 황무지'라고 적힌 넓고 평평한 황무지가 10마일에 걸쳐서 펼쳐져 있네. 다소 굴곡이 있기는 하지만 지대가 점점 높아지고 있어.

이 황무지 끝, 바로 여기에 홀더네스 저택이 있어. 도로를 따라 돌아가면 10마일이지만 황무지를 가로질러 가면 6마일밖에 되질

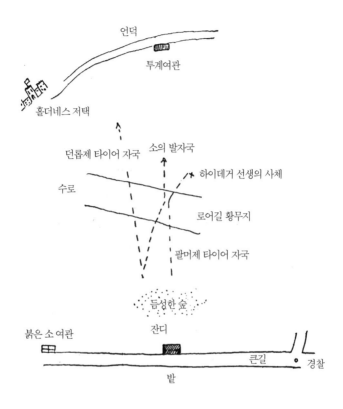

언덕

투계여관

홀더네스 저택

던롭제 타이어 자국

소의 발자국

하이데거 선생의 사체

수로

로어길 황무지

팔머제 타이어 자국

듬성한 숲

잔디

붉은 소 여관

큰길

경찰

밭

않네. 이 황무지는 이상할 정도로 아무도 살고 있지 않은 평원이야. 두어 군데 농가에서 좁은 땅을 빌려 양이나 소를 기르고 있을 뿐이지. 그 외에 체스터필드 대로에 이르기까지 살고 있는 것이라고는 새떼나 도요새뿐이야. 체스터필드 대로까지 나가면 교회도 있고, 조그만 집도 두어 채 있고, 여관도 있어. 그리고 그 너머는 험한 언덕이지. 그러니까 우리들이 조사해봐야 할 곳은 틀림없이 북쪽일 거야."

내가 항변했다.

"하지만 자전거로 지날 수 있는 곳은......."

홈즈가 답답하다는 듯이 말했다.

"알아, 알고 있다고! 하지만 자전거를 잘 타는 사람이라면 잘 뚫린 길이 아니어도 상관없다고. 황무지에는 좁은 길이 여러 갈래로나 있고, 그날은 보름이었어. 어? 이건 또 무슨 소리지?"

그 순간 문을 두드리는 소리가 들렸다. 그리고 뒤이어 헉스터블교장이 방 안으로 들어왔다. 교장은 모자챙에 하얀 산 모양이 찍힌파란 크리켓 모자를 들고 있었다. 헉스터블 교장이 기쁘다는 듯이외쳤다.

"드디어 단서를 찾아냈어요! 오, 신이시여. 드디어 아이의 행방을 알아냈습니다. 이건 샐타이어 경의 모자입니다!"

"어디서 발견했나요?"

"화요일까지 황무지에서 야영했던 집시들의 짐차 속에서 나왔습니다. 경찰이 이 부근에서 어슬렁거리던 집시들의 행방을 쫓고 있었는데 어제 그들을 찾았다고 합니다. 그리고 짐차를 조사해봤더니 이게 나왔다고 합니다."

"그래, 집시들은 뭐라고 했답니까?"

"둘러대기도 하고, 거짓말을 하기도 하고....... 화요일 아침에 황무지에서 주웠다고 합니다. 녀석들은 틀림없이 경이 있을 곳을 알 겁니다! 이젠 됐습니다. 녀석들을 유치장에 가뒀다고 하는군요. 법의 힘이나 공작님의 재력이 녀석들이 알고 있는 사실을 말하게 만들 겁니다."

헉스터블 교장이 방에서 나가자 홈즈가 말했다.

"그건 그렇고, 적어도 우리가 희망을 걸 수 있는 게 북쪽 황무지일 것이라는 내 추리가 옳다는 사실이 증명된 셈이군. 경찰은 틀림없이 집시를 잡아들임으로 해서 사건을 해결할 수 있을 것이라 생각하고 다른 수사를 하려 들지 않을 걸세. 왓슨, 지도를 다시 한 번 보게나.

황무지에는 수로가 있어. 이 표시가 바로 그거야. 홀더네스 저택과 프라이어리 학교 사이에는 특히 습지가 많아. 이 습지에 가면 어떤 흔적을 발견할 가능성이 아주 높아. 내일 아침 일찍 자네를 깨울 테니 우리 둘이서 이 수수께끼를 풀 수 있을지 한 번 도전해 보도록 하세."

이렇게 말하며 홈즈는 빙그레 미소를 지어보였다.

내가 눈을 떠 침대 옆에 서 있는 호리호리한 홈즈의 모습을 본 것은 어둠이 걷힌 직후였다. 홈즈는 옷을 말끔히 차려 입고 있었을 뿐만 아니라 벌써 외출을 했다 돌아온 듯했다.

"잔디밭과 자전거를 두는 창고를 살펴보고 왔어. 그리고 '듬성듬성한 숲'도 한 바퀴 둘러보고. 자, 왓슨. 옆방에 코코아가 준비되어 있네. 우리 앞에 여러 가지 일들이 기다리고 있으니 서둘러주기 바라네."

홈즈의 눈은 빛나고 있었으며, 뺨은 작업을 눈앞에 둔 예술가처럼 기쁨으로 붉게 물들어 있었다. 베이커 가에 있을 때의 홈즈와는 전혀 다른 모습이었다. 베이커 가에서는 언제나 깊은 생각에 잠겨 있어 얼굴이 창백했지만 오늘은 활기차고 생기가 넘쳐 보였다. 그렇게 기운에 넘쳐 있는 홈즈의 모습을 올려다보며 나도 질 수 없다고 생각했다.

하지만 실망만이 우리를 기다리고 있었다. 우리는 양들이 다니는 수백 개의 오솔길이 얽혀 있는, 적갈색 진흙이 깔려 있는 황무지를 힘차게 나아가 옅은 녹색을 띠고 있는 넓은 습지까지 다다랐다. 만일 샐타이어 경이 저택으로 돌아가려 했다면 반드시 지났을 것이며, 경이 지나갔다면 반드시 흔적이 남아 있었을 것이다. 하지만 아무리 찾아보아도 경과 독일인인 하이데거 선생의 지나간 흔적은 보이질 않았다.

습지를 열심히 둘러보고 이끼 낀 지면을 조사하는 홈즈의 얼굴도 점점 어두워지기 시작했다. 양들의 발자국은 헤아릴 수도 없이 많았다. 한 군데이긴 했지만 소의 발자국도 있었다. 하지만 그 외에는 아무것도 찾아낼 수 없었다. 홈즈는 길이 구불구불 뻗어 있는 황무지를 힘없이 둘러보았다.

"이것으로 첫 번째 장소의 조사는 끝났네. 여기서부터 습지가 좁아지다 저 건너편에서 다시 두 번째 습지가 펼쳐지네. 아니, 아니! 이건?"

좁고 검은 리본처럼 생긴 오솔길로 나서자 그 중앙에 있는 축축한 흙 위에 자전거의 바퀴자국이 뚜렷하게 남아 있었다.

"찾았어! 드디어 찾았다고!"

내가 큰 소리로 외쳤다.

그런데 홈즈가 고개를 옆으로 흔들었다. 뿐만 아니라 뭔가 혼란스러운 듯 기뻐하기는커녕 오히려 알 수 없다는 표정을 지었다. 홈즈가 말했다.

"자전거가 지난 자국인 것만은 틀림없는데 그 자전거 자국이 아니야. 나는 바퀴의 종류에 따라서 서로 다른 42종류의 자국이 생긴다는 사실을 알고 있어. 이건 던롭제야. 하이데거 선생의 자전거는 타이어에 세로로 긴 줄무늬가 있는 팔머제를 사용한 것이고. 에이블링 수학 선생이 확실하게 기억하고 있었어. 그러니까 이건 하이데거 선생의 자전거가 아니야."

"그럼, 샐타이어 경의 것일까?"

"경이 자전거를 타고 도망갔다면 그렇게 볼 수도 있겠지. 그런데 지금으로서는 샐타이어 경이 어떻게 도망갔는지 전혀 알 수가 없단 말이야. 어쨌든 이 자국은 프라이어리 학교 쪽에서 온 거야."

"어쩌면 학교를 향해서 간 걸지도 모르지 않나?"

내가 말하자 홈즈가 강하게 부정했다.

"아니, 아닐세. 좀 더 깊이 파인 자국은 체중이 실리는 뒷바퀴 자국이야. 그런데 그 뒷바퀴 자국이 이렇게 얕은 앞바퀴 자국에 겹치기도 하고 그것을 지우기도 하지 않았나. 그러니까 이건 틀림없이 학교 쪽에서 온 거야. 이 바큇자국이 이번 수사와 관계가 있는지는 잘 모르겠네. 하지만 앞으로 나가기 전에 이것이 어디서부터 온 것인지 더듬어 가보기로 하세."

우리는 바큇자국을 따라서 거슬러 올라갔다. 2, 3백 야드 정도 가니 축축한 땅이 끝이나 거기서부터는 바큇자국이 끊어져 있었다. 그 오솔길을 따라 가보니 조그만 샘물이 졸졸 흐르고 있는 곳이 나타났다. 거기서 소 발자국에 거의 지워지기는 했지만 다시 한번 바큇자국을 발견할 수 있었다. 그 앞에서는 바큇자국을 다시 발견할 수 없었지만, 오솔길은 프라이어리 학교의 뒤쪽에 있는 '드문드문한 숲'까지 곧게 뻗어 있었다. 자전거는 그 숲 속에서 출발한 것이 틀림없었다.

홈즈는 그곳에 있는 커다란 바위에 앉아 두 손으로 턱을 받치고 생각에 잠겼다. 내가 담배를 한 대 다 피울 때까지 꼼짝도 하지 않았다.

"그래, 맞아. 교활한 사람이라면 다른 자국을 남기려고 자전거 바퀴를 갈아끼우는 일 정도는 충분히 생각해낼 수 있을 거야. 그런 생각을 할 줄 아는 범인이라면 내가 상대하기에 부족함이 없는 적수지. 어쨌든 이 문제는 나중에 생각하기로 하고 다시 한 번 습지로 돌아 가보세. 아직 조사해야 할 곳이 많이 남아 있을 테니."

　우리는 황무지의 축축한 흙이 있는 부분을 한 군데도 남김없이 샅샅이 뒤지고 돌아다녔다. 그리고 얼마지 않아서 그 인내심이 커다란 열매를 맺었다. 습지의 낮은 부분을 똑바로 가로질러가는 질 펀질퍽한 오솔길이 있었다. 그곳에 다가서자 홈즈가 환호성을 질렀다. 전화선을 뭉쳐놓은 듯한 흔적이 오솔길 중앙을 달려 내려가고 있었다. 팔머제 타이어였다.

　홈즈가 만족스럽다는 듯이 말했다.

　"하이데거 선생의 자전거야. 틀림없어. 내 추리력도 꽤 쓸 만하지 않은가?"

　"축하하네."

　"하지만 갈 길은 아직 멀어. 자국을 밟지 말고 걸어주게. 이 자국을 따라가 보기로 하세. 그렇게 멀리까지 따라갈 수 없을지는 몰라도."

　때로는 바큇자국이 사라지기도 했지만 이 부근에는 곳곳에 젖은 땅이 있어서 길 앞쪽에서 다시 바큇자국이 발견되곤 했다.

　홈즈가 말했다.

　"여기서부터 하이데거 선생이 속력을 내기 시작했다는 사실을 알아볼 수 있겠나?"

　"그걸 어떻게 알 수 있지?"

　"저 자국을 잘 살펴보기 바라네. 앞뒤 바큇자국이 전부 뚜렷하게 찍혀 있지? 그런데 두 개의 깊이가 거의 같아. 이건 속력을 내기 위해서 핸들 쪽에 체중을 실었기 때문이지. 앗! 여기서 넘어졌는데!"

거기서부터 몇 야드 앞쪽으로, 양쪽으로 넓게 불규칙적으로 흔들린 바퀴자국이 이어졌다. 그리고 발자국이 두어 개 이어지더니 그 앞으로 다시 바퀴자국이 이어졌다.

내가 말했다.

"옆으로 미끄러졌군."

홈즈가 꺾어진 채 짓밟힌 흔적이 있는 가시금작화 가지를 주워올렸다. 놀랍게도 가시금작화의 노란 꽃이 붉게 물들어 있었다. 자세히 살펴보니 오솔길과 히스 덤불 사이에도 검붉게 굳어버린 피가 묻어 있었다.

홈즈가 외쳤다.

"안 돼! 왓슨, 조심해! 쓸데없는 발자국을 남겨서는 안 돼! 어쨌든 여기서 넘어졌다가 다시 일어나서 상처를 입은 채로 자전거를 타고 앞으로 나갔어. 다른 사람의 발자국은 없으니까. 이 옆길에 있는 소 발자국 외에는. 쇠뿔이 받히기라도 한 걸까? 그럴 리는 없겠군. 다른 발자국은 전혀 없으니까.

왓슨, 앞으로 더 가보기로 하세. 피와 바퀴자국을 따라가면 이번에는 절대로 놓치지 않을 거야."

조사는 그리 오래 계속되지 않았다. 바퀴자국은 축축하게 젖어서 빛나고 있는 오솔길 위에서 이상하게 곡선을 그리기 시작했다. 순간, 앞쪽에 있는 가시금작화의 무성한 수풀 속에서 무엇인가 금속이 빛나고 있는 것이 눈에 들어왔다. 끌어내보니 팔머제 타이어가 달린 자전거로 한쪽 페달이 휘어져 있었다. 그런데 그보다 더 끔찍한 것은 자전거 앞부분이 완전히 피범벅이라는 사실이었다.

주위를 둘러보니 수풀 반대편에 구두 한 짝이 삐져나와 있었다. 우리는 서둘러 그곳으로 달려갔다. 그런데 놀랍게도 그곳에 자전거 주인이 쓰러져 있는 것이 아니겠는가? 턱수염을 덥수룩하게 기른 키가 큰 사내로 쓰고 있던 안경의 한쪽 알이 빠져 있었다. 머리에 일격을 당해 죽은 듯 보였고 상처는 두개골에까지 미쳐 있었다. 이 정도의 상처를 입고도 다시 자전거에 올라 얼마간을 달릴 정도라면 상당히 용감하고 정력적인 사람이었을 것이다. 구두는 신고 있었지만 양말은 신고 있지 않았다. 벌어진 코트 안쪽에는 잠옷을 입고 있는 것이 보였다. 틀림없이 그 독일인 선생 하이데거였다.

홈즈는 조심스럽게 사체를 뒤집어 면밀하게 조사를 했다. 그리고 자리에 앉아 한동안 가만히 생각에 잠겼다. 이마에 주름이 잡혀 있는 것을 보면, 이 끔찍한 사체의 발견은 사건 해결에 도움을 주기보다는 오히려 사건을 더욱 복잡하게 만들고 있음이 분명했다.

드디어 홈즈가 입을 열었다.

"지금부터 무엇을 해야 할지 결정하기가 쉽지 않군. 마음 같아서는 이대로 조사를 계속하고 싶어. 많은 시간을 허비했으니 더 이상 우물쭈물할 수도 없고. 하지만 이 사실을 경찰에 알려서 가엾은 사체를 어떻게든 해주고 싶기도 하단 말이야."

"내가 경찰에 알리러 갈까?"

"아니, 자네는 남아서 나를 도와줬으면 해. 잠깐만! 저기에 토탄을 캐고 있는 사람이 있어. 저 사람을 데려와주지 않겠나? 저 사람에게 경찰서까지 가달라고 부탁하세."

나는 그 농부를 데리고 왔다. 그 사람은 사체를 보자마자 뒷걸음치며 완전히 겁을 먹었다. 홈즈는 짧은 편지를 써서 그에게 건네주며 헉스터블 교장에게 전해달라고 부탁했다.

홈즈가 말했다.

"왓슨, 우리는 오늘 두 가지 단서를 잡았어. 하나는 팔머제 바퀴자국. 그 결과는 지금 우리 눈으로 확인했네. 다른 하나는 던롭제 바퀴자국. 그 자국을 따라 조사하러 가기 전에 지금 알고 있는 것이 어떤 것들인지 다시 한 번 확인해보기로 하세. 그러면 중요한 것과 중요하지 않은 것을 구분해낼 수 있어 앞으로의 수사에 도움이 될 걸세.

우선 첫 번째로, 샐타이어 경은 스스로 도망친 것이 틀림없다는 사실이야. 행동을 같이 한 사람이 있었는가 하는 점은 중요하지 않아. 스스로 담쟁이덩굴을 타고 내려와서 도망을 친 거야. 이건 틀림없는 사실일세."

나도 그의 의견에 동감했다.

"다음은 저 불행한 독일인 선생이네. 샐타이어 경이 밖으로 나올

284 | 셜록홈즈

때 완전히 채비를 갖추고 나왔어. 그건 전부터 준비하고 있었다는 것이지. 하지만 하이데거 선생은 양말조차 신고 있지 않아. 선생은 틀림없이 서둘러 나왔을 거야."

"그것 역시도 틀림없는 사실이라고 생각하네."

"그렇다면 하이데거 선생은 왜 밖으로 나온 것일까? 침실의 창을 통해서 샐타이어 경이 빠져나가는 것을 보고 그를 데리러 나갔을 거야. 선생은 자전거를 꺼내 경을 뒤쫓았어. 그러다 도중에 죽음을 맞이한 거야."

"틀림없이 그랬을 거야."

"그 다음은 내 추리에 의한 것인데, 어른이 어린 소년을 쫓아갈 때 보통은 그냥 쫓아가지. 금방 따라갈 수 있을 테니까. 그런데 하이데거 선생은 뛰어가지 않았어. 자전거를 사용했지. 선생은 자전거를 아주 잘 탄다는 얘기야. 하지만 경이 도망치는 데 어떤 빠른 수단을 사용하는 것을 보지 않았다면 자전거로 뒤를 쫓지는 않았을 거야."

"자전거를 타고 있었군, 샐타이어 경은......."

"조금 더 사건의 줄거리를 따라 가보도록 하세. 하이데거 선생은 프라이어리 학교에서 5마일이나 떨어진 곳에서 죽었어. 총을 맞고 죽은 게 아니야. 총이라면 경이라고 해서 쏘지 못하라는 법도 없지만, 이건 굉장한 힘이 실린 일격에 당한 거야. 그렇다면 도망칠 때 경과 동행한 사람이 있다는 얘기가 되지. 그리고 자전거에 능숙한 사람이 5마일이나 뒤를 쫓았으니 도망칠 때 어떤 빠른 수단을 사용했다는 거야.

그렇다면 문제는 하이데거 선생이 살해된 부근에서 무엇이 발견됐느냐 하는 점이야. 그런데 이상하게도 거기서 소의 발자국이 조금 발견됐을 뿐, 다른 것은 아무것도 발견되지 않았단 말이야. 게다가 이 부근의 50야드 안쪽으로는 다른 길도 없어. 그것은 다른 한 대의 자전거도 하이데거 선생의 살해와는 관계가 없다는 사실을 말해주고 있는 것이지. 그렇다고 해서 사람의 발자국이 남아 있는 것도 아니고.”

“홈즈! 그건 있을 수 없는 얘기야.”

내가 외쳤다.

“바로 맞췄네. 있을 수 없는 얘기지. 그러니까 내 얘기 어딘가에 잘못된 부분이 있을 거야. 자네는 그 사실을 깨달았네. 그렇다면 어디가 잘못 된 것일까?”

“자전거에서 떨어지면서 두개골을 부딪친 게 아닐까?”

“이렇게 돌멩이조차도 찾아보기 힘든 황무지에서?”

“더 이상은 나도 모르겠네.”

“쯧쯧, 우리는 더 어려운 문제도 해결해왔다고. 실마리가 될 만한 것들은 아직 많이 남아 있어. 문제는 그것을 얼마나 잘 활용하느냐 하는 거지. 팔머제 바퀴자국은 활용할 대로 활용했으니 이번에는 던롭제 타이어에서 무엇을 이끌어낼 수 있을지 한 번 해보기로 하세."

이번에는 던롭제 바큇자국을 따라 학교와는 반대편 쪽으로 가보았다. 황무지는 완만한 경사를 이루며 조금씩 높아지고 있었다. 수로에서 점점 멀어지며 히스가 무성한 고지대에 이르렀기에 바큇자국이 자주 사라져 거기서 무엇인가를 이끌어내기는 점점 더 어려워졌다.

결국 바큇자국은 완전히 끊겨버리고 말았지만 그 지점에서 주위를 둘러보니 갈 수 있는 곳은 두 군데였다. 왼쪽 대각선으로는 2, 3마일 정도 떨어진 곳에 홀더네스 저택의 당당하게 솟아 있는 탑이 있었다. 오른쪽 대각선으로는 회색의 낮은 집들이 몇 채 모여 있는 부락이 있었다. 그 부락이 있는 곳에 체스터필드 대로가 있을 터였다. 대각선 오른쪽에 있는 마을로 걸어가 싸움을 하는 투계의 그림이 그려진 간판이 달려 있는 지저분한 여관 가까이 갔을 때 홈즈가 갑자기 '앗!' 하는 외침과 함께 비틀거리며 내 어깨를 잡았다.

홈즈는 종종 발목을 심하게 삐는 경우가 있었는데 그러면 제 아무리 등치가 큰 사람이라도 어떻게 해볼 도리가 없다. 홈즈는 다리를 절룩거리며 여관 입구까지 갔다. 문 앞에서 작고 뚱뚱하며 피부가 가무잡잡한, 나이 지긋해 보이는 사람이 검은 도기로 만든 파이프로 담배를 피우고 있었다.

홈즈가 말했다.

"안녕하세요, 루빈 헤이즈 씨."

"누구시더라? 내 이름은 어떻게 알고 있는 거요?"

그 사람은 음흉한 눈빛으로 우리를 경계하듯 흘겨보았다.

"당신 머리 위 간판에 이 여관 주인의 이름이 적혀 있잖아요. 당신이 주인이시죠? 역시 주인에게서는 어딘가 다른 분위기가 풍겨요. 그런데 마차 같은 걸 좀 빌릴 수 있을까요?"

"그런 건 없어."

"이쪽 발을 땅에 댈 수가 없어서요."

"땅에 안 대면 될 거 아니오."

"그럼 걸을 수가 없잖아요."

"한쪽 발로 뛰어가구려."

여관 주인 루빈 헤이즈 씨의 태도는 너무나도 불친절했다. 하지만 홈즈는 웃는 얼굴로 그를 상대했다.

"그러지 말고 사정 좀 봐줘요. 정말 걸을 수가 없다니까요. 돈은 얼마를 드려도 상관없으니까요."

"나하고도 상관없는 일이요."

주인은 꿈쩍도 하지 않았다.

"아주 중요한 일이 있어서 그래요. 1소브린 드릴 테니 자전거 한 대만 빌려줘요."

1소브린이라는 말을 들은 주인의 태도가 갑자기 변했다.

"어디 가려는 거요?"

"홀더네스 저택이요."

"공작님과 아는 사이인가?"

주인은 진흙투성이가 된 우리의 옷을 가만히 둘러보며 비아냥거리듯 말했다.

홈즈가 빙그레 웃으며 말했다.

"어쨌든 공작님은 기꺼이 만나줄 거예요."

"어째서?"

"사라진 아드님의 소식을 가지고 왔거든요."

루빈 헤이즈는 몹시 놀란 모양이었다.

"뭐라고? 그럼 도련님이 계신 곳을 알아내기라도 했다는......."

"네, 리버풀로 갔어요. 한두 시간 후면 찾았다는 전갈이 올 거예요."

순간 수염으로 뒤덮인 뚱뚱한 얼굴의 표정이 확 바뀌었다. 헤이즈는 갑자기 상냥하게 우리를 대하기 시작했다.

"나는 사정이 있어서 공작의 일 따위에는 별로 관심이 없어요. 저택에서 잠깐 일한 적이 있었는데 형편없는 대접을 받았죠. 잡곡을 파는 녀석의 거짓말만 믿고 증명서도 없이 나를 내몰았어. 그래도 도련님이 리버풀에 있다는 얘기를 들으니 기쁘군. 그 소식을 전하러 가는 거라면 내 기꺼이 도와드리도록 하지요."

"고마워요. 우선은 먹을 것을 좀 주세요. 그런 다음 자전거를 빌리도록 하죠."

홈즈가 말했다.

"아까도 말했지만 자전거는 없어요."

홈즈가 다시 소브린 금화에 대한 얘기를 했다.

"그래도 없는 건 없는 거요. 저택까지 가시는 거라면 말을 두 필 빌려드리도록 하지."

"알았어요. 우선은 뭣 좀 먹고 난 뒤에 얘기하도록 합시다."

홈즈가 말했다.

바닥에 돌을 깔아놓은 부엌으로 안내되어 우리 둘 만이 남게 되자 놀랍게도 삔 줄 알았던 홈즈의 발목이 깨끗하게 나아버렸다. 서서히 땅거미가 내리기 시작하고 있었다. 아침부터 아무것도 먹지 않았기 때문에 식사를 하는 데 시간이 좀 걸렸다.

홈즈는 생각에 잠겨 있었다. 한두 번 창가로 가서 밖을 가만히 내려다보았다. 창밖으로는 지저분한 정원이 보였다. 건너편 구석에 대장간이 있었고 그곳에서 꾀죄죄한 소년이 일을 하고 있었다. 그 반대편은 마구간이었다. 몇 번 창밖을 내다보고 의자에 앉아 생각에 잠겨 있던 홈즈가 갑자기 의자에서 벌떡 일어나더니 큰소리로 외쳤다.

"왓슨, 드디어 알았어! 드디어 알았다고. 그래, 맞아. 틀림없을 거야! 왓슨, 자네 오늘 소의 발자국을 봤지?"

"응, 많이 봤지."

"어디서?"

"여기저기서. 습지에도 있었고, 오솔길에도 있었고, 하이데거의 사체를 발견한 곳에도 있었고."

"맞았어. 그럼, 왓슨. 황무지에서 본 소는 몇 마리인가?"

"한 마리도 못 본 것 같은데."

"이상하다고 생각지 않나, 왓슨."

"듣고 보니 이상하군."

"왓슨, 가만히 생각해보게나. 잘 떠올려봐! 오솔길에 있던 소 발자국 기억나나?"

"응, 기억나."

"어느 곳에서는 소의 발자국이 이런 식으로 찍혀 있었던 걸 기억하겠나?"

홈즈가 빵가루를 주워 테이블 위에 다음과 같이 늘어놓았다.

. . . . .
. . . . .

"그리고 때로는 이렇게 찍혀 있었어."

. . . .
.   .   .   .

"이런 식으로 찍혀 있는 곳도 있었지."

.   .   .   .

홈즈가 여러 가지 형태로 늘어놓은 다음 말했다.

"기억나나?"

"아니, 모르겠어."

"나는 확실하게 기억하고 있어. 틀림없어. 시간이 있을 때 확인 해보도록 하게. 그걸 봤으면서도 추리를 해내지 못했다니, 완전 눈 뜬장님이었어!"

"어떤 추리?"

"아직도 모르겠나? 걷기도 하고, 천천히 뛰기도 하고, 전속력으로 달리기도 하다니 참 신기한 소라는 사실일세. 그런 속임수를 이런 시골의 여관 주인이 생각해냈을 리가 없어. 어쨌든 저 대장간의 소년 외에는 아무도 없는 듯해. 나가서 뭐가 있나 살펴보기로 하세."

허물어져가는 마구간에는 손질을 제대로 해주지 않아 털이 거친 말이 두 필 있었다.

그 중 한 말의 뒷다리를 들어 살펴보던 홈즈는 갑자기 소리 내서 웃기 시작했다.

"낡은 편자인데 얼마 전에 이 말의 다리에 박았군. 못이 새것이야. 이건 걸작에 들 만한 사건이야. 정원을 가로질러 대장간으로 가보세."

대장간에서는 소년이 우리는 아랑곳하지 않고 일을 하고 있었다. 홈즈의 눈이 날카롭게 주위에 널려 있는 철재와 목재 사이를 훑어보고 있었다. 그런데 뒤쪽에서 갑자기 발소리가 들리더니 여관 주인이 모습을 나타냈다. 찌푸린 눈썹, 둥그렇게 뜬 눈, 노여움으로 붉어진 얼굴이 꿈틀꿈틀 경련을 일으키고 있었다. 헤이즈가 끝에 금속을 댄 짧은 지팡이를 들고 험악한 얼굴로 우리에게 다가왔을 때는 나도 모르게 주머니에 있는 권총으로 손을 가져갔을 정도였다.

헤이즈가 외쳤다.

"이 더러운 스파이 녀석! 여기서 뭐하는 거야?"

"아, 루빈 헤이즈 씨. 봐서는 안 될 비밀이라도 있는 건가요?"

홈즈가 비꼬듯 말했다.

당황한 헤이즈가 애써 분노를 억누르기 시작했다. 곧 마음에도 없는 웃음을 억지로 지어 보였는데 그 얼굴이 화났을 때보다 더욱 섬뜩하게 느껴졌다.

"대장간이 보고 싶다면 얼마든지 기꺼이 보여드릴 수 있소. 하지만 허락도 없이 돌아다니는 걸 난 별로 좋아하지 않소. 자, 신사 양반 얼른 돈을 지불하고 떠나도록 하시오."

"알았어요, 헤이즈 씨. 별 뜻이 있었던 건 아니에요. 그저 말을 살펴봤을 뿐이에요. 어쨌든 이제 말은 필요 없어요. 걸어가기로 했으니까. 그리 먼 곳도 아니고."

"저택 문까지 2마일도 되지 않소. 저 길을 따라 왼쪽으로 가면 돼요."

우리가 밖으로 나설 때까지 헤이즈는 한시도 우리에게서 시선을 떼지 않았다. 하지만 우리는 그렇게 멀리까지 걷지 않았다. 길이 꺾여 헤이즈가 보이지 않게 되자 홈즈가 바로 멈춰 섰기 때문이다.

"우리가 숨바꼭질을 하는 술래라면 여관에 있는 동안에는 숨어 있는 아이 가까이에 있을 수 있었어. 하지만 저기서 멀어질수록 아이에게서 멀어지네. 나는 여기서 더 멀리 가지는 않을 거야."

"저 루빈 헤이즈라는 사람, 모든 사실을 알고 있는 것 같아. 지금까지 본 사람들 중에서 가장 나쁜 녀석이야."

내가 말했다.

"오, 자네도 그런 인상을 받았나? 말도 있고 대장간도 있어. 틀림없이 재미있는 곳이야, 투계 여관은. 눈치 채지 못하게 다시 한 번 가보도록 하세."

뒤쪽은 거친 회색 석회암으로 이루어진 언덕이었다. 우리는 길을 버리고 그 언덕의 사면을 따라서 여관으로 가기로 했다. 그러다 문득 홀더네스 저택 쪽으로 돌아보니 도로를 따라서 자전거 한 대가 이쪽으로 달려오고 있는 것이 보였다.

"숙여, 왓슨!"

홈즈가 내 어깨를 힘껏 누르며 말했다.

우리가 숨을 숙인 순간 자전거가 빠른 속도로 도로를 지나쳐갔다. 무럭무럭 피어오르는 흙먼지 속으로 자전거를 타고 가는 사내의 흥분된 창백한 얼굴을 똑똑히 볼 수 있었다. 그는 어젯밤에 만났던 제임스 와일더였다. 어제와는 달리, 입을 벌리고 전방을 노려보며 공포에 넘친 표정을 짓고 있었다.

"공작의 비서야! 왓슨, 저 차가 무슨 짓을 하는지 보러 가세!"

홈즈가 외쳤다.

우리는 바위 사이로 기듯이 전진해 여관 입구가 보이는 곳까지 이르렀다. 와일더의 자전거는 입구 옆의 벽에 기대 세워져 있었다. 여관 근처에 사람의 모습은 보이지 않았으며, 어느 창에서도 인기척이 느껴지지 않았다.

태양은 홀더네스 저택의 높은 탑 뒤로 저물었으며 땅거미가 깔려 있었다. 그 어둠 속에서 갑자기 불빛이 두 개 밝혀졌다. 마구간 쪽이었는데 마차 옆을 밝히는 등불 같았다. 뒤이어 말 울음소리가 들리더니 마차 한 대가 도로로 나왔다. 그러더니 체스터필드를 향해 미친 듯이 달리기 시작했다.

"왓슨, 저걸 어떻게 생각하나?"

홈즈가 속삭였다.

"꼭 도망치는 사람 같군."

"보기에 저 마차에는 남자 한 명밖에 타고 있지 않은 것 같은데. 그래, 어쨌든 제임스 와일더가 아닌 것만은 확실하군. 그 사람은 문 앞에 서 있으니 말이야."

와일더는 여관 문을 통해 쏟아져 나오는 사각형의 노란 불빛을 받으며 거뭇거뭇한 그림자로 서 있었다. 그는 목을 길게 빼고 밖의 어둠을 가만히 지켜보았다. 누군가 사람을 기다리고 있는 듯했다. 아니나 다를까, 잠시 후 길에서 발소리가 들리더니 또 다른 사람이 모습을 나타냈다. 그 사람이 잠시 불빛 속으로 들어섰지만 곧 문이 닫혔기 때문에 주위는 어둠에 잠기고 말았다.

5분 뒤, 2층에 있는 한 방에 불이 들어왔다.

"지저분한 여관치고는 훌륭한 손님을 확보하고 있군."

홈즈가 말했다.

"술을 마시러 온 거라면, 바는 반대편에 있을 텐데."

"맞아. 틀림없이 특별한 손님일 거야. 와일더 씨는 이런 데서 뭘 하는 걸까? 그리고 뒤이어 온 사람은 누굴까? 조금 위험하더라도 조사해볼 필요가 있을 것 같은데."

우리는 도로 쪽으로 기어 내려갔다. 문 쪽으로 살금살금 다가가 보니 자전거가 아직도 벽에 기댄 채 세워져 있었다. 홈즈가 성냥에 불을 붙여 자전거 바퀴를 살펴보았다. 그리고 그것이 던롭제라는 사실을 확인하고는 기쁘다는 듯 빙그레 웃어보였다. 문 위에 불이 들어온 방이 있었다.

"저 방안을 들여다보도록 하세. 왓슨, 미안하지만 벽을 잡고 등을 좀 굽혀주지 않겠나?"

홈즈가 말했다.

내가 등을 굽히자 홈즈는 가볍게 내 어깨 위로 뛰어 올라 금세 밑으로 다시 내려섰다.

"그만 가세, 왓슨. 오늘은 아침부터 일을 너무 많이 했어. 모을 수 있는 단서는 전부 모은 것 같아. 학교까지 꽤 거리가 있으니 빨리 돌아가는 게 좋겠어."

황무지를 가로질러 돌아가는 도중, 홈즈는 거의 말을 하지 않았다. 그리고 돌아와서도 학교로 들어가지 않고 전보를 치겠다며 혼자 맥클턴 역 쪽으로 가버렸다. 그날 밤 늦게 헉스터블 교장을 위로하는 홈즈의 목소리가 옆방에서 들려왔다.

얼마 후, 홈즈는 이른 아침 황무지로 나가기 전의 생기에 넘치는 모습으로 내 방으로 들어왔다.

"왓슨, 모든 일이 잘 풀리고 있어. 약속하겠는데 내일 저녁까지는 이번 사건을 해결해보이겠네."

이튿날 아침 11시, 홈즈와 나는 그 유명한 홀더네스 저택의 주목 가로수 길을 걷고 있었다. 우리는 엘리자베스 왕조풍의 커다란 현관에서 공작의 서재로 안내되었다. 서재에서는 제임스 와일더가 우리를 기다리고 있었다. 표면적으로는 예의바르고 침착한 태도로 우리를 맞아들였지만, 불안해 보이는 눈빛이나 때때로 내비치는 굳은 표정으로 봐서는 어젯밤에 느꼈던 격렬한 공포가 아직도 남아 있는 듯했다.

"죄송하지만 각하는 지금 기분이 매우 언짢으셔서 방에 계십니다. 어제 오후, 당신들이 발견한 끔찍한 소식을 헉스터블 교장 선생님의 전보로 들으시고 몸이 많이 쇠약해지셨습니다."

제임스 와일더가 말했다.

"나는 공작님을 꼭 뵈어야겠어요, 와일더 씨."

"하지만 방에 들어가신 다음으로는 그 누구도 만나려 하지 않으십니다."

"그럼, 그리로 가야겠군."

"아마도 주무시고 계실 겁니다."

"상관없어요. 나는 어쨌든 가봐야겠으니."

홈즈는 절대로 물러서지 않겠다는 싸늘한 태도를 취했다.

와일더도 그를 막을 수 없다는 사실을 깨달은 것 같았다.

"그럼, 어쩔 수 없군요. 당신이 오셨다고 전해드리겠습니다."

공작은 30분이나 지나서야 모습을 드러냈다. 어제 아침에 봤을 때보다도 얼굴은 더 창백했고, 등도 굽어서 완전히 다른 사람처럼 늙어보였다. 공작은 정중하면서도 선천적으로 타고난 위엄 있는 태도로 우리에게 인사를 한 뒤 책상 앞에 앉았다. 붉은 수염이 책상 위까지 길게 늘어졌다.

"그래, 홈즈 씨. 무슨 일인가요?"

홈즈는 공작 옆에 서 있는 와일더에게서 시선을 떼지 않았다.

"각하, 와일더 씨가 옆에 계시면 제가 이 이야기를 꺼내는데 좀 불편할 것 같습니다."

와일더는 붉으락푸르락한 얼굴로 홈즈를 노려보았다.

"각하가 원하신다면 저 역시......."

"알았네. 자네는 나가보게. 그럼, 홈즈 씨. 무슨 이야기인지 말해

보게."

홈즈는 비서인 와일더가 밖으로 나가 문을 완전히 닫을 때까지 기다렸다. 그리고 느린 어조로 말했다.

"각하. 저와 여기 있는 왓슨 박사는 이번 사건에 현상금이 걸렸다는 말을 헉스터블 교장의 입을 통해서 들었습니다. 그 점을 각하가 직접 확인해주셨으면 합니다."

"틀림없소, 홈즈."

"아드님이 계신 곳을 알려주는 자에게 5천 파운드를 주신다고 하셨다는데 틀림없습니까?"

"그대로요."

"그리고 아드님을 유괴한 자나 가둔 자의 이름을 알려주면 거기에 천 파운드 더 얹어준다고 하셨다는데 이것도?"

"그것도 틀림없는 사실이오."

"후자의 경우, 아드님을 유괴한 자뿐만 아니라 지금 가두고 있는 공범자도 거기에 포함된다고 생각해도 되겠습니까?"

"말할 필요도 없이 전부 맞소. 홈즈, 이 일을 제대로 해결만 해준다면 자네에게 불평을 들을 만한 대접을 할 이유가 어디에도 없지 않소?"

공작이 답답하다는 듯이 소리를 질렀다.

그 말을 들은 홈즈가 아주 기쁘다는 듯한 표정으로 가느다란 손가락을 비벼댔기 때문에 나는 놀라지 않을 수가 없었다. 홈즈만큼

금전에 연연하지 않는 시원시원한 사람은 그리 흔치 않았기 때문이었다.

"그 책상 위에 있는 것이 각하의 수표책 같습니다만, 지금 6천 파운드짜리 수표를 만들어주신다면 매우 감사하겠습니다. 지금 보증수표면 됩니다. 제가 거래하고 있는 은행은 캐피탈 카운티스 은행 옥스퍼드 지점입니다."

홈즈가 말했다.

공작은 자리에서 벌떡 일어나더니 홈즈를 노려보았다.

"홈즈, 지금 농담하는 건가? 농담할 일이 따로 있지."

"당치 않으십니다, 각하. 저는 지금 매우 진지하게 말씀드리고 있습니다."

"그럼, 무슨 뜻이지?"

"현상금을 받겠다는 얘기는, 아드님이 지금 어디에 계신지, 그리고 지금 아드님을 가두고 있는 사람들 중 적어도 한 사람은 알고 있다는 말씀입니다."

공작의 얼굴이 한층 더 새파랗게 질려, 붉은 수염이 한층 더 눈에 띄었다.

"그 애가 어디에 있나?"

공작이 갈라지는 목소리로 물었다.

"적어도 어젯밤까지는 이곳에서 2마일 정도 떨어진 투계 여관에 계셨습니다."

공작이 무너지듯 의자에 앉았다.

"그럼, 범인은 누구란 말이지?"

홈즈의 대답은 참으로 놀라운 것이었다. 홈즈는 성큼성큼 공작 옆으로 다가가 그의 어깨에 손을 얹었다.

"당신입니다. 자, 각하. 수표를 써주셨으면 합니다."

나는 결코 잊을 수 없을 것이다. 순간 당황하던 공작의 표정을. 의자에서 벌떡 일어난 공작은 마치 깊은 수렁에 떨어지는 듯한 표정을 지어보였다. 그리고 두 손에 얼굴을 묻은 채 자신의 당황하는 모습을 보이지 않으려 노력했다.

잠시 후, 공작이 얼굴을 가린 채 말했다.

"어디까지 알고 있는 거지?"

"저는 어젯밤, 각하가 갇혀 있는 아드님과 함께 있는 장면을 봤습니다."

"자네 친구 외에 누가 또 이 사실을 알고 있지?"

"아무에게도 말하지 않았습니다."

공작은 떨리는 손으로 펜을 들고 수표책을 펼쳤다.

"홈즈, 약속은 지켜야겠지. 자네가 가지고온 보고가 제 아무리 반갑지 않을 것이라 할지라도 수표는 쓰도록 하겠네. 처음 현상금을 걸 때, 일이 이렇게 될 줄은 꿈에도 생각지 못했었네. 자네나 자네 친구 모두 이 일이 얼마나 중대한 일인지 잘 알고 있을 테니 경솔하게 발설하거나 하지는 않겠지?"

"무슨 뜻이십니까?"

"확실하게 말하겠네, 홈즈. 이 사실을 알고 있는 것이 자네 두 사람뿐이라면 그 이상 다른 사람에게 알리는 짓은 하지 말아주게. 내가 줘야 할 돈이 만 2천 파운드였나?"

홈즈가 빙그레 웃으며 말했다.

"각하. 문제는 그렇게 간단하지 않습니다. 독일인 선생인 하이데거 씨가 죽었다는 사실을 생각하셔야 할 겁니다."

"하지만 그건 비서와는 상관없는 일이야. 그건 그가 고용한 악한이 저지른 짓이라고."

"각하. 제 생각을 말씀드리자면, 하나의 범죄가 원인이 되어 또 다른 하나의 범죄가 일어났을 경우, 원인이 된 범죄에 관계한 사람은 뒤에 일어난 범죄에 도덕적으로 책임을 져야만 한다고 생각합니다."

"도덕적으로 말인가? 홈즈, 확실히 자네의 주장이 옳을지도 모르겠네. 하지만 법률적으로 보자면 꼭 그렇지만도 않을 거야. 실제로 비서가 사람을 살해한 현장에 있었던 것도 아니고, 살인과 같은 행위를 매우 혐오스럽게 여기고 있으니 그에게 죄를 물을 수는 없을 거야. 하이데거 선생이 죽었다는 사실을 알고 바로 내게 모든 걸 털어놓았어. 그만큼 놀라기도 하고 후회도 하고 있다는 말이지.

실제로 한 시간도 지나지 않아서 살인자와 연을 끊었어. 홈즈, 부탁하네. 그 사람을 살려주시오! 살려주시오!"

공작은 귀족다운 행동 같은 것은 완전히 잊은 채 주먹을 흔들며 방 안을 서성였다. 잠시 후, 드디어 마음이 가라앉았는지 책상 앞에 앉아 말을 꺼냈다.

"자네가 누구에게도 말하지 않고 가장 먼저 내게 와준 것에 감사하오. 덕분에 나와 우리 가족의 명예를 위해서 어떤 행동을 취해야 할지 이야기를 나눌 수 있게 되었기 때문이오."

"그렇습니다, 각하. 저도 가능한 한 도움을 드리고 싶습니다. 하지만 그러기 위해서는 솔직하고 자세하게 마음을 털어놓아 사건 전체를 정확하게 알고 있을 필요가 있습니다. 저는 제임스 와일더 씨에 대해서 각하가 하신 말씀을 충분히 이해하고 있으며, 그가 살인범이라고는 생각지 않습니다."

"진짜 범인은 도망쳤네."

공작이 말했다.

"각하, 저에 대한 소문을 조금도 못 들으신 모양입니다. 한 번이라도 들으셨다면 제가 그렇게 쉽게 범인을 놓칠 리가 없다는 사실을 알고 계셨을 겁니다."

"그렇다면......."

"루빈 헤이즈는 제 제보로 어젯밤 11시에 체스터필드에서 체포되었습니다. 오늘 아침, 여기로 오기 전에 이곳 경찰서장이 보낸 전보를 받았습니다."

공작은 다시 한 번 놀란 듯 홈즈를 바라보았다.

"자네, 정말 인간 이상의 능력을 가졌군. 그런가? 루빈 헤이즈가 체포되었단 말인가? 그 말을 들으니 정말 기쁘네. 그 일로 제임스의 신변에 문제만 생기지 않는다면."

"각하의 비서 말씀이시군요?"

"아니, 그 아이는 내 아들일세."

이번에는 홈즈가 놀랐다.

"설마……, 솔직히 말씀드리자면 전혀 뜻밖의 일입니다. 좀 더 자세한 얘기를 들려주셨으면 합니다."

"자네에게만은 모든 걸 털어놓겠네. 비록 내게는 고통스러운 일이라 할지라도 이런 경우에는 자네 말대로 솔직하게 털어놓는 것이 가장 좋은 방법이 될 거야. 왜냐하면 이 모든 것이 저 어리석은 제임스의 질투에서 비롯된 일이니까.

홈즈 씨, 나는 젊었을 때 한 여자를 일생에 단 한 번이라고 해도 좋을 정도로 사랑했었소. 물론 나는 청혼을 했지. 하지만 그녀는 신분이 다르니 자신은 나를 틀림없이 불행하게 만들 거라며 결혼을 하려고 하지 않았소. 그리고 그녀는 요절하고 말았소. 만일 그녀가 살아 있었다면 나는 평생 결혼을 하지 않았을 거요. 그녀는 아이 한 명을 남기고 갔고 나는 그녀를 기억하기 위해 그 아이를 애지중지 길렀소. 떳떳하게 내 아들이라고 밝힐 수는 없었지만 가능한 한 훌륭한 교육을 받게 했고 학교를 졸업하자마자 내 곁에 두기로 했소.

그런 제임스가 드디어 내 아들이라는 비밀을 알고 그 후부터 자신에게는 내게 요구할 만한 충분한 권리가 있다고 큰 소리를 치기도 하고, 비밀을 들춰내 내게 무리한 요구를 하기도 했소. 지금의 아내와 헤어져 살게 된 것도 그런 제임스의 행동과 관계가 있소. 특히 제임스는 내 상속인인 어린 샐타이어을 한없이 미워했소.

그런 제임스를 왜 그렇게 애지중지하며 곁에 두었는지 이상하게 생각할지도 모르겠군. 그건 제임스가 죽은 그 여자를 쏙 빼닮았기 때문이오. 그녀의 아름다움을 전부 물려받아 옛 기억을 하나하나 떠오르게 했고, 사랑했던 그 여자를 위해서는 어떤 고통도 감수할 수 있다고 생각했기 때문이오. 하지만 제임스가 어린 샐타이어에게 무슨 짓을 할지 몰랐기 때문에 헉스터블 교장에게 아이를 맡긴 거요. 악당 루빈 헤이즈가 운영하고 있는 투계 여관은 원래 내 소유였소. 집세를 받으러 왔다갔다하는 동안 제임스는 그 악당과 친해지게 됐고 그리고 샐타이어의 유괴를 계획한 순간, 그를 이용해야겠다고 생각하게 된 거요.

사건이 있기 하루 전, 내가 샐타이어에게 편지를 보냈다는 사실을 기억하고 있을 거요. 제임스는 그 편지 봉투를 뜯어 자신의 편지도 함께 넣어 보냈소. 제임스의 말에 의하면 그 편지는, 어머니를 만나게 해줄 테니 학교 뒤에 있는 '드문드문한 숲'에서 기다리고 있으라는 내용이었던 듯하오. 그날 저녁, 제임스는 자전거를 타고 숲으로 가서 샐타이어를 만났소. 그리고 어머니가 만나고 싶어

하는데 지금 황무지에 있으니 밤에 다시 여기로 나오면 말을 준비해온 남자가 기다리고 있다가 어머니가 있는 곳으로 데려다줄 것이라고 말했소. 샐타이어는 제임스의 말에 조금의 의심을 품지 않았소. 그래서 제임스의 말대로 학교에서 빠져나왔고 루빈 헤이즈는 망아지와 함께 그 아이를 기다리고 있었지. 샐타이어가 말에 타자마자 바로 출발했소.

그 이후로 일어난 일은 제임스도 어제가 돼서야 비로소 알게 된 듯한데, 두 사람을 따라오는 사람이 있었소. 루빈 헤이즈는 뒤쫓아오는 사람을 봉으로 때려 죽였고 샐타이어를 여관으로 데려간 그 악당은 아이를 2층에 있는 방에 가뒀소. 그리고 자신의 아내에게 감시하도록 했지. 그 남자의 아내는 착한 여자이기는 하지만 난폭한 남편의 말을 거역할 수가 없었을 거요.

그게 이틀 전이었소. 자네를 만나기 전에 있었던 일이오. 나 역시도 자네들과 마찬가지로 진상을 전혀 모르고 있었소."

홈즈는 고개를 끄덕이며 공작의 말을 듣고 있었다. 제임스 와일더가 공작의 아들이었다는 점을 제외하면 전부 그의 추리와 똑같았을 것임에 틀림없었다.

"제임스 와일더는 왜 유괴를 계획한 겁니까?"

홈즈가 물었다.

"샐타이어가 법률에 의해 지정된 상속인이라는 점에 불만을 품고 있었던 거요. 샐타이어를 유괴한 뒤, 내게 샐타이어를 법률상의 상속인에서 제외시키라고 요구할 생각이었던 거요. 그렇게 하면 내 유언으로 자신이 상속할 수 있을 거라고 생각했으니까. 무슨 짓을 해도 내가 결코 경찰에 신고하지 않으리라는 점을 잘 알고 있었던 거요. 유괴 후, 조금 시간이 지난 다음부터 나와 그런 협상을 하려 했는데 사태가 너무나도 빨리 진전되어 그럴 여유조차도 없었던 거요.

자네가 하이데거 선생의 사체를 발견한 일로 해서 그 음모는 완전히 무산되고 말았소. 마침 제임스와 내가 이 방에 있을 때, 하이데거 선생의 사체가 발견되었다는 헉스터블 교장의 전보가 도착했소. 겁을 먹은 제임스는 결국 모든 사실을 내게 털어놓았소. 그러면서 사흘 동안만 이 사실을 비밀로 해달라고 부탁했소. 그 사이에 공범자가 달아날 기회를 만들어주고 싶다고 했소. 울며 매달리는 제임스의 청을 나는 한 번도 거절한 적이 없었소. 제임스는 서둘러 자전거를 타고 그 악당에게 사실을 알리러 갔소.

해가 저문 후, 나도 샐타이어를 만나러 갔소. 샐타이어에게 별 탈은 없었지만 눈앞에서 사람이 살해당하는 모습을 봤기 때문에 완전히 겁에 질려 있었소. 사흘 동안 아들을 그대로 두자니 가엾은 생각이 들기도 했지만, 아들이 있는 곳만을 경찰에 알리고 하이데거 선생을 살해한 범인은 모르겠다고 할 수도 없는 상황이었소. 그리고 그 범인에게만 벌을 가하고 제임스에게는 그것이 미치지 않게 할 방법도 떠오르지 않았기 때문에 하는 수 없이 사흘을 기다리기로 했소. 그래서 루빈 헤이즈의 아내에게 아들을 잘 돌봐달라고 부탁하고 집으로 돌아왔소.

이것이 내 솔직한 이야기요. 이제는 자네가 솔직하게 들려주기 바라네. 앞으로 어떻게 해야 좋을지 자네 의견을 들려주게."

"알겠습니다. 우선, 법률상의 문제부터 말씀드리자면 각하는 매우 심각한 일을 저지르셨습니다. 각하는 중죄인의 범죄를 눈감아 주셨을 뿐만 아니라 그의 도주를 도왔습니다. 제임스 와일더 씨가 루빈 헤이즈에게 도주용으로 건네준 돈이 각하의 주머니에서 나온 것이라고 생각되기에 드리는 말씀입니다."

홈즈가 말하자 공작은 그 말에 수긍하는 고개를 숙였다.

홈즈가 말을 이었다.

"이건 매우 중요한 문제입니다. 하지만 그보다 더 중요한 것은 샐타이어 경에 대한 각하의 태도입니다. 각하는 그 더러운 여관에 샐타이어 경을 남겨놓고 사흘 동안 지내게 할 생각이었습니다."

"제임스와 굳게 약속했기 때문에......."

"죄를 저지른 아들을 위해서 죄 없는 아들을 곤경에 처하게 한다는 게 옳은 일입니까? 이대로 내버려두면 언제 또 유괴를 당하게 될지 모릅니다. 그런 약속 때문에 샐타이어 경을 괴롭히다니 더 이상은 보고만 있을 수 없습니다."

자존심에 상처를 받은 공작의 얼굴이 붉어지기 시작했다. 귀족으로 태어나서 지금껏, 이처럼 엄격하게 질책을 받은 적은 한 번도 없었을 것이다. 하지만 양심의 가책을 느꼈는지 공작은 아무런 말도 하지 않았다.

"제가 힘이 되어드리도록 하겠습니다만, 대신 조건이 하나 있습니다. 벨을 울려 하인을 불러주십시오. 그리고 그 하인에게 제 마음껏 명령을 내리도록 해주십시오."

공작은 아무런 말도 하지 않고 벨을 울렸다.

하인이 들어오자 홈즈가 말했다.

"이 말을 들으면 자네도 기뻐하겠지? 샐타이어 경을 찾았네. 바로 마차를 타고 투계 여관으로 가서 경을 모시고 왔으면 하는 각하의 바람일세."

하인이 기뻐하며 밖으로 나가자 홈즈가 말했다.

"저는 경찰이 아닙니다. 정의가 실현될 것이라는 사실을 확인한이상 지난 일을 가지고 누구를 책망하거나 할 생각은 없습니다. 루빈 헤이즈 앞에는 교수대가 기다리고 있겠지만 그를 돕고 싶은 마음은 없습니다. 법정에서 무슨 말을 할지는 모르겠지만, 각하의 힘이라면 입 다물고 있는 게 좋을 것이라고 생각하게 만드는 것도 그리 어려운 일은 아닐 것입니다. 그리고 이쪽에서도 입을 다물고 있으면 유괴를 방해하려 했기 때문에 죽였다는 사실은 밝혀지지 않을 수도 있습니다. 가령 밝혀진다 해도 몸값 때문에 혼자서 한 일이라고 해석할 것입니다.

한마디 충고의 말씀을 드리겠는데 제임스 와일더 씨를 이대로 곁에 두시면 앞으로도 골치 아픈 일들이 계속해서 일어날 겁니다. 제발 그것만은 피하시기 바랍니다."

"홈즈, 그건 나도 잘 알고 있네. 제임스는 이미 영원히 내 곁을 떠나, 오스트레일리아로 가서 자신의 미래를 개척하기로 마음을 정했소."

"그렇다면 제임스 와일더 씨 때문에 헤어져 살게 됐던 부인을 다시 불러서 함께 생활하시길 바랍니다. 그것이 샐타이어 경을 행복하게 해주는 길이라 생각됩니다."

"그 일이라면 이미 손을 썼소. 오늘 아침에 편지를 벌써 보냈지."

홈즈가 자리에서 일어났다.

"벌써 손을 쓰셨습니까? 우리의 이번 북 잉글랜드로의 여행이 여러 사람에게 행복을 가져다준 것 같아 정말 기쁩니다. 그리고 마지막으로 한 가지 더, 이것도 그리 대단한 문제는 아닙니다만, 확실히 해두고 싶은 일이 있습니다. 루빈 헤이즈는 자신의 말에 소 발자국처럼 생긴 편자를 박아놓았습니다. 이 기막힌 생각은 제임스 와일더 씨의 머리에서 나온 것일까요?"

이 말에 심하게 놀란 공작은 잠시 생각에 잠겨 있다가, 방문을 열어 박물관으로 쓰고 있는 커다란 옆방으로 우리를 안내했다. 그리고 한쪽 구석에 있는 유리 진열장으로 데리고 가더니 다음과 같이 적혀 있는 설명문을 손가락으로 가리켰다.

「이 편자는 홀더네스 저택의 바깥쪽 해자에서 출토된 것이다. 말에 사용하는 것인데 바닥이 소의 발바닥처럼 생겨 추적자를 따돌리는데 사용됐다. 중세에 약탈을 일삼았던 홀더네스의 기사들이 사용했던 것으로 추정된다.」

홈즈가 진열장의 문을 열었다. 그리고 손가락을 적신 다음 편자 위를 문질렀다. 그러자 손가락 끝에 최근에 묻은 듯한 진흙이 희미하게 묻어났다.

조용히 문을 닫은 홈즈가 말했다.

"이것이 북부에 와서 본 것 중 두 번째로 흥미로웠던 물건이었습니다."

"그렇다면 첫 번째는?"

홈즈가 가만히 수표를 접어 조심스럽게 수첩의 책갈피에 끼워넣은 다음 말했다.

"저는 가난한 사람입니다."

그리고 아주 소중한 물건을 다루듯 수첩을 가볍게 두드린 뒤 안쪽 주머니 깊이 찔러 넣었다.

여섯 개의 나폴레옹 흉상
The Adventure
of Six Napoleons

런던 경찰청의 레스트레이드 형사는 저녁이면 심심찮게 우리를 찾아오곤 했는데 셜록 홈즈는 한결같이 그를 반겨주었다. 그를 통해 경찰본부의 최근 동향을 알 수 있어서였다. 홈즈는 정보 입수에 대한 답례로 그가 말하는 모든 사건을 주의 깊게 듣고, 직접 개입하지는 않더라도 자신의 폭넓은 경험과 지식을 바탕으로 이따금씩 힌트를 주거나 방향을 제시해 주곤 했다.

　그날 저녁 레스트레이드는 날씨나 신문 기사 내용 따위를 주섬주섬 늘어놓다가 갑자기 입을 다물고 생각에 잠긴 얼굴로 담배만 연신 빨아 댔다. 홈즈가 놓치지 않고 바로 물었다.

　"무슨 문제라도?"

　"아, 아니요, 홈즈 선생. 별로 대단한 건 아닙니다."

　"한번 들어 봅시다."

　레스트레이드는 소리 내 웃었다.

"허허, 홈즈 선생도 참. 마음에 걸리는 일이 있긴 한데 그게 좀 엉뚱한 일이라서 그런 일로 선생을 귀찮게 해드리는 게 뭐했습니다. 대단하진 않지만 기묘한 사건인 건 맞지요. 해괴한 사건이라면 홈즈 씨의 호기심이 발동한다는 것도 잘 알지만 제가 봤을 때는 홈즈 선생보다는 왓슨 박사가 제격일 것 같습니다."

"병인가요?"

내가 물었다.

"정신병. 그것도 아주 예사롭지 않은 정신병이죠. 이 시대에 나폴레옹을 증오해서 나폴레옹 조각상만 보는 대로 때려 부수는 사람이 있다는 건 믿기 힘들겠죠."

홈즈는 의자 깊숙이 앉았다.

"내 분야가 아니군."

"그렇죠. 그렇다고 했잖아요. 그런데 그 정신병자가 남의 집을 무단 침입해서 남의 조각상까지 부쉈다면 그 일은 의사가 아니라 경찰의 소관이 되거든요."

"무단침입이라! 그건 좀 재미있군요. 어떻게 된 일인지 들어봅시다."

레스트레이드 형사는 수첩을 꺼내 보면서 기억을 재확인했다.

"처음으로 사건 보고가 들어온 건, 나흘 전입니다. 일이 벌어진 곳은 케닝턴로에서 그림과 조각상을 판매하는 모스 허드슨의 상점이었죠. 점원이 한눈을 판 사이에 뭔가 깨지는 소리가 나서 급히 가보니 다른 미술품과 함께 진열돼 있던 나폴레옹 석고 흉상이 산산 조각나 있더랍니다. 바로 거리로 나가보니 누가 가게에서 나오는 걸 봤다는 목격자도 없었고, 점원도 보지 못 해 누가 그런 짓을 했는지 알 수 없었죠. 순찰 중이던 경관도 가끔 돌아다니는 훌리건 짓일 거라고 얘기했다더군요. 사실 석고상은 비싸야 2, 3실링 정도밖에 안 되는 물건이라서 애들 장난이려니 생각하고 특별히 수사할 정도의 사건이 아니라고 여겼죠.

하지만 두 번째 사건은 더 심각할 뿐 아니라 해괴했습니다. 바로 어젯밤 일이지요.

케닝턴로의 모스 허드슨 상점에서 수백 미터 떨어진 곳에 이름난 의사가 한 명 살아요. 바니콧 박사라고 하는데 템스 강 남쪽에서 몇 손가락 안에 드는 큰 병원을 운영하죠. 살림집과 본 병원은 케닝턴로에 있고, 2킬로미터 떨어진 로워 브릭스턴로에 분원이 있어요. 바니콧 박사는 나폴레옹을 열렬히 숭배해서 집 안 전체가 나폴레옹의 책과 그림으로 가득하죠.

최근에는 모스 허드슨 상점에서 프랑스의 조각가 데빈의 작품으로 유명한 나폴레옹 흉상을 복제한 석고상 두 점을 사들이기도 했습니다. 박사는 케닝턴로의 자택 현관에 하나를 두고, 또 하나는 로워 브릭스턴로 분원의 벽난로 위에 장식했죠. 그런데 박사는 오늘 아침에 일어나서 아래층으로 내려갔다가 간밤에 도둑이 든 걸 알고 깜짝 놀랐는데, 없어진 것은 현관에 놓아둔 그 석고상뿐이었죠. 도둑은 석고상을 들고 나가 정원 담벼락에 내던져 무참히 부숴 버렸습니다."

홈즈는 두 손을 마주 비볐다.

"꽤 새로운 사건이로군."

"구미가 당길 줄 알았죠. 하지만 이게 다가 아닙니다. 바니콧 박사는 12시에 분원으로 갔는데 밤사이 창문이 뜯겨져 열려 있었고 나머지 한 개의 흉상마저 산산 조각나서 잔해가 온 방에 어지럽게 널려 있었어요. 박사가 얼마나 놀랐는지 상상할 수 있겠죠? 흉상은 놓여 있던 그 자리에서 요절이 났고요. 이상 두 가지 사건 다 어떤 미친 놈 짓인지 단서가 전혀 없어요. 대충 어떤 사건인지 짐작이 가시나요, 홈즈 선생?"

"괴기하다기보다는 독특한 사건이군요. 바니콧 박사의 부서진 두 흉상과 모스 허드슨 상점에서 부서진 것이 같은 복제품인가요?"

"모두 같은 틀에서 떠낸 복제품들이지요."

"그렇다면 흉상을 부순 범인이 나폴레옹을 증오해서 그랬다는 건 설득력이 떨어지네요. 나폴레옹 조각상이 런던에만도 수백 개일 것 아니오. 잡히는 대로 부수는데 우연히 같은 복제품 흉상 세 개부터 손을 댔다는 건 있을 수 없지."

"그래요. 저도 그렇게 생각했죠. 하지만 모스 허드슨 상점이 독점으로 런던의 그쪽 지역에서 흉상을 팔았고 최근 수년 간 그 상점에 있던 나폴레옹 흉상은 그 세 점 뿐이었습니다. 따라서 말씀하신 대로 런던에 수 백 개의 나폴레옹 상이 있다고 하더라도 그 지역에 있는 것은 오로지 그 세 개뿐일 가능성도 있죠. 그래서 범인이 그 세 개의 석고상부터 시작한 것일지도 모릅니다. 어떤가요, 왓슨 선생?"

"편집증 환자의 증상은 무한히 다양하게 나타납니다."

내가 대답했다.

"프랑스의 현대 심리학자들은 그런 상태를 '강박관념'이라고 부르지요. 이건 별 해가 없는 증상을 보이고 그것을 뺀 다른 측면은 완전히 정상일 수 있습니다. 나폴레옹에 관한 책을 너무 많이 읽었거나 대전에 참전해서 집안 대대로 피해를 입은 사람이 그런 강박관념을 키워 발작 같은 행동을 할 수도 있지요."

홈즈는 고개를 가로저으며 말했다.

"왓슨, 그건 아닌 것 같네. 자네가 말한 흥미로운 편집광이 강박관념만으로 석고상이 있는 곳을 알아내기는 힘들 걸세."

"으음, 그럼 자넨 어떻게 설명하겠나?"

"난 설명할 생각은 없네. 단지 이 범인의 행동에서 뭔가를 끌어낼 수 있다는 것을 지적할 뿐이지. 예를 들어 바니콧 박사의 집 현관에 있던 흉상은 소리가 나면 사람들이 깨어날 수 있으니까 밖에 가지고 나가 깨트렸지만, 병원에서는 그런 위험이 적었기 때문에 그 자리에서 박살내 버렸다는 것. 이 사실은 아주 사소해 보이지만 내가 관여했던 1급 사건 중에 처음에는 별거 아니게 보였던 것도 많았네. 아무리 대수롭지 않은 단서라도 하나둘 모으면 문제를 풀 열쇠가 되는 거지.

왓슨, 자네도 기억할 걸세. 왜 그 끔찍한 애버네티 가의 사건에서 결정적 단서를 잡은 것이 다름 아닌 더운 날 파슬리가 버터 안에 녹아들어가는 정도를 보고서 였잖나. 그러니 레스트레이드 형사, 이 세 개의 흉상 사건을 그냥 웃고 지나칠 수 없습니다. 이 기묘한 사건에 관한 새로운 소식이 있다면 어떤 거라도 좋으니 와서 가르쳐 주시오."

홈즈가 기다리던 소식은 의외로 빨리, 그리고 무서운 비극으로 나타났다. 다음 날 아침, 내가 아직 잠옷 바람으로 침실에 있을 때 노크 소리가 나더니 전보를 손에 든 홈즈가 들어왔다. 그는 전보를 큰 소리로 읽었다.

「켄싱턴 피트가 131번지로 곧 와 주십시오. – 레스트레이드」

"무슨 일일까?"

"모르겠네. 뭔가 일이 터졌겠지. 내 느낌엔 석고상 사건 같아. 그렇다면 우리의 우상 파괴자가 드디어 런던의 다른 곳에서 작업을 시작한 모양이군. 왓슨, 식탁에 커피 갖다놓았네. 밖에는 마차를 대기시켜 놨지."

30분 후에 우리는 피트가에 도착했는데 그곳은 런던 최고의 번화가와 인접해 있으면서도 조용하고 정체된 작은 마을이었다. 그저 큼직하고 번듯한 평면적 구조의 집들이 늘어선 곳. 그 중 하나가 131번지였다. 마차로 가까이 가자 집 앞 난간에 구경꾼들이 모여 있었다. 홈즈가 휘익 휘파람을 불었다.

"저런! 최소한 살인 미수로군, 광경을 보니. 런던의 심부름꾼 아이를 붙잡아둘 정도면 그 이하일 리는 없어. 저 친구들이 목을 빼고 발돋움하고 있는 걸 보니 난투극이라도 났었나? 저게 뭐 같나, 왓슨? 계단 맨 위쪽만 물로 씻어 내렸네. 음, 발자국은 잔뜩 남아 있겠어. 현관 창가에 레스트레이드가 나와 있군. 바로 자세한 내용을 들을 수 있겠어"

레스트레이드는 무척 심각한 얼굴로 우리를 맞이하고 거실로 안내했다. 그곳에는 얇은 모직 드레싱 가운을 입은 노인이 흐트러진 모습으로 어쩔 줄 몰라 안절부절 못했다. 그는 집주인으로 센트럴 프레스 통신사의 기자인 호레이스 하커 씨였다.

"이번에도 나폴레옹 흉상 사건이오."

레스트레이드가 입을 열었다.

"선생이 어젯밤 관심을 보이시기에, 사건이 상당히 심각해진 이상 아마도 사건 현장을 보고 싶을 거라 생각했습니다."

"사건이 어떻게 심각해졌다는 겁니까?"

"살인입니다. 하커 씨, 이분들께 간밤의 일을 말씀해 주시겠습니까?"

드레싱 가운의 남자가 더할 나위 없이 우울해 보이는 얼굴로 우리를 바라봤다.

"어째서 이런 일이. 평생 타인의 뉴스를 모으며 살아온 내가 막상 생생한 뉴스거리가 나한테서 일어나니 당황스럽고 말도 제대로 못 하겠소. 만약 신문기자로서 이곳에 왔다면 당사자에게 인터뷰해서 석간 톱기사로 내보냈을 거요. 지금은 아무 것도 못 하고 끝없이 이 사람 저 사람한테 얘기해서 좋은 기삿거리를 제공하면서도 정작 본인은 그걸 쓰지 못 하고 있어요. 하지만 셜록 홈즈, 이미 당신의 명성은 들어서 알고 있으니 이 기이한 사건을 해결해 주시기만 한다면 말씀을 드려야죠."

홈즈는 앉아서 이야기를 듣기 시작했다.

"모든 게 제가 4개월 전에 이 방에 놓으려고 사온 나폴레옹 흉상 때문인가 보오. 나는 그것을 하이가 역에서 두 번째 가게인 하딩 플라자 상회에서 싼 값에 구입했소. 신문 일이란 게 대부분 밤에 기사를 쓰는 일이 많아 새벽까지 앉아서 글을 쓰는 일이 많지요. 오늘 새벽에도 그랬어요. 집 꼭대기 방 내 서재에서 일하고 있는데 3시쯤 됐을까, 아래층에서 무슨 소리가 들렸소. 조용히 귀를 기울이고 들어보니 아무 소리도 나지 않아 아마 밖에서 난 소리거니 하고 생각했소.

그런데 5분 정도 지나 갑자기 처절한 비명소리가 들렸는데, 그렇게 소름끼치고 무시무시한 소리는 처음이오. 평생 뇌리에 남을 거요. 난 공포에 사로잡혀 한동안 꼼짝달싹 못했소. 정신을 차리자 부지깽이를 들고 아래층으로 내려왔지. 이 방에 들어서니 창문이 활짝 열려 있고 벽난로 선반 위에 놓여 있던 나폴레옹 흉상이 없어진 게 금방 눈에 띄었소. 그런 걸 가져가다니 도대체 어떻게 생겨먹은 도둑인지 모르겠소. 그저 싸구려 석고 복제품인데 말이오.

보면 알겠지만 열려 있는 창문으로 나가 발을 뻗으면 현관 계단에 발이 닿지. 도둑이 그렇게 나간 것이 분명해서 돌아가서 현관문을 열었소이다. 그런데 어둠 속에 한 발 내딛다 무엇에 발이 걸려 넘어질 뻔했소. 거기에 시체가 있는 거요. 등잔불을 가져다 비춰 보니 그 가엾은 젊은이가 목이 베여서는 주변은 피바다였소. 하늘을 향해 두 무릎을 세우고 입은 벌린 채. 꿈에 나올까 무서우이. 나는 가까스로 호각을 불고 그냥 졸도해 버린 것 같소이다. 정신을 차려 보니 현관에서 경찰이 나를 내려다보고 서 있는데 그 사이 일은 전혀 기억이 나지 않으니 말이오."

"그랬군요. 피살자의 신원은 밝혀졌나요?"

홈즈가 물었다.

"신원을 확인할 만한 게 아무것도 없습니다."

레스트레이드가 대답했다.

"시신은 공시소에 있는데 현재로선 신원불명입니다. 키가 크고 볕에 그을린 아주 건장해 보이는 남자인데 나이는 많아야 서른입니다. 차림새는 초라하지만 노동자 같지는 않아요. 피살자 옆에 뿔 손잡이가 달린 접이식 나이프가 피범벅이 돼서 떨어져 있었습니다. 그게 살해 도구였는지, 아니면 피해자의 소지품인지 아직 모릅니다. 옷에서 이름은 발견되지 않았습니다. 소지품은 사과 하나, 끈, 1실링짜리 런던 지도, 그리고 사진 한 장입니다. 바로 이거죠."

소형 카메라로 찍은 스냅 사진이었다. 사진 속의 인물은 잔뜩 경계하고 있는 날카로운 인상의 사내였는데, 눈썹이 짙고 얼굴 아래 절반쯤이 앞으로 돌출돼 마치 비비원숭이(개코원숭이) 같았다.

사진을 유심히 들여다본 홈즈가 말했다.

"흉상은 어떻게 됐소?"

"두 분이 오시기 직전에 찾았습니다. 캠덴하우스로에 있는 빈집 앞마당에서 발견되었다고 합니다. 석고상은 산산 조각이 나 있답니다. 지금 보러 갈 건데 함께 가실까요?"

"그러죠. 잠깐 이 주변을 둘러보고."

이렇게 말하고 홈즈는 카펫과 창문을 조사했다.

"범인은 다리가 아주 길거나 몸이 가볍고 날쌘 놈이군. 충계에서 창문까지의 거리를 볼 때 창틀 위로 손을 뻗어 창문을 연다는 게 그리 쉽지 않을 테니까. 그에 비해 나가는 건 아주 간단하군. 하커 씨, 당신의 석고상 잔해를 보러 함께 가시지 않겠습니까?"

기자는 침울한 얼굴로 이미 책상 앞에 앉아 있었다.

"어떡해서든 이 기사를 내야 하오. 물론 자세한 기사가 실린 석간신문 초판이 벌써 쫙 깔렸겠지만 말이오. 또 실패했어! 던커스터 경마장에서 관람석이 무너진 사건 기억하시오? 당시 그 경마장에 있던 기자는 나뿐이었지만 기사를 싣지 못한 신문은 우리 신문뿐이었소. 너무 떨려서 기사를 쓸 정신이 없던 거요. 이번에도 또 늦었어요. 내 집 현관에서 살인사건이 일어났는데도 말이오, 젠장."

방을 나서는데 기자의 펜이 사각사각 종이 위를 달리는 소리가 들려왔다.

흉상 파편이 발견된 곳은 살인 현장에서 겨우 2, 3백 미터 거리에 있었다. 우리는 미지의 인물에 대한 증오심을 키워 광기로 치달았던 황제의 모습을 참배했다. 그것은 산산이 부서진 채 풀밭 위에 흩어져 있었다. 홈즈는 파편 조각을 집어 들고 유심히 살펴보았다. 그의 집중한 얼굴과 이것이다 하는 태도를 보고 나는 마침내 그가 실마리를 잡았다는 걸 알았다.

"어떻습니까?"

레스트레이드가 묻자 홈즈는 어깨를 으쓱해 보였다.

"아직은 갈 길이 멀어요. 생각해 볼 내용은 몇 가지 있지만. 그 해괴한 범죄자에게는 이 하찮은 흉상을 손에 넣는 일이 한 사람의 생명보다 소중하다는 것이 하나. 또 하나는 흉상을 깨트리는 것이 목적이라면 왜 집 안이나 정원에서 깨트리지 않았을까 하는 것. 정말 이상하군."

"피살자가 나타나자 당황했겠죠. 우발적으로 일을 저지르고 도망친 겁니다."

"그것도 가능한 얘기지. 하지만 흉상을 박살낸 이 집. 특히 이 집이 세워진 위치를 특히 주의 깊게 보길 바라네."

레스트레이드 형사는 주변을 둘러봤다.

"빈집이라 방해하는 사람은 없었겠군요."

"으음, 하지만 여기 오기 전에 빈집이 하나 더 있었지. 왜 거기서 깨트리지 않았을까. 흉상을 들고 돌아다니면 돌아다닐수록 사람들 눈에 발각될 위험도 커지는데. 갈수록 이상하지."

"포기할래요. 모르겠습니다." 레스트레이드 형사가 말했다.

홈즈가 머리 위의 가로등을 가리켰다.

"여기는 가로등 불빛이 있어서 환하지만 거기는 그렇지 않으니까. 그게 이유죠."

"올커니! 맞아요. 그러고 보니 바니콧 씨의 흉상도 붉은 등 가까운 곳에서 깨져 있었어요. 홈즈 씨, 이게 무슨 의미일까요?"

"기억해 두시길. 메모를 해놔요. 연관된 무언가와 곧 만나게 될 겁니다. 레스트레이드 형사, 앞으로 어떻게 수사할 생각입니까?"

"내 생각에는 진상에 접근하는 가장 실질적인 방법은 피해자의 신원을 파악하는 거겠죠. 그리 어렵지 않을 겁니다. 피해자가 누구고, 누구랑 어울리는지 알면 어젯밤 피트가에서 무얼 하고 있었는지, 누구와 만나서 하커 씨의 집 현관에서 살해당했는지 연결될 겁니다. 그렇지 않을까요?"

"글쎄. 나와 접근방향이 전혀 다르군요."

"그렇다면 당신은 어떻게 하실 생각이죠?"

"아니, 자네 생각을 꺾고 싶지 않네. 자네는 자네 방식을, 나는 내 방식대로 진행하는 게 어떨까? 나중에 각자 조사한 결과를 비교해 보면서 서로 부족한 부분을 보완하기로 합시다."

"좋습니다."

레스트레이드가 말했다.

"지금 피트가로 돌아가면 홀레스 하커 기자를 만나겠군요. 하커 씨한테 범인은 나폴레옹에 대한 증오로 머리가 돌아버린 위험천만한 살인자라고, 틀림없다고. 내가 그렇게 결론을 내렸다고 전해 주십시오. 기사를 쓰는 데 참고가 될 겁니다."

레스트레이드 형사가 홈즈를 멀뚱히 쳐다봤다.

"정말 그렇게 생각하는 건 아니겠죠?"

"나 말입니까? 글쎄요, 아마 그럴 겁니다. 하지만 하커 씨나 센트럴 프레스 통신사의 독자들에게는 그게 더 흥미로울 거요. 자, 왓슨, 이제부터 일이 산더미처럼 쏟아질 걸세. 레스트레이드 형사, 오늘 저녁 6시에 베이커가로 와 주시길. 그때까지 피살자의 주머니에서 나온 사진을 좀 빌리죠. 내 추리가 옳다면 오늘 밤 외출할 일이 생길 겁니다. 함께 가면 도움이 필요할지도 모르고. 그럼 조사를 시작하죠. 건투를 빌겠습니다."

홈즈와 나는 하이 가로 가서 흉상을 판 하딩 플라자 상점에 들렀다. 젊은 점원이 나와서 하딩 씨는 오후나 돼야 가게에 나오는데 자신은 새로 와서 아무것도 모른다고 한다. 홈즈는 실망한 표정으로 한동안 입을 다물었다.

"이보게 왓슨, 만사가 다 뜻대로 되지는 않겠지. 하딩 씨가 돌아올 시간에 맞춰 다시 와야겠네. 흉상의 출처를 찾아서 한결같이 그렇게 해괴한 운명을 맞은 데 무슨 까닭이 있는지 알아보려고. 그럼 케닝턴로의 모스 허드슨 씨를 먼저 만나 보세."

한 시간이나 마차를 달려 미술품 상점에 도착했다. 사장은 통통하고 작은 키에 붉은 얼굴을 한 남자로 시원시원한 성격이었다.

"네네. 이 진열대 위입니다. 대체 세금은 왜 걷어가는 건지. 불한당 같은 놈이 함부로 들어와서 상품을 부수고 다니는데. 아, 맞아요. 바니콧 박사에게 저희 석고상 두 개를 팔았습니다. 뻔뻔한 놈! 이건 무정부주의자의 음모요. 석고상을 깨트리고 돌아다니다니 무정부주의자밖에 더 있겠습니까. 말하자면 빨갱이 '공화주의자'라고 할 수 있죠. 그 석고상을 어디서 떼어왔냐고요? 그게 사건과 무슨 관계가 있나요? 네, 그렇게까지 말씀하시니 가르쳐 드리죠. 그건 스테프니 처치가에 있는 겔더 상회입니다. 이 계통에서 20년 넘은 유명한 회사입니다.

몇 개를 뗐냐고요? 둘 더하기 하나는 셋이니까 세 개입니다. 두 개는 바니콧 씨가 구입하셨고, 또 하나는 카운터 위에서 백주대낮에 박살이 났죠. 이 사진 속의 사람이요? 아니, 모르겠는데요. 어라, 알아요, 알아. 베포잖아요! 우리 가게 임시직원으로 일했던 이탈리아인 기능공입니다. 필요할 때마다 절 도와 줬어요. 조각도 좀 할 줄 알고, 조각에 도금도 하는 어정쩡한 일을 자주 부탁합니다. 지난주에 갑자기 사라져서 소리 소문도 없습니다. 네, 어디서 와서 어디로 갔는지 난 몰라요. 저희랑 별 문제가 있는 것도 아닌데요. 사라진 건 흉상이 박살나기 이틀 전입니다."

홈즈가 상점을 나오며 말했다.

'모스 허드슨에서 알아낼 수 있는 건 다 알아낸 것 같아. 케닝턴과 켄싱턴에서 이 베포라는 자가 공통분모로 나왔으니 15킬로미터를 달려올 만한 가치가 있었군. 왓슨, 이제 흉상을 제작 판매한 스테프니의 겔더 상회에 가 보세. 거기서 아무 단서도 나오지 않는다면 그게 더 이상한 일이지."

우리는 마차를 타고 런던의 패션가, 호텔가, 극장가, 문학 동네, 상가, 그리고 해양 타운을 빠르게 지났다. 이렇게 런던의 면면을 거쳐 도착한 곳은 인구 십만의 어느 강변 도시였다. 유럽의 버림받은 자들이 득실거리는 그곳 싸구려 아파트에서 찌든 삶의 냄새가 났다. 한때는 런던의 부유한 거상들이 살던 이 넓은 거리에 우리가 찾는 조각품 제작사가 있었다. 넓은 정원에 기념비가 될 돌조각들이 가득했다. 넓은 건물 안에서 50명 정도의 직공들이 조각을 하거나 형틀을 만들고 있었다.

지배인은 금발에 체격이 큰 독일인으로 우리를 정중히 맞이했다. 그는 홈즈의 질문에 시원스럽게 대답했다. 장부에는 데빈 작품 나폴레옹 대리석 조각 복제품이 수백 개가 만들어진 것과 1년 전후로 모스 허드슨 상회에 납품된 세 점은 여섯 점 한 세트의 절반이었고, 나머지 세 개는 켄싱턴의 하딩 플라자 상회에 팔렸다고 돼 있었다. 그 여섯 점의 나폴레옹 상이 다른 흉상과 특별히 다른 점은 없었다. 누군가 깨트리고 싶어 할 이유가 전혀 없다고 지배인이 웃으며 말했다. 그리고 흉상의 도매가격은 6실링이지만 소매가는 12실링 전후라고 했다. 석고 틀은 얼굴 양쪽에서 뜬 두 개로 이루어지고 소석고 두 개의 옆얼굴을 합쳐 놓으면 완전한 흉상이 된다고 한다. 그 작업을 하는 것은 보통 우리가 있던 공장의 이탈리아 인들이다. 작업이 끝나면 복도에 있는 테이블에서 흉상을 건조시킨 후 창고에 보관한다. 지배인이 우리에게 말해준 건 대충 이랬다.

하지만 사진을 보여주자 지배인의 태도가 갑자기 변했다. 얼굴이 분노로 상기돼 게르만 족의 푸른 눈 위의 이마에 주름이 잡혔다.

"이 나쁜 놈!"

지배인은 소리쳤다.

"알다마다요. 우리 회사는 그 동안 아무 문제도 없던 곳이었는데 딱 한 번 경찰이 들이닥친 일이 있습니다. 바로 이놈 때문이죠. 그게 벌써 1년도 더 됐습니다. 놈이 길거리에서 다른 이탈리아 인을 칼로 찌르고 작업실로 도망쳐 왔다가 추적해 온 경찰에게 체포됐습니다. 이름이 베포인데 성은 모릅니다. 이렇게 생겨먹은 놈을 쓰는 게 아닌데. 다 제 잘못이었죠. 그래도 일솜씨는 좋았습니다. 장인으로서는 최고였지요."

"그때 형을 얼마나 살았죠?"

"피해자가 죽지 않아 1년 형을 선고받고 복역했죠. 벌써 출감했을 텐데요. 감히 여기 찾아올 용기는 없을 겁니다. 그 녀석 사촌이 여기서 일하고 있으니 물어보면 아마 사는 곳을 알 겁니다."

"그건 절대 안 돼요."

홈즈가 외쳤다.

"사촌에게는 단 한 마디도, 아무 말도 하지 마세요. 부탁합니다! 아주 중대한 일입니다. 게다가 조사하면 할수록 더욱 더 중대해지는 듯합니다. 장부에 흉상을 판매한 날짜가 분명히 작년 6월 3일이었죠. 베보가 체포된 게 언제인지 기억하고 계십니까?"

"급여 지불 대장을 보면 대강 알 수 있을 겁니다."

그렇게 말하고 지배인은 장부를 넘겼다.

"마지막으로 임금을 지불한 게 5월 10일이군요."

"고맙습니다. 더 이상 폐를 끼치지 않겠소이다."

홈즈는 다시 한 번 수사에 관해 절대 말하지 말도록 못 박아두고 우리는 서쪽으로 향했다.

　오후도 한참 지난 시간에야 겨우 우리는 레스토랑에서 허둥지둥 점심을 먹었다. 입구에 있던 신문 호외에 "켄싱턴 참극. 해괴한 살인"이라 적혀 있었다. 호레이스 하커 씨가 자신의 기사를 드디어 활자화시켰다. 2단 기사로 사건 전체를 꽤 충격적이고 거창하게 묘사했다. 홈즈는 조미료 통에 신문을 걸치고 식사를 하면서 읽다가 한두 번 킥킥 웃음소릴 냈다.

　"왓슨, 걸작이군. 이 대목을 좀 들어보게. '사건을 둘러싼 견해차가 없다는 것이 불행 중 다행. 경험이 풍부한 경찰 제일의 레스트레이드 형사와 명성 높은 민완 사립탐정 셜록 홈즈, 두 사람 모두 이와 같은 비극에 이른 일련의 그로테스크한 사건은 치밀하게 계획된 범행이 아닌 정신질환자에 의한 것이라는 같은 결론을 내렸다. 정신이상자에 의한 범행이란 것 외에 달리 설명할 방법이 없을 것이다.' 라네.

　왓슨, 언론을 활용하는 요령만 알고 있다면, 이보다 더 쓸모가 많은 매체는 없다네. 자아, 자네가 식사를 마치면 켄싱턴에 돌아가 하딩 플라자 상회 지배인에게 사건에 대해 물어보세."

　만나 보니 이 회사 창립자는 체격은 작지만 활달한 성격에 머리도 혀도 잘 돌아가는 남자였다.

　"네, 석간 기사는 이미 읽었습니다. 호레이스 하커 씨는 저희 단골입니다. 몇 달 전이지만 분명히 흉상을 사 가셨습니다. 그 세 개는 스테프니의 겔더 상회에서 구입한 것이고 이미 다 팔렸습니다. 사 간 사람이요? 네, 장부를 보면 금방 알 수 있을 겁니다. 아, 여기 있네요. 하나는 하커 씨, 또 하나는 치스윅, 래버넘 베일, 래버넘가의 조시아 브라운 씨, 나머지는 레딩, 로워 그로브르의 샌드포드 씨에게 팔았지요. 이 사진의 얼굴은 본 적이 없어요. 봤다면 잊을 수 없는 얼굴이네요. 안 그래요? 이런 괴상한 얼굴. 이탈리아인 종업원이 있냐고요? 회사 직원과 청소부가 몇 명 있습니다. 으음, 맘만 먹으면 이 장부를 얼마든지 몰래 볼 수 있죠. 감춰둘 이유가 없으니까요.

그런데 정말 이상한 사건이네요. 만약 뭔가 새로운 사실이 있으면 제게도 연락을 주십시오."

홈즈는 하딩 씨가 말하는 동안 줄곧 메모를 하면서 사건의 실마리를 잡은 듯 만족스런 모습이었다. 하지만 그는 서두르지 않으면 레스트레이드와의 약속 시간에 늦겠다는 말 외에 아무 말도 하지 않았다. 과연 베이커가에 돌아와 보니 형사는 이미 도착해 어슬렁거리고 있었다. 입이 근질근질한 듯한 얼굴을 보니 그도 수사에 성과가 있는 듯 보였다.

"홈즈 씨, 어땠나요?"

"아주 바쁜 하루였고 성과도 있습니다. 소매업자 두 명과 제조업자를 만나고 왔어요. 이제 나폴레옹 흉상 여섯 점의 유통 경로를 훤히 꿰고 있습니다."

"흉상이라고!"

레스트레이드는 소리를 질렀다.

"그래요, 당신은 당신 방식대로 한다고 하셨죠. 물론 상관없습니다. 하지만 아무래도 제 수확이 더 큰데요. 피살자의 신원을 확인했습니다."

"오오!"

"범행 동기도 알아냈죠."

"그거 대단하군!"

"우리 본부에 사프론 힐과 이탈리아인 거주 구역을 담당하는 힐 형사가 있습니다. 난 피살자가 목에 걸고 있는 가톨릭의 상징과 피부색으로 볼 때 이탈리아 남부 사람이라고 생각했죠. 힐 형사는 과연 시신을 보자마자 한 눈에 알아봤습니다. 나폴리 출신의 피에트로 베누치라는 친구인데, 런던에서 악명 높은 칼잡이죠. 이 자는 지령을 위해서라면 살인도 불사하는 비밀 정치 조직 마피아와 연관돼 있는 것 같습니다.

이걸로 모든 게 확실해졌습니다. 살인범도 아마 이탈리아인이고 마피아의 조직원일 겁니다. 뭔가 룰을 어겨서 피에트로가 추격한 거죠. 주머니 속 사진은 쫓고 있는 남자였고 사람을 착각하지 않게 가지고 다녔을 겁니다. 피에트로는 남자를 쫓다 집에 들어가는 걸 확인하고 밖에서 기다렸고요. 그리고 남자를 덮쳤다가 역으로 당한 겁니다. 어떻습니까, 홈즈 씨?"

홈즈는 박수를 치며 큰 소리로 칭찬했다.

"대단해요, 레스트레이드 형사, 정말 훌륭해! 하지만 흉상을 부순 이유는 뭐죠?"

"흉상이요! 이제 그런 건 잊어버려요. 큰일도 아니잖습니까. 기껏해야 6개월 형에 불과한 절도죄니까. 수사의 초점은 살인 사건입니다. 모든 실마리가 제 손 안에 있습니다."

"그럼 이제 어떻게 할 생각이죠?"

"그야 당연히 힐 형사와 함께 이탈리아인 거주 구역에 쳐들어가 사진 속 인물을 찾아내 살인용의자로 체포하지요, 함께 가시겠습니까?"

"그만두겠습니다. 좀더 간단한 방법으로 목적을 달성할 수 있을 겁니다. 아직 풀리지 않은 게 있어 장담할 순 없지만. 그래도 실패와 성공 확률이 50대 50으로 정확히 반반이지요. 레스트레이드, 당신이 오늘 밤 우리와 동행한다면 범인을 잡는 걸 도와 드리죠."

"이탈리아인 거주 구역에서?"

"아니, 범인이 있을 만한 곳은 치스윅입니다. 오늘 밤 치스윅으로 가 준다면, 나는 내일 그 이탈리아인 거주 구역에 동행하지요. 밤 10시가 넘어서야 출발할 거고 아침까지는 돌아올 수 있을 겁니다. 레스트레이드, 저녁 식사는 우리와 함께 합시다. 그리고 출발 시간 전까지 소파를 내드릴 테니 눈 좀 붙이시고요. 왓슨, 그 사이에 전보 배달부 좀 불러 주겠나. 급하게 보내야 할 편지가 있네."

저녁 내내 홈즈는 낡은 신문이 산더미처럼 쌓인 창고에서 신문 철을 뒤졌다. 마지막 신문을 바닥에 놓았을 때 그의 눈에는 확신에 찬 눈빛이 역력했지만 우리에게 조사한 결과를 밝히지는 않았다. 나는 나대로 홈즈가 이 사건의 실타래를 풀어온 길을 하나하나 되짚어 봤다. 그리고 어떤 결과에 도달했는지 알지 못했지만 홈즈가 이 해괴한 범죄자가 나머지 두 개의 흉상을 노릴 거라고 생각하고 있다는 것만은 확실히 알았다. 두 개의 흉상 중 하나가 분명히 치스윅에 있을 것이다. 오늘 밤 외출 목적은 보나마나 범인을 현장에서 잡으려는 것이다. 범인을 안심시키기 위해 석간에 거창한 거짓 기사를 싣게 만든 친구의 주도면밀함에 또다시 혀를 내둘렀다. 그래서 내게 권총을 소지하라는 말을 했을 때도 전혀 놀라지 않았다. 홈즈는 평소에 애용하는, 철사가 들어간 사냥용 채찍을 준비했다.

10시가 되자 현관에 사륜마차가 당도했다. 우리는 그것을 타고 해머스미스 다리 저편으로 건넜다. 마부를 기다리게 하고 조금 걷자 멋지고 넓은 정원이 즐비한 골목길이 나왔다. 가로등 빛으로 어느 집의 대문 기둥에 쓰인 '래버넘 전원주택'이란 글씨를 읽을 수 있었다. 집안 식구들은 벌써 잠자리에 들었는지, 안이 온통 깜깜해 보였고 현관문 위의 채광창으로 흘러나온 불빛만 정원의 오솔길을 희미하게 비추고 있었다. 우리는 도로에 접한 정원의 나무 울타리 안쪽으로 짙게 드리운 그늘 속에 몸을 감췄다.

"꽤 오래 잠복해야겠어."

홈즈가 속삭였다.

"그래도 비가 안 와 다행이네. 담배까지야 못 피우겠지만. 그래도 잡을 확률이 반반이니 고생한 보람이 있을 겁니다."

하지만 홈즈가 걱정한 만큼 그리 오래 기다리지 않아도 됐다. 사건의 종말이 갑작스럽게 찾아왔다. 아무 전조도 없이 순식간에 상황이 벌어졌다. 정원 문이 슬그머니 열리더니 검은 그림자가 마치 원숭이처럼 빠르고 익숙하게 정원의 작은 길을 휙 지나갔다. 현관문 위로 흘러나온 불빛을 순식간에 가로질러 집 그림자 속으로 빨려들어 갔다. 우리는 한동안 숨을 죽이고 있었다. 아주 작게 정적을 가르는 소리가 났다. 창문이 열리는 소리였다. 인기척이 사라지고 또 다시 정적이 감돌았다. 남자가 집안에 잠입한 것이다. 갑자기 등불 빛이 번쩍 빛났다. 그곳에 찾는 게 없는지 다른 방 블라인드 사이로 불빛이 보이다가 다시 옆방으로 불빛이 옮겨졌다.

"저기 열린 창문 밑으로 가죠. 저자가 나올 때 덮치는 거예요."

레스트레이드가 속삭였다.

하지만 우리가 움직이기도 전에 사내가 다시 모습을 나타냈다. 그가 희미한 불빛을 지날 때 보니, 뭔가 하얀 것을 옆구리에 끼고 있었다. 사내는 은밀하게 주위를 둘러보았다. 인기척이 전혀 없는 거리가 쥐죽은 듯 조용하자 안심한 눈치였다. 그는 이쪽으로 등을 돌리더니 끼고 있던 물건을 내려놓았다. 다음 순간, 쩡 하고 때리는 소리가 나더니 쨍그랑하고 깨지는 소리가 이어졌다. 사내는 하고 있는 일에 몰두한 나머지 우리가 풀숲에 숨어 살금살금 다가가는 것을 전혀 눈치 채지 못 했다. 순간 홈즈가 사내의 등을 향해 호랑이처럼 달려들고, 레스트레이드와 내가 손목을 잡고 순식간에 수갑을 채웠다. 사내를 돌려 눕히자 창백한 얼굴에 일그러진 짐승 같은 눈이 우리를 노려봤다. 붙잡힌 건 사진 속 남자였다.

홈즈는 범인에게 관심이 없었다. 계단에 쭈그리고 앉아 범인이 집안에서 가지고 나와 깨뜨린 파편을 열심히 조사하고 있었다. 아침에 본 나폴레옹 흉상과 똑같은 것이 비슷한 모습으로 부서져 있었다. 홈즈는 석고 파편을 하나하나 주의 깊게 불빛에 비춰 봤다. 별다른 점은 없어보였다. 홈즈가 관찰을 막 끝냈을 때 현관 등이 켜지며 현관문이 열리고 셔츠에 바지 차림의 뚱뚱하고 낙천적으로 보이는 집주인이 나타났다.

"조시아 브라운 씨죠?"

홈즈가 말을 건넸다.

"그래요. 셜록 홈즈 선생이시군요. 선생이 전보 배달부 편에 보내신 편지를 받고 거기 쓰인 지시대로 했습니다. 문을 전부 안에서 잠그고 일이 벌어지기만 기다렸지요. 범인을 잡은 걸 보니 정말 다행입니다. 여러분, 안으로 들어와 뭐라도 좀 드세요."

하지만 레스트레이드는 범인을 한시 바삐 안전한 곳으로 옮기고 싶어 했다. 그래서 우리는 15분도 채 안 돼 대기 중이던 마차를 타고 런던을 향해 달렸다. 범인은 한 마디도 하지 않고 헝클어진 머리카락 사이로 우리를 노려봤다. 내 손이 가까이 가자 굶주린 늑대처럼 물려고 달려들었다. 경찰서에서 몸수색을 했는데 그의 몸에서 나온 건 2, 3실링의 동전과 칼집이 달린 긴 칼 하나였다. 손잡이 부분에 최근에 묻은 듯한 피가 엉겨 있었다.

"답은 다 나왔습니다."

헤어질 때 레스트레이드 형사가 말했다.

"놈들에 대해서는 힐 형사가 다 알고 있습니다. 놈의 이름도 금방 알 수 있을 겁니다. 마피아 관련 사건이라고 한 제 말이 맞았다는 걸 알게 되시겠죠. 그래도 범인을 체포하는 홈즈 씨의 발군의 능력에 대해서는 심심한 감사를 드립니다. 어떻게 그렇게 했는지 아직 이해되지 않는 부분이 있지만요."

"설명하기에는 시간이 좀 늦은 것 같군요."

홈즈가 말했다.

"게다가 아직 해결되지 않은 세세한 문제가 있는데, 그것은 끝까지 파헤쳐 볼 만한 가치가 있어 보이는군요. 내일 6시에 다시 한 번 베이커가에 오시면 이 사건의 온전한 의미를 당신이 아직도 제대로 파악하지 못 하고 있다는 걸 설명해 드리죠. 이 사건은 범죄의 역사에서 전무후무한 사건으로 기록될 것입니다. 왓슨, 자네가 앞으로 내 사건들에 대한 기록을 더 펴낼 의사가 있다면, 이 나폴레옹 흉상을 둘러싼 기괴한 모험 이야기로 책에 생기를 불어 넣을 수 있을 걸세."

다음날 저녁, 다시 찾아온 레스트레이드는 붙잡은 범인에 관한 정보를 잔뜩 가져 왔다. 이름은 베포. 하지만 성은 모름. 이탈리아인 거주지에서는 잘 알려진 건달이지만 한때는 실력 있는 조각공이었다. 악의 길로 들어선 뒤에 벌써 두 번이나 감옥에 다녀왔다. 사소한 도난사건으로 한 번, 또 한 번은 우리가 알고 있듯이 동포를 칼로 찌른 죄로. 그는 영어를 유창하게 했지만 흉상을 깨트린 이유에 대해서는 묵비권을 행사 중이라 여전히 오리무중. 하지만 경찰은 그가 겔더 상회에서 흉상 만드는 일을 했던 점에서 볼 때 깨트린 흉상들을 그의 손으로 만들었을 가능성이 높다고 보고 있다.

대부분은 이미 알고 있던 것이지만 홈즈는 끝까지 차분하게 들었다. 하지만 누구보다 친구를 잘 아는 나는 그가 딴생각을 하고 있다는 걸 쉽게 알 수 있었다. 예의 무표정한 얼굴 뒤에는 불안과 기대가 뒤섞인 표정이 보였다. 갑자기 그는 의자에 앉은 채 움찔했는데 두 눈에 밝은 빛이 감돌았다. 잠시 후 계단을 오르는 소리가 들리고 긴 구레나룻에 흰 수염이 섞이고 얼굴이 붉은 초로의 남자가 방으로 들어왔다. 그는 오른손에 들린 구식 여행 가방을 테이블 위에 올려놨다.

"셜록 홈즈 씨 계시오?"

홈즈는 가볍게 머리를 숙이며 빙긋 웃었다.

"레딩의 샌드포드 씨죠?"

"그렇소. 기차가 늦어지는 바람에 좀 늦었소이다. 내가 가지고 있는 흉상 때문에 편지를 주셨나?"

"그렇습니다."

"이 편지인데 '데빈의 나폴레옹 복제품이 필요합니다. 가지고 계신 흉상을 10파운드에 파실 수 없겠습니까?' 라고 했는데 정말이오?"

"네, 정말입니다."

"편지를 받았을 때 깜짝 놀랐지. 내가 가지고 있는 걸 어떻게 알았는지 이상했다오."

"놀라시는 것도 무리가 아니죠. 알고 나면 별거 아닙니다. 하딩 플라자 상회의 하딩 씨가 마지막 하나를 당신이 사 가셨다고 말해 줬고 주소까지 알려 주었습니다."

"그리 된 거군. 내가 이걸 얼마에 샀는지 그 가게에서 말 안 해주던가?"

"아니오, 못 들었습니다."

"이런, 난 부자는 아니지만 거짓말쟁이는 아니지. 이 흉상은 겨우 15실링에 샀소이다. 10파운드를 받기 전에 미리 알려드려야 할 것 같아서."

"배려해 주셔서 감사합니다, 샌드포드 씨. 하지만 제가 부른 값이니까요. 어디까지나 그 값을 드리겠습니다."

"허, 홈즈 선생. 정말 후한 사람이구먼. 선생 요구대로 흉상을 가져 왔소. 자아, 여기요."

여행 가방이 열렸다. 그리고 깨져버린 모습만 몇 번 본 그 문제의 흉상이 드디어 완전한 모습으로 우리들 눈앞 테이블 위에 나타났다.

홈즈가 안주머니에서 종이 한 장과 10파운드 지폐를 테이블에 올려놨다.

"종이에 사인해 주시겠습니까, 샌드포드 씨? 이 사람들이 증인입니다. 이 흉상에 대한 권리를 제게 넘긴다는 내용입니다. 저는 일처리가 확실한 걸 좋아하는 사람이고 앞으로 어떻게 될지 모르니까요. 감사합니다. 그럼 여기 대금입니다. 수고를 끼쳐 드려 죄송합니다."

손님이 나가고 우리의 눈길은 홈즈의 움직임을 따라갔다. 그는 먼저 서랍에서 흰 천을 꺼내 테이블에 펼쳤다. 그리고 그 천 한가운데 지금 막 구입한 흉상을 놓았다. 마지막으로 수렵용 채찍을 손에 들고 나폴레옹 흉상을 힘껏 내리쳤다. 흉상은 산산이 부서졌다. 홈즈는 몸을 숙여 흩어진 파편을 유심히 살폈다. 그리고 다음 순간, 승리의 함성을 내며 한 조각을 가리켰다. 푸딩 속에 들어 있는 자두처럼 하얀 파편 한가운데 검고 둥근 것이 있었다.

"여러분, 소개합니다. 저 유명한 보르지아가의 흑진주입니다!"

레스트레이드와 나는 입이 딱 벌어졌다. 다음 순간 마치 잘 짜인 연극의 절정에 달한 순간을 본 듯 저절로 박수가 나왔다. 창백한 홈즈의 얼굴이 홍조를 띠며 관객의 갈채에 대답하는 위대한 극작

가처럼 우릴 향해 가볍게 머리를 숙였다. 이 순간 그에게서는 하나의 추리 기계 같은 면모가 사라지고 우리의 칭찬에 기분이 좋아지는 사람다움이 엿보였다. 세상 사람들의 아첨에 대해서는 경멸의 눈초리를 보내는 내성적이고 자존심 강한 그가, 지금 친구들의 진심에서 우러난 경이로움에 찬 찬사에 대해는 크게 감동하고 있다.

"그렇습니다, 신사 여러분. 이것이 바로 현존하는 것 중에서 가장 유명한 진주입니다. 하나하나의 사례에서 결론으로 이끌어 가는 추리의 연결고리를 이어간 덕분에 다행히 결론에 도달할 수 있었죠. 이 진주가 분실되었던 데이커 호텔 콜로나 왕세자의 객실에서 시작해서 스테프니의 겔더 사에서 만들어진 여섯 점의 나폴레옹 흉상 중 마지막 하나인 이 흉상까지 말입니다.

레스트레이드, 당신도 이 귀중한 진주가 분실된 다음에 엄청난 소동이 벌어졌고 그걸 찾으려던 런던 경찰청의 노력도 허사로 돌아갔다는 것을 기억하고 있겠죠? 내게도 상담을 해 왔지만 해결의 실마리를 잡지 못 했지요. 공작부인의 이탈리아인 하녀가 의심을 받았죠. 런던에 하녀의 오빠가 있는 걸 알았지만 두 사람이 접촉한 증거를 찾는 데 실패했지요. 하녀의 이름은 루크레티아 베누치. 이틀 전 죽은 피에트로가 그녀의 오빠일 거라고 생각했습니다. 낡은 신문을 뒤져보니, 진주가 사라진 게 베포가 폭력사건으로 체포되기 이틀 전이더군요. 마침 그때 겔더 사에서는 이 흉상들이 제작되고 있었습니다. 자, 이제 사건이 어떻게 전개됐는지 아시겠죠?

물론 여러분은 내가 사건을 인지한 순서와는 정반대로 진실에 접근하는 겁니다.

베포는 흑진주를 손에 넣었습니다. 피에트로에게서 훔쳤을 수도 있고, 두 사람이 공범이었을지도 모르죠. 아니면 베포가 피에트로와 여동생 사이의 연결책이었을 수도 있고요. 사실이야 어찌됐든 그건 우리에게는 전혀 상관없는 일입니다.

중요한 건 베포가 틀림없이 진주를 가지고 있었고 게다가 그걸 가지고 있었을 때 경찰에게 쫓겼다는 사실입니다. 공장으로 도망은 쳤지만 몸수색을 당하면 진주가 발각될 거고 이 엄청난 가격의 진주를 감추는 데 시간이 불과 2, 3분밖에 없었던 거죠. 그때 복도에는 나폴레옹 흉상 여섯 점이 건조되고 있었지요. 그 중 하나는 아직 덜 말랐습니다. 솜씨 좋은 직공이었던 베포는 순식간에 석고상에 작은 구멍을 내 진주를 집어넣고 간단히 구멍을 매워 원상태로 만들었죠. 진주를 감추는 데 그보다 좋은 장소는 없었습니다. 그걸 찾아낼 수 있는 사람은 없었으니까요.

하지만 베포는 1년 형을 선고 받고 말아요. 한편 여섯 개의 나폴레옹 흉상은 런던 여기저기로 흩어져 버렸고, 진주를 숨긴 것이 어느 것인지를 본인도 알 수 없었죠. 깨뜨려보지 않고서야 방법이 없습니다. 흔들어 봐도 소용없지요. 석고가 덜 마른 상태라 진주가 석고에 달라붙었을 수도 있고, 실제로 그랬고요.

하지만 베포는 포기하지 않고 머리를 짜내 흉상을 수색하고 다녔습니다. 우선 겔더 상회에서 일하는 사촌을 통해 문제의 흉상을 떼어간 소매상을 찾아냈지요. 그리고 모스 허드슨 상점에 취직해서 드디어 여섯 개중 세 개가 팔려간 곳을 알아냈어요. 하지만 진주는 들어있지 않았지요. 그 다음엔 어떤 이탈리아인 점원의 도움을 받아 나머지 세 개의 행방을 알아냈습니다. 맨 먼저 그는 하커 씨의 집에 있는 흉상을 노렸습니다. 그때 베포가 진주를 빼돌릴 거라 생각한 공범 피에트로가 뒤를 밟아 몸싸움이 일어났고 결국 살해당한 겁니다."

"공범이라면 어째서 사진을 들고 다녔을까?"

내가 물었다.

"그의 소재를 사람들에게 물어보고 다녀야 할 수도 있었으니까. 틀림없어. 어쨌든 살인 사건이 있고 나서 베포가 행동을 서두를 거라 생각했습니다. 자신의 비밀을 눈치 챈 경찰이 선수 칠까 초조했겠지. 물론 나는 베포가 하커 기자의 흉상에서 진주를 찾았는지 여부는 몰랐고요. 그리고 그가 찾는 게 진주라는 것도. 하지만 흉상을 몇 집 떨어진 빈집까지 가져가 불빛이 비추는 정원에서 부쉈다면 아무튼 뭔가를 찾고 있다는 건 분명했습니다. 하커 기자의 석고상은 남은 세 점 중 하나였기 때문에, 나머지 두 점 중에 진주가 들어 있을 가능성은 내가 말한 대로 정확히 반반이었던 겁니다.

두 점 중에 런던에 있는 걸 먼저 찾아갈 게 틀림없었죠. 또 다시 비극이 일어나지 않도록 미리 집주인에게 연락을 취해 놓았어요.

덕분에 우리는 최고의 전과를 얻을 수 있던 거지요. 그때는 이미 우리가 쫓고 있는 게 이탈리아의 명문가 보르지아 가문의 흑진주라는 걸 확신할 수 있었죠. 살해당한 남자의 이름을 단서로 해서 두 개의 사건을 연결시켰던 겁니다. 이제 남은 흉상은 레딩에 있는 것뿐이었죠. 진주는 그 안에 있는 게 분명했고요. 그리고 나는 여러분이 보는 앞에서 주인에게 그걸 샀습니다. 여기, 지금 굴러다니는 게 바로 그겁니다."

방 안에는 잠시 침묵이 흘렀다.

"우와."

레스트레이드 형사가 입을 열었다.

"홈즈 선생, 당신이 멋지게 사건을 해결하는 모습을 여러 번 봐왔지만 이처럼 대단한 솜씨는 처음입니다. 우리 런던 경찰청에서도 이걸 빈정대는 자는 없을 겁니다. 아니 오히려 우리는 당신을 자랑스럽게 생각합니다. 내일 경찰서에 들러 주시면 제일 나이 많은 경감에서 제일 어린 새파란 순경까지 모두 홈즈 선생과 악수하려고 난리가 날 겁니다."

"고맙군요! 정말 고맙습니다!"

그렇게 말한 홈즈의 옆모습에서 전에 없이 따뜻한 인간다운 감정이 가슴을 녹이고 있는 듯했다. 그러나 잠시 후, 그는 냉정하고 실용적인 본연의 모습으로 돌아왔다.

"왓슨, 그 진주를 금고에 넣어 두게. 그리고 콩크 싱글턴 문서 위조 사건 서류를 꺼내 줘. 레스트레이드 형사, 안녕히 가십시오. 당신이 어떤 문제를 가져오든 능력이 닿는 한 기꺼운 마음으로 힌트 한두 개쯤은 협조하겠습니다."

세 명의 학생
The Adventure
of Three Student

1895년, 여러 가지 일이 겹쳐(그 내용은 일일이 설명할 필요가 없을 것 같다) 셜록 홈즈와 나는 몇 주에 걸쳐 영국의 유명한 대학가에서 지내고 있었다. 지금부터 말하고자하는 건 사소하지만 소중하고 교훈적인 사건이 일어난 것은 바로 그 때였다.

　대학명과 범인의 실명 따위를 직접적으로 기록한다는 건 인권적으로 실례가 될 것이다. 그렇게 가슴 아픈 사건은 가능한 빨리 잊어버리는 게 좋다. 하지만 충분히 배려한 글이라면 용납될 수 있을 것이며 내 친구의 뛰어난 재능을 확인하는데 조금이라도 도움이 될 것이다.

　당시 우리는 도서관 근처 가구가 딸린 하숙방을 빌렸다. 홈즈가 그곳에서 초기 영국 왕실 교지에 관한 연구에 전력을 다하고 있었다. 어느 밤의 일이다. 하숙집에 한 명의 지인이 찾아왔다. 세인트 루크 대학에서 개인 지도교사와 강사를 겸임하고 있는 힐턴 소움즈 씨였다.

큰 키에 마르고 신경질적이라 금방 흥분하는 인물이었다. 항상 불안정해 보이던 그가 한층 더 허둥대며 나타났다. 아무래도 무슨 큰 일이 일어난 듯 했다.

"홈즈 씨, 제발 부탁이니 바쁘시더라도 2,3시간정도 시간 좀 내 줄 수 없나요. 세인트 루크 대학에서 골치 아픈 일이 일어났습니다. 하지만 당신이 계셔서 다행입니다. 그렇지 않았다면 대체 무슨 일인지 알 수 없었을 겁니다"

"저는 지금 너무 바빠서 다른 일에 신경 쓸 여력이 없습니다. 경찰을 찾아가보시는 게 어떻겠습니까?"

"아니, 그건 절대 안 됩니다. 경찰에 맡기면 끝장입니다. 대학의 명예를 위해서라도 이 사건을 드러내고 수사할 수 없습니다. 당신은 능력뿐만이 아니라 사려가 깊으신 걸로도 명성이 자자하십니다. 저를 도와줄 수 있는 사람은 세상천지에 홈즈 씨 밖에 없습니다. 제발 부탁이니 도와주십시오."

익숙한 베이커가를 떠난 친구의 심기는 별로 좋지 않았다. 스크랩북과 화학약품, 적당히 어지럽혀진 방, 이런 것들이 없으면 마음이 안정되지 않는 것이었다. 홈즈는 어쩔 수 없다는 듯 어깨를 으쓱하고 청을 받아들이자 손님은 봇물 터뜨리듯 흥분하여 빠른 말투로 쏟아내기 시작했다.

"홈즈 씨, 먼저 설명해 드리겠습니다. 내일은 포테스큐 장학금

선발시험 첫째 날입니다. 저도 시험위원 중 한 명입니다. 담당하는 과목은 그리스어고 첫 번째 문제가 그리스어 장문을 영어로 번역하는 문제입니다. 시험지에 인쇄된 문장을 미리 볼 수 있다면 당연히 유리하겠죠. 따라서 시험지는 보안에 만전을 기해 보관하고 있습니다.

오늘 3시경 인쇄소에서 시험지 교정본이 도착했습니다. 투키디데스의 한 문장의 절반을 출제하였습니다. 정확을 기하지 않으면 안 되는 일이라 저는 심혈을 기울여 확인했습니다. 그 작업은 4시 반에도 끝나지 않았습니다. 하지만 친구의 초대로 차를 마시러 가기 위해 교정본을 책상 위에 올려 논 채 한 시간 이상, 방을 비웠습니다.

잘 아시겠지만 대학교 문은 모두 이중으로 돼 있습니다. 안쪽에 녹색 양모 천을 바른 문, 바깥쪽에 튼튼한 떡갈나무 문이 있습니다. 친구의 방에서 돌아와 바깥문을 보니 열쇠가 꽂혀 있었습니다. 열쇠를 꽂아 둔 채로 갔나 싶어 주머니를 뒤져보니 열쇠가 들어 있었습니다. 제가 아는 한 보조키는 사환인 배니스터가 가지고 있을 뿐입니다. 10년 동안 제 방 일을 봐 주고 있고 의심할 여지가 없는 정직한 사람입니다. 그에게 물어보니 열쇠는 그의 것이 틀림없었습니다. 제가 차를 마실지 물으러 들어왔다 깜박하고 열쇠를 꽂아 둔 것 같습니다. 제가 방을 나가고 몇 분 뒤의 일이였던 것 같습니다. 다른 날이라면 열쇠를 잃어버렸다고 해도 별탈이 없습니다. 오늘만큼은 정말 있어서는 안 되는 일입니다.

책상 위를 본 순간 시험지에 누군가 손을 댔다는 걸 알 수 있었습니다. 교정본은 긴 세 장의 종이였습니다. 책상 위에 세 장을 겹쳐 뒀었지만 한 장은 바닥에, 또 한 장은 창가 보조 테이블 위에, 나머지 한 장은 원래 자리에 있었습니다."

홈즈가 처음으로 몸을 움직였다.

"첫 장이 바닥, 둘째 장이 창가, 마지막 장이 제자리에 있었다고요?"

"그렇습니다, 홈즈 씨. 놀랍습니다. 어떻게 페이지를 맞출 수 있죠?"

"흥미로운 이야기를 계속해 주십시오."

"순간적으로 괘심하게 배니스터가 감히 내 시험지를 들춰본 게 아닐까 생각했습니다. 하지만 그는 완강히 부정했습니다. 거짓이 아니란 걸 확실히 알 수 있었습니다. 그렇다면 복도를 지나던 누군가가 열쇠가 꽂혀 있는 걸 보고 제가 부재중인 사이 방에 들어가 시험지를 봤다고 밖에 생각할 수 없습니다. 시험에 통과하면 꽤 많은 장학금을 받을 수 있으니 그만한 위험을 감수할 부도덕한 학생이 있을 수 있습니다.

배니스터는 사건에 대해 이야기하자 몹시 놀랐고 시험지가 여기저기 흩어진 걸 보고는 기절할 뻔 했습니다. 나는 그에게 브랜디 한 잔을 먹인 후 의자에 앉히고 방 안을 꼼꼼히 조사했습니다. 시험지가 엉망으로 구겨진 것 외에도 누군가 방에 들어왔던 흔적을 발견했습니다. 창가 테이블에 연필을 깎은 부스러기와 부러진 심이 굴러다니고 있었습니다. 급히 서둘러 베껴 쓰다 연필이 부러져 다시 깎은 것 같았습니다."

"훌륭합니다! 행운의 여신이 당신 편에 서 있는 듯합니다." 홈즈는 사건에 흥미가 끌린 듯 이렇게 말하고 기분이 한결 나아졌다.

"더 있습니다. 방에 빨간 가죽을 씌워 부드럽고 아직 때 묻지 않은 새 책상이 있습니다. 저는 물론 배니스터도 잘 알고 있는데 3센티 정도의 칼자국이 나 있었습니다. 단순히 긁힌 흔적이 아니라 틀림없이 칼자국입니다. 게다가 톱밥 같은 작은 알갱이가 섞인 검은 진흙이나 점토 같은 작은 덩어리가 여기저기 떨어져 있었습니다. 이 모두 시험지에 손을 댄 자가 남긴 흔적임에 틀림없습니다. 발자국은 없었습니다. 범인이 누군지 알 수 있는 증거는 아무것도 없었습니다.

어떡해야 할지 고민하던 중 당신이 이 마을에 계시다는 게 문득 떠올랐습니다. 그래서 조사를 부탁드리려 바로 달려 왔습니다. 홈즈 씨, 저 좀 살려주세요! 제가 얼마나 난처한 처진지 이해하시겠죠? 범인을 잡지 못 하면 새 시험문제를 준비할 동안 시험을 연기해야 합니다. 하지만 그럴 경우 사정을 설명해야 되는데 엄청난 파문을 일으킬 게 불 보듯 훤합니다. 저희 학과뿐만이 아니라 대학 전체의 명예를 실추시킬 겁니다. 그래서 어떡해서든 소문이 새나가지 않게 조용히 처리하고 싶습니다."

"알겠습니다. 기꺼이 의뢰를 받아들이겠습니다. 가능한 조언을 모두 해드리지요." 홈즈는 일어서 외투를 입으며 말했다. "흥미로운 사건이 될 것 같군요. 교정본이 도착하고 나서 당신 방에 들어갔던 사람이 있습니까?"

"있습니다. 같은 동에 살고 있는 젊은 인도 학생 다우라트 라스가 시험에 대한 문의를 하러 왔었습니다."

"그 학생도 시험을 보나요?"

"네."

"그때 시험지는 책상 위에?"

"분명히 감긴 채 책상 위에 있었습니다."

"하지만 교정본이라는 걸 알고 있었을 수도 있겠네요?"

"그럴지도 모르죠."

"또 다른 사람은?"

"없습니다."

"방에 교정본이 있다는 걸 아는 사람은?"

"인쇄소 사람 외에는 없습니다."

"배니스터란 남자는?"

"몰랐을 겁니다. 아무도 몰랐을 겁니다." "배니스터는 지금 어딨죠?"

"불쌍하게도 완전히 넋이 나가 의자에 앉혀 두고 왔습니다. 급한 나머지 이리로 그냥 달려 왔습니다."

"문은 열어둔 채로 왔나요?"

"일단 시험지는 서랍에 넣고 문을 잠갔습니다."

"소움즈 씨, 대략 이런 내용이군요. 만약 그 인도 학생이 감겨진 종이가 교정본이란 걸 눈치 채지 못 했다면, 그걸 손댄 자도 교정본이 있다는 걸 모르고 들어왔다 우연히 발견했다는 말인데."

"그렇게 됩니다."

홈즈는 의미심장한 미소를 지었다.

"일단 가보시죠. 왓슨, 아무래도 자네 취향은 아닌 것 같군. 정신적인 문제로 육체와는 관계가 없는 듯 보이는 군. 그래도 괜찮다면 함께 가세. 그럼 소움즈 씨, 어디 한 번 가볼까요."

의뢰인의 거실은 낮고 긴 격자창이 달린 방으로 대학의 역사를 말해주듯 이끼로 덮인 안마당(Quadrangle)에 접해 있었다. 고딕양식의 아치형 문을 지나자 닳아서 낮아진 계단이 있었다. 1층이 개인 지도교사 방, 위로는 한 층에 세 명씩 각각 살고 있었다. 우리가 사건 현장에 도착했을 때는 이미 해가 저물고 있었다. 홈즈는 발을 멈추고 열심히 창을 조사했다. 가까이 가보자 까치발을 하고 목을 길게 늘여 방 안을 들여다봤다.

"문으로 들어간 게 틀림없습니다. 창은 유리 한 장의 틈 밖에 열리지 않으니까요."

강사가 말하자 홈즈는 힐끔 쳐다보고 묘한 미소만 지었다. '그래요. 여기에 단서가 없다면 안으로 들어가는 게 낫겠군요."

강사는 바깥문을 열고 우리를 안으로 안내했다. 홈즈가 카펫을 조사하는 동안 우리는 한동안 입구에서 기다렸다.

"역시 발자국은 남아있지 않군요." 홈즈가 말했다. "날씨가 건조하니 당연하겠죠. 사환의 상태가 좋아진 것 같군요. 그가 앉아 있던 게 어떤 의자죠?"

"창가에 있는 겁니다."

"이 작은 테이블 옆이군요. 이제 들어오시죠. 카펫 조사는 끝났습니다. 일단 이 작은 테이블을 조사해 봅시다. 여기서 뭘 했는지는 뻔합니다. 범인은 방에 들어오자마자 가운데에 있는 책상에서 시험지를 한 장씩 창가의 테이블로 옮겼죠. 왜냐하면 당신이 안마당에서 돌아오는 게 보이면 바로 도망칠 수 있게요."

"하지만 실제로는 불가능했을 겁니다. 저는 옆문을 통해 들어왔으니까요." 소움즈 씨가 끼어들었다.

"그거 잘 했군요! 어쨌거나 범인은 그렇게 생각했죠. 음, 시험지를 볼까. 손자국은 없군. 맞아, 범인이 먼저 첫 장을 가져다 가능한 요약해서 베껴 썼다면 얼마나 걸릴까? 아무리 빨라도 15분이겠지. 첫 장이 끝나자 집어 던진 후 다음 장을 베끼려 할 때 당신이 돌아와 황급히 도망치지 않으면 안 됐겠군. 시험지를 원상태로 돌려놓지 않으면 침입자가 있었다는 게 발각되면 모든 게 허사지만 그럴 만한 여유가 없었겠지. 바깥문을 들어설 때 계단에서 발소리가 나지 않았나요?"

"아뇨, 못 들었습니다."

"그래요. 헌데 범인은 너무 서두른 나머지 연필심이 부러져, 보다시피 다시 깎아야 했죠. 왓슨, 이 점이 흥미로운 대목이네. 이 연필에는 특징이 있네. 굵기는 보통에 심은 부드럽고, 표면은 짙은 청색에 은색으로 회사명이 새겨져 있는 몽당연필이네. 소움즈 씨, 지금 말한 특징의 연필을 찾아보세요. 그게 범인과의 연결고리입니다. 한 가지 더 범인은 칼날이 무딘 큰 칼을 가지고 있을 겁니다. 그것도 참고가 되겠죠."

순식간에 많은 정보를 읽어내자 소움즈 씨는 황당한 듯 했다. "저어, 다른 건 이해가 가지만 연필 길이는 좀…"

홈즈가 NN이란 글자가 새겨진 조각과 문자가 없는 조각을 내 밀었다.

"이제 아시겠죠?"

"그래도 아직."

"왓슨, 맨날 자네한테 뭐라고 한 게 내 잘못 같군. 여기, 자네 동료가 있군. 이 NN이란 한 단어의 끝부분입니다. 유명한 연필 제조사 중에 요한 파버라는 회사는 아시죠? 연필에 요한(JOHANN)이란 문자의 끝부분만 남았잖아요."

그렇게 말하고 홈즈는 작은 테이블을 빛을 향해 기울였다. "베껴 쓴 종이가 얇으면 새 책상 표면에 흔적이 남았을 거라 생각했는데 아무것도 보이질 않네. 여기엔 단서가 없는 것 같군. 다음은 중앙의 책상. 여기 작은 알갱이가 당신이 말한 검은 진흙인지 점토인지 하는 거군요. 삼각형에 속이 비었군. 말씀하신대로 톱밥 같은 게 섞여 있군요. 이거 참 흥미롭군. 다음은 칼자국이군–분명히 칼자국이네요. 처음에는 살짝 긁힌 정도지만 결국 톱니모양의 구멍이 났군. 소움즈 씨, 저를 이 사건에 불러주셔서 고맙습니다. 저 문은 어디로 통합니까?"

"제 침실입니다."

"사건이 일어난 후 들어간 적이 있나요?"

"아니오, 바로 당신에게 달려갔습니다."

"좀 들어가 보겠습니다. 오오, 고풍스럽고 멋진 방이군요. 바닥을 조사할 동안 좀 기다려 주십시오. 됐습니다. 아무 것도 없군요. 이 커튼은? 커튼 뒤에 옷을 걸어두시는 군요. 침대도 낮고 방도 좁으니 이 방에 숨는다면 커튼 뒤밖에 없군. 설마 아무도 숨어있지 않겠지."

홈즈는 커튼을 저칠 때 만일을 대비한 몸동작을 취했지만 커튼 뒤에는 늘어선 화분과 양복 몇 벌뿐이었다. 그때 갑자기 홈즈가 바닥에 엎드렸다.

"어, 이게 뭐지?"

그것은 서재 책상 위에 있던 것과 똑 같은 작은 삼각형의 검은 점토 같은 것이었다. 홈즈가 그것을 손바닥 위에 올려놓고 전등 빛에 비췄다.

"소움즈 씨, 손님이 거실뿐만이 아니라 침실에도 흔적을 남겼군요."

"침실에 대체 무슨 용건이 있었을까요?"

"이유는 분명합니다. 당신이 생각지 못한 방향에서 돌아오자 범인은 당신이 문고리를 잡을 때까지 알아채지 못했습니다. 그렇다면 어떻게 했을까요? 제 물건만 챙겨 침실에 숨었다는 게 됩니다."

"뭐라고요! 그럼 이 방에서 배니스터와 이야기하는 동안 범인은 줄곧 여기 있었단 말입니까?"

"맞습니다."

"하지만 홈즈 씨, 이런 방법도 생각할 수 있지 않나요? 침실 창문은 살펴보셨나요?"

"세 겹의 격자 납 창틀 여닫이창으로 사람이 들락날락 할 만한 크기입니다."

"맞습니다. 게다가 안마당에 접해 있고 구석 쪽은 사람의 눈을 피할 수 있습니다. 범인은 그리로 들어와 침실을 통해 들어왔다 열린 문으로 달아난 건 아닐까요?"

홈즈가 짜증스럽게 머리를 흔들었다.

"가장 현실적으로 생각해 봅시다. 당신 방 앞을 지나 같은 계단을 사용 하는 학생이 세 명 있다고 했죠?"

"네."

"세 명 다 그 시험을 보나요?"

"그렇습니다."

"그 중에 특히 심증이 가는 사람은 없나요?"

소움즈가 망설였다.

"이건 아주 예민한 문제입니다. 증거도 없이 의심을 할 수 없습니다."

"의심스런 일이 있다면 말해 주십시오. 증거는 제가 찾아낼 테니까요."

"그럼, 위층에 사는 세 학생에 대해 설명해 드리겠습니다. 2층에는 길크리스트라는 성적이 뛰어난 스포츠맨이 살고 있습니다. 대학의 럭비와 크리킷 팀의 선수로 허들과 넓이 뛰기 대표선수인 '블루'에 뽑혀 있습니다. 부친은 경마로 파산한 걸로 유명한 자베스 길크리스트입니다. 부친이 없는 힘든 상황에서도 열심히 노력하면서 공부하는 타입으로 앞으로 틀림없이 성공할 겁니다.

3층에 살고 있는 건 인도 학생 다우라트 라스입니다. 인도인들의 특징인 조용하면서 신비감이 있는 청년입니다. 다른 성적은 우수하지만 그리스어만은 약간 떨어집니다. 착실하고 꼼꼼한 성격입니다. 그리고 제일 위층에 사는 게 마일스 맥클런입니다. 대학에서 손꼽히는 수재지만 노력을 하지 않고 제멋대로에다 단정하지 않습니다.

1학년 때 카드 게임으로 평판이 좋지 않아 퇴학당할 뻔 했습니다. 이번 학기도 줄곧 빈둥거렸으니 시험 때문에 불안했을 겁니다."

"그렇다면 그가 의심스럽단 말이군요?"

"아니, 그렇게까지는. 하지만 세 명 중에서는 가장 수상하다고 할 수 있죠."

"그렇군요. 소움즈 씨, 이제 사환 배니스터를 만나고 싶은 데요"

배니스터는 말끔하게 면도한 얼굴에 흰 머리가 희끗희끗한 50세의 작은 남자였다. 온화하던 일상이 한 순간에 깨져 아직 제정신을 차리지 못 한 듯하다. 통통한 얼굴 근육이 움찔거리고 손가락을 부들부들 떨고 있었다.

"배니스터, 우리는 이 불미스런 사건을 조사 중 일세."

"네, 선생님."

"자네가 열쇠 빼는 걸 잊어버렸다던데?" 홈즈가 말했다.

"네."

"시험지가 방에 있던 날 이런 일이 생기다니 우연치곤 이상하지 않나?"

"정말 운이 없는 날입니다. 하지만 열쇠를 까먹은 게 전에도 몇 번 있습니다."

"방에 들어간 게 몇 시쯤인가?"

"4시 반 정도입니다. 소움즈 선생님이 차 마시는 시간입니다."

"방에 얼마나 있었는가?"

"선생님이 안 계셔서 바로 나왔습니다."

"책상 위 시험지는 봤나?"

"아니오, 전혀 눈치 채지 못 했습니다."

"문에 열쇠를 잊어버린 건 왜일까?"

"차를 받힌 쟁반을 들고 있어서. 열쇠는 나중에 가지러 가려다 그대로 깜박했습니다."

바깥문에 스프링 잠금 잠금장치는 달려 있나?"

"없습니다."

"그럼 문이 열려진 채였단 말인가?"

"네."

"방 안에 있는 사람이 쉽게 나갈 수 있었겠군"

"그렇습니다."

"돌아온 소움즈 교수가 불렀을 때 자네는 꽤 허둥댔다더군."

"네, 이 일을 한지 오래됐지만 이런 일은 처음이라 정신이 없었습니다."

"그랬다더군. 처음에 정신을 잃었을 땐 어디 있었나?"

"어디라뇨? 여기입니다. 이 문 옆입니다."

"그거 이상하군. 자네는 저쪽 구석의 의자에 앉아 있었다던데. 왜 가까운 의자에 앉지 않고 일부러 먼 쪽의 의자까지 갔을까?"

"글쎄요, 왠진 모르겠지만 어느 의자든 상관없으니까요."

"홈즈 씨 배니스터는 정말로 기억하지 못 할 겁니다. 상태가 너무 안 좋아 보였고, 낯빛이 새파랗게 질렸으니까요."

"교수님이 나가시고도 한동안 이방에 있었다지?"

"거의 1,2분정도요. 바로 문을 잠그고 제 방으로 갔습니다."

"수상하게 생각하는 사람은 없는가?"

"그런 말씀 마십시오. 저는 그런 말을 할 처지가 못 됩니다. 이 일로 이득을 볼 사람이 이 대학에 있을 거라고는 상상도 할 수 없습니다. 그럼요. 절대 그렇지 않습니다."

"고맙네. 이걸로 충분해." 홈즈가 말했다. "아 참, 하나만 더. 시험문제가 새나갔을지도 모른다는 걸 자네가 시중드는 세 명의 학생들에게 말하지 않았겠지?"

"네, 한 마디도."

"그리고 세 명 중 누구와도 만나지 않았겠지?"

"네."

"됐네. 그럼 소움즈 선생, 괜찮다면 안마당을 좀 거닐까요."

저녁 어스름이 깊어지면서 세 개의 사각 창으로 불이 노랗게 밝혀졌다.

홈즈가 위를 올려다봤다. "어린 새들이 모두 둥지로 돌아간 것 같군요. 응, 저건? 불안해하는 친구가 한 명 있군."

블라인드에 살짝 검은 그림자를 드리웠던 인도 학생이 방 안을 이리저리 정신없이 오락가락하고 있었다.

"세 사람 방을 좀 들여다보고 싶은데 괜찮을까요?"

홈즈의 질문에 소움즈가 대답했다. "괜찮습니다. 이 건물은 대학에서도 가장 오래된 건물이라 가끔 방문객들이 찾아옵니다. 따라오시죠. 안내해 드리겠습니다."

"제 이름은 말하지 마세요."

길크리스트의 방문을 두드릴 때 홈즈가 말했다. 늘씬한 키에 황갈색 머리의 청년이 문을 열고 우리의 방문목적을 듣자 흔쾌히 맞이했다. 정말로 중세 실내건축의 진귀한 양식이 방 여기저기에 담겨 있었다. 그 중 하나가 아주 맘에 든 듯 홈즈가 꼭 스케치를 하고 싶다고 했다. 연필심이 부러지자 학생에게서 연필을 빌리고 자신의 연필을 깎기 위해 칼도 빌렸다. 인도 학생의 방에서도 똑같은 일을 반복했다. 말이 없고 작은 키에 매부리코의 이 학생은 우리를 곁눈질하다가 홈즈가 건축학 연구를 끝내자 안심하는 모습이었다.

두 개의 방 어디선가 홈즈가 원하던 단서를 찾았는지 나로서는 알 수 없었다. 단지 세 번째 방은 실패로 끝났다. 노크를 해도 바깥 문은 열리지 않은 채 거친 욕설만 쏟아져 나왔다. "어떤 놈인지 모르지만 꺼져버려! 내일 시험인데 정신없게 난리야!"

교수는 계단을 내려오면서 분노로 얼굴이 붉어졌다. "무례한 놈. 당언히 내가 노크한 줄 몰랐겠지만 그래도 형편없는 놈이군. 아무래도 저 녀석이 수상한데요."

홈즈는 묘한 질문을 했다.

"저 학생 키가 정확히 어느 정도죠?"

"정확히는 알 수 없지만 인도 학생보다는 크고 길크리스트보다는 작습니다. 대략 5피트 6인치 정도 될까요."

"아주 중요한 사안입니다. 그럼, 소움즈 선생, 안녕히 주무십시오."

교수는 놀라 우물쭈물했다.

"뭐라고요, 홈즈 씨! 이렇게 갑자기! 설마 정말로 돌아가시는 건 아니죠! 상황을 잘 모르시는 것 같은데 시험이 내일이에요. 오늘 중에 무슨 수를 내지 않으면 안 된다고요. 만약 시험문제를 본 자가 있다면 이대로 시험을 치를 수는 없습니다. 당장 해결책을 내지 않으면 안 됩니다."

"그냥 내버려두는 게 좋을 듯싶습니다. 내일 아침 일찍 와서 말씀드리지요. 그때는 뭔가 조언을 해드릴 수 있을 것 같습니다. 그때까지 아무것도 하지 않는 게 좋습니다. 절대 아무 것도."

"알겠습니다, 홈즈 씨"

"걱정하실 것 없습니다. 틀림없이 방법을 찾아드리죠. 검은 흙뭉치와 연필 깎은 부스러기만 가져가겠습니다. 그럼, 편히 쉬세요."

컴컴해진 안마당으로 나와 우리는 다시 창가를 올려다봤다. 인도 학생이 아직 우왕좌왕하고 있었다. 다른 두 사람의 모습은 보이지 않았다.

대로변에 나서자 홈즈가 물었다. "헌데 왓슨, 자네 생각은 어떤가? 간단한 게임 같은 걸세, 세 장의 종이 중 고르게. 여기 세 명의 남자가 있네. 범인은 그 중 한 명임에 틀림없고. 이제 자네 차례일세. 누굴 고르겠나?"

"4층의 입이 지저분한 놈이겠지. 과거에 전과도 있고. 하지만 인도 학생도 비겁해 보이기는 하더군. 왜 저렇게 방안에서 서성댈까."

"그건 별게 아닐세. 뭔가 암기를 할 때 남들도 다 저렇게 하잖나."

"눈빛이 곱지 않던 걸."

"내일 시험 준비로 정신없어 1분1초가 아까운 상황에 처음 보는 사람들이 떼거리로 몰려들어오면 나라도 곱지 않은 시선을 보낼걸세. 별거 아니네. 하지만 그자는 수상해."

"누구?"

"사환 배네스터 말일세. 이 사건과 무슨 연관이 있는 걸까?"

"천성이 솔직한 사람 같던데."

"나도 그렇게 생각해. 그래서 더 헷갈려. 천성이 솔직한 사람이 어째서...

어, 저기 문구점이 있군. 잠깐 들렀다 가지."

마을에 문구점은 네 곳밖에 없었다. 홈즈는 각각의 문구점에 들러 연필 부스러기를 꺼내 보이며 비싸도 좋으니 같은 연필을 사고 싶다고 했다. 하지만 모두 주문은 가능하지만 잘 팔리는 연필이 아니라 미리 구매하지 않는다고 했다. 홈즈는 그럼에도 실망하지 않고 장난스럽게 어깨를 들썩해 보였다.

"일이 안 풀리는 군, 왓슨, 가장 큰 단서가 물거품이 됐네. 하지만 사건을 추리하는데 그 단서가 없더라도 큰 지장은 없네. 어라, 벌써 9시네! 하숙집 주인이 7시에 완두콩이 어쩌고저쩌고 하지 않았나?

왓슨, 자네는 하루 종일 줄담배에 식사시간에도 제때에 오지 않으니 곧 쫓겨날 판이군. 그렇게 되면 나도 헐값이야. 아니, 하지만 쫓겨나기 전에 그 신경질적인 개인 지도교사와 부주의한 사환에 세 명의 전도유망한 학생들 문제를 해결해야지."

늦은 저녁식사를 마치고 홈즈는 오랫동안 생각에 잠겨 사건에 대해서는 아무 말도 하지 않았다. 다음 날 아침 8시, 내가 채비를 끝마쳤을 때 홈즈가 내 방으로 왔다.

"왓슨, 슬슬 세인트 루크 대학에 갈 시간일세. 아침 식사를 건너뛰어도 괜찮겠나?"

"상관없네."

"뭔가 확실히 해 주지 않으면 소움즈 선생도 좌불안석 일걸세."

"확실한 걸 말해줄 수 있나?"

"그렇네."

"결론이 났나?"

"나왔네, 왓슨. 비밀은 풀렸네."

"근데 무슨 단서라도 잡았나?"

"허허! 6시에 일찌감치 일어난 데에는 다 이유가 있지. 2시간 정도 땀을 흘리며 적어도 5마일은 걸었지만 그만한 성과는 있었네. 자아, 이걸 보게!"

홈즈가 한 손을 내밀었다. 손바닥에 작은 피라미드 모양의 검은 점토 알갱이 같은 것 세 개가 올려 져 있었다.

"어어, 홈즈, 어제는 두 개밖에 없었잖나!"

"오늘 아침에 하나 늘었네. 그리고 이 알갱이를 어디서 났던 다른 두 개와 같은 곳에 있었다고 생각하는 게 타당하겠지. 어떤가, 왓슨? 자아, 그만 가세. 소움즈 선생을 고민에서 해방시켜 주러."

방에 들어가자 불행한 개인 지도교사는 안쓰러울 정도로 안절부절 못하고 있었다. 시험 시간이 불과 몇 시간밖에 남지 않았는데 사실을 밝혀야 할지, 이대로 거액의 장학금이 걸린 시험을 그대로 쳐야 할지 결정하지 못 하고 있었다. 심적 갈등으로 우왕좌왕하다 우리를 발견하고 두 팔을 크게 벌려 홈즈에게 달려갔다.

"정말 잘 오셨습니다! 당신이 저를 버리고 가신 줄 알고 너무너무 걱정했습니다. 이제 저는 어떡해야 하죠? 시험은요?"

"그냥 시작하세요."

"하지만 범인은?" "보지 않을 겁니다."

"그럼, 범인은 알아냈나요?"

"그렇습니다. 이 사건을 외부에 알리고 싶지 않다면 특별히 우리끼리 작은 재판을 열지 않으면 안 됩니다. 소움즈 선생, 그쪽에 앉으시죠. 왓슨, 자네는 이쪽일세. 나는 가운데 있는 팔걸이의자에 앉겠네. 이렇게 위엄을 갖추고 앉아 있으면 뭔가 찔리는 게 있는 사람은 겁을 먹을 겁니다. 이제 종을 울리십시오."

배니스터가 들어와 마치 법정의 판사들처럼 앉아 기다리던 우리를 보고 놀라움과 공포로 뒷걸음질 쳤다.

"미안하지만 문을 닫아주게" 홈즈가 입을 열었다. "자아, 배니스터 어제 일어난 사건의 진상을 말해주게."

배니스터가 머리끝까지 새파랗게 질렸다.

"어제 다 말씀드렸는데요."

"덧붙일 말은 없는가?"

"네, 전혀."

"그래, 그럼 내가 힌트를 말해주지. 어제 자네가 저 의자에 쓰러진 건 누가 들어왔었는지 알 수 있는 증거를 감추기 위한 게 아니었나?"

배니스터의 얼굴이 더욱 새파랗게 질려, 죽은 사람의 낯빛으로 바뀌었다.

"아, 아니오, 절대 아닙니다."

"그저 내 추측일세." 홈즈의 목소리는 온화했다. "아쉽게도 증명할 수는 없네. 하지만 충분히 있을 수 있는 일이지. 소움즈 선생이 방을 나가자마자 침실에 숨어있던 남자를 도망치게 했지."

배니스터는 바싹 타들어가는 입술에 침을 발랐다.

"아무도 없었습니다."

"아쉽군, 배니스터. 지금까지 진정으로 사실만을 말했을지 모르지만 자네는 이번일로 거짓말을 하게 됐네."

배니스터는 입을 악 다물고 반항의 빛이 역력했다.

"정말 아무도 없었습니다."

"어이, 어이, 배니스터."

"정말입니다, 아무도 없었습니다."

"어째서 다 말해주지 않는 건가. 됐네. 그대로 있게. 거기 침실 문 앞에 서 있게. 소움즈 선생 미안하지만 길크리스트 군을 이 방으로 불러주시겠습니까?"

잠시 후 교수가 학생과 함께 돌아왔다. 길크리스트는 훤칠한 키에 부드러운 몸놀림, 경쾌한 발걸음에 밝은 얼굴의 핸섬한 청년이었다. 어리둥절한 푸른 눈동자로 우리를 한 명, 한 명 확인하고 마지막에 구석에 서 있는 배니스터를 멍하니 쳐다봤다.

"문을 닫게." 홈즈가 말했다. "길크리스트 군, 여기에 있는 건 우리뿐일세. 어째서 자네 같이 훌륭한 청년이 어제 같은 실수를 저질렀는가?"

불쌍한 청년이 비틀거리며 뒷걸음질 치며 놀람과 원망의 눈초리로 배니스터를 바라봤다.

"아, 아니에요, 길크리스트 씨, 저는 아무 말도. 한 마디도!" 사환이 소리쳤다.

"그랬지, 하지만 지금 말해버렸군. 자아 길크리스트 군, 배니스터가 말해버렸으니 빠져나갈 길은 없네. 자네가 나머지에 대해 솔직히 자백하게나."

홈즈의 말에 길크리스트는 한 손으로 고통으로 일그러진 얼굴을 감추려 했지만 곧바로 책상 옆에 무릎을 꿇고 주저앉아 얼굴을 두 손에 파묻고 격하게 울음을 터트렸다.

"이보게, 자네." 홈즈가 부드럽게 말을 걸었다. "사람은 누구나 실수를 하지. 아무도 자네를 파렴치한 죄인취급을 하지 않을 걸세. 내가 소옴즈 선생에게 설명하는 게 자네도 편할 테지. 틀린 곳이 있다면 말해주게. 그렇게 하겠나? 아니 억지로 대답할 필요는 없네. 이제 내가 하는 말이 틀린지 잘 들어보게.

소옴즈 선생, 이 방에 시험지가 있다는 걸 누구도, 배니스터조차 모르고 있다는 말씀을 들었을 때부터 저는 이 사건의 흐름이 거의 머릿속에서 그려졌습니다. 인쇄소 사람들은 제외하는 게 당연합니다. 인쇄소에서 충분히 시험지를 볼 수 있으니까요. 인도 학생도 별 문제가 없습니다. 감겨진 종이라 몰랐을 겁니다. 그리고 누군가가 방에 몰래 잠입했다가 우연히 시험지를 발견했다는 건 너무 황당한 이야깁니다. 그래서 이것도 제외시켰습니다. 다시 말해 방에 들어간 사람은 시험지가 있다는 것을 알고 있었죠. 대체 어떻게 알게 됐을까요?

저는 이곳에 와서 제일 먼저 창문을 조사했습니다. 그 땐 정말 우스웠습니다. 소움즈 선생은 제가 범인이 창으로 침입했을 거라고 생각한다고 착각했으니까요. 대낮인데다 건너편 방에서 훤히 보이는데 그런 어리석은 짓을 할 리가 없습니다. 이유는 창문 너머로 방 한 가운데 있는 책상 위의 종이가 뭔지 알기 위해서는 키가 얼마나 커야하는 지 확인해 본 겁니다. 내 키가 6피트인데 까치발을 해야 겨우 보이는 정도였습니다. 나보다 키가 작은 사람은 일단 아니겠죠. 이제 세 명의 학생 중 이에 해당하는 신장의 학생이 있다면 의심을 할 만한 거죠.

방에서 보조 테이블에 관한 건 전부 설명해 드렸습니다. 가운데 책상에 있던 알갱이가 뭔지는 알 수 없었지만 길크리스트 군이 넓이 뛰기 선수라는 걸 듣고 금방 비밀이 풀렸습니다. 남은 건 확실한 증건데 의외로 쉽게 손에 넣을 수 있었습니다.

이제 사건 경위에 대해 설명하기로 하죠. 어제 오후 이 청년은 운동장에서 넓이 뛰기 연습을 했습니다. 연습을 마치고 아시는 바와 같이 넓이 뛰기용 스파이크가 박힌 신발을 어깨에 메고 돌아왔죠. 그리고 창가를 지나다 책상 위에 뭔가 놓여있는 걸 발견했고, 그게 교정본이란 걸 알게 됐습니다. 문 앞을 지날 때 사환의 부주의로 열쇠가 꽂혀 있는 걸 발견하지 않았더라면 아마 아무런 사건도 일어나지 않았을 겁니다. 그는 순간적으로 교정본이 맞는지 확인하고 싶은 충동이 생긴 거죠. 교수님께 질문이 있어 들어갔다고 변명하면 문제될 일이 없었죠.

진짜 교정본이란 걸 알고 그는 결국 유혹에 넘어가고 말았습니다. 스파이크 슈즈를 책상 위에 올려놓고 창가 의자에는 뭘 놓았지?"

"장갑입니다."

청년의 대답에 홈즈가 확신에 찬 눈빛으로 배니스터를 바라봤다.

"그는 장갑을 의자에 올려놓고 시험지를 베끼려고 교정본을 한 장 한 장 손에 쥐었다. 교수님은 정문으로 올 거라 예상하고 자리를 잡았습니다. 헌데 아시다시피 선생은 옆문으로 돌아왔죠. 문 앞에 인기척이 났지만 도망갈 곳이 없었습니다. 장갑은 잊어버리고 스파이크만 챙긴 채 침실로 뛰어 들어갔죠. 보시면 아시겠지만 책상의 긁힌 흔적이 침실 쪽으로 깊게 파여 있습니다. 다시 말해 신발이 침실을 향해 긁혔기 때문에 범인이 침실로 숨었다는 게 이걸로도 충분히 입증됩니다. 스파이크에 묻은 흙이 책상 위에도 떨어져 있었고 작은 흙 알갱이가 침실에도 떨어져 있었습니다.

참고로 나는 오늘 아침 운동장에 가 넓이 뛰기 연습장에 점토 같이 생긴 검은 흙이 깔려 있는 걸 확인하고 미끄럼 방지를 위해 뿌려 둔 미세한 톱밥 같은 것과 함께 샘플을 가져 왔습니다. 길크리슨트 군 어떤가, 잘 못된 부분이 있나?"

학생은 부동자세를 취했다.

"네, 틀림없습니다."

"대체 이게 무슨 일이야. 자네 더 할 말이 없나?"

소움즈가 소리쳤다.

"있습니다. 교수님. 하지만 이런 부끄러운 일이 발각돼 머리가 혼돈스럽습니다. 소움즈 교수님, 여기 편지가 있습니다. 밤새 잠을 이루지 못 하다 아침 일찍 교수님께 쓴 편지입니다. 제 잘못이 발각 된지도 모른 채 '저는 시험을 치르지 않겠습니다. 로디지아 경찰의 초청을 받아들여 바로 남아프리카로 출발할 생각입니다.' 라고요."

"부정한 수단으로 이득을 보려하지 않았다니 정말 기쁘군. 어째서 그런 결심을 하게 됐나?" 소움즈가 물었다.

길크리스트가 배니스터를 가르켰다.

"잘 못 된 길을 바로 잡아준 사람입니다."

홈즈가 말을 이었다. "배니스터, 이 청년을 도망치게 할 수 있는 건 자네 밖에 없네. 그건 내가 이미 설명한 대로지. 교수님이 나가고 자네는 방에 남았다가 나갈 때 열쇠를 잠갔으니까. 창으로 도망쳤다는 건 말도 안 돼. 이제 이유를 말해보게. 이 사건의 비밀을 밝혀주지 않겠나?"

"알고 나면 아주 단순한 사실이지만 제아무리 홈즈 씨라도 이것만큼은 알아낼 수 없었을 겁니다. 저는 과거 이 젊은 신사의 아버님 자베스 길크리스트 경의 집사였습니다. 주인님이 파산하신 후

이 대학의 사환으로 들어오게 됐고 아무리 집안이 망했다고 해도 주인님께 받은 은혜를 한 시도 잊은 적이 없습니다. 은혜를 갚는다는 심정으로 도련님을 최선을 다해 보필했습니다.

헌데, 어제 일어나서는 안 될 일이 벌어졌다고 해서 이 방으로 달려 와보니 첫 눈에 의자 위의 갈색 장갑이 들어왔습니다. 그 장갑의 주인이 누군지, 또한 왜 여기 있는지도 금방 알아차릴 수 있었습니다. 소움즈 교수님의 눈에 띄면 끝장이었죠. 저는 그 의자 위에 쓰러져 교수님이 나가실 때까지 절대로 움직이지 않았습니다. 침실에서 길크리스트 도련님이 나오셔서 끌어안고 위로해 드리자 모든 걸 다 털어놓았습니다. 제가 도련님을 감싸준 것도, 그래서는 절대 안 된다고 돌아가신 아버님을 대신해 꾸짖은 것도 모두 당연한 게 아닙니까? 그래도 책임을 추궁 받아야 하나요?"

"아니, 추궁할 생각 전혀 없네!"

홈즈는 일어서면서 진심으로 말했다.

"소움즈 선생, 이 사건은 이걸로 해결된 것 같군요. 이제 그만 가지, 왓슨. 집에서 아침식사가 기다리고 있네. 길크리스트 군, 로디지아에서 자네의 빛나는 장래가 기다리고 있겠지. 자네는 단 한 번의 과오를 저질렀네. 앞으로 자네가 얼마나 훌륭한 사람이 될지 지켜보겠네."

제2의 얼룩
The Second Stain

셜록 홈즈의 공적을 기록하여 발표하는 것도 '아베이 저택'의 사건을 마지막으로 그만두려 하였다. 이야기의 소재가 떨어졌기 때문에 그런 결심을 하게 된 것은 아니었다. 지금까지 언급한 적은 없었지만 나는 아직도 몇 백 개나 되는 사건의 기록들을 가지고 있다. 그렇다고 해서 홈즈라는 뛰어난 인물의 특이한 성품, 독특한 수사 방법에 독자들이 흥미를 잃은 것도 아니다.

　그 이유는 홈즈 자신이 본인의 경험들이 차례차례 발표되는 것을 별로 달갑게 여기지 않았다는 것이다. 홈즈가 탐정 일을 계속하고 있었다면 자신이 멋지게 사건을 해결하는 내용에 대한 기록은 어느 정도 그에게 도움이 되기도 했을 것이다. 하지만 홈즈는 탐정 일에서 완전히 손을 떼고 런던을 떠나 서섹스 주의 구릉으로 옮겨가서 살고 있었다. 그곳에서 연구와 양봉에만 몰두하고 있었기 때문에 그가 유명하다는 것은 오히려 방해가 될 뿐이었다. 자신의 모험담을 발표하면 자신이 아주 난처해진다는 것이었다.

하지만 '제2의 얼룩'은 언젠가 때가 오면 반드시 발표를 하겠다고 약속을 한 적이 있었다. 나는 홈즈가 지금까지 관여해왔던 사건들 중에서도 가장 중요한 국제적 사건으로 기록을 끝맺는 것이 좋을 것이라는 말로 간신히 그를 설득했다. 그러고는 사건의 설명에 세심한 주의를 기울이겠다는 조건을 걸고 발표해도 좋다는 허락을 받아냈다. 따라서 독자 여러분께서는 이야기에 조금 애매한 면이 있다 하더라도 그렇게 쓸 수밖에 없는 이유가 있음을 이해해주기 바란다.

그런 이유로 정확한 연대를 밝힐 수는 없지만 1800년대 어느 가을의 한 화요일 아침의 일이었다. 전 유럽이 알고 있을 정도로 유명한 인사 두 명이 베이커 가에 있는 우리의 보잘것없는 집을 방문했다. 한 사람은 그 콧날 모양 그대로 독수리처럼 날카로운 눈빛을 가진 엄숙한 사람이었다. 지위가 아주 높은 사람으로, 두 번째로 영국 수상의 자리에 올라 그 직무를 수행하고 있는 벨린저 경이었다. 나머지 한 사람은 가무잡잡한 피부에 얼굴이 단정하고 기품 있어 보였는데 아직 중년에 들었다고도 할 수 없는 나이였다. 몸도 마음도 오만한 사람이었다. 이 사람은 유럽 담당 부서의 장관으로 영국에서 가장 촉망받는 젊은 정치가 트렐로니 호프였다.

두 사람은 신문이 어지러이 놓여 있는 소파에 나란히 앉았다. 근심 어린 두 사람의 여윈 얼굴을 보고 매우 급히 처리해야 할 커다란 문제가 있어서 찾아온 것이라는 사실을 쉽게 알 수 있었다. 수상은 파란빛이 도는 여윈 손으로 상아로 만든 우산의 손잡이를 단단히 쥐고 있었다. 그는 피곤에 지친 수행자와 같은 얼굴로 홈즈에게서 나에게로 시선을 옮겼다. 유럽 담당 장관은 신경질적으로 수염을 잡아당기며 시곗줄에 매달려 있는 도장을 초조한 듯 만지작거리고 있었다.

"홈즈 씨, 오늘 아침 8시에 그것이 없어졌다는 사실을 확인하자마자 바로 수상님께 보고했습니다. 이렇게 둘이서 방문하기로 한 것은 수상님의 생각이십니다."

"경찰에는 알렸나요?"

"아니, 알리지 않았네. 앞으로도 경찰에 알릴 생각은 없어. 경찰에 알린다는 것은 공표한다는 것과 다름없는 일인데 무슨 일이 있어도 공표만은 할 수가 없네."

수상이 곧바로 단호하게 말했다. 이것은 누구에게나 잘 알려진 수상의 특색 있는 태도였다.

"그건 어째서죠?"

"문제의 서류가 매우 중요한 것이기 때문에 그 사실이 공표되면 유럽에 중대한 분쟁이 일어나게 될 걸세. 전쟁이냐 평화냐, 그것이 이 문제에 달려 있다고 말해도 과언은 아닐 걸세. 가령 그것을 찾는다 해도 그 비밀이 새어 나가는 것을 막지 못한다면 차라리 찾지 않는 것이 낫다고 말할 수 있을 정도라네. 왜냐하면 그것을 훔쳐간 자들의 목적은 오직 그 내용을 밝히는 것에 있을 테니까."

"알겠습니다. 그럼, 트렐로니 호프 장관님. 그 서류가 없어졌을 때의 정황을 정확하게 말씀해주시기 바랍니다."

"특별히 복잡한 사정이 있는 것은 아닙니다. 외국의 한 유력자가 보낸 편지인데 6일 전에 도착했었습니다. 매우 중요한 편지였기 때문에 창고에 넣어두지 않고 화이트홀 테라스에 있는 우리 집으로 가져가서 서류 상자에 넣고 자물쇠를 채워 침실에 두었습니다. 어젯밤까지만 해도 틀림없이 침실에 있었습니다. 틀림없습니다. 만찬에 가는 채비를 하면서 상자를 열어 그 안에 편지가 있는 것을 내 눈으로 확인했습니다. 그런데 오늘 아침에 보니 감쪽같이 사라져버렸습니다. 서류 상자는 화장대 거울 옆에 두었습니다. 나는 잠을 깊이 자지 못하는 편이고 아내도 마찬가지입니다. 어젯밤에는 그 누구도 방에 들어오지 않았었다고 둘 다 단언할 수 있습니다. 그런데, 거듭 말씀드리지만 편지가 감쪽같이 사라져버렸습니다."

"어젯밤, 몇 시에 식사를 하셨나요?"

"7시 30분입니다."

"식사 후, 얼마나 시간이 지나서 잠자리에 드셨나요?"

"아내가 극장에 갔었기 때문에 나는 아내가 돌아오기를 기다리고 있었습니다. 우리가 침실에 들어간 것은 11시 30분이 조금 지나서였습니다."

"그렇다면 4시간 동안 편지를 지키는 사람이 없었다는 얘기군요."

"하지만 하인들은 함부로 침실에 들어오지 못하도록 하고 있습니다. 단, 아침에는 청소를 하러 하녀가 들어오고, 집사와 아내의 몸종이 때때로 들어오기는 합니다. 침실에 들어 올 수 있는 이들 세 사람은 어제 오늘 알던 사람들이 아니며 전부 믿을 만한 사람들입니다. 그리고 그들 중 누구도 내 서류 상자 안에 통상적인 문서 외에 다른 중요한 문서가 들어 있었다는 사실을 알지 못했을 겁니다."

"누가 그 편지가 있었다는 걸 알고 있었죠?"

"집에서 아는 사람은 아무도 없었습니다."

"부인도 모르셨다는 말씀인가요?"

"네, 몰랐습니다. 오늘 아침에 편지가 없어지고 나서야 비로소 알게 되었습니다."

수상이 만족스럽다는 듯이 고개를 끄덕였다.

"자네가 공무에 충실하다는 사실은 전부터 알고 있었네. 그렇게 중요한 문제는 가족에게도 얘기하지 않을 것이라고 확신하고 있었네."

트렐로니 호프 장관이 인사를 하며 말했다.

"그 말씀에 부끄럽지 않을 만큼은 소임을 다했다고 생각합니다. 그 일에 대해서는 오늘 아침까지, 아내에게도 말을 하지 않았습니다."

"부인께서 눈치 채실 만한 일이 있었던 건 아닌가요?"

"아니요, 홈즈 씨. 아내뿐만 아니라 그 누구도 편지가 거기 있으리라고는 생각지 못했을 겁니다."

"지금까지 서류를 분실하신 적이 있었나요?"

"없었습니다."

"영국에서는 누가 그 편지에 관해서 알고 있나요?"

"어제 각료 전원에게 알렸습니다. 말할 필요도 없이 각료 회의에서 나온 얘기는 절대로 발설해서는 안 됩니다. 특히 어제 같은 경우에는 특별히 비밀을 지켜야 한다고 수상 각하께서 엄격하게 주의까지 주셨습니다. 그런데 그로부터 몇 시간도 지나지 않아서 내가 편지를 잃어버릴 줄이야!"

장관의 훌륭한 얼굴이 절망에 휩싸여 일그러졌다. 그리고 두 손으로 머리카락을 쥐어뜯었다. 잠깐동안 지금까지 숨겨져 있던 인간의 참모습, 감정적이고 정열적이며 매우 예민한 인간의 모습을 볼 수 있었다. 하지만 곧 그는 귀족적인 표정으로 되돌아왔으며, 목소리도 다시 온화해졌다.

"이 편지에 대해서 아는 관리들이 각료 외에도 두 사람, 아니 아마도 세 사람 정도는 있을 겁니다. 그 외에 이 편지에 대해서 아는 영국 사람은 아무도 없습니다."

"그럼, 외국에서는?"

"편지를 쓴 당사자 외에는 내용을 본 사람이 없을 겁니다. 그 나라의 각료들도 보지 못했을 것이라고 확신합니다. 일반적인 경로를 통해서 전달된 편지가 아니니까요."

홈즈가 한동안 생각에 잠겼다.

"지금부터는 조금 자세한 상황에 대해서 묻고 싶은데요. 그 편지는 어떤 편지이며 왜 그 편지가 없어지면 중대한 사태가 벌어진다는 거지요?"

순간 두 정치가는 서로의 얼굴을 마주보았다. 잠시 후, 수상이 굵은 눈썹을 찌푸리며 말했다.

"홈즈씨, 봉투는 길고 얇은 것으로 옅은 푸른색이었네. 붉은 밀랍으로 봉해져 있었고 웅크리고 있는 사자가 찍혀 있었어. 받는 사람의 이름은 크고 굵은 글씨로 적혀 있었는데......."

"그런 세세한 부분도 틀림없이 중요한 것입니다만, 저는 좀 더 근본적인 얘기를 듣고 싶습니다. 그 편지는 어떤 내용이었습니까?"

"그건 매우 중요한 국가 기밀이기 때문에 자네에게 말할 수도 없고, 또 말할 필요도 없을 것으로 생각되는데....... 자네가 가지고 있다는 그 신비한 힘을 사용해서 조금 전에 말한 봉투를 내용물과 함께 찾아준다면 자네는 영국을 위해서 매우 커다란 일을 하게 되네. 그에 대한 보답으로 가능한 한 최고의 예를 표하겠네."

홈즈가 미소를 지으며 자리에서 일어났다.

"두 분 모두, 이 나라에서 가장 바쁘신 분들일 것입니다. 그런 두 분에게 비할 바는 아니지만 저 역시도 나름대로 여기저기서 부름을 받고 있습니다. 이번 건에 도움을 드리지 못한 점 진심으로 안타깝게 생각합니다. 더 이상 얘기해봐야 시간만 낭비할 것 같습니다."

수상이 자리에서 일어났다. 움푹 들어간 눈이 날카롭게 빛나고 있었다. 모든 각료들이 쩔쩔맨다고 알려진 바로 그 눈빛이다.

"내 일찍이 이런 경우는......."

여기까지 말한 수상은 분노를 억누르고 다시 의자에 앉았다. 한동안 아무도 입을 열지 않았다. 잠시 후, 늙은 정치가가 어깨를 떨어뜨리고 말했다.

"자네의 조건을 수용하지 않을 수 없군. 자네의 말이 맞네. 완전히 믿지도 못하면서 우리를 위해 일해 달라는 건 이치에 맞지 않는 얘기지."

"지당하신 말씀이십니다."

트렐로니 호프 장관도 그 말에 동의했다.

"그럼 홈즈와 왓슨 박사를 믿고 얘기하도록 하겠네. 이 내용이 외부로 새어나가면 영국은 매우 심각한 사태를 맞이하게 되니 두 사람의 애국심에 비밀을 부탁하겠네."

"저희를 믿어주시기 바랍니다."

"그 편지는 외국의 한 국왕으로부터 받은 것일세. 그분께서는 우리 영국의 식민지 정책에 불만을 품고 스스로 급히 편지를 쓰셨어. 조사해보니 그 나라 수상도 그 편지에 대해서는 전혀 모르고 있더군. 난처하기 짝이 없는 내용이야. 그중 매우 자극적인 문장도 들어 있어서 만일 그것이 공표되면 우리 국민감정을 거스르는 사태로까지 발전될 우려가 있네. 편지가 알려지면 여론이 들끓어 올라 1주일 안에 전쟁에 휩싸이게 될 거야."

홈즈가 쪽지에 한 사람의 이름을 써서 수상에게 건네주었다.

"맞네. 바로 이 사람이야. 그 편지......, 그 편지에 막대한 전쟁 비용과 수많은 사람들의 목숨이 달려 있어....... 그런데 그 편지가 감쪽같이 사라진 거야."

"편지를 보낸 국왕에게 이 소식을 알렸습니까?"

"암호로 전보를 보냈네."

"그분은 편지가 알려지기를 바라고 계십니까?"

"아닐세, 잠시 화가 치밀어 올라 분별없는 행동을 했다고 후회하고 계실 걸세. 편지가 공개되면 치명타를 입게 되는 건 우리 영국이 아니라 저쪽 나라니까."

"그럼 그 편지를 폭로하면 누가 이익을 얻게 됩니까? 대체 누가 편지의 공개를 바라고 있는 겁니까?"

"그 질문에 답하려면 복잡한 국제 정치에 대해서 얘기하지 않을 수 없네. 유럽의 현 상황을 생각해보면 쉽게 그 동기를 알 수 있을 거야. 지금 유럽은 전체가 무장한 군인들의 주둔지라고도 할 수 있어. 유럽은 두 개의 진영으로 나뉘어 있는데 서로가 팽팽한 힘의 균형을 이루고 있는 상태지. 그런데 우리 영국은 그 두 진영 중 어디에도 속하지 않고 중립을 유지하고 있어. 만일 우리나라가 어느 한쪽 진영의 나라와 전쟁을 시작하게 되면 다른 쪽 진영은 굳이 참전하지 않더라도 유리한 입장에 서게 돼."

"그러니까, 편지를 쓴 국왕의 나라와 우리나라와의 관계를 악화시키기 위해서 편지를 훔쳐 공표하면 편지를 쓴 국왕의 적이 유리해진다는 말씀이시군요."

"그렇다네."

"그 편지가 적의 손에 넘어간다면 누구의 손에 넘어갈 것으로 보입니까?"

"유럽의 고관이라면 누구라도 가능성이 있어. 지금 이 순간도 누군가에게 빠르게 전해지고 있을 것이네."

트렐로니 호프 장관이 고개를 떨어트리며 커다란 신음 소리를 냈다. 수상이 그의 어깨에 손을 올리고 다정하게 말했다.

"운이 없었을 뿐이야. 누구도 자네를 책망할 수는 없어. 자네는 충분히 주의를 기울였어. 홈즈 씨, 이것으로 내 얘기는 끝인데 자네는 어떻게 생각하는가?"

홈즈가 안타깝다는 듯이 고개를 흔들었다.

"편지를 되찾지 못하면 분명히 전쟁이 일어날 것이라고 생각하십니까?"

"그럴 가능성이 매우 높네."

"그럼 전쟁에 대한 준비를 해두십시오."

"그건 너무 절망적이지 않은가?"

"현실을 직시하십시오. 편지를 도둑맞은 건 밤 11시 30분 이전입니다. 11시 30분 이후부터 편지가 사라진 것이 발견되기 전까지는 장관님의 부인이 그 방에 계셨으니까요. 따라서 편지를 훔친 것은 어젯밤 7시 30에서 11시 30분 사이, 틀림없이 7시 30분에 가까운 시각일 겁니다. 훔친 사람이 누구든 범인은 편지가 있는 곳을 미리 알고 있었을 것이며, 가능한 한 빨리 손에 넣으려 했을 테니까요. 그렇게 이른 시각에 편지가 사라졌다면 지금은 어디쯤에 있겠습니까? 편지를 손에 쥐고 있을 이유는 어디에도 없습니다. 편지를 원하는 사람에게 급히 보냈을 겁니다. 지금 우리에게는 그 편지를 쫓을, 아니 편지의 뒤를 따라갈 기회조차도 없습니다. 그건 불가능한 일입니다."

수상이 의자에서 일어나며 말했다.

"자네 말이 맞네, 홈즈. 사태는 이미 우리의 손이 닿지 않는 곳까지 번지고 말았어."

"얘기를 계속하기 위해서, 하녀나 집사가 편지를 훔쳤다고 가정하겠……."

"두 사람 모두 오랫동안 일해오던 믿을 만한 사람입니다."

"트렐로니 호프 장관님, 침실은 3층에 있기 때문에 외부에서 직

집 안으로 들어갈 수는 없습니다. 그렇다고 집 안으로 들어가게 되면 사람들의 눈에 띄게 되죠. 따라서 외부인의 범행이 아니라 집안 사람이 훔친 게 틀림없어요. 대체 누구를 위한 범행이었을까요? 국제적인 스파이나 비밀 첩보원을 위해서였을 거예요. 어쨌든 그 이름을 들으면 금방 알 수 있을 만한 사람일 겁니다. 그런 일을 하는 사람 중 요주의 인물이 세 명 있어요. 저는 그 사람들에 대한 탐문 수사를 시작해 그들 중 지금 움직이고 있는 사람이 있는지 조사해보도록 하지요. 만일 누군가가 행방이 묘연해졌다거나, 어젯밤부터 모습을 감춘 사람이 있다면 편지의 행방도 알아낼 수 있을 겁니다."

"그 사람이 왜 행방을 감출 거라고 생각하십니까? 그 사람은 틀림없이 런던에 있는 다른 나라의 대사관으로 편지를 들고 갔을 겁니다."

트렐로니 호프 장관이 반론을 펼쳤다. 홈즈가 대답했다.

"그렇게 하지는 않았을 거예요. 그런 종류의 스파이들은 독자적으로 일을 하고 있어요. 대사관과의 관계가 꼭 좋다고만은 할 수 없지요."

수상이 고개를 끄덕였다.

"홈즈, 자네의 말이 맞네. 그렇게 귀중한 사냥감을 손에 넣었으니 틀림없이 직접 본부로 가져갔을 거야. 아주 훌륭한 계획이야. 자, 호프. 이 불행한 사건에 마음을 빼앗겨 다른 일들을 방치해둘 수는 없지 않은가. 날이 어두워지기 전에 단서가 될 만한 게 생기면 홈즈 씨에게 알리기로 하세. 자네도 알아낸 것이 있으면 우리에게 알려주게나.”

두 정치가는 인사를 한 뒤, 엄숙한 태도로 방에서 나갔다.

이 유명한 손님들이 떠나자 홈즈는 파이프에 불을 붙이고 잠시 동안 아무런 말도 하지 않은 채 의자에 앉아 생각에 잠겼다. 나는 신문을 펼쳐들고 어젯밤 런던에서 일어났던 놀라운 범죄에 대한 기사를 읽었다. 그 순간 홈즈가 커다란 소리를 지르며 자리에서 벌떡 일어나더니 파이프를 벽난로 위 장식장에 올려놓았다.

“그래 그게 가장 좋은 방법이야. 상황은 아주 좋지 않지만 희망이 전혀 없는 것도 아니야. 그 세 명 중 누가 훔쳤는지 그것만 확인하면 아직도 그 녀석이 편지를 손에 쥐고 있을 가능성도 있어. 그런 사람들은 결국 돈을 위해서 그런 짓을 하는 거야. 그리고 내 뒤에는 영국의 재무부가 버티고 있어. 팔려고 내놨다면 사들이면 돼. 그것 때문에 소득세가 조금 늘어난다고 해도 말이야. 적에게 넘기기 전에 우리가 얼마만큼의 금액을 매길지 기다리고 있을지도 모르니까. 이렇게 큰 범행을 저지를 수 있는 녀석은 그 셋뿐이야. 오버스타인, 라 로티에르, 에두아르도 루카스. 이 셋을 만나봐야겠어.”

나는 손에 들고 있던 신문을 뚫어져라 쳐다봤다.

“고돌핀 가에 살고 있는 에두아르도 루카스를 말하는 건가?”

"맞아."

"그 녀석은 만날 수 없을 거야."

"왜 만날 수 없다는 거지?"

"어젯밤 집에서 살해당했어."

지금까지의 모험에서는 홈즈 때문에 내가 몇 번이고 놀랐었지만, 이번에는 내가 홈즈를 깜짝 놀라게 해주었다고 생각하니 기뻐서 견딜 수가 없었다. 홈즈가 의자에서 벌떡 일어났을 때, 나는 다음과 같은 기사를 읽고 있었다.

「웨스트민스터 살인 사건

어젯밤, 이상한 사건이 고돌핀 가 16번지에서 일어났다. 고돌핀 가는 템스 강과 웨스트민스터 성당 사이에 위치, 18세기 양식의 고풍스러운 집들이 늘어선 한적한 거리로 국회의사당 첨탑 밑에 자리 잡은 곳이다. 그곳의 그다지 크지는 않지만 고급스러운 주택에 에두아르도 루카스라는 사람이 살고 있었다. 사람을 끌어당기는 묘한 힘이 있었으며, 아마추어 중에서는 영국에서 가장 뛰어난 테너 가수 중 한 사람이었기에 사교계에서는 그의 이름이 꽤 알려져 있다. 루카스 씨는 34세, 독신으로 나이든 가정부 프링글 부인과 집사 미턴 씨와 함께 생활하고 있었다.

중년의 가정부는 언제나 이른 시각에 위층에 있는 자신의 방으로 올라간다. 집사는 햄머스미스에 살고 있는 친구를 만나기 위해 외출을 했었다. 오후 10시 이후, 그 집에는 루카스 씨밖에 없었다. 그 사이에 무슨 일이 있었는지는 아직 조사 중이지만, 11시 45분에 고돌핀 가를 지나던 경찰 배렛이 16번지에 있는 그 집의 문이 반쯤 열려 있는 것을 목격했다. 배렛이 문을 두드렸지만 아무런 대답도 없었다. 정면에 있는 방에 불이 켜져 있어 경찰은 안으로 들어가 그 방의 문을 두드렸지만 역시 대답은 없었다. 문을 열고 안으로 들어가 보니, 방 안은 아수라장이었다. 가구는 전부 한쪽에 모여 있었으며, 한가운데 의자가 쓰러져 있었다. 그 옆으로 의자의 한쪽 다리를 쥔 채 이 집 주인이 쓰러져 있었다. 심장을 찔린 것으로 보아 즉사한 것으로 보인다.

흉기는 칼날이 휜 인도의 단검. 벽에 장식해둔 동양 무기 중 하나였다. 단순한 절도로는 보이지 않는다. 방 안에 있는 값진 물건에는 전혀 손을 대지 않았다. 에두아르도 루카스 씨는 매우 지명도가 높고 인기가 있었기 때문에, 이 끔찍하고 이상한 죽음에 많은 친구들이 깊은 애도의 뜻을 전하고 있다.」

"왓슨, 그 기사를 읽은 자네의 생각은 어떤가?"
한동안 말이 없던 홈즈가 이렇게 물었다.
"정말 놀라운 우연의 일치 아닌가?"
"모르는 소리. 이번 사건에 관련됐을지도 모른다고 생각한 세 사람 중 한 사람이 바로 사건이 있었던 그 시간에 살해당했어. 우연의 일치가 아니야. 이건 틀림없어. 두 사건은 서로 연관이 있어. 맞아, 틀림없이 연관이 있어. 그 연결 고리를 찾는 게 내 일이야."

"하지만 이미 경찰에서 모든 걸 조사하지 않았을까?"

"모든 걸 조사하지는 못했을 거야. 고돌핀 가에서의 사건은 경찰이 모든 것을 알고 있겠지. 하지만 양쪽 모두를 알고 있는 사람은 나밖에 없어. 이 두 사건을 하나로 묶어 연관지을 수 있는 사람은 나밖에 없다고. 그리고 루카스가 의심스러운 점이 한 가지 있네. 웨스트 민스터의 고돌핀 가와 화이트홀은 걸어서 겨우 몇 분밖에 걸리지 않는 곳에 있어. 내가 이름을 거론한 스파이 중 나머지 둘은 저 멀리 웨스트엔드에 살고 있어. 그러니까 루카스는 다른 녀석들보다는 훨씬 더 용이하게 트렐로니 호프 장관의 집과 연락을 주고받을 수 있지. 그리 대단한 일이 아닐 수도 있지만 2, 3시간 동안에 연속해서 일어난 사건이니 무시할 수는 없어. 어? 누군가 온 것 같은데."

허드슨 부인이 여자의 명함이 올려진 동그란 접시를 들고 들어왔다. 그것을 힐끗 쳐다본 홈즈는 놀란 표정을 지어 보이더니 내게 명함을 건네주었다.

"힐더 트렐로니 호프 부인에게 죄송하지만 이곳으로 올라오라고 전해주세요."

우리의 보잘것없는 아파트는 그날 아침 벌써 굉장한 영광을 누렸는데 거기에다 런던에서 가장 아름다운 사람의 방문까지 받게 된 것이다. 벨민스터 공작의 막내딸이 아름답다는 얘기는 이미 헤아릴 수도 없이 들어온 터였다. 그 아름다운 얼굴의 극히 미묘한 매력과 표정은 귀로 듣거나 흑백사진으로 본 것 이상이었다.

그런데 그 가을의 아침, 보는 이의 시선을 끈 것은 아름다움이 아니었다. 뺨이 아름답기는 했지만, 고조된 감정 때문에 파랗게 질려 있었다. 눈이 빛나기는 했지만, 무엇인가에 홀린 듯한 빛이었다. 신경질적으로 보이는 입매는 자신을 억제하기 위해서인지 굳게 닫혀 있었다. 그 아름다운 방문자가 마치 액자에 들어 있는 그림처럼 열린 문가로 들어서는 순간 우리의 눈을 빼앗은 것은 아름다움이 아니라 두려움에 떨고 있는 모습이었다.

"홈즈 씨, 남편이 다녀갔었죠?"

"네, 왔다가셨어요."

"제가 여기 왔었다는 걸 남편에게는 비밀로 해주세요."

침착한 태도로 고개를 끄덕인 홈즈는 의자에 앉으라고 부인에게 몸짓을 해보였다.

"제가 아주 난처한 입장에 처하게 됐군요. 자, 의자에 앉아서 원하시는 게 뭔지 말씀해보세요. 하지만 특별한 이유가 없다면 부인과 그런 비밀 약속은 할 수 없어요."

그녀는 당당하게 방을 가로질러 가 창을 등지고 앉았다. 여왕이 앉아 있는 듯했다. 키가 크고, 우아하며, 매우 여성스러웠다.

하얀 장갑을 낀 손을 쥐었다 폈다 하며 그녀가 말했다.

"홈즈 씨....... 솔직하게 말씀드리겠어요. 그러면 당신도 솔직하게 말씀해주실 것이라고 믿고 있으니까요. 남편과 저는 진심으로 서로를 믿고 이해하고 있어요. 정치에 관한 일만 제외한다면요. 남편은 정치에 관해서는 굳게 입을 다물고 있어요. 아무런 말도 하질 않아요.

어젯밤, 우리 집에서 매우 불행한 일이 일어났다는 걸 저는 잘 알고 있어요. 편지가 없어졌다는 사실 말이에요. 그런데 정치에 관계된 일이라 남편은 아무런 말도 해주질 않아요. 저는 무슨 일이 있어도 진상을 꼭 알아야만 해요. 남편이 말해주니 않으니 진상을 알고 계시는 것은 당신뿐이에요. 그러니 홈즈 씨, 제발 부탁이에요. 무슨 일이 일어난 건지, 어떤 결과를 초래하게 되는 건지 가르쳐주세요. 전부를 말씀해주세요. 이번만은 의뢰자를 위해서 비밀을 지켜야 한다는 생각을 버려주세요. 남편도 알아줬으면 하는데, 정치를 포함한 모든 면에서 저를 믿는 남편에게도 커다란 이익이 될 거예요. 대체 뭘 도둑맞은 거죠?"

"부인, 그걸 말씀드릴 수는 없어요."

부인은 슬픈 소리를 내며 두 손에 얼굴을 묻었다.

"제 입장을 잘 이해하고 계시리라 생각합니다. 남편께서 이 일을 부인에게 알리지 않는 것이 좋겠다고 생각하고 계신데 직업상의 비밀을 지키겠다는 약속을 하고 알아낸 그 사실을, 남편과의 약속을 깨고 부인께 말씀드릴 수는 없으니까요. 저는 대답해드릴 수가 없어요. 남편께 여쭤보시는 게 옳은 것 같습니다."

"이미 물어봤어요. 저도 여기에 쉽게 찾아온 것은 아니에요. 모든 사실을 가르쳐달라고는 하지 않겠어요. 딱 한 가지만 가르쳐주시면 고맙겠어요."

"뭡니까? 부인."

"이번 사건으로 남편의 경력에 오점이 남게 될까요?"

"그렇습니다. 제대로 해결하지 못하면 그렇게 될 겁니다."

부인은 이제야 의문이 풀렸다는 듯 숨을 깊이 들이 쉬었다.

"아......, 한 가지만 더 묻겠습니다. 편지가 없어진 것을 처음 알았을 때, 남편이 문득 흘린 말에 의하면 이번 일로 끔찍한 일이 일어날지도 모른다는데......."

"남편께서 그렇게 말씀하셨다면 저도 부정하지는 않겠습니다."

"어떤 일이 일어나나요?"

"부인, 그 질문에도 역시 답을 할 수가 없어요."

"알겠습니다. 더 이상 시간을 빼앗지 않겠습니다. 제게 비밀을 밝히지 않은 것을 원망하지는 않겠어요, 홈즈 씨, 당신도 저를 너무 나쁘게만 생각하지 말아주세요. 남편의 뜻에 어긋나기는 하지만 저는 그저 남편과 고통을 함께 나누고 싶었던 것뿐이에요. 다시 한번 부탁드리는데, 제가 여기에 왔었다는 사실......, 비밀로 해주시기 바랍니다."

문 앞까지 갔던 부인이 뒤돌아서서 우리를 바라보았다. 그때의 괴로움에 잠긴 아름다운 얼굴, 겁먹은 눈빛, 굳게 다문 입술 등이 기억에 남아 있다. 그런 다음 부인은 밖으로 나갔다.

"왓슨, 부인에 대해서는 자네가 맡도록 하게. 저 아름다운 부인의 본심은 무엇이었을까? 대체 뭘 원했던 것일까?"

홈즈가 미소 지으며 말했다. 스커트가 바닥에 끌리는 소리가 멀어지더니 현관문 닫히는 소리가 들렸다.

"부인의 말은 아주 명확했어. 걱정이 된다는 것도 아주 자연스러운 일이고."

"부인의 모습을 생각해보게, 왓슨. 저 태도, 흥분을 감추고 있었고, 침착하지 못했고, 아주 끈질기게 끝까지 캐물었네. 감정을 겉으로 드러내지 않는 계급 출신이면서도."

"아주 흥분한 상태였던 것만은 틀림없어."

"자신이 사건에 대해서 알면 남편에게 도움이 될 것이라고 몇 번이고 말했어. 그것도 아주 간절하게. 부인이 대체 왜 그런 말을 했을까? 그리고 부인이 창을 등지고 앉았던 것을 기억하고 있지? 자신의 표정을 숨기려 했던 거야."

"맞아. 일부러 그 의자에 가서 앉았지."

"대체 왜 그랬는지 그 이유를 알 수가 없군. 자네도 기억하고 있겠지? 같은 이유로 마게이트의 여자를 의심한 적이 있지 않았나? 그런데 알고 보니 얼굴에 분을 바르지 않아서 그랬던 거였지. 그런 말도 안 되는 사실들을 바탕으로 어떻게 추리를 할 수 있겠나. 아주 사소한 행동이 커다란 의미를 담고 있기도 하고, 머리핀이나 비녀 때문에 아주 이상한 행동을 하기도 하는 것이 여자인데. 그럼 왓슨, 이만."

"자네 외출할 생각인가?"

"고돌핀 가로 가서 경찰 나리들과 오전 시간을 보내야겠네. 이번 사건과 에두아르도 루카스와는 서로 관계가 있네. 아직 어떤 관계인지는 나도 잘 모르겠지만. 사실을 확인하지 않고 이론을 세우는 것은 커다란 실수라고 할 수 있지. 여기를 부탁하겠네, 왓슨. 찾아오는 사람이 있으면 자네가 상대를 해주게나. 가능하다면 점심 식사는 함께 하도록 하지."

그날 하루 종일, 그리고 그 다음 날, 그리고 또 그 다음 날도, 홈즈를 아는 사람이라면 말이 없는 상태, 홈즈를 모르는 사람이라면 기분이 좋지 않은 상태라고 말하는 그런 상태가 이어졌다. 홈즈는 서둘러 밖으로 나갔는가 싶으면 어느 틈엔가 돌아와 있었고 줄담배를 피워대며 한바탕 바이올린을 켜다가 생각에 잠기곤 했다. 그런가 하면 전혀 엉뚱한 시간에 샌드위치를 먹어대고, 가끔 무엇인가를 물어도 거의 대답을 하지 않았다. 수사가 뜻대로 진행되지 않는 것이 틀림없었다. 홈즈는 사건에 대해서 아무런 말을 하지 않았다.

나는 피해자 에두아르도 루카스의 집사인 존 미턴 씨의 체포와 석방 등 사건에 대한 일련의 내용을 신문을 통해서 알았다. 검시 배심은 '고의적 살인'이라는 결론을 내렸지만 아직도 범인에 대해서는 아무것도 알아낸 것이 없었다. 살인의 동기도 확실하게 밝혀지지 않았다. 방 안에는 값진 물건들이 많았지만 모든 것들이 그대로 남아 있었다. 죽은 남자의 서류에도 전혀 손을 대지 않았다. 그 서류들을 자세히 조사해보니, 그 남자가 국제 정치에 커다란 관심을 가지고 있었다는 사실, 여러 가지 소문을 수집하고 있었으며, 외국어에 능통하고, 수많은 편지를 썼다는 사실 등을 알 수 있었다. 그가 몇 개국의 정치가 지도적 위치에 있는 사람들과도 친하게 지냈다는 사실도 알 수 있었다. 서랍 속에 가득 들어 있던 서류 중 특별히 눈에 띄는 것은 없었다.

수많은 여성과 사귀고 있었지만 특별히 깊은 관계를 맺고 있는 사람은 없었다. 아는 여자들은 많았지만 친하게 지내는 사람은 거의 없었으며, 사랑을 나누던 사람도 없었다. 규칙적인 생활을 했으며, 이상한 행동은 전혀 하질 않았다. 에두아르도 루카스의 죽음은 수수께끼 그 자체였으며 그대로 미궁에 빠지는 듯했다.

집사 미턴의 체포는 아무런 활약도 보이지 못한 경찰의 궁여지책에 불과했다. 알리바이는 완벽했다. 친구들과 헤어져 집으로 돌아온 것은 사건이 발견되기 전의 일이었지만 날씨가 좋았기 때문에 도중에 조금 산책을 하다 돌아왔다는 설명도 충분히 수긍이 가는 것이었다. 실제로 미턴은 12시에 집으로 돌아와 뜻밖의 참사에 매우 놀란 듯했다. 미턴과 주인인 루카스 사이에는 아무런 문제도 없었다. 피해자의 물건 몇 가지가, 특히 조그만 면도날케이스가 미턴의 상자 속에서 발견됐다. 하지만 그것은 주인에게서 받은 것이라고 했으며 가정부도 같은 말을 했다.

미턴은 루카스의 집에서 3년간 일을 해왔다. 대륙으로 갈 때 루카스는 미턴을 데리고 가지 않았다. 이것은 주목할 만한 점이었다. 때로는 3개월 동안이나 파리에서 머문 적도 있었지만 미턴은 고돌핀 가의 집을 맡아 관리하고 있었다. 그날 밤, 가정부는 이상한 소리를 전혀 듣지 못했다고 했다. 주인을 찾아온 사람이 있었다면 스스로 방까지 안내했다는 얘기가 된다.

신문을 통해서 알게 된 바에 의하면, 사건이 발생한 지 사흘이 지났는데도 조사에는 아무런 진전도 없었다. 홈즈는 그 이상의 사실들을 알고 있었는지도 모르겠지만 아무런 말도 하질 않았다. 나중에 들은 얘기지만, 레스트레이드 경감은 모든 사실을 홈즈에게 밝혔다고 했다. 따라서 홈즈는 사건에 관한 모든 것을 알고 있었을 것이다. 나흘째 되던 날, 모든 의문을 풀어줄 것으로 생각되는 소식이 파리에서 날아들었다. 『데일리 텔레그래프』 지에 의하면 그 내용은 다음과 같았다.

「파리의 한 경찰이 지난 주 월요일, 웨스트민스터 가에서 살해된 에두아르도 루카스 씨의 비참한 죽음에 관한 수수께끼를 풀어줄 것으로 기대되는 발견을 했다. 피해자는 자신의 방에서 흉기에 찔려 숨진 채 발견되었고, 그의 집사가 용의자로 주목받고 있었지만 알리바이가 있었기 때문에 사건의 수사는 아무런 진전도 보이지 못했다.

어제, 오스테를리츠 가의 조그만 주택에서 살고 있는 앙리 푸르네이라는 사람의 부인의 정신이 이상해졌다고 하인들이 당국에 통보를 해왔다. 조사에 의하면 부인의 병은 매우 심각한 상태여서 치료될 가능성은 거의 없다고 한다. 이 부인은 런던에 갔다가 지난주 화요일에 돌아왔는데 웨스트민스터 살인 사건에 관계했었다는 증거가 경찰의 조사에 의해서 밝혀졌다. 사진을 비교해보니 앙리 푸르네이 씨와 에두아르도 루카스 씨는 동일 인물로, 이유는 알 수 없지만 런던과 파리에서 이중생활을 했던 것으로 밝혀졌다.

크리올 지방 출신인 부인은 쉽게 흥분하는 성격 때문에 과거에도 몇 번인가 질투심에 휩싸여 광란 상태에 빠진 적이 있었다고 한다. 런던을 떠들썩하게 만든 끔찍한 범죄를 저지른 것도 이와 같은 발작 때문인 것으로 보인다. 일요일 날 부인의 행적은 그리 명확하지가 않다. 하지만 화요일 아침, 채링 크로스 역에서 미친 여자가 난폭한 행동으로 사람들의 이목을 끈 일이 있었다. 그 여자의 인상착의가 푸르네이 부인과 일치한다. 따라서 이번 범죄가 광기 속에서 벌어진 것이거나, 혹은 이번 범죄 때문에 불행한 부인의 머리가 혼란스러워진 것으로 생각된다.

지금 푸르네이 부인은 지난 일을 정확하게 설명할 수 있는 상태가 아니다. 부인을 진찰한 의사들은 한결같이 입을 모아 부인이 회복될 가능이 없다고 말했다. 푸르네이 부인으로 보이는 여자가 월요일 밤에 고돌핀 가에 있는 피해자의 집을 몇 시간이고 바라보는 모습을 목격했다는 증언도 있다.」

"이 기사에 대해서 어떻게 생각하나, 홈즈."

나는 이 기사를 홈즈에게 읽어주었다. 그 사이 홈즈는 아침 식사를 마쳤다.

"왓슨, 자네는 정말 인내심 강한 사람일세. 지난 사흘 동안 자네에게 아무런 말도 하지 않았던 것은 특별히 들려줄 말이 없었기 때문이야. 파리에서 날아든 그 보고도 지금은 그리 커다란 도움이 되지 않네."

테이블에서 일어난 홈즈가 방 안을 서성이며 말했다.

"이번 사건을 해명하는 데 이것이 결정적인 단서가 되지 않을까?"

"그 남자는 단순한 사고로 죽은 걸세. 처음 우리가 맡았던 일에 비하면 이건 아주 사소한 일에 불과해. 우리가 맡은 일은 편지를 찾아 유럽을 위기에서 구하는 것일세. 지난 사흘간 중요한 일이 딱 한 가지 있었네. 그것은 아직 아무런 일도 일어나지 않았다는 거야. 나는 거의 한 시간 간격으로 정부의 보고를 받고 있어. 걱정했던 일이 일어날 조짐을 보이는 곳은 유럽 어디에도 없어.

편지를 도둑맞았다면 이건 있을 수 없는 일이야. 하지만 도둑맞은 게 아니라면 편지는 대체 어디로 간 걸까? 누가 가지고 있는 걸까? 왜 공표하지 않는 걸까? 그런 의문들이 머릿속에 가득하네. 편지를 도둑맞은 그날 밤 에두아르도 루카스가 죽은 건 우연의 일치에 지나지 않았던 것일까? 루카스는 편지를 손에 넣었을까? 그렇다면 왜 남아 있지 않을까? 머리가 혼란스러워진 부인이 가지고 간 것일까? 그렇다면 편지는 파리에 있는 그녀의 집에 있는 걸까? 어떻게 해야 프랑스 경찰의 눈에 띄지 않고 찾아올 수 있을까? 이런 경우 법률은 범죄자에게 뿐만 아니라 우리에게도 번거로운 것이 되지.

모든 것이 우리에게 불리하게 작용하고 있지만, 잘만 하면 거기서 어마어마한 이익을 얻을 수 있을 거야. 해결하기만 한다면 내 생에 더할 나위 없이 영예로운 경력이 될 거야. 아, 전선에서 날아온 최신 정보로군."

홈즈는 건네받은 메모를 서둘러 읽었다.

"레스트레이드 경감이 흥미로운 걸 발견한 모양일세. 모자를 쓰게, 왓슨. 웨스트민스터에 함께 가세."

처음으로 이번 사건 현장에 가게 되었다. 지어진 연대에 어울리게 답답할 정도로 격식을 갖춘 튼튼한 집이었다. 앞쪽에 있는 창에 불독처럼 생긴 레스트레이드 경감의 얼굴이 나타나 우리를 내려다봤다.

몸집이 커다란 경찰이 문을 열어 우리를 안으로 안내했다. 레스트레이드 경감은 따뜻하게 우리를 맞으며 인사를 했다. 범행이 있었던 방으로 안내되었다. 카펫에 묻은 끔찍한 흔적을 제외하면 범행의 흔적은 어디에도 남아 있지 않았다. 그 카펫은 사각형의 조그만 인도산 융단으로 방의 한가운데 깔려 있었다. 융단 주위로는 아름답고 고풍스러운 사각형의 판자로 짠 바닥이 잘 손질되어 깨끗하게 펼쳐져 있었다. 난로 위에는 피해자가 수집한 멋진 무기들이 걸려 있었다. 그중 하나가 사건 당시 흉기로 사용되었던 것이다. 창가에 고급스러운 라이딩 데스크가 놓여 있었을 뿐만 아니라, 그림, 깔개, 커튼 등 그 방에 있는 모든 물건들이 놀라울 정도로 고급스러운 것이었다.

"파리의 소식을 들으셨습니까?"

레스트레이드 경감이 물었다.

홈즈가 고개를 끄덕였다.

"이번에는 파리의 경찰도 한몫 거들 모양입니다. 그 소식은 전부 사실입니다. 그 여자가 문을 두드렸습니다. 깜짝 놀랐을 겁니다. 절대 안전한 곳이라고 생각했었을 테니까요. 밖에 세워둘 수도 없었기에 여자를 안으로 불러들였습니다. 여자는 이곳을 어떻게 찾아냈는지 설명하고 남자를 몰아세웠을 겁니다. 쉴 새 없이 남편을 공격하고 원망했을 겁니다. 그러다 가까이 있던 단검을 쥐어들고 이곳을 아수라장으로 만들어버렸을 겁니다. 하지만 범행은 순식간에 일어난 게 아닙니다. 왜냐하면 모든 의자들이 저쪽 구석에 몰려 있었고 피해자는 그 중 하나를 들어 여자를 막으려 했었던 것 같으니까요. 마치 현장을 목격했던 것처럼 모든 정황이 눈에 선합니다."

홈즈가 눈썹을 치켜 올렸다.

"그것 때문에 날 불렀나요?"

"아, 아닙니다. 다른 일이 좀 있어서. 아주 사소한 것이지만 당신이 흥미를 느끼실 만한 것이 발견되어서....... 특별한, 달리 표현하자면 조금 뜻밖의 것입니다. 제 생각으로는 사건의 주요 내용과는 크게 관계가 없을 것으로 보이기는 하는데....... 있을 리가 없을 겁니다."

"그게 뭔가요?"

"잘 아시는 바와 같이 이런 종류의 사건을 다룰 때는 범행의 흔적이 남아 있는 현장을 그대로 보존하는 데 힘을 기울입니다. 담당 경찰이 밤낮 이곳을 지켜보고 있었습니다. 오늘 아침에 피해자를 매장했고 수색도 어느 정도 끝났기에 이 방을 조금 정리해도 상관없겠다고 생각했습니다. 보시는 바와 같이 이 카펫은 바닥에 고정된 게 아닙니다. 그냥 깔아놓았을 뿐입니다. 그런데 이 카펫을 뒤집어보고 알게 된 사실이 있었습니다."

"그래요? 어떤 사실이죠?"

기대감으로 홈즈의 얼굴이 굳었다.

"아무리 시간을 들여 생각한다 해도 이것만은 그 이유를 모르실 겁니다. 카펫에 묻은 혈흔은 전에 보신 적이 있으시죠? 많은 피가 카펫으로 스며들었을 겁니다."

"맞아요."

"그런데 그 혈흔 밑에 있던 나무 바닥에는 피가 묻어 있지 않았습니다. 어떻습니까? 놀라셨죠?"

"피가 묻어 있지 않았다고요? 틀림없이 있었을 거예요."

"말씀하신 대로 묻어 있어야 하는 게 정상입니다. 그런데 없었습니다."

레스트레이드 경감이 카펫의 한쪽 끝을 쥐었다. 그리고 카펫을 뒤집어 보였다. 틀림없이 자국은 남아 있지 않았다.

"그런데 카펫 뒤쪽에는 앞쪽과 마찬가지로 피가 묻어 있습니다. 그러니까 바닥에도 피가 묻어 있어야 정상인데."

레스트레이드 경감은 유명한 탐정인 홈즈를 당황하게 만들었다는 점에 매우 만족한 듯, 쿡쿡 소리 내어 웃었다.

"계속 말씀드리겠습니다. 제2의 혈흔이 있습니다. 첫 번째 혈흔과는 일치하지 않습니다. 직접 확인하시기 바랍니다."

이렇게 말하며 레스트레이드 경감이 카펫의 다른 부분을 뒤집었다. 그 밑에 있던 고풍스러운 바닥에 커다란 혈흔이 남아 있었다.

"어떻게 생각하십니까? 홈즈 씨."

"간단합니다. 두 개의 혈흔이 일치하지 않는다는 것은 카펫을 움직였다는 말이에요. 카펫은 정사각형이고 고정되어 있지 않으니 아주 간단한 일이었을 거예요."

"카펫을 움직였다는 사실을 알아내려고 당신에게 도움을 요청한 게 아닙니다. 그 정도는 우리도 잘 알고 있습니다. 보세요, 이렇게 움직이면 두 개의 혈흔이 완벽하게 일치합니다. 누가, 왜, 카펫을 움직였을까, 그걸 알고 싶은 겁니다."

홈즈의 굳은 표정을 통해서 그가 흥분하기 시작했다는 사실을 알 수 있었다.

"레스트레이드 경감, 저 복도에 있는 경찰이 이곳을 계속 감시하고 있었나요?"

홈즈가 물었다.

"맞습니다."

"그렇다면 내 말대로 하세요. 저 경찰을 철저하게 심문하도록 하세요. 우리가 있는 곳에서 해서는 안 돼요. 우리는 여기서 기다리고 있을 테니 뒤쪽에 있는 방으로 데려가세요. 우리가 없는 곳에서 해야만 솔직하게 대답할 거예요. 어떻게 이 방 안으로 사람을 들였는지, 그리고 왜 감시하지 않았는지를 물어보세요. 그런 일이 있었나 없었나를 물어서는 안 돼요. 틀림없이 그런 일이 있었으며 모든 사실을 다 알고 있다는 식으로 물어야 해요. 상대방을 완전히 압도해야 해요. 솔직히 말한다면 용서해줄 수도 있다고 말하세요. 어서, 내 말대로 하세요."

"조지가……. 저 녀석이 사실을 알고 있다면 전부를 말하도록 하겠습니다."

큰 소리로 외친 레스트레이드 경감이 현관 쪽으로 달려갔다. 몇 분 뒤, 뒤쪽 방에서 그의 호통 치는 소리가 들려왔다.

"서두르게 왓슨, 어서 서둘러!"

홈즈가 미친 듯이 외쳤다. 뚱한 표정 뒤에 숨겨두었던 무시무시한 에너지를 단번에 폭발시킨 것이다. 카펫을 걷어내더니 바로 바닥에 엎드려 카펫 밑에 있던 사각형 판자 사이사이로 손톱을 찔러 넣었다. 그러자 판자 중 하나가 옆으로 움직였다. 그 판자에는 마치 상자의 뚜껑처럼 경첩이 달려 있었다. 밑으로 검고 작은 구멍이 입을 벌리고 있었다. 홈즈가 손을 안으로 밀어 넣었다. 그러나 곧 분노 때문인지 실망 때문인지 모를 신음 소리를 올리며 손을 뺐다. 안이 텅 비어 있었던 것이다.

"빨리, 왓슨. 빨리 원래대로 해놔야 해."

나무 뚜껑을 닫고 카펫을 원래대로 해놓자마자 바로 레스트레이드 경감의 목소리가 복도에서 들려왔다. 경감이 방에 들어왔을 때 홈즈는 아무런 말도 하지 않고 난로 옆에 기대서서 그를 기다리다 지쳤다는 표정을 짓고 있었다.

"홈즈 씨, 기다리게 해서 죄송합니다. 이번 사건이 그다지 흥미롭지 않다는 사실은 저도 잘 알고 있습니다. 어쨌든 자백했습니다. 이리 오게 맥퍼슨. 어처구니없는 자네의 실수에 대해서 말해보게

나."

후회로 얼굴이 붉게 물든 거구의 경찰이 주저주저하며 방 안으로 들어왔다.

"다른 뜻은 없었습니다. 어젯밤, 그 젊은 부인이 문 앞으로 다가왔습니다. 집을 잘못 찾아왔다고 했습니다. 그리고 서로 얘기를 나눴습니다. 이렇게 하루 종일 임무를 수행하다 보면 외로워져서 그만."

"그래, 그래서 무슨 일이 있었던 거야?"

"그 부인이 범죄가 있었던 방을 보고 싶다고 말했습니다. 신문에서 읽었다고 했습니다. 옷차림도 훌륭했고 말투도 아주 예의바른 젊은 부인이었습니다. 그래서 잠깐 보여줘도 상관없을 것이라고 생각했습니다. 그런데 그 카펫에 묻은 피를 보자마자 그 자리에서 쓰러져버렸습니다. 마치 죽은 사람처럼 쓰러져 있었습니다. 저는 부엌으로 달려가서 물을 가지고 왔습니다. 그래도 정신을 차리지 못했습니다. 그래서 모퉁이에 있는 '아이비 플랜트'로 브랜디를 얻으러 달려갔다 돌아 와보니 정신을 차린 듯 이미 모습을 감추고 말았습니다. 부끄러운 마음 때문에 제 얼굴을 차마 볼 수 없어서 그냥 간 것 같습니다."

"카펫을 움직인 건?"

"제가 돌아왔을 카펫에 주름이 조금 잡혀 있었습니다. 그 여자가 쓰러졌고 미끄러운 바닥에 고정 시켜놓지 않고 그냥 깔아놓지 않았습니까? 나중에 제가 깨끗하게 펴놨습니다."

"맥퍼슨, 나를 속일 수 없다는 사실을 이제 알았겠지? 자네는 임무를 조금 소홀히 해도 결코 들키지 않을 거라고 생각했겠지만 저 카펫을 잠깐 보기만 해도 누군가를 들여보냈다는 사실을 금방 알수 있다고. 다행히 없어진 물건은 없는 듯하군. 만일 무슨 일이 있었다면 자네는 감당할 수 없는 큰일을 당하게 됐을 거야. 홈즈 씨, 이런 하찮은 일로 불러서 정말 죄송합니다. 하지만 처음 발견한 혈흔과 두 번째 발견한 혈흔이 일치하지 않았다는 점에는 흥미를 느끼셨을 줄로 압니다."

"네, 아주 재미있었습니다. 그 부인은 단 한 번밖에 오지 않았나요?"

"네, 딱 한 번입니다."

맥퍼슨이 대답했다.

"그 부인, 누구였을까요?"

"이름은 모릅니다. 타자 치는 사람을 구한다는 광고를 보고 거기에 응모하려 왔는데 번지를 잘못 찾았다며....... 매우 쾌활하고 품위 있어 보이는 젊은 여자였습니다."

"키가 큰 미인이었나요?"

"네, 키가 컸습니다. 선생님도 보신다면 미인이라고 말씀하실 겁니다. 사람들 중에는 굉장한 미인이라고 말할 사람도 있을 겁니다. '경찰 아저씨, 잠깐 구경시켜 주세요.' 하고 말했습니다. 뭐라고 해야 할까? 매우 사랑스럽고 사람을 매혹하는 말투였습니다. 그래서 나도 모르게 문 앞에서 잠깐 들여다보는 정도는 상관없을 거라고 생각했습니다."

"옷차림은 어땠죠?"

"수수한 옷차림이었습니다. 발끝까지 내려오는 긴 망토를 두르고 있었습니다."

"그게 몇 시쯤이었습니까?"

"막 어두워진 때였습니다. 브랜디를 가지고 돌아올 때 집들에 불이 켜지기 시작했으니까요."

"잘 알았어요."

홈즈가 말했다.

"이제 그만 가세, 왓슨. 좀 더 중요한 임무가 우리를 기다리고 있네."

우리는 방에서 나왔지만 레스트레이드 경감은 그대로 방에 남아 있었다. 실수를 저지른 맥퍼슨이 문을 열어주려고 우리를 따라 나왔다. 현관 앞 계단에서 홈즈는 뒤돌아서더니 손에 들고 있던 물건을 맥퍼슨에게 보여주었다. 맥퍼슨이 그것을 가만히 바라보았다.

"이게 어떻게 된 일이지?"

맥퍼슨이 놀라운 표정을 감추지 못했다.

아무 말 말라는 듯 손가락을 세워 입술에 댄 홈즈가 다른 손으로 가슴 안주머니에 그것을 넣고 거리로 내려서며 커다란 소리로 웃었다.

"이제야 모든 일이 제대로 풀리는군. 어서 가세, 왓슨. 곧 마지막 장이 시작될 거야. 그걸 보면 자네 마음도 편안해질 걸세. 전쟁은 일어나지 않아. 트렐로니 호프의 화려한 경력에도 오점은 남지 않을 거야. 경솔한 군주도 무분별한 행동에 대한 벌을 받지 않아도 될 거야. 수상은 유럽에서의 분쟁을 처리하지 않아도 될 거고. 어쩌면 커다란 문제로 번질 수 있었던 일을 우리가 조금만 잘 처리하면 그 누구에게도 고통을 주지 않고 끝맺을 수 있을 것 같네."

홈즈는 이렇게 말했다. 내 마음은 이 뛰어난 인물, 홈즈에 대한 자랑스러운 생각으로 가득했다.

"자네, 사건을 해결한 거군."

내가 큰 소리로 말했다.

"아직은 아니야, 왓슨. 아직 풀리지 않은 부분이 있어. 하지만 대부분의 진상을 알았으니 그 부분을 풀지 못한다면 그건 우리에게 부족한 점이 있다는 말이겠지. 지금 당장 화이트홀로 가서 문제를 단번에 해결해버리세."

트렐로니 호프 장관의 집에 도착하자마자 홈즈는 힐더 호프 부인을 만나고 싶다고 말했다. 우리는 거실로 안내되었다.

부인은 얼굴을 붉히며 화를 냈다.

"홈즈 씨, 너무하시는군요? 전에도 말씀드렸듯이 제가 이번 사건에 신경 쓰고 있다는 사실을 남편이 눈치 채지 못하도록 당신을 찾아갔던 일을 비밀로 해달라고 부탁하지 않았나요? 그런데 이렇게 저를 찾아오시다니 도대체 무슨 생각을 하고 계시는 거죠? 당신들과 나 사이에 관계가 있다는 사실을 남편이 눈치 채고 말 거예요."

"죄송합니다만, 달리 방법이 없었어요. 저는 그 중요한 편지를 찾아달라는 부탁을 받았거든요. 그러니 부인, 그 편지를 돌려주시기 바랍니다."

그러자 안색이 변한 부인이 자리에서 벌떡 일어났다. 눈이 점점 초점을 잃더니 비틀거리기 시작했다. 나는 부인이 기절하는 게 아닐까 걱정되었다. 간신히 충격에서 벗어난 부인이 놀라움과 분노의 표정을 그대로 드러냈다.

"당신......, 당신은 저를 모욕할 생각으로 오신 건가요?"

"자, 부인. 이제 그만 편지를 건네주세요."

부인이 벨 쪽으로 달려갔다.

"집사를 불러 당신들을 내쫓겠어요."

"벨을 울려서는 안 돼요. 그러면 사건이 크게 번지는 걸 어떻게든 막아보려던 나의 노력도 물거품이 되고 마니까요. 편지를 건네주세요. 그러면 모든 일이 잘 해결될 겁니다. 협력해주신다면 제가 모든 일을 잘 처리할 테니까요. 편지를 건네주시지 않는다면 부인의 행동을 모두에게 공개할 수밖에 없어요."

부인은 여왕처럼 당당하고 반항적인 태도로 자리에 멈춰 서서 홈즈의 마음을 꿰뚫어보려는 듯 홈즈를 가만히 바라보았다. 손은 이미 벨 위에 있었지만 아직 누르지는 않았다.

"당신, 나를 협박하는 건가요? 일부러 여기까지 오셔서 여자를 협박하다니 남자답지 못한 행동이에요. 대체 알고 계신 게 뭔지......, 뭘 알고 계시는 건지 말씀해주세요."

"자, 이리 와서 앉으세요. 만일 쓰러지기라도 한다면 다칠 수도 있으니까요. 앉으실 때까지는 아무런 말도 하지 않겠어요. 아, 고마워요."

"시간을 5분 드리도록 하죠, 홈즈 씨."

"1분이면 충분해요. 부인이 에두아르도 루카스를 찾아갔었다는 걸 알고 있어요. 루카스에게 편지를 건네줬었다는 사실도, 어젯밤 그 방에 다시 찾아가 카펫 밑 비밀 장소에 있던 편지를 어떻게 찾아왔는지도 전부 알고 있어요."

부인이 하얗게 질린 얼굴로 홈즈를 바라보았다. 그리고 두 번 숨을 들이 쉰 다음 드디어 입을 열었다.

"당신 제정신이 아니군요. 미쳤어요."

부인이 커다란 소리로 외쳤다.

홈즈가 주머니에서 두꺼운 종이 조각을 꺼냈다. 초상화에서 오려 낸 여자의 얼굴이었다.

"도움이 될지도 모르겠다 싶어서 이걸 들고 다녔죠. 경찰이 어젯밤 찾아온 여인과 동일인물이라고 자백했어요."

부인이 숨을 헐떡이다 머리를 의자의 등받이에 기댔다.

"부인이 편지를 가지고 있다는 사실도 이미 알고 있어요. 사태는 아직 절망적이지 않아요. 저는 부인을 괴롭히려고 온 게 아니에요. 사라진 편지를 남편에게 돌려드리면 그것으로 제 일은 끝이에요. 제 말대로 하세요. 모든 걸 사실대로 말씀하세요. 그 외에 다른 방법은 없으니까요."

부인의 용기도 참으로 대단했다. 아직도 패배를 인정하려 들지 않았다.

"다시 한번 말씀드리겠는데 홈즈 씨, 당신은 커다란 오해를 하고 계시는 거예요."

홈즈가 의자에서 일어났다.

"정말 안타깝군요, 부인. 나는 최선을 다했어요. 하지만 전부 쓸데없는 짓이었어요."

홈즈가 벨을 울렸다. 집사가 들어왔다.

"트렐로니 호프 씨, 집에 계신가요?"

"12시 45분에 돌아오실 겁니다."

홈즈가 시계를 들여다봤다.

"아직 15분 남았군. 여기서 기다리지요."

홈즈가 말했다.

집사가 문을 닫고 나가자 부인이 홈즈의 발밑에 무릎을 꿇고 앉았다. 그리고 두 손을 벌려 아름다운 얼굴을 들었다. 얼굴은 눈물로 젖어 있었다.

"저를 도와주세요, 홈즈 씨. 제발 도와주세요. 부탁이니 남편에게 말하지 말아주세요. 저는 남편을 진심으로 사랑하고 있어요. 남편의 삶에 그림자를 드리우고 싶지 않아요. 이번 일로 남편은 그 고귀한 마음에 상처를 입게 될 거예요."

부인이 열띤 목소리로 말했다.

홈즈가 부인을 일으켜 세웠다.

"고맙습니다, 부인. 아슬아슬한 순간에 드디어 제 마음을 이해해주셨군요. 지금은 한시도 지체할 수 없어요. 편지는 어디에 있죠?"

책상으로 달려간 부인이 열쇠로 서랍을 열어 길고 푸른 봉투를 꺼냈다.

"여기 있어요. 두 번 다시 보고 싶지도 않아요."

"이걸 어떻게 돌려줘야 하지? 서둘러 좋은 방법을 찾아내야 하는데! 서류 상자는 어디 있죠?"

홈즈가 중얼거리듯 말하다 부인에게 물었다.

"남편의 침실에 아직 있어요."

"아주 운이 좋았군! 부인, 그걸 얼른 이리로 가져오세요."

부인이 바로 납작하게 생긴 붉은 상자를 들고 들어왔다.

"전에는 이걸 어떻게 열었죠? 열쇠를 가지고 계신가요? 물론 가지고 계시겠죠. 열어주세요."

부인이 가슴 속에서 조그만 열쇠를 꺼냈다. 그것으로 바로 상자를 열었다. 상자 안에는 서류가 가득 들어 있었다. 홈즈는 상자 깊은 곳에 있는 다른 서류 사이에 푸른 편지 봉투를 찔러 넣었다. 그리고 뚜껑을 덮은 다음 자물쇠를 채워 다시 침실에 가져다놓았다.

"이제 남편이 돌아오셔도 걱정할 것 없어요. 아직 10분 정도 시간이 남았네요. 부인, 저는 부인을 지켜줄 생각이에요. 그 대신 이번 사건에 대한 진상을 들려주세요."

홈즈가 묻자 부인이 큰 소리로 대답했다.

"뭐든지 다 말씀드리겠어요. 남편을 조금이라도 슬프게 하느니 차라리 이 오른손을 잘라버리는 게 나을 거예요. 런던에 제 아무리 많은 부부들이 살고 있다고는 하지만 저만큼 남편을 사랑하는 사람도 없을 거예요. 하지만, 제가 한 행동을 남편이 알게 된다면 달리 방법이 없었다는 것을 안다 해도 결코 저를 용서하지 않을 거예요. 자신의 명예를 아주 소중히 여기고 다른 사람의 실수를 용서하지 않는 사람이에요. 도와주세요, 홈즈 씨! 제 행복도, 남편의 행복도, 우리의 생활도 전부 위험에 처했어요!"

"서둘러주세요. 시간이 얼마 없어요."

"이 모든 일은 제 편지에서부터 시작됐어요. 결혼 전에 쓴 경솔하고 어리석은 편지. 사랑에 빠진 처녀가 충동적으로 쓴 편지였어요. 제가 보기엔 별 내용 없는 편지지만, 남편이 보면 그렇게 생각지 않을 거예요. 그 편지를 남편이 읽는다면 저에 대한 신뢰를 영원히 사라지고 말 거예요. 아주 오래 전에 쓴 편지에요. 전부 잊혀진 일이라고 생각했었죠.

그런데 그 루카스라는 사람이 그걸 손에 넣어 남편에게 보여주겠다고 했어요. 그러지 말라고 부탁했죠. 그 사람은 남편의 서류 상자에 있는 그 편지를 자신에게 주면 내 편지를 돌려주겠다고 했어요. 남편이 다니는 곳에 그 사람이 매수한 스파이가 있어서 그 편지에 대한 내용을 알게 됐다고 했어요. 루카스는 그 편지가 없어져도 남편은 절대로 안전할 거라고 말했어요. 제 입장을 한번 생각해 보세요, 홈즈 씨. 그런 상황에서 뭘 어쩔 수 있었겠어요?"

"남편에게 모든 걸 털어놓았어야죠."

"그럴 수 없었어요. 저는 그럴 수 없었어요. 그러면 모든 것이 끝나고 말았을 거예요. 남편의 서류를 훔치는 것도 두려운 일이기는 했어요. 하지만 정치에 관한 일이었기 때문에 저는 그 결과가 어떤 것인지 전혀 알지 못했어요. 애정이나 신뢰에 관한 일이라면 저도 확실하게 알고 있어요. 저는 결심했어요. 그리고 열쇠의 본을 떴죠. 열쇠는 루카스가 만들어줬어요. 그 열쇠로 서류 상자를 열어 편지를 훔쳐다 고돌핀 가로 가지고 갔어요."

"그때 무슨 일이 있었던 거죠?"

"저는 약속한 대로 그의 집으로 가 문을 두드렸어요. 루카스가 문을 열어줬고 현관문을 반쯤 열어놓은 채 그를 따라 안으로 들어갔어요. 남자와 단 둘이 있는 게 무서워서요. 안으로 들어 갈 때, 밖에 여자가 서 있는 것을 보았어요. 일은 바로 끝났어요. 제 편지가 책상 위에 놓여 있더군요. 저는 편지를 건네줬어요. 그리고 제 편지를 돌려받았죠. 바로 그때 문 쪽에서 무슨 소리가 들려왔어요. 그리고 뒤이어 복도를 걸어오는 발소리가 들렸어요. 당황한 루카스는 서둘러 카펫을 들추더니 비밀 장소에 편지를 쑤셔 넣고 카펫을 원래대로 되돌려놓았어요.

그런데 그 다음 순간에 악몽과도 같은 일이 벌어졌어요. 광기에 넘친 가무잡잡한 얼굴이 눈에 들어왔어요. 그 여자가 째지는 프랑스 어로 '역시 기다린 보람이 있었군. 드디어 다른 여자와 함께 있는 현장을 포착했어.' 하고 외쳤어요. 끔찍한 싸움이었어요. 루카스의 손에는 의자가, 여자의 손에는 칼이 들려 있었어요. 너무 놀란 나는 그 방에서 빠져나와 서둘러 집으로 돌아왔어요. 그리고 이튿날 아침, 신문을 통해 그 싸움의 끔찍한 결말을 알게 됐어요. 그날 밤은 마음 편하게 잘 수 있었어요. 편지도 되찾았고, 앞으로 무슨 일이 일어날지 전혀 알 수 없었으니까요.

그런데 그 다음 날, 하나의 문제를 다른 문제와 맞바꿨을 뿐이라는 사실을 깨닫게 됐어요. 남편이 사라진 편지 때문에 괴로워하는 모습을 보고 충격을 받았어요. 그때는 남편의 발밑에 무릎을 꿇고 앉아 내가 저지른 일을 전부 실토해야겠다는 생각을 억누를 수 없을 정도였어요. 하지만 그러려면 제 과거를 전부 밝혀야만 했죠.

제가 저지른 일이 어떤 결과를 초래하게 될지, 그것을 알기 위해서 당신을 찾아간 거예요. 그리고 엄청난 결과를 초래하게 될 것이라는 사실을 알게 된 순간부터 무슨 일이 있어도 그 편지를 되찾아야겠다고 생각했어요. 편지는 루카스가 숨겨둔 곳에 그대로 있을 거라고 생각했죠. 그 무시무시한 여자가 들어오기 전에 숨겼으니까요. 그 여자가 들어오지 않았다면 그 비밀 장소는 알지도 못했을 거예요. 어떻게 해야 그 방으로 들어갈 수 있을지, 이틀 동안이나 집을 살펴보았지만 문은 언제나 잠긴 상태였어요. 그래서 어젯밤 모험을 걸어보기로 했어요.

그 뒤로 제가 어떻게 했는지, 어떻게 편지를 꺼내갔는지 당신은 이미 알고 계시죠? 집으로 편지를 가져온 저는 그냥 태워버릴까도 생각해봤어요. 죄를 고백하지 않고 되돌려놓을 방법을 찾을 수가 없었으니까요. 어머, 남편이 계단을 올라오는 발소리가 들려요."

장관이 흥분된 표정으로 달려 들어왔다.

"새로운 소식이라도 있나요? 홈즈 씨, 뭣 좀 알아내신 거라도 있습니까?"

장관이 큰 소리로 물었다.

"드디어 희망이 보이기 시작했어요."

"감사합니다. 식사를 하러 수상께서 함께 오셨습니다. 그분께도 희망이 보이기 시작했다고 말씀드려도 되겠습니까? 정말 대담한 분이기는 하시지만 이번 사건 이후로는 거의 잠도 못 주무시고 계시거든요. 제이콥스, 수상을 안으로 모시고 오게. 당신은......, 이 건 정치에 관한 일이니 잠시 후 식당에서 보기로 하세."

표정으로는 감정을 드러내지 않았지만, 빛나는 눈빛과 여윈 손을 꿈틀꿈틀 움직이는 것으로 봐서 수상 역시 젊은 장관처럼 흥분했다는 사실을 알 수 있었다.

"홈즈, 새로운 소식이 있다고 들었는데."

"지금까지 그럴 듯한 정보는 전혀 입수하지 못했습니다. 편지가 있을 만한 곳은 전부 조사해봤습니다. 그 결과 걱정했던 것과 같은 위험은 일어나지 않을 것이라는 결론에 도달했습니다."

내 친구가 말했다.

"하지만 그것만으로는 충분하지 않아. 언제 분화할지도 모를 화산 위에서 살아갈 수는 없는 일 아닌가? 우린 확실한 것이 필요하네."

"편지를 찾을 희망은 있습니다. 바로 그래서 이곳을 찾아온 겁니다. 아무리 생각해봐도 그 편지는 이 집 안에 있는 것 같습니다."

"홈즈!"

"도둑맞았다면, 지금쯤은 벌써 공표가 되었을 겁니다."

"그냥 집에 둘 거라면 왜 훔쳐갔단 말이지?"

"과연 도둑맞은 것인지 그것도 확실하지 않습니다."

"그럼 왜 서류 상자에 없는 거지?"

"서류 상자에 있을 거라는 생각이 듭니다."

"홈즈! 감히 누구 앞이라고 농담을 하는 겁니까? 나는 편지가 서류 상자에서 사라졌다고 단언할 수 있습니다."

"화요일 이후로 그 상자를 열어본 적이 있나요?"

"아니요, 그럴 필요가 없으니까요."

"잘못 봤을 수도 있지 않나요?"

"절대 그럴 리 없습니다."

"저는 그럴 수도 있다고 생각합니다. 전에도 그런 일이 있었거든요. 상자 안에는 다른 서류도 함께 들어 있었죠? 다른 서류 속으로 섞여 들어갔을지도 모르잖아요."

"그 편지는 제일 위에 두었습니다."

"누군가 상자를 흔들어서 서류의 위치가 바뀌었을 수도 있지 않습니까?"

"아니, 모든 서류를 꺼내봤습니다."

"호프, 금방 확인할 수 있는 일이 아닌가? 서류 상자를 가지고 오라고 하게."

수상이 말했다. 장관이 벨을 울렸다.

"제이콥스 내 서류 상자를 가져다주게. 말도 안 되는 소리지만 이렇게 하지 않으면 만족할 수 없다니 한번 열어보기로 하지. 고맙네, 제이콥스. 여기 두고 나가게. 열쇠는 시곗줄에 걸어놓고 늘 지니고 다닙니다. 자, 상자 안의 서류들을 보십시오. 메로우 경이 보낸 편지, 찰스 하디 경의 보고서, 베오그라드에서 온 조약서, 러독 곡물세에 관한 통보, 마드리드에서 온 편지, 플라워스 경의 편지......, 이게 어떻게 된 일이지? 벨린저 경! 벨린저 경이라고?"

수상이 푸른 봉투를 손에 쥐었다.

"이 편지는 틀림없이······· 하나도 빠짐없이 전부 들어 있군. 축하하네! 호프."

"감사합니다. 정말 감사합니다. 마음의 짐을 덜었습니다. 어떻게 이런 일이 있을 수 있는 겁니까? 있을 수 없는 일입니다. 홈즈 씨, 당신은 마법사에요. 편지가 여기 있다는 걸 어떻게 아셨습니까?"

"다른 곳에 없었으니까요."

"내 눈이 의심스럽군. 힐더는 어디 있나? 모든 일이 무사히 해결됐다고 알려줘야지. 힐더! 힐더!"

장관이 서둘러 문 밖으로 뛰어나갔다.

계단에서 부인을 부르는 소리가 들려왔다.

수상은 눈을 깜빡이며 홈즈를 바라보았다.

"이번 사건에는 숨겨진 비밀이 있는 것 같군. 편지가 어떻게 다시 상자로 돌아온 거지?"

슬쩍 떠보는 수상의 날카로운 눈빛을 피하며 홈즈가 미소 지었다.

"제게도 외교상의 비밀이라는 것이 있습니다."

이렇게 대답하며 모자를 집어든 홈즈는 문을 향해 걸어갔다.

1859년 스코틀랜드 에든버러 시의 피커디 플레이스에서 왕립 건설원 관리인이던 아버지 찰스와 어머니 메어리 사이에서 넷째로 태어남.

1871년 스토니 허스트에 있는 예수회 칼리지의 예비 학교인 호더 학원에서 삼 년간 수학한 뒤, 그 해에 칼리지에 입학.

1875년 가을에 스토니 허스트 학교 교장의 권유로 오스트리아의 페르트키르히 학교로 유학.

1876년 뛰어난 성적으로 페르트키르히를 졸업한 후 에든버러 대학 의과에 입학. 가계를 돕기 위해 의사의 조수로 일함. 은사였던 조셉 벨 교수는 독특한 유머와 날카로운 관찰력을 지닌 사람으로, 후에 홈즈의 모델이 됨.

1881년 대학을 졸업. 의사 자격증을 획득한 뒤 아프리카 서해안을 항해하는 화물선의 선의(船醫)로 승선.

1882년 포츠머스 시 교외에 위치한 사우스 시에서 병원을 개업.

1885년 의학 박사 학위를 획득. 8월 6일에 루이즈 호키스와 결혼.

1886년 전부터 동경해 오던 포와 가보리오의 영향으로 탐정 소설을 쓰기로 결심. 홈즈 시리즈 중 최초의 작품인 『진홍빛에 관한 연구』(장편)를 완성하지만, 출판사에서 출간을 원하지 않아 이듬해에 발표됨.

1889년 역사소설인『마이커 클라크』가 출간되어 인기를 얻는다.

1891년 런던에서 안과 전문의로 개업했지만 뜻대로 되지 않자, 의사 생활을 접고 작가로 살아갈 것을 결심. 사우스 노드로 거주를 옮김.『스트랜드』지에 홈즈 시리즈의 단편을 차례로 발표.

1892년 『스트랜드』지에 발표되었던 열두 개의 단편을 모아『셜록 홈즈의 모험』이라는 단편집을 출간.

1893년 『스트랜드』지 12월호에 발표했던「마지막 사건」을 끝으로 홈즈 시리즈를 마무리 지음.

1894년 두 번째 단편집인『셜록 홈즈의 추억』을 출간.

1899년 보어 전쟁이 일어나자 군의관으로 남아프리카 전선에 종군.

1900년 애국적인 작품『대 보어 전쟁』을 출간.

1902년 보어 전쟁이 끝남. 나이트 작위를 받음.

1903년 독자들의 요청으로 다시 홈즈 시리즈를 집필.

1905년 세 번째 단편집인『셜록 홈즈의 귀환』을 출간.

1906년 아내인 루이즈가 사망함.

1907년 9월18일에 제인 레키와 재혼. 서식스 주로 이주.

1912년 SF 소설『잃어버린 세계』를 출간.

1917년 『스트랜드』지에 단문『셜록 홈즈 씨의 성격에 대한 소고』를 발표. 네 번째 단편집인『셜록 홈즈의 마지막 인사』를 출간함.

1927년 다섯 번째 단편집인『셜록 홈즈의 사건집』을 출간.

1930년 7월 7일, 윈돌 섬의 자택에서 사망함.

아서 코난 도일 지음

1859년 영국의 에든버러에서 태어났다. 의과 대학을 졸업한 후, 병원을 개업했으며 소설도 함께 쓰기 시작했다. 1887년 『진홍빛에 관한 연구』를 시작으로 홈즈 시리즈를 발표했다. 1893년에 발표한 『마지막 사건』을 끝으로 홈즈 시리즈를 마무리 지으려 했지만 독자들의 요청으로 1903년부터 다시 집필을 시작할 만큼 발간 당시부터 선풍적인 인기를 얻었다. 홈즈 시리즈 외에도 애국적인 작품 『대 보어 전쟁』과 SF 소설인 『잃어버린 세계』 등의 작품을 집필했다.

박진배 옮김

ATI 학교 졸업. 동경종합사진전문학교 졸업. 일본TV, 동경TV 현지 코디네이터, 사진작가, 에이전트, 전문 번역가. 역서로는 「마음을 사로잡는 사람, 꿰뚫는 사람」, 「나를 당당하게 표현하는 화술」, 「부모와 자식의 뇌내 혁명」, 「사람들에게 호감받는 100가지 방법」 등이 있다.

박현석 옮김

목원대학교 국어국문학과 졸업. 번역 전문가, 에이전트.번역서로는 「마법의 언어」, 「어리석은 자의 철학」, 「유쾌한 표현술」, 「바보들은 항상 머리로 생각한다」, 「오만과 편견」외 다수.

셜록홈즈 (프리미엄 단편 콜렉션 2)

2017년 08월 25일 1판 1쇄 인쇄
2017년 08월 30일 1판 1쇄 발행

펴낸곳| 파주 북스
펴낸이| 하명호
지은이| 아서 코난 도일
옮긴이| 박진배, 박현석
주   소| 경기도 고양시 일산서구 대화동 2058-9호
전화| (031)906-3426
팩스| (031)906-3427
e-Mail| dhbooks96@hanmail.net
출판등록 제2013-000177호
ISBN 979-11-86558-14-0 (04840)
       979-11-86558-12-6 (세트)
값 10,000원